rowohlt
POLARIS

W0322085

ANNE STERN

Dunkel der Himmel, goldhell die Melodie

ROMAN

Rowohlt Polaris

Originalausgabe
Veröffentlicht im Rowohlt Taschenbuch Verlag, Hamburg, Juni 2023
Copyright © 2023 by Rowohlt Verlag GmbH, Hamburg
Covergestaltung U1berlin, Patrizia Di Stefano
Coverabbildung Ginette Beaulieu
Satz aus der Hoefler Text
bei Pinkuin Satz und Datentechnik, Berlin
Druck und Bindung CPI books GmbH, Leck
ISBN 978-3-499-01088-0

Die Rowohlt Verlage haben sich zu einer nachhaltigen Buchproduktion verpflichtet. Gemeinsam mit unseren Partnern und Lieferanten setzen wir uns für eine klimaneutrale Buchproduktion ein, die den Erwerb von Klimazertifikaten zur Kompensation des CO_2-Ausstoßes einschließt.
www.klimaneutralerverlag.de

FSC www.fsc.org
MIX
Papier | Fördert gute Waldnutzung
FSC® C083411

Dresden war eine wunderbare Stadt, voller Kunst und Geschichte ... Die Vergangenheit und die Gegenwart lebten miteinander im Einklang ... Und mit der Landschaft zusammen, mit der Elbe, den Brücken, den Hügelhängen, den Wäldern und mit den Gebirgen am Horizont, ergab sich sogar ein Dreiklang. Geschichte, Kunst und Natur schwebten über Stadt und Tal ... wie ein von seiner eignen Harmonie bezauberter Akkord.

Erich Kästner

Die Musik drückt aus, was nicht gesagt werden kann und worüber zu schweigen unmöglich ist.

Victor Hugo

Prolog

Dresden, Dezember 1820

Die Glocken der Kirche Unserer Lieben Frau klangen zart, beinahe schüchtern vom Neumarkt herüber. Obwohl es erst vier Uhr nachmittags war, lag der sternlose Himmel wie ein schwarzblaues Kleid über den weihnachtlich geschmückten Ständen und den dreistöckigen Häusern, die den großen Altmarkt säumten. Das Jahr neigte sich merklich dem Ende zu, die Tageslichtstunden schrumpften immer mehr zusammen. Doch zwei Wochen waren es noch bis zum Weihnachtsfest, wenn die Tage wieder heller würden.

Das Geläut trieb Georg Spielmann, der beim Anblick der dampfenden Maronen an einer Bude einen Moment stehen geblieben war, weiter über den Striezelmarkt. Im Gehen schlug er den hohen Kragen seines Samtmantels bis zu den Ohren und vergrub die Hände tief in den Taschen, um sich vor der grimmigen Kälte zu schützen. Unter seinen Stiefeln knirschte Schnee. Der Atem stand ihm wie eine weiße Wolke vor dem Mund. Einen Moment blickte er nach oben in den schwarzen Winterhimmel, aus dem ein paar eisige Schneegraupelflocken auf ihn niedertanzten, und suchte mit den Augen den barocken Turm der Kirche über den Häusern, deren schlanke Silhouette er so liebte. Dort, vom Norden der Innenstadt, ragte er hervor und schien Georg tröstend zuzunicken.

Er fröstelte, als der schneidende Ostwind ihm unter den Mantel fuhr und seine Rockschöße flattern ließ. Es war höchste Zeit, dass er weiterkam – nach Hause, in die heimelige, aber kostspielige Wohnung in der Großen Frauengasse, wo Amalie Friederike seit letzter Nacht in den Wehen lag. Es war das erste Kind der Spielmanns, und sie hatten mehrere Jahre darauf warten müssen. Doch hätte Georg gewusst, wie es sich anhörte, wenn die eigene Gemahlin mit einem Kind niederkam, wäre es ihm durchaus recht gewesen, es sogar noch länger hinauszuzögern. Dabei wünschte er sich mehr als alles einen Sohn, den er an der Geige und am Klavier ausbilden konnte, wie sein Vater es einst mit ihm getan hatte. Aber die Schmerzen, die Amalie sichtlich litt, mit denen hatte er nicht gerechnet, obwohl er sehr gut wusste, was Schmerzen waren. Schließlich hatte er als Student in Lützows Freikorps gegen Napoleons Truppen gekämpft, damals im Sommer anno 1813. Und auch er war, wie unzählige andere Männer, verwundet worden. Die ganze Stadt wirkte wochenlang wie ein einziges Lazarett, voller stöhnender, schreiender, an ihren Wunden oder dem Hunger sterbender Menschen – doch die Pein in Amalies Stimme, wenn sie bei jeder neuen Wehe wieder flehte, es möge aufhören, die konnte Georg trotzdem nicht ertragen. Sie ging ihm näher als alles andere, was er je gehört hatte.

Heute gegen Mittag hatte er es endgültig nicht mehr ausgehalten und war vor den klagenden, jammervollen Lauten aus dem Schlafgemach geflohen. Amalie befand sich in den Händen der Hebamme, so beruhigte er sich, und nicht zuletzt in denen Gottes. Außerdem konnte ein Ehemann nun einmal nichts ausrichten, wenn es um das uralte und ohnehin etwas unheimliche Frauenhandwerk der Geburt ging.

Ziellos war er durch die winterliche Stadt gewandert, hatte in der *Kurfürstenschänke* einen Sauerbraten gegessen – oder vielmehr darin herumgestochert, obwohl dies sonst sein Leibgericht war – und sich dann über den Christmarkt treiben lassen, bis die Dämmerung herankam. Der Striezelmarkt war weit über die Grenzen des Königreichs Sachsen hinaus berühmt. Und der weitläufige Altmarkt zwischen dem Rathaus und solch imposanten Gebäuden wie der Arnoldischen Buchhandlung, der Marienapotheke und dem Gotischen Haus verwandelte sich um diese Zeit wochenlang in ein einziges Gewimmel aus Buden und Ständen, aus kleinen Glanzpunkten im Zwielicht, wenn die Händler ihre Petroleumlämpchen entzündeten und ihre Ware feilboten. Man bekam hier hübsches Spielzeug aus dem Erzgebirge, fein gedrechselte Holzware, seidene Bänder und die berühmten Pflaumentoffeln, auch Striezelkinder genannt – kleine, aus getrockneten Pflaumen gefertigte Figuren, die aussahen wie Schornsteinfeger. Und es duftete an jeder Ecke so himmlisch, dass Georg trotz seiner Nervosität erneut innehielt und schnupperte. Nach Stollen duftete es, nach Quarkkäulchen, Anisbrot und Meißner Fummel.

Er trat an einen Stand, an dem die gelbe Petroleumlaterne im Wind schwankte wie ein Irrlicht, das ihn anzog.

«Ein paar Pfefferkuchen, der werte Herr?»

«Ein Pfund», verlangte Georg und sah zu, wie die alte Frau ihm die herrlichen Küchlein in eine Papiertüte schaufelte. «Sie sind für meine Gattin», fügte er leise hinzu, als müsste er sich entschuldigen, hier noch herumzustehen, während Amalie zu Hause Höllenqualen durchlitt.

«Noch etwas?» Die Alte sah ihn ungeduldig aus kleinen Äuglein an. In seinem Rücken hatte sich eine kleine Schlange in der Dunkelheit gebildet.

Hastig winkte Georg ab und lächelte entschuldigend, während er bezahlte.

«Unsere Empfehlung an die Frau Gemahlin», sagte die Frau und wandte sich schon dem nächsten Kunden zu.

Georg eilte weiter durch die Menge, bis der Lärm der fliegenden Händler, der schnatternden Verkäuferinnen und rumpelnden Karren hinter ihm zurückblieb. Schließlich tauchte er in eine düstere Gasse ein, die vom Altmarkt weg in Richtung Norden führte. Ein Nachtwächter im langen Mantel und mit einem Spieß ausgestattet kam ihm entgegen. Er trug ein schwankendes Talglicht in der anderen Hand und grüßte einsilbig, ehe er weiterschlurfte.

Von hier waren es nur noch fünf Minuten zu Fuß in die Wohnung der Spielmanns, und jetzt spürte Georg eine wachsende Ungeduld, nach Hause zurückzukehren. Was, wenn die Geburt plötzlich schneller vorangeschritten wäre? Was, wenn Amalie ihn brauchte? Schon fiel er in einen raschen Trab und versuchte abermals, in seinem hochstehenden Kragen dem schneidenden Wind zu trotzen, der ihm um die Ohren und den Bart pfiff.

Da bemerkte er, dass in einer Ecke der Gasse, unter einem finsteren Torbogen, zwei Gestalten vor einem winzigen flackernden Lichtlein hockten. Im Näherkommen sah er, dass es Kinder waren. Sie hatten selbst gebastelte Laternen vor sich abgestellt und blickten ihm erwartungsvoll entgegen. Das Mädchen, das vielleicht sieben Jahre alt war, trug einen zerschlissenen Umhang und war – Georg schluckte bei dem Anblick – trotz der Eiseskälte barfuß. Der Junge, wahrscheinlich ihr jüngerer Bruder, hatte große Augen in einem bleichen Gesicht, das nur von der Papierlaterne zu seinen Füßen beschienen wurde.

Die armen Kinder Dresdens hatten die Erlaubnis, in den Gassen rund um den Striezelmarkt kleine Handwaren feilzubieten, was immerhin besser war als die Bettelei, die das restliche Jahr ihr Haupterwerb war.

«Guter Herr», sagte das Mädchen zaghaft im Schutz der Dunkelheit, «möchten Sie eine Laterne kaufen?»

Georg blieb stehen. Die Papierdinger waren sehr schlicht, und doch gefielen sie ihm auf eine schwer erklärliche Weise. Er beugte sich hinunter und betrachtete sie. Auf der des Jungen sah er zwei Figuren, die ihm bekannt vorkamen. Trotz der unbeholfen aufgeklebten Papierschnitzel erkannte er eine Frau und einen Mann – die Frau trug ein Kleid aus rotem Papier, und es schien, als nehme sie dem Mann Fesseln ab.

«Sind das ...?», fragte er ungläubig.

Der Junge, der ihn nicht aus den Augen gelassen hatte, nickte. «Leonore und Florestan», sagte er heiser. «Aus *Fidelio*.»

«Wie solltet ihr eine solch exquisite Oper kennen?» Georg ging in die Knie. Auf der Laterne des Mädchens sah er jetzt einen Mann, der mit einem Dolch auf eine zweite Figur einzustechen drohte.

Diesmal war es das Mädchen, das antwortete. «Unser Vater war Theaterdiener drüben im Morettischen Haus», sagte sie leise. «Er hat uns von den Geschichten der Oper erzählt.»

«*War*? Und wo ist er nun?»

Plötzlich wehte der Wind ein paar Fetzen Musik herüber – jemand sang am anderen Ende der Gasse.

Georg richtete sich auf. Das Schweigen der Kinder war ihm Antwort genug. Immer wieder wüteten Typhus-Epidemien in Dresden. Diese beiden Sprösslinge hier waren nicht die Einzigen in den ärmeren Gassen rund um den Altmarkt, die der plötzliche Tod des Familienernährers in Hunger und Elend gestoßen hatte.

«Ich kaufe euch die eine hier ab», sagte er und deutete auf die Laterne mit dem Liebespaar. Eilig kramte er einen Taler hervor und reichte ihn dem Jungen. Die schmutzige kleine Hand war kalt wie die eines Toten.

Georg fröstelte erneut. Er sah auf die Tüte mit den Pfefferkuchen, die er noch immer im Arm hielt und von der ein herrlicher Duft nach Zimt und Nelken aufstieg, und kurz entschlossen reichte er sie auch noch hinüber.

«Eine frohe Adventszeit», sagte er.

Die Kinder sahen einander an, ein ungläubiges Lächeln umspielte die Lippen des Mädchens.

«Vergelt es Ihnen Gott», stammelte es.

Der Junge griff nach der Tüte und umklammerte sie so fest, als enthielte sie statt Gebäck pures Gold. Er deutete eine Verbeugung an, was bei seiner kleinen, ausgemergelten Gestalt erbärmlich wirkte.

Georg nahm die Papierlaterne mit dem brennenden Talgstummel auf und entfernte sich rasch. Das winzige Licht beschien nur ungenügend die finstere Gasse, deren sonst sandiger und schlammiger Grund im grimmigen Frost der vergangenen Wochen wie zu Stein gefroren war.

Wieder klang der Gesang zu ihm herüber, er vernahm nun ganz deutlich liebliche Kinderstimmen. An der nächsten Ecke, an der Georg abbiegen musste, stand eine Gruppe älterer Mädchen – Gott sei Dank mit Schuhen und einigermaßen warmen Mänteln bekleidet. Sie sangen zweistimmig ein Weihnachtslied. *Brich an, o schönes Morgenlicht* aus dem Weihnachtsoratorium von Bach. Eines von ihnen hielt ein Petroleumlämpchen in den Händen, und sein Gesicht, ein gelblicher Kreis im Schwarz der Gasse, leuchtete wie das eines Engels in der Dunkelheit. Die anderen drängten sich um das Licht.

Wie oft hatte Georg den Choral schon gehört, gesungen von den feinsten Gesangsvirtuosen des Landes, in den prächtigsten Kirchen. Doch etwas an den einfachen, aber klaren Stimmen der Mädchen rührte ihn – auf einmal schien es ihm, als bewiesen sie ein besseres, reineres Verständnis der unsterblichen Musik Bachs als die herausgeputzten Frauen in den Salons, die er sonst den Sopran singen hörte, und ihm wurde weihnachtlich ums Herz. Für einen Moment vergaß er seine Sorgen, vergaß, wie sehr es ihn schmerzte, dass sein viel gerühmtes Talent als Geiger noch immer nicht zum Erfolg geführt hatte. Er vergaß, was er im Krieg vor sieben Jahren erlebt hatte, zu welch furchtbaren Taten er fähig gewesen war, um sein eigenes Leben zu retten. Nur eines ging ihm in diesem Augenblick durch den Kopf – dass ihm heute ein Kind geboren würde. Ein Sohn, den er hegen und pflegen wollte, dem er die schönste Musik vorspielen und den er zu einem Genie heranziehen würde, sofern es Gott gefiele.

Die kleine Laterne in seiner Hand schaukelte in der Schwärze des herannahenden Abends hin und her, als er nun in Laufschritt fiel. Die Stimmen des Kinderchors – *Soll unser Trost und Freude sein* – wurden leiser und erloschen schließlich ganz unter dem Hämmern seiner eilenden Stiefel auf dem gefrorenen Boden und im Brausen des Dezemberwinds, als er in seine Wohnstraße einbog.

1.

Dresden, Samstag, 17. April 1841

Elises rechte Hand führte den Bogen, während die Fingerspitzen der anderen über die Geigensaiten tanzten, als wüssten sie mehr über das Instrument als ihre Besitzerin. Immer wieder spielte sie die Tonleiter, beginnend mit der leeren G-Saite und dann aufwärts, bis in die schwindelerregenden Höhen der E-Saite, zum Steg hinauf, über den die Saiten gespannt waren – und wieder hinab. Sie hatte den Kopf nach links zum Instrument geneigt, lauschte in den hölzernen Klangkörper hinein, und ihre Wange schmiegte sich an die Heberlein-Geige, während sie immer und immer wieder die gleiche Tonfolge spielte. Das Instrument jubelte und jauchzte, es schien die Liebkosungen seiner Virtuosin zu genießen. Zum Rhythmus ihres Spiels lief Elise in der Wohnstube ihrer Eltern in der Großen Frauengasse auf und ab, sodass der weite Rock ihres dunkelroten Kleids hemmungslos über den Boden fegte. Das glänzende Parkett knarrte ein wenig unter ihren Schnürschuhen aus geblümtem Challis-Stoff, als sie ihr Gewicht bei einem besonders emphatisch ausgeführten Strich des Bogens auf eine der alten Dielen verlagerte.

Elise übte für das Maikonzert, das ihre Mutter in einigen Wochen hier in den Räumen der Großen Frauengasse für ihre Freunde geben wollte. Die Spielmanns waren eine Musikerfamilie, mit Ausnahme der jüngsten Schwester Barbara musizierte oder sang jedes der vier Kinder. Auch die Mutter selbst, Amalie Friederike Spielmann, besaß eine hübsche Singstimme, obwohl sie keine musikalische Ausbildung genossen hatte. Eine solche bekam man in Sachsen durch Privatstunden, und diese waren für eine

Frau nur selten vorgesehen, als Amalie jung gewesen war. Ihr Talent hatte sie dennoch an alle ihre Kinder vererbt. Hinzu kam die noch größere Begabung des Vaters, Georg Spielmann, der sich, obwohl eigentlich Justizrat am Appellationsgericht, in den letzten Jahren als Violinist in Dresden einen Namen gemacht hatte. Elise wusste, wie sehr ihr Vater sich danach sehnte, Größeres auf der Geige zu erreichen. Niemand konnte das so nachempfinden wie sie – ihr ging es schließlich genauso. Doch beide mussten sich – aus unterschiedlichen Gründen – gedulden.

Mit einem Mal wurde die Flügeltür vom angrenzenden Studierzimmer aufgestoßen. Elises Bruder Eduard stand im Rahmen, das dunkle Haar gescheitelt, und unter der Hausjacke blitzte ein weißes Hemd mit gerüschtem Kragen hervor. Er hatte die Stirn gerunzelt und betrachtete sie mit einer Miene, die Missfallen und Neid gleichzeitig ausdrückte.

«Kannst du nicht einmal still sein?», fragte er. «Ich versuche, mir lateinische Vokabeln in den Kopf zu hämmern, und du verscheuchst mit deinem Gefiedel jeden vernünftigen Gedanken.»

Elise ließ die Geige sinken.

«Macht dir der Herr Lehrer in St. Benno wieder die Hölle heiß, wenn du die Übersetzung verpatzt?», fragte sie spöttisch und hielt den Geigenbogen in Eduards Richtung wie einen Degen, mit dem sie ihn zum Duell auffordern wollte. «Ich glaube aber nicht, dass das an meinem Spiel liegt, sondern nur an deinem Köpfchen.» Sie lächelte spitzbübisch. «Das ist nämlich hohl wie eine Winternuss.»

Eduards Wangen färbten sich rot. «Zieh mich nicht auf!» Aus den Sorgenfalten auf seiner jugendlichen Stirn wurden Zornesfurchen. «Du hast gut reden, du musst schon lange nicht mehr zur Schule gehen und hast gar keine Ahnung, wie es auf unserem Progymnasium zugeht. Auf deinem Töchterpensionat habt ihr doch bloß Sticken gelernt, was weißt du also von den alten Sprachen?»

Elise zuckte zurück. Der Bogen hing nun schlaff herab, die Geige pendelte am hölzernen Hals in ihrer Hand. «Wenn du wüsstest, wie gut du es hast, Brüderchen», sagte sie leise. «Du bekommst das Wissen auf einem silbernen Tablett präsentiert, während ich ...» Sie unterbrach sich und biss sich auf die Lippen. «Meine Hochzeit mit Adam Jacobi ist so gut wie beschlossen, sagt Vater», fuhr sie leiser fort. «Ich werde mich also für den Rest meines Lebens in einer hübschen Wohnung zu Tode langweilen. In genau so einer wie dieser hier.» Sie zeigte auf die zierliche Einrichtung aus Nussbaum und die gerahmten Stiche an der Wand und seufzte. «Und mit dem Geigenspiel ist es dann auch Essig», fügte sie achselzuckend hinzu.

Eduards Zorn war aus seinem ebenmäßigen Gesicht verschwunden. Beinahe verlegen fuhr er sich durch das dunkelbraune Haar.

«Und das, obwohl du viel besser Violine spielst als ich», sagte er. «Ein Jammer.»

«Das stimmt nicht», widersprach Elise, doch beim Blick in Eduards Miene musste sie lachen. «Oder gut, es stimmt», gab sie zu, «aber es müsste nicht so sein – wenn du nur mehr üben würdest.»

«Mit den Etüden ist es das Gleiche wie mit den Vokabeln», sagte Eduard und trat ans Fenster. Er sah durch die Spitzenvorhänge hinaus auf die Straße, wo sich der Frühling ankündigte. Entschlossen drehte er den zierlichen Knauf und öffnete es einen Spalt. Die verheißungsvolle Aprilluft strömte herein, der Himmel wirkte wie frisch gewaschen. «Es macht mir eben keine Freude. Du dagegen», er drehte sich wieder zu Elise um, die noch immer in der Mitte der Wohnstube stand, «scheinst für die Musik zu brennen. Für dich ist das Üben keine Qual wie für mich.»

Nachdenklich betrachtete Elise ihren vier Jahre jüngeren Bruder. Er hatte recht, dachte sie. Jede Sekunde, die sie mit ihrer Geige verbringen durfte, war für sie das reine Vergnügen. So war es schon gewesen, als sie als Vierjährige mit den Violinstunden begonnen hatte. Obwohl ihr Vater sich einen Sohn als Erstgeborenen gewünscht hatte, hatte er Elise doch stets gut behandelt und sie sogar oft zu Konzerten mitgenommen, als er ihre Liebe zur Musik bemerkte. Bei einem Violinkonzert hatte sie Feuer gefangen und gewusst, dass sie nichts anderes tun wollte, als dieses herrliche, singende und klingende Instrument zu spielen. Gefleht und gebettelt hatte sie, bis er sich erweichen ließ. Der Vater selbst hatte sie zuerst unterrichtet, dann aber, als Elise schnell Fortschritte machte, einen Hauslehrer für die Violinstunden engagiert, weil er nicht genug Zeit dafür fand. Elise wusste, dass sie Glück hatte – nicht viele Väter investierten derart viel Mühe und Geld in die musikalische Bildung ihrer Töchter, die ja doch über kurz oder lang heiraten und den Haushalt verlassen würden.

Anders als von ihrem Vater vorausgesagt, war Elise von ihrer Begeisterung für die Musik über die Jahre nicht abgewichen – bis heute nicht. Und bei dem Gedanken, dass es damit in wenigen Monaten vorbei wäre, weil sie dann die Pflichten einer Ehefrau und Mutter fesseln würden, bekam sie Magendrücken. Zu Neujahr würde sie heiraten und ins Haus des Hofkompositeurs und Journalisten Jacobi in die Königstraße in der Neustadt, auf der nördlichen Seite der Elbe, ziehen. Sie kannte ihn nur flüchtig, er war ein ernster Mann und außerdem um viele Jahre älter als sie. Etwas Düsteres zog heran, wenn sie an die Zukunft dachte – wie ein grauer Schleier, der sich über ihr Gemüt legte. Ob das dieselbe unerklärliche Melancholie war, die auch ihre Mutter immer wieder überfiel und derart lähmte, dass diese ganze Tage im Bett verbringen musste?

«Was wirst du im Mai bei Mutters Konzert spielen?», fragte Elise, um das Thema zu wechseln. Sie trat zu einer mit grünem Samt bespannten Bank und legte ihre Geige in den Violinkasten, der dort aufgeklappt an der Wand wartete. Sorgsam deckte sie ihn mit einem Seidenschal zu, damit kein Schmutzkörnchen auf die empfindlichen Saiten fallen konnte. Anschließend löste sie behutsam die Spannung der Bogenhaare und legte den Violinbogen hinein. Ein wenig Kolophoniumstaub wurde in die Luft gewirbelt, und Elise sog den harzigen Duft ein. Vor jedem Spiel rieb sie die Rosshaare des Bogens sorgfältig mit gehärtetem Fichtenharz ein, um sie geschmeidig zu halten.

«Die Klaviersonate g-Moll», antwortete Eduard dumpf, «von Schumann.» Er starrte wieder nach draußen in das helle Sonnenlicht und schien abgelenkt von einer Amsel, die sich auf dem Fensterbrett putzte.

Elise stellte sich neben ihren Bruder ans Fenster. Unten hielt gerade ein Fuhrwerk, und eine Dame, gehüllt in einen seidenen Umhang und mit zierlichem Schuhwerk, stieg aus dem Schlag und ließ sich am Arm des Kutschers über die Gasse führen. Die kleineren Straßen in Dresden waren nicht gepflastert wie die großen Plätze, und nach den häufigen Regenfällen der letzten Wochen war jede Überquerung wegen des schlammigen, aufgeweichten Untergrunds ein Wagnis.

«Robert Schumann?», fragte Elise. «Dieser Komponist in Leipzig, von dem man so viel hört?»

Eduard nickte. «Mein Klavierlehrer verehrt ihn», sagte er, «und er meint, es täte mir gut, die Werke eines so jungen Genies zu spielen und nicht immer nur die alten Meister.»

«Das ist klug vom alten Büchner», sagte Elise und nickte. «Vielleicht macht es dir mehr Freude. Die Familie Schumann ist zudem wirklich außergewöhnlich. Ich habe von Schumanns junger Frau gehört: Clara Wieck ist ebenfalls Pianistin, und man behauptet sogar, sie würde nicht nur konzertieren, sondern auch komponieren.»

Überrascht sah Eduard sie von der Seite an. «Das ist lächerlich», sagte er rasch. «Eine Frau kann keine Komponistin sein.

Sie hat nicht das Schöpferische in ihrem Charakter, das dafür nötig ist.»

«Gleich behauptest du noch, eine Frau könne auch nicht Violine spielen!», fuhr Elise auf. «Das meinen ja schließlich alle Kritiker des Landes, allen voran Jacobi. Aber eben hast du selbst zugegeben, dass ich dir im Spiel überlegen bin.»

«Du bist eben eine Ausnahme», sagte Eduard widerwillig. «Trotzdem solltest du dir besser eingestehen, dass es sehr ungewöhnlich ist. Hier zu Hause mag es ja angehen, vielleicht auch noch bei privaten Salons, wo man sich kennt. Aber hast du schon einmal eine Frau die Violine in einem Orchester spielen sehen? Oder auf einer großen Bühne in einem Konzerthaus?»

Es blieb Elise nichts anderes übrig, als mit dem Kopf zu schütteln. Bei der Bewegung fiel ihr Blick quer durch den Raum in den Spiegel, der über dem gedrechselten Sofa hing. Neben Eduards dunklem Schopf mit den langen Koteletten entdeckte sie sich selbst. Hellbraune Locken umrahmten ihr kleines Gesicht mit dem eigensinnigen, etwas zu eckigen Kinn. Das rote Kleid war hochgeschlossen und in der Taille gefältelt, ein braunes Schultertuch lag über den ausladenden Keulenärmeln, die sie beim Geigespielen stets störten. Doch so war nun einmal die Mode, und eine Tochter des Dresdner Bürgertums musste zeigen, dass sie über die nötigen Mittel verfügte, sich jedes Jahr ein Kleid nach neuestem Geschmack schneidern zu lassen. Immerhin hatte Elise bei ihren Spaziergängen durch die Stadt in letzter Zeit mehr und mehr Frauen gesehen, deren Ärmelumfang wieder etwas gemäßigter war – die Mode schien in Richtung schmalere Silhouetten, ins Schlichtere zurückzugehen, was ihr nur recht war.

Beim nächsten Besuch musste ihr Schneider Behnke, in dessen Geschäft am Schloss die Spielmanns Stammkunden waren, engere Ärmel anfertigen, entschied sie.

Eduard hatte recht, dachte sie dann, während sie mit leichtem Missfallen zusah, wie die Elise im Spiegel sich eine Locke hinter ein zu weit abstehendes Ohr strich – angeblich ein Überbleibsel ihrer schweren Geburt vor einundzwanzig Jahren. In den großen Orchestern des Landes fanden sich tatsächlich keine Frauen. Es gab nur Sängerinnen in den Chören und Solistinnen in der Oper. Diese Frauen würden die weltberühmten Arien auch im nagelneuen Opernhaus von Gottfried Semper singen, das vor wenigen Tagen eröffnet worden war – doch keine von ihnen schwang dort den Bogen, geschweige denn den Dirigentenstab. Elise wusste, dass es als geradezu ungehörig für eine Frau galt, Geige zu spielen – die dafür nötige Körperhaltung schien dem Publikum unweiblich. Vom Violoncello, das man zwischen den gespreizten Beinen halten musste, ganz zu schweigen. Angeblich gab es in Paris eine junge Cellistin, die öffentlich auftrat – aber selbst dort, so las man in den Gazetten, fielen die anwesenden Damen reihenweise deswegen in Ohnmacht.

Elises Laune hellte sich ein wenig auf, als ihr einfiel, dass sie die Dresdner Hofkapelle bald selbst hören würde. Ihr Vater hatte Eintrittsbilletts für den *Freischütz* gekauft. Endlich würde die ganze Familie Spielmann in die neue Oper am Schloss gehen! Elise konnte es kaum erwarten.

Die Eröffnungsfeier war das Ereignis des Jahres gewesen, und alles, was Rang und Namen in Dresden hatte, war zur Premiere geströmt. Georg Spielmann war zwar ein angesehener Mann in der Stadt, jedoch nicht einflussreich genug, um eine Einladung zu erhalten. Deshalb musste auch Elise sich noch gedulden, die Pracht dieses Ortes, von der sie bisher nur hatte reden hören, mit eigenen Augen zu sehen. Und natürlich der Musik des ehemaligen Musikdirektors Carl Maria von Weber zu lauschen, der den *Freischütz* komponiert hatte. Er war ein wichtiger Mann für Dresden gewesen, und seit seinem Tod gedachte man ihm mit exquisiten Aufführungen seiner Werke. Um seine Oper hatte es einst, wie Elise von ihrem Vater wusste, einen großen Streit zwischen dem Komponisten und dem Schriftsteller des Librettos gegeben, doch das war vor ihrer Geburt gewesen. Heute spielte man die Oper wieder im ganzen Land, und am besten natürlich im neuen, prächtigen Bau des Dresdner Hoftheaters.

«Dann wärst du also gern so wie die junge Frau Schumann?», fragte Eduard und stieß Elise spielerisch in die Seite. «Denn eine Heirat bedeutet heute offensichtlich nicht, dass man nicht mehr musizieren kann.» Er kicherte. «Du solltest dankbar sein, dass der ehrwürdige Herr Jacobi dich überhaupt heiraten will», sagte er. «Wenn er wüsste, welche Flausen du im Kopf hast, würde er vielleicht noch Reißaus nehmen und sich eine bescheidenere Jungfer zur Frau wünschen.»

Elise runzelte die Stirn. «Sei lieber still», sagte sie, «oder ich erzähle Mama, dass du neulich Friedel geküsst hast. Ich hab es genau gesehen, hinten im Hof bei den Pferden.»

Eduard war blass geworden. Er trat ein Stück von Elise weg, als wollte er sich gegen ihre Anschuldigung verwahren. «Das ist doch nichts», sagte er leise und starrte auf den Dielenboden. «Das dumme Ding stand da so herum, und mir war fad.»

Elise stemmte die Hände in die Taille. «Du nutzt sie aus», sagte sie eindringlich. «Friedel kommt von der Elbe, aus einem Dorf! Sie hat keine Erfahrungen mit frechen Stadtknaben wie dir. Du solltest deine Hände von ihr lassen, auch wenn sie bildhübsch ist.»

«Du bist nicht unsere Mutter», erwiderte Eduard trotzig. Seine Wangen glühten, doch er sah Elise herausfordernd an. «Du hast kein Recht dazu, mich zu schelten. Was ich tue, ist ganz allein meine Sache!»

«*Was tust du denn?*», fragten in dem Moment zwei Mädchenstimmen.

Elise und ihr Bruder fuhren herum. Die fünfzehnjährigen Zwillingsschwestern Barbara und Dorothea waren unbemerkt hereingekommen und hatten den letzten Satz ihres älteren Bruders gehört. Sie glichen einander aufs Haar, beide hatten dieselben dichten blonden Locken, eine füllige, weiche Figur, die durch ihre eng taillierten Kleider aus kariertem Musselin reizvoll betont wurde, und sogar das gleiche Grübchen am Kinn, wenn sie lächelten. Wie zwei der Goldengel auf dem Gemälde, das an der hinteren Wand des Zimmers hing, sahen sie aus. Seite an Seite gingen sie nun zum Sofa und ließen sich auf die lindgrünen Samtkissen fallen. Barbara streckte aufseufzend die Füße von sich, während sich Dorothea in die Sofaecke schmiegte und Eduard herausfordernd ansah.

«Geht es um die schöne Viehmagd?»

Barbara kicherte.

Zornig blickte Eduard zwischen seinen drei Schwestern hin und her. «Hört endlich auf damit», sagte er, «es geht euch nichts an, verstanden?»

«Dann solltest du dich mehr bemühen, dass dich auch niemand von uns beim Poussieren mit dieser Person beobachtet», sagte Dorothea und ahmte vortrefflich die tadelnde Stimme von Fräulein Drosselmeir, der Gouvernante, nach. «Sonst werden es bald auch die Frau Mama oder der Herr Papa erfahren, und dann gnade dir Gott.»

Mit einem Wutschnauben verschwand Eduard im Studierzimmer und warf die Tür hinter sich zu, sodass die Butzenscheiben darin gefährlich klirrten. Die drei Schwestern tauschten vielsagende Blicke, dann fingen alle an zu lachen.

«Armer Bruder», sagte Dorothea gedehnt. «Er hat es nicht leicht mit drei Schwestern.»

Elise schnaubte. «Er ist ein junger Mann», sagte sie leise, «natürlich hat er es leicht, trotz seiner Schwestern und trotz der Paukerei.» Sie war wieder ernst geworden. Ihr Blick wanderte hinüber zu ihrer Geige, die an der Wand in ihrem Kasten ruhte. Plötzlich überkam sie ein seltsames Gefühl – vielleicht war dies hier eins der letzten Male, dass die Geschwister alle zusammen in der elterlichen Wohnstube saßen, sich gegenseitig hänselten und neckten, als wären sie noch Kinder. Dabei war Elise schon längst keines mehr, und sie spürte, dass dieses letzte Jahr im Elternhaus eine große Veränderung bringen würde. Ein neues Lebensalter brach an, ihre Zeit als junges Mädchen war bald vorbei. Kurz sah sie sich vor dem Altar stehen, neben sich den älteren Adam Jacobi, die Orgel dröhnte, und sie trug ein neues Kleid aus Brokat ... Es war ein hübsches Bild, und doch bedrückte es sie. Elise kannte den Herrn kaum, sie siezten sich bei ihren seltenen Begegnungen, die stets im Kreise ihrer Familie und deren Bekannten stattgefunden hatten. Und zum wiederholten Male fragte sie sich, weshalb ihre Eltern wohl einer Heirat mit Jacobi so freimütig zugestimmt hatten. Warum sie so bereitwillig ihre älteste Tochter fortgaben, obwohl keine Not dazu bestand. Mit ihren einundzwanzig Lenzen war Elise noch jung, erst in vier Jahren würde sie volljährig werden. Und doch – Amalie Friederike Brühl war im selben Alter gewesen, als sie den beinahe mittellosen Jurareferendar Georg Spielmann geheiratet hatte. Sie hatte das Geld ihrer Eltern in die Ehe eingebracht, damit er weiterhin seinem Violinspiel und dem Komponieren nachgehen konnte. Und auch sie hatte ihr ganzes Leben einem Fremden geschenkt. Wie es einer Frau vorherbestimmt war.

Weshalb nur machte Elise der Gedanke dann so traurig, von zu Hause fortzugehen? Sie würde ihre Violine doch mitnehmen, und gewiss konnte sie auch in der schönen Neustädter Wohnung von Herrn Jacobi *fiedeln*, wie Eduard gesagt hatte. Aber es war nicht das Gleiche. Solange der Ring dieses Mannes nicht an Elises Finger steckte, besaß ihr Geigenspiel noch einen kleinen Hoffnungsschimmer. Bald jedoch würde es hohl sein und glanzlos, weil niemand außer ihrem Ehemann und – in naher Zukunft – vielleicht eins ihrer eigenen Kinder ihm lauschen würde. Die Töne wären eingesperrt in ein Leben zwischen den vier Wänden des Salons, eingekeilt zwischen all dem Zierrat, der zweifelsfrei auch in den Räumen in der Königstraße herumstand – denn die ältere Schwester von Adam Jacobi führte ihm bisher den Haushalt. Das Geigenspiel wäre nicht länger so kühn, wie Elise es so liebte, wenn sie mit ihrer Wange an der Geige durch die Zimmer wanderte und sich von der Musik – sanft und stark zugleich – einhüllen ließ.

Von draußen zog das Mittagsgeläut der Glocken von der nahe gelegenen Frauenkirche herein, und Elise schreckte auf. Sie stand noch immer mitten in der Stube, der unstete Frühlingswind zerrte am offen stehenden Fensterflügel und ließ die weißen Gardinen sich bauschen und winden. Dorothea und Barbara waren in eins ihrer leisen Gespräche vertieft, die nur die Zwillinge miteinander führen konnten – eingesponnen in ihren zweisamen Kosmos, als seien sie noch immer gemeinsam im Mutterleib, flüsternd und kichernd, den Mund der einen dicht am Ohr der anderen. Elise beneidete sie um ihre tiefe Vertrautheit mit der jeweils anderen Zwillingsschwester. Es war, als brauchten sie sonst keinen Menschen auf der Welt – wohingegen Elise selbst immer etwas abseits zu stehen schien.

Sie trat zum Fenster und schloss es, denn es war Zeit für das Mittagessen. Danach würde ihr Vater wieder in die Amtsstube eilen, und der Rest der Familie würde sich hier in den Wohnräumen versammeln, um vorzulesen, miteinander zu singen und zu plaudern, während der Samstagnachmittag verrann.

Die Wohnungstür ging, sie hörten die schweren Tritte des Vaters, der von seiner Sitzung heimkehrte, und das helle Lachen der Mutter, das so selten war und deshalb so kostbar, als sie ihren Mann in der Diele begrüßte. Die Zwillinge sprangen auf.

«Eduard», rief Elise durch die geschlossene Tür ins Studierzimmer. «Kommst du?»

Immer noch mürrisch tauchte er auf. Doch Elise lächelte und hakte ihn liebevoll unter. Alle vier Spielmann-Kinder verließen die Wohnstube und gingen durch den Korridor ans andere Ende der Wohnung ins Esszimmer, um die Eltern zu begrüßen und um sich Albertas Speckpfannkuchen schmecken zu lassen.

2.

Aus dem Tagebuch des Königlich Sächsischen Hoftheaters, Schauspielfreunden zum Jahre 1841 gewidmet

Das von Gottfried Semper neu erbaute Hoftheater der Stadt Dresden wurde am 12. April dieses Jahres feierlich eröffnet. Die Oper ist in ihrer Herrlichkeit und Pracht wie ein Palast für die Musik!
Gespielt wurde ein Prolog von Theodor Hell, vorgetragen zum Anlass des neu gemalten Hauptvorhangs von Prof. Hübner.
Die zweite, ebenfalls vorzügliche Dekoration, die sich dahinter auftat, ward im Malersaal gefertigt vom Hoftheatermaler Anton Arrigoni und seinem Gehülfen Christian Hildebrand.
Es folgte die Jubel-Ouvertüre von Carl Maria von Weber sowie Torquato Tasso von Johann Wolfgang von Goethe. Die Sopranistin Demoiselle Schröder-Devrient wurde vom frenetisch applaudierenden Publikum mehrmals gerufen.
Der Abend war ein unermesslicher Erfolg, von dem in unserer Stadt noch lange zu reden sein wird.
Generaldirektor der Königlichen Kapelle ist auch in diesem Jahr Seine Exzellenz Wirklicher Geheimer Rat Herr Wolf Adolf August von Lüttichau, Großkreuzträger des Zivil-Verdienst-Ordens. Möge er lange seine Gesundheit erhalten und dem Theater aufs Vortrefflichste dienen – und wir mit ihm. Denn was wäre das Königliche Theater in Sachsen ohne uns – und wir ohne die Oper? Sie schenkt uns die wunderbarste Musik. Eine Musik, die uns aus dem Staub der Erde zieht und unser Innerstes zum Singen anhebt.
Ehregott Wagner, Diener und Chronist des Königlichen Hoftheaters

3.

Dresden, Montag, 19. April 1841

Die Ballerina drehte sich in ihrem weißen, durch den eingenähten Reif auf und ab wippenden Tutu – eine Neuheit aus Paris! – immer wieder um ihre eigene Achse. Die Spitze des Saums raschelte an ihren Knien, wenn sie ihre Drehung vollführte, die Arme in elegantem Bogen hoch über den Kopf erhoben. Trippelnd und tänzelnd bewegte sie ihre grazile Figur über die Bühnenbretter. Sie schien zu schweben, wie durch Zauberhand verloren ihre Füße den Bodenkontakt, während ringsumher junge Mädchen in nicht ganz so ausladenden Kleidern herumtänzelten und Blumengirlanden schwangen. Umringt wurden sie von ein paar männlichen Balletttänzern, die kurze, weite Pluderhosen trugen, unter denen sich muskulöse Oberschenkel abzeichneten, und deren samtschwarze Capes bei ihren tanzenden Drehungen aufflogen, als seien sie Fledermäuse auf ihrem Flug durch die Nacht. Um ihre Hälse waren weiße Krausen nach Art der Hugenotten gelegt, und sie mussten ihre Nasen weit herausstrecken, um zu sehen, wohin sie sprangen. Die schweren, ausgestopften Ballettschuhe klapperten auf dem Holzboden wie Kastagnetten. Ständig stolperte einer der Tänzer über ein mit Weidenkorb ausstaffiertes Kind oder einen der herumliegenden Blumenkränze oder Strohballen – denn man befand sich auf einem Marktplatz in Paris, am Ufer der Seine, vor dreihundert Jahren, noch vor dem Dreißigjährigen Krieg.

Bertha Heise, die Garderobiere des Königlichen Theaters, stand auf der hinteren Bühne an eine Kulissenwand gelehnt – eine französische Kapelle aus Pappe im Renaissancestil – und sah der Probe zu. Es war zwei Wochen vor der Premiere von *Les Huguenots*, der großen Oper von Giacomo Meyerbeer, und bis jetzt schien es wenig glaubhaft, dass die Darsteller es bis zum großen Abend schaffen würden, aus diesem Durcheinander eine vorzeigbare Szene zu machen. Doch Bertha kannte das Theater, sie kannte es schon ihr ganzes Leben lang, und nichts überraschte sie mehr. Es musste immer bis zum Äußersten kommen, ein Drama musste das nächste jagen, mindestens drei Ballerinen samt Musikdirektor in Ohnmacht fallen – bis endlich der Durchbruch gelang und die Aufführung wie durch ein Wunder doch noch ein überragender Erfolg wurde. Vielleicht musste die Premiere auch mit diesem unvermeidlichen Schmerz erarbeitet werden, der erst das tiefe Schaudern der großen Gefühle bei den Darstellern hervorrief – und beim Publikum.

«*Arretez*!», rief da auch schon wieder Herr Kühn, der massige Repetitor, mit verzweifelter Stimme. Auf der Bühne sprach man hauptsächlich Französisch, die Sprache des Balletts. «*Attention*, Mesdames! Messieurs!»

Er drängte sich und seinen ausladenden Bauch durch die Gruppe der Tänzer hindurch und blieb vor Mademoiselle Koch im weißen Tutu stehen, die soeben in ihrer letzten Drehung innehielt und ihn ansah wie einen Hofnarren, der seine Königin beim Regieren gestört hatte.

«Mademoiselle», flehte er, «*encore une fois, s'il vous plaît*!» Er warf furchtsame Blicke nach allen Seiten und fuhr sich über seinen weißen Vollbart mit den gezwirbelten Spitzen. «*Mon Dieu*, dieses Durcheinander ... Wenn das Monsieur Lepitre zu Gesicht bekommt!»

Bertha musste sich ein Lächeln verbeißen. Monsieur Lepitre, der schwarzäugige Ballettmeister, würde einen seiner berühmten Zusammenbrüche bekommen, wenn er jetzt hier wäre – doch er erschien selten vor der Mittagszeit zur Probe, denn er legte viel Wert auf seinen Schlaf und ein gutes, ausgedehntes

Frühstück, bevor er sich mit den Ärgernissen der Welt befassen konnte. Von seinen Tänzern jedoch verlangte er, gemäß den Statuten des Theaters, strenge Disziplin und Pünktlichkeit. Erst kürzlich war die Strafe fürs Zuspätkommen zu einer Probe für die Darsteller um zwei Taler erhöht worden.

«Hab mit Gott nichts zu schaffen, Herr Kühn», war die wenig demütige Antwort der Primaballerina. Gelangweilt betrachtete sie die Kinder und Tänzer, die inmitten der Kränze, Girlanden und Strohballen standen und mit hängenden Köpfen und Armen vor sich hin starrten. «Wenn ich hier nicht mit Amateuren arbeiten müsste, sondern in Paris oder London unter meinesgleichen wäre, bräuchten Sie meine Partie nicht andauernd zu unterbrechen.» Abschätzig fuhr sie über ihr seidenes Tutu und schnappte theatralisch nach Luft. «Außerdem ist dieses Kostüm viel zu eng», japste sie. «Wer soll darin schon tanzen können?»

Repetitor Kühn sah sich Hilfe suchend um. Dann fiel sein Blick auf eine Dame in einem ausladenden Spitzenkleid und mit aufgetürmter Frisur, die ein paar Meter weiter mit einer Gruppe Elevinnen einen *Pas de quatre* übte und dabei mit den Armen fuchtelte, als dirigierte sie ein ganzes Orchester.

«Signora Pecci», rief er mit sich überschlagender Stimme.

Die Ballettlehrerin wies ihre Schülerinnen an, einen Moment allein weiterzumachen, und stolzierte zum Repetitor hinüber.

«*Sì, Signore?*», sagte sie mit ihrem dunklen Timbre und rollte das r, wie Bertha fand, eine Spur zu laut – so, als wolle sie allen ihre hinreichend bekannte italienische Herkunft erneut beweisen. Sie rückte sich die schwarze Perücke zurecht, an der sie augenscheinlich schwer zu tragen hatte.

«Irgendetwas stimmt mit dem Kleid der Mademoiselle nicht, Signora», sagte Kühn bemüht leise. Beinahe, dachte Bertha belustigt, hätte er wohl einen Bückling gemacht. «Sie sagt, es sei zu eng.»

Taxierend glitt der Blick aus Signora Peccis kleinen dunklen

Äuglein über das weiße Tutu. «Tatsächlich», sagte sie schnalzend, «viel zu eng. *Terribile*!»

Bertha gab sich einen Ruck. Das hier war ihr Stichwort! Wenn etwas mit dem Kostüm nicht stimmte, betraf das ihre Domäne – ihre und die ihres Gatten, Franz Heise, dem Damenschneider des Theaters. Sie konnte sich zwar beim besten Willen nicht vorstellen, weshalb das Kleid auf einmal nicht mehr passen sollte, denn Mademoiselle Koch trug es bereits seit Jahren in verschiedenen Vorstellungen. Die Sängerinnen und Tänzerinnen hatten selbst für ihre Kostüme zu sorgen und brachten sie von zu Hause mit, Bertha und ihr Mann waren nur für kleine Änderungen und Anpassungen zuständig. Doch was auch immer der Grund war – der Fehler musste behoben werden.

Rasch ging sie zu dem Grüppchen hinüber.

«Ah, Madame Heise», sagte Kühn erleichtert und wischte sich mit einem Taschentuch geziert den Schweiß von der Stirnglatze. Seine vollen Wangen leuchteten rosig. «Sie kommen gerade recht. Sehen Sie mal, das Tutu von Magdalene ... ich meine, von Mademoiselle Koch», verbesserte er sich hastig. «Es, nun ja, es passt nicht.»

«Nicht mehr», sagte Bertha trocken und erntete, wie sie sehr wohl spürte, einen bissigen Blick von der Primaballerina, doch sie achtete nicht darauf, sondern prüfte mit fachkundigen Griffen die Taille. Die Nähte waren zum Zerreißen gespannt, und der glänzende Taftstoff wurde erbarmungslos in die Breite gezogen.

Offenbar hatte es der Ballerina in letzter Zeit zu gut geschmeckt, dachte Bertha und schmunzelte in sich hinein. Nicht jeder vertrug das Dresdner Essen mit den vielen Mehlspeisen und den herrlichen Torten der Kaffeehäuser, ohne dass es Spuren hinterließ. Auf dem nahen Altmarkt lauerte stets die Verführung in Form von Kuchen, Konfekt und Schmalzgebackenem, wenn man sich derlei leisten konnte. Doch sie sagte nichts, lächelte nur still und nickte den Herumstehenden beruhigend zu.

«Das haben wir gleich.» Und zu der Primaballerina gewandt, fügte sie hinzu: «Wenn Sie bitte einmal mitkommen würden, Fräulein Koch?»

Bertha führte die Mademoiselle auf die hintere Bühne, während Herr Kühn vorne begann, erneut den Takt mit seinem Stock auf die Bühnenbretter zu schlagen, und die Darsteller und Tänzer daraufhin wieder mit ihren Drehungen anfingen. Auch Signora Pecci begab sich mit rauschenden Röcken, einem Schlachtschiff im offenen Meer gleich, zurück an ihren angestammten Platz zu ihren zitternden Elevinnen.

Das Unheil schien abgewendet, und die Lösung des Problems ruhte nun auf Berthas knochigen Schultern.

«Es tut mir sehr leid, Mademoiselle», sagte Bertha behutsam. Sie wusste, wie man mit Belladonnen umgehen musste, das Theater war voll von ihnen. Auch wenn nicht alle dankbar waren für ihr Engagement an diesem Haus, denn manch eine fühlte sich von der strikten Direktion gegängelt, schlecht bezahlt und zu wenig wertgeschätzt. Die Tänzerinnen beäugten einander misstrauisch, ob nicht doch eine übervorteilt wurde. Da reichte es schon, wenn der Garderobeninspektor nach der Vorstellung erst der Konkurrentin einen Wagen für die Heimfahrt rufen ließ, damit ein schwelender Streit vollends entfachte.

Sie traten in die Nähstube hinter einer der Nebenbühnen, die, wie alles im neuen Theater, gerade erst fertig eingerichtet worden war. Ein kleiner Kanonenofen prasselte, denn auch im April war es noch empfindlich kalt in den Räumen des großen Theaters, und Bertha hatte es in den Gelenken.

«Sie werden sehen, im Handumdrehen kann ich dieses Missgeschick beheben», sagte sie und sah sich erwartungsvoll um. Hier fühlte sie sich in ihrem Element. Alles war in schönster Ordnung – wandhohe Regale voller fein säuberlich gefalteter Stoffballen, nach Farbe und Stärke sortierte Garnspulen in unzähligen Fächern. Daneben warteten in langer Reihe die schwarzen Fräcke und Blusen der Kapellknaben auf ihren Einsatz. Das gewaltige Plätteisen glänzte im Feuerschein des Ofens. Weiter hinter standen mehrere Kleiderpuppen mit aufgezogenen Kostümen. An der gegenüberliegenden Wand hingen zahllose Hüte – mit Gamsbart, Schlappe oder Spitzenschleier, einer sogar mit einer riesigen Papageienfeder. Die Mitte des Raums aber bildeten zwei große Holztische, einer zum Stoffschneiden, einer zum Nähen. Dort saß meistens auf seinem Höckerchen Berthas Gatte. Doch heute war nicht viel zu tun, und Bertha hatte ihn, der nicht mehr der Jüngste war, nach Hause geschickt. An manchen Tagen bevorzugte sie es, allein in der Nähstube zu sein, wo sie sich so wohl fühlte wie ein Fisch im Wasser. Arbeit gab es genug. Irgendwann, so hoffte sie, würde es auch endlich eine Maschine geben, mit der die langen Nähte an den Draperiestoffen automatisch gefertigt werden konnten. Bertha hatte gehört, dass es solche Nähautomaten bereits in Frankreich und England gab, doch offenbar waren die Ergebnisse noch immer nicht zufriedenstellend genug, als dass man hier in Sachsen ebenfalls in Produktion gegangen wäre. Trotzdem schritt auch hier die Zeit voran, in Dresden gab es viele Manufakturen und neue Industrien. Sicher konnten kluge Menschen – klügere als sie – ein solches Gerät bald herstellen und ihr die gröbste Arbeit erleichtern. Und vor allem ihrem Franz, der nicht jünger wurde und immer öfter über Schmerzen im Kreuz von der gebückten Haltung klagte. Jetzt lag er hoffentlich zu Hause im Bett, mit einem Heizstein im Rücken und warmen Füßen, wie sie es ihm stets einbläute. Sie musste wirklich mehr darauf hinwirken, dass er endlich kürzertrat.

Sanft, aber bestimmt dirigierte Bertha die Ballerina zum Schneidetisch, löste geschickt die Kleiderhaken im Nacken der Frau und half ihr, das Kostüm auszuziehen, bis Mademoiselle

Koch nur noch im Unterkleid vor ihr stand. Eine Spur zu üppig standen ihre Brüste in der Korsage nach vorn, und um die sonst so schmalen Hüften hatte sich eine kleine Speckrolle gebildet, die wohl die Ursache für das Problem war. Immer noch lächelnd, nötigte Bertha die Frau, auf einem der samtbespannten Hocker Platz zu nehmen.

«Hätten Sie vielleicht ein Gläschen für mich, Frau Heise?», fragte die entblätterte Tänzerin und schielte zum Schränkchen mit der Karaffe und den kleinen, goldgeränderten Gläsern, die die Heises hier wohlweislich bereithielten. Nicht selten war die Nähstube Schauplatz von Lebensbeichten und Tränen.

Eine rabenschwarze Locke hatte sich aus Magdalenes Frisur gelöst und ringelte sich über ihren weißen, weichen Arm. Es sah entzückend aus, fand Bertha. Kein Wunder, dass kein Mann im Theater die Augen von der Primaballerina abwenden konnte – Speckrolle hin oder her. Nur schade, dass sie so oft sauertöpfisch aus der Wäsche schaute, sie wäre sonst eine echte Schönheit gewesen.

«Natürlich, liebes Fräulein Koch», sagte sie und schenkte der Tänzerin großzügig ein. Sie sah zu, wie Magdalene Koch zunächst vorsichtig an der Flüssigkeit nippte und schließlich das ganze Glas hinunterkippte. Ohne zu fragen, goss Bertha nach und stellte die Karaffe dann sorgsam zurück. «Und nun wollen wir mal sehen.» Sie nahm ein Maßband und legte es um Fräulein Kochs Taille. Stattliche fünf Zentimeter mehr in nur wenigen Wochen, stellte sie verblüfft fest. Sie kannte alle Maße der festen Darsteller im Theater auswendig, und so etwas war ihr noch nicht oft untergekommen, außer ... Bertha biss sich auf die Lippen. Ihr Blick wanderte erneut über Fräulein Kochs Gesicht, die vollen Wangen und glänzenden Augen, dann über ihren Körper mit den ungewohnt vollen Rundungen und dem kleinen Bäuchlein, das aus dem Spitzenbund der Unterhose herausquoll, die nur die *Unaussprechliche* genannt wurde.

Herr im Himmel!, dachte Bertha und rollte innerlich mit den Augen. Sie war nicht von gestern, sie hatte selbst zwei stramme Burschen geboren und aufgezogen und kannte die Anzeichen. Welcher Herr wohl dafür verantwortlich war? Anwärter auf ein Abenteuer mit der Primaballerina gab es ja genug im Hause, Bertha hätte zu gern gewusst, wer das Rennen gemacht hatte. Und noch etwas interessierte sie brennend: Ob Magdalene Koch selbst über ihren Zustand im Bilde war? Sie bezweifelte es, denn natürlich wäre es eine Tragödie für die arme Frau. Wenn sie es wüsste, würde es ihr schwerfallen, so sorglos auf Berthas Hocker zu sitzen, mit den Beinen zu baumeln und Gewürzwein zu trinken, als sei nichts.

Es war ein Jammer. Bertha hätte erwartet, dass eine Frau mit Magdalenes Erfahrung wüsste, wie man derlei verhinderte. Es gab immerhin *Condoms* und, wie man hörte, noch andere Mittel, die eine Empfängnis, wenn nicht ausschlossen, so doch unwahrscheinlicher machten.

Bertha überlegte. Dies hier war nicht die erste Liebschaft am Theater, aber leider wohl eine derjenigen, die schlimme Folgen nach sich ziehen würde. Wie sollte sie vorgehen? Magdalene auf ihren Verdacht ansprechen, sie warnen? Doch was, wenn sie sich irrte? Was, wenn die Primaballerina einen Anfall bekam und sie anschrie? Es ging die Garderobiere schließlich nichts an, und über kurz oder lang würde es ohnehin herauskommen, auch ohne ihre Einmischung. Nein, dachte Bertha, das Beste wäre wohl, die Unwissende zu spielen und sich nur um das Kleid zu kümmern. Für alles andere war sie nicht zuständig.

Wenn es so weit wäre, müsste sich Monsieur Lepitre um einen geeigneten Ersatz für die Vorstellung kümmern. Glücklicherweise war die Ballettszene im dritten Akt von *Les Huguenots* nur ein kleiner Teil der Oper von Meyerbeer, wichtiger waren die großen Titelrollen des Edelmanns Raoul, seines Dieners Marcel und der Königin von Navarra, die von Wilhelmine

Schröder-Devrient gesungen wurde, der berühmtesten Sopranstimme des Königreichs Sachsens. Auf Wilhelmine war Verlass, sie würde nicht einfach so schwanger werden. Vor Jahren schon war sie von ihrem Mann geschieden worden, und sie durfte ihre vier Kinder seitdem nicht mehr sehen. Aber auch sie war dem Hörensagen nach kein Geschöpf von Traurigkeit, angeblich schrieb sie sogar an ihren Memoiren, in denen sie freizügig von ihren vielen Liebhabern berichtete. Nur war die Schröder-Devrient kein dummes Mädchen wie das ärmste Fräulein hier auf dem Schemel, sondern eine Dame von Welt. Der Skandal ihrer Scheidung hatte ihrer Beliebtheit beim Dresdner Publikum keinen Abbruch getan. Bei jeder Vorstellung wurde ihr Name so oft gerufen, dass sie mehrere Male vor den Vorhang treten und Kusshände verteilte musste, bis die tobenden Zuschauer zufrieden waren. Doch was würde mit Magdalene geschehen, wenn ihr Fehltritt offensichtlich wurde? Sie genoss keine solche Vorreiterstellung an der Oper wie ihre berühmte Kollegin, und wenn Direktor Lüttichau von ihrem Malheur Wind bekäme, wären ihre Tage als Ballerina am Haus gezählt.

Als Bertha jetzt das gelangweilte Gesicht der Primaballerina betrachtete, wusste sie auf einmal nicht, ob es sie überhaupt kümmern würde, wenn man Fräulein Koch entließe. Die Liebe zur Oper schien nicht durch Magdalenes Adern zu fließen. Ein Skandal aber, der sie auf die Straße triebe, würde ihr trotzdem den Rest des Lebens vergällen und sie ins Elend stürzen.

«Wir müssen ein Stück Stoff in der Taille ansetzen», sagte Bertha zu der Ballerina, die sie nun doch bedauerte.

Magdalene nickte abwesend und schielte erneut verstohlen zur Karaffe herüber. Aber Bertha würde ihr nichts mehr geben. Wenn ihr Verdacht stimmte, konnte zu viel starkes Getränk der Leibesfrucht vielleicht schaden.

«Sie können jetzt gehen», sagte sie daher freundlich, «es wird ein wenig dauern. Ich brauche ein Band in der richtigen Farbe, um die Naht zu kaschieren. Hier, nehmen Sie den Morgenmantel.» Sie legte der Ballerina das Kleidungsstück über, das ihre Reize genug verhüllte, damit sie unbescholten in ihre Garderobe gelangen würde. Nicht, dass es nun noch allzu sehr darauf ankam, dachte Bertha. Doch niemand sollte ihr nachsagen, nicht auf die Ehre der Damen zu achten, die aus ihrer Nähstube kamen.

Die Sittlichkeit an der Oper wurde streng überwacht, während der Vorstellung mussten die weiblichen und die männlichen Sänger in verschiedenen Logen warten, beaufsichtigt von einer Anstandsdame, damit es nicht zu unziemlichen Vorgängen kam. Leider hatte das strikte System, in dem es unvermeidliche Lücken gab, bei Magdalene Koch offenbar versagt.

Die Ballerina leckte sich den Rest Wein von den vollen Lippen und nickte huldvoll.

«Es wird ohnehin Zeit für mich», sagte sie und fügte in mürrischem Ton hinzu: «Der Ballettmeister dürfte bald auftauchen, und er knöpft mir nicht schon wieder meine Taler fürs Zuspätkommen ab.»

Damit rauschte sie aus der Stube.

Bertha räumte seufzend das Glas vom Schneidetisch fort und trat anschließend ans Regal, um nach einem passenden Stück Seide zu suchen. Doch das Fach mit den weißen und cremefarbenen Stoffresten war fast leer. Sie würde etwas Passendes in der Stadt besorgen müssen.

Wie zur Erlösung klopfte es in diesem Moment an der Tür, und Ernestine Hildebrand kam herein, eine junge Frau von achtundzwanzig Jahren. Sie hatte rotblondes, strähniges Haar und war, wie meistens, etwas schäbig gekleidet, doch ihre Augen mit den farblosen Wimpern blickten klug in die Welt und schienen stets ein wenig zu glitzern, als wüsste sie eine lustige Geschichte zu erzählen, die sie jedoch niemals preisgeben würde.

«Was hat denn die Demoiselle gebissen?», fragte Ernestine mit einem Blick zurück in den Korridor.

Bertha zuckte nur mit den Schultern und winkte die Requisitenbeauftragte zu sich. Die junge Frau trug ein großes Bündel, das sie nun auf dem Schneidetisch ablegte. Sofort quoll daraus das bunteste Vielerlei – farbige Federn, schimmernde Knöpfe und eine groteske Pappnase mit einem falschen Schnurrbart daran. Ein paar goldene Becher, die aussahen, als seien sie eigentlich aus billigem Zinn und nur mit Goldfarbe bemalt, kullerten über die Tischplatte. Einer davon plumpste zu Boden und rollte in die Zimmerecke.

Bertha mochte Ernestine. Sie wusste, dass das Mädchen ein Waisenkind gewesen war und die Stelle als Requisitenbeauftragte nur durch Vermittlung eines mitleidigen Vetters erhalten hatte, der vor drei Jahren im richtigen Moment von der Vakanz gehört hatte. Doch schon nach wenigen Tagen hatte die dürre, fahrig wirkende Ernestine es geschafft, sogar den gestrengen Theaterinspektor Carl Engelmann von ihren ungewöhnlichen Talenten zu überzeugen. Sie besaß ein gutes Auge fürs Detail, sah stets, wenn noch irgendwo eine winzige Kleinigkeit fehlte, um aus einer Kulisse einen lebendigen Ort zu machen. Und sie kannte sich bestens in der Stadt aus, wusste von jedem Winkel, jedem noch so windigen Hehler in den Vorstädten, jeder aberwitzigsten Ware. Und stets brachte sie das Gewünschte in einer solchen Schnelle, dass Bertha immer wieder nur staunen konnte. Vermutlich hatte das Mädchen eine Vergangenheit, die nicht gerade bieder genannt werden konnte. Sie und ihr jüngerer Bruder Christian hatten sich als Kinder mehr schlecht als recht durchgeschlagen, ehe Ernestine die Stelle am Königlichen Theater erhalten hatte. Doch gerade diese unfreiwilligen Lehrjahre hatten ihr die Findigkeit und Ortskenntnis eingebracht, die sie nun jeden Tag beweisen konnte.

Nein, dachte Bertha, sie konnte sich die Requisite ohne ihre

Besorgerin Ernestine Hildebrand nicht länger vorstellen. Und Anton Arrigoni, der große Dekorationsmaler hinten im Malergebäude, mochte seine Arbeit wohl auch nicht mehr ohne ihren Bruder verrichten, wie man so hörte. Christian Hildebrand machte sich als Malergehilfe außerordentlich gut und hatte sogar gemeinsam mit Maestro Arrigoni an der Dekoration mitgewirkt, die bei der feierlichen Eröffnung der Oper am 12. April zur Schau gestellt worden war.

«Also?», fragte Ernestine in Berthas Gedanken hinein, während sie mit flinken Fingern die Knöpfe sortierte, die sie vor sich ausgebreitet hatte. «Wieso stürmt unsere Ballerina notdürftig verhüllt durch die Gänge wie eine Furie?»

Bertha schmunzelte. Sie zögerte kurz, entschied dann aber, Magdalenes Geheimnis vorerst niemandem zu verraten. Wenn es ans Licht käme, würde es einen unglaublichen Skandal geben, und Bertha gönnte der Ballerina bis dahin noch ein wenig Ruhe um ihre Person. «Sie war aufgebracht», sagte sie daher nur, «weil ihr Kleid zu eng ist. Und, Fräulein Hildebrand, es tut mir leid, aber Sie müssten gleich noch einmal zum Markt laufen.»

Ernestine sah auf. Ihre Miene zeigte keinerlei Verdruss bei Berthas Worten. Manch eine Bedienstete wäre wohl lustlos gewesen, sofort wieder aus dem Haus gejagt zu werden, doch im mageren Gesicht von Ernestine stand nur das Jagdfieber.

«Was brauchen Sie?», fragte sie und war schon in der Tür.

«Hier …» Bertha deutete auf das Kleid, das schlaff auf der anderen Seite des Schneidetischs lag. «Nur ein kleines Stück Stoff und ein seidenes Band in genau dieser Farbe.»

«Ich bringe es Ihnen in weniger als einer Stunde», erklärte Ernestine.

«Nehmen Sie das Kleid mit», sagte Bertha und wollte es der jungen Frau in die Hand drücken, doch die schüttelte nur ihre rötlichen Haare.

«Ich habe den Farbton im Kopf, keine Bange», sagte sie schnell und verschwand im Flur.

Bertha blieb verblüfft zurück und hörte nur noch Ernestines leichte Schritte in den abgeschabten Stiefeln. Ein Lächeln schummelte sich auf ihre alten Lippen. Wie unterschiedlich doch die Menschen waren, dachte sie, während sie sich ächzend auf dem Hocker niederließ, auf dem vorhin Magdalene Koch gesessen hatte. Die einen, denen das Glück von Geburt an in den Schoß gefallen war, setzten alles aufs Spiel mit einer dummen Tat und schienen gar nicht zu wissen, wie hold ihnen Fortuna bislang war – und wie hoch der Einsatz, den sie riskierten. Die anderen aber kämpften für ihr Glück und ließen es, einmal in ihren Fingern, nicht mehr entwischen, klammerten sich daran fest und nahmen ihr Leben, wenn es auch nur aus harter Arbeit bestand, in die Hand. So wie die fleißige Ernestine.

Bertha musste nicht lange überlegen, zu welcher Sorte Mensch sie selbst gehörte. Sie dachte an den langen Weg, der sie hierhergeführt hatte, an die Entbehrungen, die Mühsal, die zerstochenen Fingerkuppen und durchwachten Nächte.

Ein warmer Schauer durchrieselte sie, während sie sinnend auf das Knacken der Scheite im Ofen lauschte. Sie war hier an der neuen Königlichen Oper am schönsten Ort der Stadt, des Königreichs Sachsens, ja, der ganzen Welt. Auch wenn sie nicht viel von dieser Welt kannte, so wusste sie dies doch mit aller Sicherheit, und sie war voller Dankbarkeit.

Leise summend – denn von draußen klangen nun Geigentöne herein – stand sie auf, schenkte sich ein wenig Gewürzwein ein und genoss die scharfe Süße, die über ihre Zunge rann.

4.

Dresden, Dienstag, 20. April 1841

Die Kälte des Frühlingstags zog durch die Ritzen des großen Malersaals hinter der Theaterbühne, und Christian steckte seine steifen Hände unter die Achseln und wanderte auf und ab, während er beinahe zaghaft die auf dem Boden liegende Holzplatte betrachtete, die er heute bemalen sollte. Immerhin hatte Ehregott Wagner, der Diener des Königlichen Hoftheaters, ein Einsehen und entzündete soeben das Feuer im aufgemauerten Ofen an der Stirnseite des Raums. In wenigen Minuten würde es etwas wärmer werden, obwohl die Feuerstelle nie ganz ausreichend war für den weitläufigen Raum. Oft haperte es mit dem Abzug durch den Schornstein, dann brannte der Ofen nicht richtig – und es blieb den ganzen Tag kühl.

Christian war schon mit Anbruch der Morgendämmerung als Erster hergekommen, weil er die halbe Nacht wach gelegen und an dieses ganz besondere Blau gedacht hatte, mit dem er die Kulisse für die Oper *Les Huguenots* verzieren wollte. Natürlich wusste er nicht, welche Farben ein Marktgebäude in Paris vor Hunderten von Jahren wirklich gehabt hatte, doch dieses irisierende, pulsierende Blau, das er gestern probehalber mit Maestro Arrigoni angemischt hatte, ging ihm nicht mehr aus dem Kopf. Auch im Publikum, da war er sicher, konnte niemand wirklich wissen, wie es damals am Ufer der Seine ausgesehen hatte. Zwar gab es viele gebildete, feine Bürger, die die Vorstellungen des Hoftheaters im neuen prunkvollen Bau nur wenige Meter von hier besuchten, doch Christian hatte schon oft bemerkt, dass selbst die Reichen nicht alle Weisheit gepachtet hatten. Sie kamen ins Theater, um sich zu vergnügen, um unterhalten zu werden, nicht mehr und nicht weniger. Christian und der Maestro verkauften ihnen mit ihren Kulissen einen schönen Traum, eine Sehnsucht. Und in Christians Träumen war der Pariser Markt am Fluss, ganz in der Nähe der berühmten Kirche *Notre-Dame*, nun einmal blau – ein tiefes Lapislazuli, von dem sich die Gesichter der Knaben und Mädchen, die er anschließend als Passanten der Szene daraufmalen wollte, hell schimmernd abheben würden.

Entschlossen hauchte er in seine Hände, um sie weiter anzuwärmen, und sah sich um. Der große Saal lag still da. An den grob verputzten Wänden lehnten bemalte Leinwände, einige mehr als mannshoch. Auch eine wacklige Leiter stand dort. Häuserkulissen und Paläste waren aus Kartonpapier geschnitten und zusammengeklebt worden und warteten nun darauf, den richtigen Anstrich zu bekommen, damit sie später auf der Bühne täuschend echt aussehen würden. In der Mitte des Raums bildeten lange, aufgebockte Holzbretter einen Arbeitstisch, auf dem unzählige, bunt bekleckste Farbtöpfe standen. Auch die Bodendielen leuchteten, weil von Malerarbeiten besudelte Schuhe und tropfende Pinsel in den vergangenen Monaten bereits ihre Spuren darauf hinterlassen hatten.

Noch einmal schritt Christian die große ausgesägte Holzplatte ab, die zu seinen Füßen lag, und während seine Tritte von den Wänden widerhallten, schloss er kurz die Augen, um die Bilder in seinem Kopf heraufzubeschwören.

Arrigoni sagte stets, Christian habe so viel Phantasie, dass es für drei reiche. Und dass diese Vorstellungskraft die fehlende Ausbildung für den Anfang wettmache, bis er alles gelernt habe, was es über Farben, Pinsel und Leinwand zu wissen gab.

«Für das Handwerk wende dich an mich», hatte der Maler schließlich nach langem Schweigen geknurrt, nachdem Christian vor zwei Jahren zum Probemalen angetreten war – noch nicht hier, in der neu erbauten Oper, sondern im alten Fachwerksaal des früheren Theaters. Er hatte wie wahnsinnig zwei Stunden lang auf dem teuren Papier herumgekleckst, und die Miene des Meisters hatte sich nach und nach von herablassend zu ungläubig gewandelt. Am Ende hatte er Christians Hand ergriffen und gedrückt, als gehe er mit dem jungen Nichtsnutz einen Pakt ein.

«Wer solche Dinge vor dem inneren Auge sieht wie du, wird das Metier dafür schon auch noch lernen», hatte er gemurmelt und sich immer wieder unter seiner speckigen Mütze gekratzt, die er nie absetzte. Und als endlich feststand, dass die Stadt Dresden diesem jungen, abgerissenen Burschen das Lehrgeld zahlen würde, um ihm nach seiner Kindheit als Waisenjunge ein Auskommen zu ermöglichen, war Arrigoni vollends zufrieden gewesen.

Seitdem ackerte Christian wie ein Pferd, saugte alles, was der Meister sagte und tat, in sich auf, und war entschlossen, sich dieses unglaubliche Glück, im königlichen Dekorationssaal als Gehilfe angestellt zu sein, nicht zu verderben. Ernestine und er hatten als Bettelkinder lange Jahre von der Hand in den Mund gelebt, hatten oft gehungert und sich ab und an auch mit kleinen Taschenspielertricks behelfen müssen, um über die Runden zu kommen. Dass erst sie und dann auch noch er durch die Empfehlung eines entfernten Vetters ans Hoftheater kommen würden, hätten beide nicht für möglich gehalten. Ihr Vater war einst ein kleiner Diener im alten Theater gewesen, allerdings viel unbedeutender als der gute Ehregott Wagner, der mit seinem schwarzen Samtkäppchen auf dem beinahe kahlen Schädel immer noch vor dem Kamin hockte und versuchte, den Flammen mit einem Blasebalg beizukommen. Aber dass Christian und Ernestine lange Zeit nach seinem Tod an demselben Ort arbeiten durften, das hätte wohl auch Alois Hildebrand sich nicht träumen lassen. Christian wünschte immer wieder, der Vater hätte es erleben können. Wie stolz er gewesen wäre!

Davon war Christian fest überzeugt, obwohl er, wie er zugeben musste, kaum noch wusste, wie das Gesicht des Vaters ausgesehen hatte. Alles, was ihm und Ernestine seit jeher verblieb, war ein Schemen, eine blasse Erinnerung, einst zu jemandem gehört zu haben. Doch dieses Gefühl, das konnte er heute nicht mehr heraufbeschwören, so sehr er es auch immer wieder versuchte.

Er griff zu den Farbtuben und begann, mit behutsamen Bewegungen den richtigen Ton anzurühren. Denn Hast war Gift in der Kunst, jedenfalls am Anfang. Erst einmal musste man sich Zutritt verschaffen, musste vorsichtig anklopfen, einen Fuß in die Tür bekommen, musste präzise sein und zart. Später dann, wenn alles bereit war, wenn die Arbeit ins Fließen kam, durfte man alles vergessen und sich der Kunst ganz hingeben, durfte sich der Muse überlassen. Aber selbst wenn der Kopf in den Wolken schwebte – die Füße mussten am Boden bleiben. Es war das Handwerk, das den Arm des Künstlers führte, und wenn man es vernachlässigte und meinte, allein der Geist erschaffe das Kunstwerk, so wurde man am Ende eines Besseren belehrt. Dann war das Gemalte doch nur Schmiererei, die Farben zu düster und falsch gewählt und der Strich gehetzt und voller Prahlerei. So viel hatte Christian bereits gelernt – in der Selbstbeherrschung lag der Zauber, in der Zähmung der eigenen Gefühle. Kopf und Herz mussten gleichberechtigt zusammenarbeiten. Und er war entschlossen, sich darin zu üben bis zur Vollkommenheit.

«Nu», hörte Christian den Theaterdiener in breitem Sächsisch sagen, «wird's denn was?»

Er drehte sich um. Ehregott Wagner stand dicht hinter ihm. In seinem schwarzen Dienstbotenrock mit staubigen Knien vom Anfeuern, die lange Nase vorgereckt, betrachtete er neugierig die Holzplatte, die Christian bemalen wollte.

«Wo ist denn heute der Meister?», fragte er.

«An der Akademie in der Brühlschen Bibliothek», sagte

Christian. «Herr Arrigoni hat dort heute Vormittag eine Sitzung mit Professor Hübner. Sie wollen einige Theorien zur Perspektive erörtern.» Er unterdrückte ein Lächeln. Vor allem wollten die beiden Malermeister wohl gemeinsam im *Italienischen Dörfchen*, dem beliebten Restaurant an der Elbe, speisen und das ein oder andere Glas Wein dazu trinken.

Wagners flinke dunkle Augen musterten ihn von der Seite. Der ältere Mann hatte einen wachen samtbraunen Blick, seine langen Wimpern standen in eigentümlichem Kontrast zu seinen schmalen, faltigen Wangen mit den silbernen Bartstoppeln.

«Und Sie?», fragte er und zog hörbar die Nase hoch. «Warum sind Sie nicht auch an der Akademie?»

«Ich?» Christian lachte. «Wissen Sie nicht, dass ich ein Niemand bin? Mich empfängt doch kein Professor! Ich kann schon von Glück sagen, wenn ich hier im Malersaal herumpinseln darf. Aber ich bin dankbar für meine Stellung, glauben Sie mir.»

«Nu, ich glaube Ihnen.» Der Alte nickte und schob sich das Samtkäppchen auf dem Kopf zurecht. «Unser Königliches Theater ist eine bomforzionöse Adresse!»

Sein ausgemergeltes Gesicht leuchtete, und Christian empfand Bewunderung für den Mann. Er war knapp über fünfzig, hatte seine besten Jahre für die Oper gegeben und würde, wenn man ihn ließe, den Rest seines Lebens hier bleiben. Wer sollte auch je den Mut oder auch nur den Willen haben, ihm zu kündigen? Denn was wäre das Königliche Theater ohne seinen Diener? Jeder kannte Wagner, jede einzelne Elevin, jeder Instrumententräger und jede noch so gefeierte Sopranistin gab etwas auf sein Wort. Christian hatte schon oft beobachtet, wie gestandene Virtuosen nach dem Ende der Vorstellung aus dem Orchestergraben geradewegs ins Kabuff von Wagner getaumelt waren, um von ihm zu hören, wie ihr Spiel gewesen war. Er sagte ihnen immer die Wahrheit, auch wenn sie unbequem war, doch er tat dies auf eine Art, dass niemand sich gekränkt fühlte. Jedes seiner Worte war erfüllt von der Liebe zur Musik, zum Talent der Darsteller und zum Theater. Ja, selbst Generaldirektor von Lüttichau saß oft mit Wagner beim Schachspiel und holte sich dessen Rat – während Wagner ihn Partie um Partie schlug, ohne dass Seine Exzellenz es ihm übel genommen hätte.

«Gut, dann werd ich mal wieder», erklärte Wagner nun. «Die Devrient braucht ihre Noten für den *Freischütz* am Sonntag.» Er deutete auf eine Papierrolle, die neben der Tür lehnte, und schlug die Hacken zusammen, bevor er sich von Christian abwandte. Es wirkte jedoch nicht untertänig, sondern selbstbewusst, so, als wisse er, wie unentbehrlich er für all die Ameisen war, die im Kosmos des Königlichen Theaters herumkrabbelten. So, als spiele er die Rolle des Dieners nur und sei eigentlich der verkleidete König, der über sie alle mit unsichtbarer Macht herrschte.

Wagner schien genau davon heimlich überzeugt zu sein, dachte Christian, als er der schmalen, leicht gebeugten Gestalt in Schwarz hinterhersah.

«Bring Ihnen nachher eine Bemme», sagte Wagner noch über die Schulter, ehe er durch die Tür ins Treppenhaus verschwand.

Christian lauschte seinen schlurfenden Schritten nach, die über die Treppe hinabgingen, dann senkte sich wieder Stille über den Malersaal – nur das Heulen des Windes draußen und das Knacken der brennenden Holzscheite im Ofen waren noch zu hören.

Schon jetzt freute sich Christian auf den Imbiss, der ihm versprochen worden war. Mit Schmalz bestrichene Brotschnitten und vielleicht ja auch eine Flasche Bier aus dem Brauhaus am Waldschlösschen würden ihm heute Mittag nach getaner Arbeit gut schmecken. Doch jetzt wollte er sich endlich diesem Blau zuwenden.

Hastig schob er alle Gedanken ans Essen fort – eine Fertigkeit, in der er nach langen Hungerjahren Übung hatte – und beugte sich erneut über die Farben. Er begann, sie auf der hölzernen Palette zu mischen, bis sie endlich genau den leuchtenden Ton annahmen, der ihm seit ihren Versuchen gestern vorschwebte.

Während er die ersten Pinselstriche auf das Holz setzte, dachte er weiter über seine Arbeit nach. Die Kunst stand in Dresden an vorderster Stelle. Böse Zungen behaupteten, es liege daran, dass die Stadt nach der Niederlage 1813 ein politisches Niemandsland geworden sei und Sachsen durch die Neuordnung Europas mit einem Handstreich von der Landkarte der wichtigen Länder gefegt worden wäre. Was blieb ihnen denn noch hier in Dresden außer der Schönheit? Davon aber hatten sie immerhin mehr als genug. Wenn man auf einer der vielen prächtigen Brücken stand und mit den Augen dem blaugrauen Flusslauf in die sanften Elbhänge folgte, der sich kurz darauf im zarten Dunst der Hügel verlor, wo das schroff-liebliche Elbsandsteingebirge mit seinen Burgen und Schlösschen anstieg – dann wähnte man sich im Paradies.

Auch die Stadt selbst war ein Kleinod, es gab Schätze wie die Brühlsche Terrasse, herrliche Kirchen und nicht zuletzt das Schloss ... Ja, Christian fühlte bei jedem Gang durch die Straßen, wie ihm das Herz anschwoll vor Stolz, dass er zu diesem zauberhaften Fleckchen gehörte. Selbst, wenn er bis vor Kurzem wirklich ein Niemand gewesen war und auch jetzt nur ein ungelernter Malergehilfe – die Verbundenheit mit seiner Heimat gab ihm Kraft. Und nun durfte er wie ein winziges Rädchen im Getriebe mit dafür sorgen, dass sich ihre Schönheit sogar noch mehrte, indem er die Kulissen für die Königliche Oper malte. Gottfried Semper hatte sie erbaut, und man glaubte sich eher in einem Königspalast denn im Theater. Doch nicht Friedrich August II., sondern das Publikum war in diesem Palast der Souverän, die Bürger der Stadt Dresden die Herrschenden. Und

Christian selbst saß mitten unter ihnen. Was war er denn nur für ein Glückspilz?

Während er arbeitete, vergaß er die Zeit. Irgendwann klang das Mittagsgeläut der nahe gelegenen Hofkirche durch die Fenster des Saals und schreckte ihn auf. Mit einem Mal schwindelte ihm vom Geruch des Malmittels, und jetzt erst spürte er seinen leeren Magen. Hoffentlich würde Wagner bald mit den versprochenen Brotschnitten kommen.

Christian trat ans Fenster, zerrte am Riegel und öffnete es. Dann streckte er den Oberkörper hinaus in die kühle Luft des Apriltages und atmete tief durch, um einen klaren Kopf zu bekommen. Das Vogelgezwitscher war beinahe ohrenbetäubend, als feierten die Amseln und Drosseln, die Spatzen und Rotkehlchen lauthals den Frühlingsbeginn. Unten hielt ein Pferdekarren auf dem Kopfsteinpflaster, ein Lieferjunge lud frisch gebackene Brote von der Bäckerei Eduard Pfennig aus, die sich im Gerberviertel hinter dem Zwinger befand. Der Duft zog zu Christian hoch. Er ließ den Blick über die Straße zur anderen Ecke wandern. Auch dort wurde ausgeladen, Weinfässer waren es diesmal, die zwei Burschen zu den Wirtshäusern auf der Brühlschen Terrasse rollten. Zwei sorbische Mädchen in Dienstbotenkleidern und mit den traditionellen Hauben ihrer Heimat eilten Arm in Arm vorüber, sie schnatterten miteinander, und just in dem Moment, als sie unter Christians Fenster liefen, sah eine von ihnen hoch. Ein Lächeln breitete sich in dem runden Gesicht aus, und sie winkte ihm frech zu, ehe die beiden Mädchen kichernd um die Ecke Richtung Schloss bogen und verschwanden.

Christian sah ihnen nach. Die junge Magd war in ihrer Sorbentracht hübsch anzusehen gewesen, auch ihr verschmitztes Lächeln hatte ihm gefallen. Und doch hätte er nicht gewusst, was er zu ihr sagen sollte, wenn sich die Gelegenheit ergäbe. Dabei war er nicht auf den Mund gefallen – seine Schwester behauptete sogar, er habe eine große Klappe. Doch wenn es um Frauen ging, gab es da in ihm stets ein Zaudern, so, als stünde er an einer Mauer und sähe ihnen nur von ferne zu. Selten hatte er eine getroffen, die ihn dazu gebracht hatte, diese Barriere aufgeben und sich ihr nähern zu wollen. Und selbst dann waren es nur flüchtige Begegnungen gewesen, bei denen sein Herz nicht dabei war. Seine Kumpane, alles Maschinenbauer aus dem Theater, mit denen er nach Feierabend manchmal ein Bier trinken ging, hänselten ihn bereits und drängten ihn, er müsse sich öfter die Hörner abstoßen. Jeder junge Bursche, der so aussehe wie Christian mit seinem blonden Haar und den blitzblauen Augen habe doch wohl einen Schatz – oder besser zwei? Ob mit ihm am Ende etwas nicht stimme?

Achselzuckend wandte er sich vom Fenster weg, schlug es zu und schob den Riegel wieder vor. Die frische Luft war in den Malersaal gezogen und hatte den schweren Dunst der Farben für einen Augenblick vertrieben. Doch der Aprilwind machte Christian jedes Jahr unruhig und unzufrieden. Etwas war in ihm, das ausbrechen wollte, aber nicht konnte. In dieser Jahreszeit, in der alles nach draußen drängte, alle Knospen aufplatzten, spürte er das Unstete noch stärker als sonst.

Vielleicht stimmte wirklich etwas nicht mit ihm, dachte er, und ein düsterer Schatten schob sich auf seine Brust, ein Missmut, der ihn ab und an wie aus dem Nichts überkam.

Zwar hatte er es weiter gebracht, als der Waisenjunge Christian auch nur zu träumen gewagt hatte, doch das Gefühl, nirgendwohin zu gehören, das ihn seit seiner tristen Kindheit verfolgte, trieb ihn weiter um. Es kam ihm vor, als balancierte er auf einem Seil, das zwischen zwei Welten gespannt war. Da war auf der einen Seite die Armeleutegasse, in der er aufgewachsen war, und auf der anderen die mit rotem Samt bespannten Logen der Oper, in der er nun ein und aus ging. Da waren die Künstler, die Sängerinnen und Balletttänzer, sein Meister Anton Arrigoni und der Kunstprofessor Hübner, der berühmte Architekt Gottfried Semper und all die anderen, die selbstverständlich Teil der erlauchten Kulturzirkel und Freimaurerlogen der Stadt waren und sogar bei Hofe vorstellig werden durften. Und dann gab es auf der anderen Seite die Bühnenarbeiter, die Heizer, Dienstboten und Tagelöhner, die Fischer am Elbufer und die Bauern auf den Höfen rings um Dresden. Schon immer hatte Christian das Gefühl gehabt, dass es dieser Weltordnung an Gerechtigkeit fehlte. Denn die wenigen dort oben hatten alles, während die vielen unten leer ausgingen. Das konnte man in den vielen Gazetten im Wirtshaus lesen, die dort säuberlich auf Holzgestelle gespannt und für jedermann zugänglich waren. Lesen und schreiben hatte Christian leidlich gelernt, die Waisenkinder waren täglich in die Volksschule getrabt. Doch während die meisten seiner Mitschüler in den düsteren Holzbänken den Tag verträumten, hatte Christian alles aufgesaugt, was der alte Lehrer zu bieten hatte. Ihm schien, dass Wissen der einzige Ausweg aus der Armut sein konnte, und er spürte, dass in seinem Gehirn mehr als genug Raum für neue Dinge war, die es zu lernen galt.

Manchmal sprach er heute mit Carl, einem der Maschinenbauer, über die politischen Verhältnisse, von denen sie lasen. Flüsternd über den Bierkrug gebeugt spekulierten sie, dass nur ein Umsturz die Verhältnisse ändern konnte, ein Umsturz, der von den Arbeitern und Bürgern der Stadt geführt werden müsste. Doch wie man das anstellen könnte, wussten sie auch nicht.

Ohnehin waren solche Unterhaltungen gefährlich, die Spitzel der Zensurbehörde hatten ihre Ohren überall. Die *Naderer*, wie man sie hier in Sachsen nannte, saßen womöglich am Nebentisch. Und wenn sie Wind davon bekamen, dass da zwei Burschen im Wirtshaus liberale Reden schwangen, landete man schnell wegen Aufrührerei im Gefängnis. Dafür brauchte es sogar weniger als aufsässige Worte, es reichte schon, wenn man auf der Straße zu rasch lief, als hätte man etwas zu verbergen.

Oder wenn man gar beim Gehen hüpfte und so in den Verdacht geriet, wie Carl ein heimliches Mitglied in einem der verbotenen Turnvereine zu sein.

Einerseits schien das Land aufzublühen, mit der unerhörten Dampfeisenbahn und den vielen Unternehmen, die aus dem Boden schossen, mit der neuen Stadtverordnung, in der auch Bürger saßen und das Wort führten. Andererseits gingen sie alle geduckt, immer in der Angst, das unerbittliche Zensursystem könne etwas an ihrem Lebenswandel aussetzen. Misstrauen blühte überall.

Außerdem wusste Christian ja nicht einmal, wo genau er überhaupt stand. Er war der Spross eines Dienstboten und einer Wäscherin, die im Kindbett zusammen mit dem jüngsten Balg der Familie gestorben war. Doch nun verdingte er sich als königlicher Hofmalergehilfe, er diente also dem Geschlecht der Wettiner, die seit Jahrhunderten Sachsens Geschicke lenkten – erst als Fürsten, nun als Könige. Ja, er bekam heute vom König sein Brot. Wohin gehörte er also? Er wusste es nicht. Und je mehr er darüber nachdachte, desto mehr verwirrte es ihn. Es war, als verwickelten sich seine Gedanken, losen Fäden gleich, zu einem unentwirrbaren Knoten.

Das Geräusch der schlurfenden Schritte des Theaterdieners draußen im Korridor holte Christian zurück aus seinen Gedanken. Kurz betrachtete er noch einmal sein Werk. Die tiefblauen Ranken und Verzierungen, mit denen er die Holzplatte bereits zu großen Teilen versehen hatte, leuchteten im hellen Mittagslicht, das nun durchs Fenster fiel. Und bei der Vorstellung, wie sie erst im Schein des kristallenen Leuchters auf der Bühne des Theaters wirken würden, klopfte sein Herz schneller.

Für den Moment spürte er eine gewisse Zufriedenheit. Er wandte sich ab und ging Ehregott Wagner entgegen, um ihm das Tablett abzunehmen und sich endlich die ersehnten Schmalzbemmen schmecken zu lassen.

5.

Dresden, Sonntag, 25. April 1841

Die Klänge der Silbermann-Orgel rauschten wie gewaltige Vogelschwingen über die Gemeinde hinweg. Elise drehte den Kopf nach hinten und bewunderte das Instrument auf der Empore mit seinen majestätischen Pfeifen und den reich verzierten Marmorgesimsen. Hoforganist Schneider saß mit dem Rücken zum Kirchenschiff, seine Schultern bebten, als er Takt um Takt die Tasten bediente und mit den Füßen die Pedale trat, ganz versunken, ja hingegeben an sein Spiel.

Hunderte Kerzen flackerten im Inneren der Hofkirche und warfen Licht und Schatten auf die Pfeiler des Mittelschiffs, auf die barocken Wandbemalungen und Heiligenbilder und das Marmorbecken mit den Engelsköpfen. Weit hinauf schraubte sich das Deckengewölbe, und es schien Elise mit einem Mal, als säße sie dicht unter dem dunklen Himmelszelt und sähe die Sterne von ganz nah.

Es war *Misericordias Domini*, das Hochamt des zweiten Sonntags nach Ostern, und der Organist schien die Aufforderung, Gottes Barmherzigkeit als Guten Hirten anzurufen, wörtlich zu nehmen. Er legte so viel Gefühl in sein Spiel, dass es Elise im ganzen Leib kribbelte. Sie dachte an ihre Geige, die daheim in der Großen Frauengasse auf sie wartete, und spürte Vorfreude, sie später, nach dem gemeinsamen Mittagessen, zur Hand nehmen zu dürfen und zu spielen, bis es Zeit wäre, sich für den abendlichen Opernbesuch herzurichten.

«Elise», zischte die Mutter, die rechts von ihr in der Kirchenbank saß, und stieß sie in die Seite. Sofort drehte Elise das Gesicht wieder nach vorn und senkte den Blick auf die gefalteten

Hände. Eine junge Dame starrte nicht während des Orgelspiels umher, sondern nutzte die Zeit nach der Heiligen Kommunion, um Gott still zu danken und Demut zu üben. Doch schon nach ein paar Sekunden wagte Elise erneut, den Kopf zu heben. Diesmal betrachtete sie das Geschehen um sich herum vorsichtiger, nur aus den Augenwinkeln. Aber sie bemerkte, dass auch ihre beiden Schwestern zu ihrer Linken nicht ins Gebet vertieft waren, sondern sich mit wortlosem Mienenspiel auf die interessanten Dinge ringsum aufmerksam machten. Da war beispielsweise Frau Geheimrat Ringerle, die eine neue Frühlingshaube ausführte – ein wahres Ungetüm aus Seide und Spitze, dem man ansah, dass es ihr schwerreicher Gatte eigens für die neue Saison hatte anfertigen lassen. Die Familie Bornstedt, zwei Reihen dahinter, hatte ein Neugeborenes dabei, das entzückend, mit rosigen Wangen, in den Armen der Kinderfrau schlief – während Aurora Bornstedt, die frisch entbundene Mutter, schon wenige Wochen nach der Geburt wieder in ihr enges Korsett passte, als wäre nie etwas gewesen. Neben ihr saß ein kleiner Junge in der Bank und baumelte mit den Beinen. Nur unter den Augen der jungen Mutter, bemerkte Elise bei einem erneuten Hinüberblinzeln, lagen dunklere Schatten als sonst, als sei sie furchtbar müde. Trotz der Hilfe durch das Mädchen schlief man im Hause Bornstedt wohl nicht sehr gut.

Die letzten Gemeindemitglieder kehrten soeben von der Kommunion zurück, schoben sich mit raschelnden Taftröcken und polternden Lederstiefeln in die Bänke und senkten pflichtschuldig für einen Moment die Lider zu einem Dankgebet. Währenddessen hob Organist Schneider an der Orgel schon zu den Schlussakkorden an. Ein letztes Mal dröhnte die Musik durch Elise, drang ihr in Kopf, Brust und Bauch, ehe das Orgelstück in einem letzten, langen Ton verhallte.

Comte Franceschi del Campo wandte sich vom Altar ab und drehte sich zu seiner Gemeinde um. Er war der *Superior* und

Pfarrer an der Hofkirche, seit Elise denken konnte. Alle erhoben sich, als del Campo die Arme in dem weiten tiefroten Gewand ausbreitete, das er zur Osterzeit trug.

«*Oremus*», sagte er mit seiner rollenden italienischen Mundart in die erwartungsvolle Stille hinein. «Lasset uns beten.»

Elise faltete erneut die Hände. Doch die lateinischen Worte des Abschiedsgebets strichen an ihr vorbei, und obwohl sie jede Silbe auswendig kannte, blieb ihr der Sinn verborgen. Sie hatte, anders als ihr Bruder, keinen Lateinunterricht genossen, und da bis auf die Lesung und die Predigt in der Kirche alles auf Latein gesprochen wurde, verstand sie nicht allzu viel von dem Inhalt der Liturgie. Es fiel ihr heute zum ersten Mal auf, wie seltsam das war.

Ein kurzer Blick in die anderen Gesichter – einige andächtig, die meisten zerstreut – sagte ihr, dass es vielen hier so ging. Die wenigsten Bürger Dresdens beherrschten die alte Sprache Roms, und doch folgten alle bereitwillig den dahinfließenden Silben und Lauten, die der italienischstämmige Pfarrer ihnen vorbetete. Die Gemeinde antwortete an den richtigen Stellen mit den kurzen lateinischen Floskeln, ganz so, wie sie es alle seit Kindertagen jeden Sonntag taten.

Comte del Campo schlug das Kreuzzeichen über seine Schäfchen und zog mit dem Vizepfarrer, dem Diakon und zehn Ministranten durch das Kirchenschiff aus. Die Knaben in den rot-weißen Röcken schwenkten das Weihrauchfass noch einmal so kräftig, dass Elise einen Hustenreiz unterdrücken musste.

In einer dichten bläulichen Wolke erhob sich abermals die Orgel, und die Gemeinde sang das Schlusslied. *Gelobt sei Gott im höchsten Thron*, erklang es aus den zahlreichen Kehlen, und nachdem sich Elise ein paarmal diskret geräuspert hatte, vermochte sie ebenfalls mitzusingen. Ihr Herz schlug höher bei der vertrauten, geliebten Melodie und den schönen Worten, die sie nun endlich wieder verstand. Ihr eigener Gesang wurde umspült von den anderen Stimmen und den Orgelklängen, und sie schmetterte so laut mit, dass sich ein paar Köpfe aus den Bänken des Nebenschiffs ihr zuwandten. Schnell senkte Elise die Stimme wieder – da bemerkte sie, dass einer der aufmerksamen Beobachter Adam Jacobi war.

Der schlanke Herr mit dem ehemals dunklen Haar, das besonders an den Schläfen schon einen silbrigen Schimmer besaß, fing ihren Blick über die Kirchenbänke hinweg auf. Und als sich ihre Augen trafen, deutete er eine winzige Verbeugung in ihre Richtung an und lächelte knapp. Dann straffte er seinen Körper in dem eleganten taubenblauen Gehrock wieder und wandte sich nach vorn zur Kanzel, die inzwischen verwaist dalag – die Geistlichen waren bereits in der Sakristei verschwunden.

Elise hatte das Lächeln verlegen erwidert. Sehr zum Wohlwollen ihrer Mutter. Diese hatte den Blickkontakt zwischen ihr und dem älteren Freund der Familie bemerkt, doch anders als zuvor schalt sie Elise nicht, sondern nickte zufrieden, so, als gehe alles seinen Gang.

Als der letzte Orgelton verhallt war, begannen die Messebesucher aus den Bänken zu tröpfeln. Einer nach dem anderen ging in Richtung Ausgang, wo die Türen bereits von zwei Messdienern geöffnet worden waren. In den schweren Duft nach Weihrauch und schmelzendem Wachs mischte sich nun die verheißungsvolle Frühlingsluft, die von draußen hereinwehte.

«Kommt», sagte Georg Spielmann, der mit Eduard rechts von der Mutter gesessen hatte, «ich will den *Superior* begrüßen.»

Gemeinsam traten sie in den Gang und liefen an den Säulen vorbei zum Ausgang. Eine frühere Schulkameradin von Elise, Pauline Jäger, überholte sie in einem dunkelblauen Mantel am Arm ihres Mannes. Wie Aurora Bornstedt kannte Elise auch Pauline bereits seit Kindertagen. Sie sah, dass ihr Bauch stark nach vorne gewölbt war. Das erste Kind kündigte sich an. Pauline lächelte Elise zu. Stolz stand in ihrer Miene, als sie mit beiden Händen über ihren Leib strich, dann ging sie mit erhobenem Kopf weiter.

Freundschaften zwischen Frauen endeten oft mit der Heirat, das war nur natürlich. Es gab plötzlich nicht mehr allzu viele Gemeinsamkeiten zwischen denjenigen, die einen eigenen Hausstand anleiteten, und der anderen, die noch immer nur das Leben einer unverheirateten Tochter führte. Erst, wenn auch die Letzte den Status einer Ehefrau und Mutter einnahm, konnte sich dies wieder ändern. Dann wären die drei jungen Frauen wieder Schicksalsgefährtinnen.

Vielleicht, dachte Elise, während sie mit den Augen die Heiligenstatue des lesenden Ambrosius im Vorbeigehen streifte, war es doch erstrebenswerter als gedacht, bald zu heiraten und endlich den Kükenflaum abzustreifen, der sie von der Welt der wirklichen Erwachsenen trennte. Dann würde das Gefühl, überall zwischen den Stühlen zu sitzen und nirgendwo wirklich dazuzugehören, das sie schon so lange verspürte, womöglich endlich verschwinden.

Als sie aus der Kirche trat, blendete die helle Aprilsonne nach dem Dämmerlicht im Inneren der Hofkirche, und einen Moment musste Elise sich blinzelnd zurechtfinden. Auf dem Vorplatz standen die Menschen in Grüppchen zusammen. Elise sah sich um. Zu ihrer Rechten erhob sich das alte Georgentor – einst Eingang zur Stadt, als die alte Festungsmauer noch die Grenze gewesen war. Weiter vorn lag das steinerne Terrassenufer, das ein Vorfahre ihrer Mutter, Graf von Brühl, hatte errichten lassen. Sonntagsspaziergänger flanierten entlang der Elbe oder machten sich auf den Weg in die Neustadt. Eine vierspännige Kutsche zog vorüber, und ein paar Reiter sprengten auf ihren Pferden über die Augustusbrücke, die im weichen Mittagslicht des Frühlingstags lag.

Elise entdeckte ihren Vater im schwarzen Samtumhang neben dem Pfarrer. Comte del Campo war in seiner roten Soutane aus der Sakristei gekommen und suchte das Gespräch mit den Gläubigen, wie stets nach der Heiligen Messe. Und Georg Spielmann, der noch immer hoffte, eines Tages eine Stelle am Königlichen Hoftheater zu bekommen, und der um den Einfluss des Italieners in Dresdens Kulturleben wusste, ließ keine Möglichkeit aus, mit dem älteren Herrn zu plaudern.

Ein paar Meter weiter hatten sich Elises Geschwister versammelt, doch ehe sie sich zu ihnen gesellen konnte, sah sie, wie ihre Mutter ihr eifrig zuwinkte. Amalie Friederike stand mit Adam Jacobi und einer älteren Dame zusammen, die Elise erst einmal gesehen hatte. Es handelte sich um die Schwester des Hofkompositeurs, Theresia Jacobi, die ihr kühl entgegenblickte. Unwillkürlich zog Elise das baumwollene Tuch, das sie über ihrem Sonntagskleid trug, enger um die Schultern, als sie zu den dreien trat.

«Fräulein Elise», begrüßte Jacobi sie und nahm ihre Hand. Er beugte sich mit einem angedeuteten Handkuss darüber, und Elise ließ es zu, entzog sie ihm dann aber hastig und verschränkte die Hände hinter dem Rücken. «Ich sehe, Sie haben den Gottesdienst genossen?», sagte er.

«Guten Tag, Herr Jacobi», erwiderte sie leise und begrüßte dann seine Schwester. «Einen schönen Sonntag, Fräulein Jacobi.»

Theresia kräuselte die Lippen und nickte stumm. Sie trug ein so hochgeschlossenes Kleid, dass fast nichts von ihrem Hals zu sehen war. Ihr Haar war ganz und gar ergraut und in der Mitte streng gescheitelt, von wo aus es in einen kleinen Knoten am Hinterkopf mündete.

Alles an ihr strahlte eine Strenge, ja Unerbittlichkeit aus, die Elise frösteln ließ.

«Ich sagte gerade zu Ihrer Mutter, wie herrlich Sie eben in der Kirche gesungen haben», sagte Adam Jacobi freundlich. «Sie haben wirklich eine außergewöhnlich schöne Stimme, Fräulein Elise.»

«Dann habe ich sie von meiner Mutter geerbt», stellte Elise fest.

Amalie Friederike errötete und drückte ihrer Tochter die Hand. «Nein, der Herr hat ganz recht», sagte sie bescheiden, «du bist etwas Besonderes.» Dann wandte sie sich wieder an die Jacobis. «Elises Musikalität stellt sogar die ihres Vaters in den Schatten.»

Elise sah erfreut auf. Es geschah selten, dass ihre Mutter sie so vor anderen Leuten lobte.

«Lassen Sie das nicht Papa hören, Mutter», sagte sie und lachte. «Sie wissen, wie stolz er auf seine Fertigkeiten auf der Violine ist.» Sie räusperte sich, als ihr einfiel, dass Adam Jacobi als Komponist und Musikjournalist ein sachkundiger und einflussreicher Mann war, was Dresdens Musikerwelt anging. «Und zu Recht», fügte sie hastig hinzu, «wenn wir im Duett gegeneinander antreten, ziehe ich immer den Kürzeren.»

Theresia zog die dünnen Augenbrauen hoch. «Ich hörte bereits, Sie spielen Geige?», fragte sie, doch es war mehr eine Feststellung. «Wie ungewöhnlich.» Sie musste nichts weiter sagen, in ihrer Miene konnte man ihre Meinung zu einem solchen Tugendverfall deutlich ablesen.

Doch Elise ließ sich nicht einschüchtern. «So ist es», sagte sie. «Für mich ist die Musik wie diese Quelle, zu der uns der göttliche Hirte führt, von dem wir eben gehört haben. Sie leitet mich und macht mich froh.»

Drei Augenpaare richteten sich auf sie. Adam Jacobi schien interessiert, ihre Mutter nervös und Theresia lauernd, so, als rechne sie mit einem kleinen Skandal. Elise wusste, dass es unklug war fortzufahren. Trotzdem war es ihr auf einmal wichtig, zu sagen, was sie dachte. Sollte Herr Jacobi ruhig vor der Ehe mit ihr merken, dass er eine Frau mit einem funktionierenden Kopf heiratete. Sie spürte eine Spur Trotz in sich aufsteigen und holte tief Luft.

«*Der Herr ist mein Hirte, mir wird nichts mangeln*», rezitierte sie ein Stück aus dem Psalm, der eben von der Kanzel verlesen worden war. «*Er weidet mich auf einer grünen Aue und führet mich zum frischen Wasser. Er erquicket meine Seele.*» Sie räusperte sich. «Nun, es ist die Musik, die *meine* Seele erquickt.»

Atemlos betrachtete sie die Pflastersteine unter ihren Stiefelspitzen. Sie wagte nicht, aufzusehen, denn sie wusste, dass ihre Worte einem Bekenntnis gleichkamen, dessen Leidenschaftlichkeit Anstoß erregen würde.

Dann endlich hob sie den Blick.

Die Irritation im Gesicht ihrer Mutter war blankem Entsetzen gewichen. Amalie Friederike fürchtete sicher, dass es ungebührlich wirkte, wenn eine junge Frau so das Wort ergriff. Theresia Jacobi musterte sie mit einer Mischung aus Ablehnung und Neugier. Wohingegen Adam Jacobi lächelte und ihr bekräftigend zunickte.

«Sie haben ganz recht, mein Fräulein», sagte er. «Die Musik ist unser aller Seelentrost. Ich hoffe, Sie werden mich zu gegebener Zeit mit Ihrem Spiel erfreuen, liebe Elise – in unserem gemeinsamen Zuhause.»

Elise war verlegen, weil er sie so vertraulich anredete und so unverfroren über ihre gemeinsame Zeit als Eheleute sprach, bevor überhaupt offiziell Verlobung gefeiert worden war. Aber dann lächelte sie erleichtert. Sie wusste nicht, was sie sich gedacht hatte, ihn so direkt anzusprechen, offenbar war die Anwesenheit seiner säuerlichen Schwester ihr auf die Laune geschlagen.

Da löste sich auch ihre Mutter aus der Erstarrung und tätschelte verlegen Elises Wange. «Unsere Elise hat ihren eigenen Kopf, sie steigert sich immer so in ihre Leidenschaften hinein», sagte sie hastig, «aber ich erhoffe mir von Ihnen, mein Herr, einen guten Einfluss und eine Zähmung – in der ich als Mutter, ich muss es gestehen, wohl versagt habe.»

«Das lassen Sie nur getrost meine Sorge sein, werte Madame Spielmann», sagte Adam Jacobi, und auf einmal schien Elise sein Lächeln gekünstelt und kühler als zuvor. «Ich habe keinen Zweifel, dass ich der schwierigen Aufgabe gewachsen bin. Eine solche ... *Leidenschaft*, wie Sie es nennen, kann für eine junge Frau auf lange Sicht gefährlich werden. Deshalb ist es unerlässlich, sie zur rechten Zeit zu beschneiden.»

Nun war es an Theresia, zufrieden zu lächeln, und Elise hatte plötzlich einen Kloß im Hals. So freundlich der Herr bisweilen schien, den sie bald heiraten sollte – er machte doch keinen Hehl daraus, wer die Macht in den Händen halten würde, sobald das Ehegelübde gesprochen wäre. Etwas anderes hätte Elise auch nicht erwarten können. Doch der kalte Ernst, der nun in seinen Worten mitschwang und den sie schon früher an ihm wahrgenommen hatte, verdrängte jeglichen Hoffnungsschimmer, dass es zwischen ihnen anders sein würde. Seine Worte hatten geklungen wie eine Zurechtweisung. Ein kühler Wind schien plötzlich über die Augustusbrücke von Norden zu kommen und um Elises Wangen zu pfeifen.

«Bitte entschuldigen Sie mich», sagte sie rasch, «ich will nach meinen jüngeren Geschwistern sehen.»

Sie wusste, dass es wirken musste wie eine Flucht, doch sie wollte keinen Augenblick länger diesem Gespräch beiwohnen, in dem ihre Zukunft nichts anderes war als eine Reihe von Entscheidungen, die sie nicht selbst treffen würde.

Der Wind hatte ihr Tränen in die Augen getrieben, und sie ballte die Fäuste hinter dem Rücken, bevor sie von den dreien wegtrat und ein paar ziellose Schritte über den Platz vor der Hofkirche machte.

Ihre Geschwister waren zur Terrasse am Wasser vorgelaufen, doch Elise brauchte einen Moment allein, um sich zu fassen. Die Kirchgänger hatten sich inzwischen weitgehend zerstreut, und ihr Vater sprach noch mit einem Kollegen vom Gericht. Niemand achtete auf Elise, als sie die Hofkirche in die entgegengesetzte Richtung umrundete, von wo aus die neue Königliche Oper zu sehen war. Einladend lagen die breiten Treppen zum Portal vor ihr. In wenigen Stunden würden sie und ihre Familie hier im Abendstaat erscheinen – doch die Vorfreude war plötzlich getrübt. Melancholisch betrachtete Elise das prachtvolle Gebäude am Theaterplatz. Näher als in eine der Besucherlogen würde sie der Bühne niemals kommen, das war sicher. Dabei würde sie nichts lieber tun, als einmal mit ihrer Violine dort zu stehen und in den Gesichtern der Zuhörer die Spiegelung ihrer eigenen Freude zu sehen.

Hellblau hing der Himmel über ihr, die Sonne funkelte unverdrossen auf den Wellen der Elbe, die rechter Hand gemächlich durch ihr Flussbett zog. Entschlossen drehte Elise sich um und schritt los – auch wenn man sie bald vermissen würde und es Zeit war, mit dem Träumen aufzuhören und im Kreis ihrer Familie nach Hause zurückzukehren. Sie war noch immer aufgewühlt und verärgert nach dem Gespräch mit ihrem Verlobten und seiner unnahbaren Schwester.

Tief in Gedanken prallte sie mit jemandem zusammen.

Erschrocken fuhr sie zurück und starrte den jungen Mann an, der mit erhobenen Händen und offenem Mund stehen geblieben war. Er hatte weißblondes, dichtes Haar, und seine Augen waren genauso leuchtend blau wie der Himmel, den sie eben sehnsüchtig betrachtet hatte. Im nächsten Augenblick wunderte sich Elise darüber, was ihr einfiel, einen fremden Mann so anzustarren. Verlegen senkte sie die Lider und machte ihm Platz. Doch sie konnte nicht widerstehen, noch einmal einen Blick auf sein ebenmäßiges Gesicht zu erhaschen. Er war wohl wenige Jahre älter als sie, und ihr fiel auf, dass der Ausdruck in seinen schönen Augen ernst und klug wirkte.

«Verzeihung, meine Dame», sagte er mit einer warmen, dunklen Stimme, die sie bei einem so jungen Mann nicht erwartet hatte, «ich sah Sie schon von Weitem. Aber ich dachte nicht, dass Sie so schnell die Richtung wechseln würden.» Er war dicht vor Elise stehen geblieben, eine Unverfrorenheit, die sie jedoch nicht störte.

«Nein», sagte sie, «ich auch nicht. Aber manchmal überraschen wir uns selbst, nicht wahr?»

Unwillkürlich musste sie lachen. Es tat gut, und plötzlich war es ihr egal, wer sie dabei sah. Mit einem letzten, verstohlenen Blick in sein Gesicht drehte sie sich um und eilte in Richtung der Elbterrassen davon. In ihren Stiefeln schlitterte sie über die noch nicht getrockneten Pfützen, in denen sich die warme Frühlingssonne spiegelte. Sie sah einem Elbkahn hinterher, dessen Schiffshorn warnend über das Wasser klang, und merkte, wie eine unerklärliche Ausgelassenheit von ihr Besitz ergriff, die sie lange nicht verspürt hatte.

Als sie sich noch einmal nach dem Mann umsah, war er verschwunden. Und auf einmal wurde ihr bewusst, dass ihr Zusammenstoßen daran gelegen haben musste, dass er ihr nachgegangen war.

6.

25. April 1841, am Neumarkt zu Dresden

Hochzuverehrender Herr Hofmarschall,

längst wollte ich mich Ihnen anvertrauen – allein ich bin kein Mann, der sich und seine Gelüste anderen an den Hals werfen mag. Doch nun, da sich mir die Vision eines neuen, für mein Leben noch günstigeren Geschicks immer stärker aufdrängt, halte ich es für meine Pflicht, für mich einzustehen. Denn wie könnte ich länger das zweifelhafte Glück eines bequemen, aber leeren Lebens bemühen, wenn ich doch spüre, dass ich zu anderem berufen bin? Nur deshalb wage ich es, Ihnen zu schreiben: weil ich Grund zur Hoffnung habe, dass Ihnen, wenn auch nicht mein kleines Schicksal, so doch die Qualität Ihrer Kapelle am Herzen liegt. Und nicht nur Ihnen, seien Sie versichert, nein, auch mir vor allen anderen.

Das Königliche Theater ist seit dem Bau von Gottfried Semper endlich zu dem Ruhm gekommen, der ihm eigentlich schon seit Carl Maria von Webers Wirken in unserer schönen Stadt zugehörig gewesen wäre. Lange schon bewunderte ich den Mut des herrlichen Mannes, für das Ansehen der deutschen Oper zu kämpfen, die neben der italienischen Oper vorzüglich bestehen kann, wie man an Beethovens Fidelio *sieht, am* Freischütz *und so vielen anderen vortrefflichen deutschen Stoffen.*

Die Sachsen werden doch wieder etwas in der Welt werden, wenn hier solche Musik hervorgebracht wird. Die Welt muss es alsbald erkennen, dass wir uns nicht für immer in den Staub der Bedeutungslosigkeit drücken lassen. Irgendwann wird unser gebeuteltes, zersplittertes Land wieder auferstehen und der Welt

beweisen, welch Tiefe in der sächsischen Seele wohnt, welche Talente hier in unserer schönen Landschaft schlummern. Allein, die Bühnen im Morettischen Haus oder auf dem Linke'schen Bade taten dem großen Spiel unserer Musiker keine Ehre – was denn auch ungnädig vom lärmenden, rauchenden Publikum quittiert wurde, wie ich oft als Zeuge erleben musste. Aber nun entfaltet sich die Musik aufs Schönste in ihrem maßgeschneiderten Kleid aus Marmor auf dem Theaterplatze. Dort liegt die Oper wie ein prächtiges Schiff am Elbufer und wartet auf die große Fahrt. Ich werde heute mit meiner Familie den Freischütz *genießen dürfen und sicherlich verzaubert sein von dem reichen, reinen Klange, der mit Webers Geist durch die Logen schwebt.*
Nun zu meinem Anliegen. Sie wissen bereits durch unseren gemeinsamen Freund, den Geheimen Rat Kressler, der mich bei E. E. empfohlen hat, von meinen nicht geringen Talenten auf der Violine. Meine musikalische Ausbildung, übrigens auch vielerlei Theorie, habe ich bei keinem Geringeren als Abbé Vogler in Darmstadt genossen. Und seitdem habe ich auch in namhaften Orchestern wirken dürfen, zuletzt in Leipzig bei Prof. Jentsch, den Sie aus der Loge Zum goldenen Apfel *kennen werden. Sicher ist Ihnen auch der Herr Hofkompositeur Jacobi bekannt, mein zukünftiger Schwiegersohn. Herr Jacobi und ich sind alte Waffenbrüder, wir dienten anno 1813 in Lützows Freikorps, kämpften gegen Napoleons Truppen und wurden, wie so viele in diesem Sommer, verwundet. Dies hat uns nur noch mehr zusammengeschmiedet, wie Sie sich denken können. Und nun tat er mir kund, er sei Ihnen innig zugetan, und ich dürfe es ruhig wagen, Ihnen zu schreiben. Nicht zuletzt, da er meine Einschätzung von meinem Vermögen auf dem Instrument teilt und mich in guten Verhältnissen zu sehen wünscht.*
Falls Sie, Exzellenz, also einmal die Güte hätten, mein Spiel auf seine Eignung für die Königliche Kapelle hin zu prüfen, so stehe ich bereit. Wenn auch der Posten für den Konzertmeister am

ersten Pult an Herrn Morgenroth vergeben ist, so wäre ich für den Augenblick mehr als zufrieden mit einer Anstellung als sein Stellvertreter, sollten Sie geruhen, mir diese zu übereignen. Was die Zukunft dann bringen mag, werden wir sehen – ich begebe mich demütig in Ihre Hände, E. E., und hoffe, dieser Brief erreicht Sie und Dero werte Familie in Gesundheit und Wohlbefinden.

Ihr ergebener
Georg Spielmann

7.

Dresden, Sonntag, 25. April 1841

Der Kutscher öffnete den Schlag des Zweispänners, und Elise spürte sofort, wie der sanfte Abendwind unter ihre Röcke fuhr und über ihr sorgfältig frisiertes Haar strich, das sie mit einer Haube bedeckt hatte. Sie zog sich den Wollstoff tiefer ins Gesicht, sodass sie nicht mehr viel von dem sah, was links und rechts von ihr lag, und schwang die Füße aus der Kutsche. Um ein Haar wäre sie in ihren dünnen Abendschuhen auf dem glatten neuen Pflaster des Theaterplatzes ausgerutscht, doch der Kutscher hielt sie rechtzeitig am Arm fest.

«Danke, Hintze», sagte sie zu dem älteren Mann, der gegen die abendliche Kühle auf dem Kutschbock einen Mantel aus Ziegenleder trug. Er lächelte sie unter seinem Schnauzbart an, denn er mochte sie gern. «Was würden wir nur ohne Sie machen?»

«Laufen», war seine halb brummige, halb scherzhafte Antwort, ehe er sich abwandte, um den restlichen Spielmann-Frauen herauszuhelfen.

Elise trat zur Seite. Ihre Mutter hatte darauf bestanden, dass sie standesgemäß mit der Kutsche zur Oper fuhren, auch wenn das Königliche Theater nur wenige Gehminuten von der Großen Frauengasse entfernt lag. Heute Vormittag, zur Kirche, waren sie zu Fuß gegangen, doch nun, am Abend und in Festgarderobe, hatte Amalie Friederike das nicht zulassen wollen. Nicht jede Familie besaß einen eigenen Wagen, deshalb zeigte die Mutter gern, was die Spielmanns hatten. Manchmal dachte Elise, dass es die einzige Möglichkeit ihrer Mutter war, der Welt zu beweisen, was ihr ungeheurer Beitrag für die Ehe mit Georg

Spielmann bewirkt hatte. Das Erbe ihrer Vorfahren sorgte dafür, dass die Spielmanns ein bequemes Leben führen konnten, während ringsum ganze Familien von der Wirtschaftskrise ins Elend gezogen wurden.

Hintze hatte also anspannen müssen, und Friedel, die Pferdemagd, hatte zuvor das Zaumzeug und das Geschirr geputzt, damit es glänzte. Elise dachte daran, wie Eduard das Mädchen beim Einsteigen kurz am Arm gefasst hatte, weil er glaubte, sie wären unbeobachtet. Doch Elise hatte gesehen, wie Friedel verlegen die Lider senkte, dann aber kurz lächelte, als sei ihr die Berührung vertraut. Die Magd war wirklich eine Augenweide, mit frischen, hohen Wangen und bernsteinfarbenen Augen. Trotzdem ging es nicht an, nicht für einen jungen Mann aus gutem Hause, einen Schuljungen noch dazu, dass er sich derart gehen ließ und einem armen Dienstmädchen, kaum vierzehn, schöne Augen machte. Sein Verhalten würde falsche Hoffnungen wecken, fürchtete Elise, die er nicht erfüllen konnte.

Sie strich ihren himmelblauen Rock glatt, ehe sie ein paar Schritte über den Platz auf das Theater zulief. Hinter sich hörte sie die Stimmen ihrer Eltern und Geschwister, die sich ihr anschlossen.

Die Oper lag in der Abendsonne, die marmornen Säulen und Simse schimmerten ihr entgegen. Von der Elbe her war das stetige Strömen des Flusses zu hören, eine stille Musik, die Dresdens Häuser umspülte und die durch die Regenfälle im April anschwoll, wenn der Fluss mehr Wasser führte als sonst. Ängstliche Zungen behaupteten jeden Winter, dass es bei Tauwetter zu ungeahnten Hochwassern rund um Dresden kommen könnte, doch als Elise jetzt den Blick hob und dem Flusslauf mit den Augen folgte, sah sie nur die friedlichen grünen Elbauen. In der Ferne schwangen sich sanfte Hügel empor, deren Gipfel im Dunst des Frühlingsabends schlummerten.

Immer wieder hielten Kutschen auf dem Theaterplatz, denen weitere Familien oder elegante Paare entstiegen. Und von überallher strömte auch das einfache Volk zum neuen Theater – in den oberen Rängen kosteten die Billetts nicht viel, und es war schon zu den Tagen des alten Theaters ein beliebter Zeitvertreib gewesen, abends in die Oper zu gehen und im dritten oder vierten Rang – spöttisch auch *Trampelbühne* genannt – das mitgebrachte Abendbrot zu verzehren. Das konnten sich selbst Handwerker und einfache Soldaten mit ihren Frauen leisten.

«Darf ich?», fragte Eduard, der herangekommen war, und Elise seinen Arm bot.

Sie hakte sich unter, und gemeinsam gingen sie auf den Bau mit der breiten Treppe zu. Der Turm der Hofkirche schnitt schwarz in den blauen Himmel, dahinter lag das Schloss, dessen viele Fenster zu dieser Zeit strahlend hell erleuchtet waren.

«Wer weiß», sagte Eduard und sah Elise von der Seite an, die wegen ihrer Haube den Kopf drehen musste, um ihn zu sehen. «Vielleicht gehst du das nächste Mal schon als Frau Jacobi hierher und nicht mehr als Demoiselle Spielmann?»

«Red keinen Unsinn», sagte sie hastig, «bis zu meiner Heirat ist reichlich Zeit. Wir werden noch oft zusammen ins Theater gehen.»

Sie zwang sich, mit fester Stimme zu sprechen, obwohl sie selbst heftig daran zweifelte. Um ihre Aufgewühltheit zu verbergen, drehte sie sich einmal um die eigene Achse und ließ den Blick langsam über den menschengefüllten Platz streifen. Zwei Hunde, die sich von ihren Besitzern losgerissen hatten, balgten sich auf den Stufen des Theaters. Und weiter vorn an der Brühlschen Terrasse wieherte aufgeschreckt ein Pferd und musste von zwei Männern an den Zügeln gehalten werden, damit es nicht mit den Vorderhufen in die Luft stieg.

«Hauptsache, du vergisst uns zu Hause nicht», sagte Eduard. Behutsam fuhr er sich durch das Haar, das er mit Pomade zurückgelegt hatte, und drückte Elises Arm. Neuerdings ließ er sich einen kleinen Schnurrbart stehen, was sein Jungengesicht seltsam erwachsen machte. «Weißt du, dein Gefiedel wird mir doch fehlen.»

Elise biss sich auf die Lippen. Es geschah selten, dass ihr Bruder ihr gegenüber von Gefühlen sprach, und es rührte sie. Oft genug stand zwischen ihnen die Eifersucht – die der älteren Schwester auf den einzigen männlichen Sprössling, weil diesem alles zufiel, um das sie bangen musste. Und die des Zweitgeborenen auf die Talente der Erstgeborenen, an die er nicht heranreichte. Doch heute zeigte er ihr, was sie ihm trotz allem bedeutete. Und sie spürte wieder den schon vertrauten dumpfen Schmerz unter den Rippen, als sie daran dachte, dass sie mit Ablauf des Jahres ihre Familie verlassen würde.

Die Begegnung mit Theresia Jacobi, ihrer zukünftigen Schwägerin, hatte ihr heute Vormittag gezeigt, was sie im Haus ihres Gatten erwartete. Die Zukunft erschien ihr düster, kalt und beängstigend. Umso dankbarer war Elise jetzt für Eduards Gesellschaft an ihrer Seite, für die Wärme, die von ihm ausging, während sie den Eingang des Theaters über die breite Freitreppe erreichten.

Der große Rundbau war von Pfeilern gestützt, vier Sandsteinskulpturen zierten das Portal. Auf einer großen Tafel war die Ankündigung für den heutigen Abend angeschlagen. *Sonntag, den 25. April 1841, Königlich Sächsisches Hoftheater*, stand da, und darunter der Titel des Stücks: *Der Freischütz. Oper in drei Akten. Musik von Carl Maria von Weber*.

Elise blieb kurz stehen und studierte die Rollen. Den weiblichen Hauptpart, Agathe, sang natürlich Wilhelmine Schröder-Devrient, die große Sopranistin, die alle in der Stadt kannten und verehrten. Auch Elise war voller Bewunderung für die herrliche Stimme der Sängerin und hatte sich schon mehrfach bei der Vorstellung ertappt, ebenso wie Madame Schröder-Devrient auf einer Bühne zu stehen, zu ihren Füßen das Orchester, und die Menschen im Saal mit ihrer Musik zu begeistern. Doch während es weithin anerkannt war, dass eine Frau öffentlich sang, so war es beinahe undenkbar, dass sie vor größerem Publikum Violine spielte. Darum war dieser Traum zwar schön, aber auf Dauer wenig erbaulich – erinnerte er Elise doch nur immer wieder schmerzlich an ihr vergeudetes Talent.

Auch der Rest der Familie war inzwischen herangekommen, die Zwillinge hatten rote Wangen vom Abendwind und fröstelten in ihren dünnen Kleidern. Georg Spielmann hakte die beiden unter.

«Hinein mit uns ins Paradies», sagte er und blickte sich nach seiner Frau um. «Amalie, kommst du?» Dann wandte er sich an Elise und Eduard. «Na los, macht, dass ihr hineinkommt – ich habe die Billetts.»

Elise riss sich aus ihren beunruhigenden Gedanken und betrat das Foyer. Heute war sie zur Erbauung hergekommen, und sie wollte sich den Rest des Abends nicht mit Hirngespinsten quälen.

Als sich das Innere der Semper'schen Oper vor ihr auftat, fiel es ihr tatsächlich nicht schwer, alle Sorgen von sich abzuschütteln. Sie staunte, löste rasch die Bänder an ihrer Haube und nahm sie ab, um einen freien Blick zu haben. Anders als im alten Theater, im Morettischen Haus, das endlich dem Neubau von Gottfried Semper hatte weichen müssen, brannten hier keine blakenden Petroleumlichter. Stattdessen war das Foyer von Gaslampen erhellt und strahlte einladend – der Fortschritt hielt auch in Dresden Einzug. Grau melierte Marmorsäulen auf weißen Sockeln schimmerten kühl, während goldene Bordüren und farbige Ölgemälde mit schwebenden Figuren und Allegorien an den Deckengewölben leuchteten. Ringsum hingen glänzende Schmucktafeln, in die die Namen berühmter Sänger und Schauspielerinnen eingraviert waren. In einem hölzernen Kassenhäuschen, das auf Rädern stand und für den Auslass der Gäste später zur Seite geschoben werden konnte, saß der Kassierer und verkaufte Restkarten an die kurz entschlossenen Besucher, die bereits in einer kleinen Schlange warteten.

Die Spielmanns wanderten links durch das Halbrund des Theatergangs und kamen zur Garderobe. Zwei Frauen in schwarzen Kleidern nahmen ihnen die Umhänge, Hüte und Hauben ab und verwahrten die Überkleider hinter einem spiegelnden Marmortresen. Elise prüfte im Vorbeigehen verstohlen den Sitz ihres tief ausgeschnittenen Kleides. Der blaue Rock fiel weit über ihre Schuhspitzen und raschelte bei jedem der mühsamen Schritte, denn Elise trug schwer an den vielen Schichten. Über das eng geschnürte Korsett, unter dem die Chemise gezurrt war, hatte sie das mit Rosshaar und Kordeln verstärkte Schnürunterkleid gezogen. Darüber bauschten sich weitere Unterröcke, damit der Oberstoff ihres Kleides so weit abstand, wie es der Mode gebührte. Auch ihre Ärmel waren mit Polstern ausstaffiert, damit sie üppig genug wirkten.

Nein, in diesem Aufzug konnte man keine Geige halten, dachte Elise mit einer Mischung aus Verdruss und Amüsement, der Stoff würde bei der unbequemen Haltung wahrscheinlich platzen. Ob dies einer der Gründe war, dass eine Frau bei einem so großen Abend nicht Violine spielen konnte?

Sie drehte sich ein wenig hin und her und musste zugeben, dass sie mit der schmalen Taille und dem ausladenden Rock tadellos aussah. Im künstlichen Licht schimmerte die feine Spitzenberthe am Dekolleté und gab einen tiefen Blick auf ihre Brust frei – so hochgeschlossen Elises Alltagskleidung war, so freizügig durften sie und die anderen Frauen sich in der vornehmen Gesellschaft Dresdens am Abend zeigen.

Die Glocke ertönte, und das Stimmengewirr in den Gängen schwoll an. Alle, die bereits Eintrittskarten besaßen, schoben sich nun in Richtung Saaltüren, sodass die Billettabreißer in ihren weißen Hemden Mühe hatten, die vorbeidrängenden Gäste rechtzeitig zu bitten, ihre Karten vorzuzeigen. Einige gaben auf und drückten sich ergeben mit dem Rücken an die tapetenbespannten Wände, während der Zuschauerstrom unerbittlich an ihnen vorbeifloss, als hätte jemand ein Wehr in der Elbe geöffnet.

Die einfacher gekleideten Gäste machten sich an den Aufstieg in die oberen Ränge. Der Vater hingegen hatte teure Plätze in einer Loge im ersten Rang gekauft, sie mussten nur eine Treppe hinaufgehen. Ein Platzanweiser hielt ihnen die Tür auf, und sie traten ein. Während ihre Familie auf den mit rotem Samt bespannten Sesseln Platz nahm, war Elise stehen geblieben. Staunend trat sie jetzt an die Brüstung und beugte sich hinüber. Sie betrachtete das Halbrund des Saals mit den vielen Säulen und den goldverzierten Logen, dann den riesigen bunten Schmuckvorhang, der die Bühne verhüllte. Ihre Augen wanderten höher – vier Ränge erhoben sich über dem Parkett, die ringsum liefen wie Balkone. Und über allem glänzte an der bemalten Decke ein Kronleuchter mit unzähligen Gaslämpchen und ließ jedes Stückchen Blattgold, jedes Marmordetail und alle silbernen Spangen in den Haaren der Damen funkeln.

«Elise», zischte ihre Mutter und winkte ihre älteste Tochter ungeduldig zurück. Sie hatte bereits einen Fächer aus ihrem Täschchen genommen und wedelte sich Luft zu. So kühl, wie es an diesem Aprilabend noch draußen war, so heiß war es im Zuschauersaal. Hunderte Gasflämmchen erhitzten den Raum, und es roch brenzlig. In das Sirren der warmen Luft mischten sich einzelne Instrumentenstimmen aus dem Orchestergraben vor der Bühne, denn die Musiker hatten begonnen, ihre Plätze einzunehmen, und stimmten ihre Violinen, Celli und Bratschen. Ein einzelner Hornton erhob sich klagend und erstarb wieder.

Elise trat zu ihrer Familie und setzte sich auf den leeren Platz ans Ende der Sesselreihe neben Dorothea. Vorsichtig, um ihre Kleiderschichten nicht zu zerdrücken, versuchte sie, eine halbwegs bequeme Position zu finden. Doch auch danach hielt sie den Atem an, weil das Korsett ihr im Sitzen wenig Spielraum bot. Die Plätze in den Logen ringsum und auf den Galerien der oberen Ränge füllten sich immer mehr, und die vibrierende Unruhe nahm zu. Im dritten Rang packte eine Großfamilie bereits belegte Brote aus, auf der anderen Seite kreiste eine Flasche. Die Gäste unterhielten sich und rauchten Pfeife und Zigarre, sodass bläuliche Schwaden durch die Luft nach oben schwebten und den Kronleuchter umschmeichelten, bis sie sich auflösten.

Unten erschien nun der Kapellmeister und trat vor sein Orchester. Er hob den Taktstock. Draußen klingelte es ein letztes Mal, dann gab der Inspizient das Zeichen zum Beginn der Vorstellung. Selbst die Gäste in den oberen Rängen, die bis eben mit der Wahl zwischen Gänseschmalz und Leberwurst beschäftigt gewesen waren, verstummten für einen Moment, als die Musik einsetzte. Doch schon bald führten sie ungerührt ihre Gespräche fort, und der Saal war wieder erfüllt von Gelächter, Geraschel und nun auch von den ersten Takten der Ouvertüre aus dem Orchestergraben – eine sanfte Melodie, in der die vier Hörner zusammen mit den Streichern das Adagio spielten. Bald wechselte der Rhythmus, die Musik wurde schneller, und die Violinen ließen das Allegro erklingen, das viele Zuschauer sofort dazu anstiftete, mit den Füßen den Takt mitzustampfen.

Endlich hob sich der Vorhang, und schon liefen zahlreiche Landfrauen mit Hauben, weißen Schürzen und tief ausgeschnittenen Miedern nach altertümlicher Mode auf die Bühne, die sofort begannen, zu tanzen und in die Hände zu klatschen. Ihnen folgten die Jäger, mit Armbrüsten über der Schulter, einige trugen auch Pistolen. Das Bühnenbild zeigte eine Waldszene: Bäume mit kunstvoll gemalten Blätterkronen, ein langer Holztisch mit Bierkrügen darauf und eine Zielscheibe – denn heute sollte der Schützenkönig in der böhmischen Waldschänke gekürt werden.

Erneut beugte Elise sich über die Brüstung und verfolgte gebannt das Geschehen des ersten Akts. Sie spürte, wie ihr die Knie zitterten, als der eifersüchtige Kaspar den arglosen Max in eine Falle trieb, indem er versprach, ihm eine Freikugel zu besorgen, die ein Verfehlen des Ziels unmöglich machte. Denn während Max auf der Bühne nicht ahnte, dass er sich damit ins Verderben brachte, wusste Elise, dass Kaspar ein falsches Spiel mit ihm trieb. Am liebsten wäre sie aufgesprungen und hätte Max gewarnt, doch sie saß wie festgeschmiedet in ihrem ausladenden blauen Kleid auf dem Polstersitz, die Hände auf der Brüstung ineinander verkrampft.

In der letzten Arie des ersten Akts prahlte der schreckliche Kaspar, nun allein dort unten auf der Bühne, mit seinen Rachepländen gegenüber Max, dem er die Liebe nicht gönnte und dem er mithilfe des Teufels, in dessen Dienst er stand, den Tod bringen würde. Elises Herz klopfte jetzt so stark, dass sie kurz meinte, keine Luft mehr zu bekommen.

Als der erste Aufzug endete, brandete Beifall auf, die Zuschauer trampelten und riefen durcheinander, und Elise fuhr auf wie aus einem bösen Traum. Sie spürte den Blick ihrer Mutter, die besorgt über den Rand ihres Fächers zu ihr hinübersah, doch Elise wandte das Gesicht ab und legte die Hände an die Wangen, um diese ein wenig zu kühlen. Die Luft in dem vollen Saal wurde immer stickiger, die Gaslampen brummten unheilvoll, und Rauchschwaden zogen in dichten Wolken vorüber. Elise hatte immer mehr das Gefühl, dass ihr Korsett viel zu eng geschnürt war.

Der zweite Akt begann – nun befanden sie sich im Forsthaus, wo zwei junge Frauen, Agathe und ihre Cousine Ännchen, ein Bild aufhängten und sich singend zu unterhalten schienen. Die beiden Sängerinnen hatten wunderschöne Stimmen, und Elise entspannte sich ein wenig. Die Sopranistin, die das Ännchen verkörperte, versuchte, ihre Cousine mit lustigen Melodien zu zerstreuen, weil diese ängstlich auf ihren Geliebten Max wartete. Doch Agathe blieb voller Furcht. Ein Eremit hatte sie kurz zuvor vor einer schrecklichen Gefahr gewarnt.

Auch in Elises Fingern begann es wieder zu kribbeln, als sie Wilhelmine Schröder-Devrient lauschte, die von ihren Sorgen zu singen begann. Ihr heller, furchtsamer Sopran wurde von den unheilvollen Streichertönen unterstrichen. «*Wie nahte mir der Schlummer, bevor ich ihn gesehn?*», klagte sie und streckte die Hände flehend nach dem Publikum aus. Elises Herz schlug ihr erneut schmerzhaft im Hals. «*Liebe pflegt mit Kummer Hand in Hand zu gehen*», seufzte Agathe unten auf der Bühne, und etwas Kaltes schien nach Elises Brust zu greifen. Sie konnte keine Sekunde länger in diesem überhitzten Saal, in dieser engen Loge sitzen bleiben, dachte sie und erhob sich.

«Ich gehe kurz Luft schnappen», flüsterte sie Dorothea zu, «bin gleich zurück.»

Ehe die Schwester sie aufhalten konnte, stürzte Elise aus der Sitzreihe und zur rot bespannten Tür. Sie stieß sie auf und drängte in den kühleren Korridor, der einmal um den Zuschauersaal herumführte. Hier brannten nur wenige Lampen. Ein gelangweilter Logenschließer lümmelte sich an einer Säule und nahm widerwillig Haltung an, als er Elise bemerkte, doch sie winkte ab und eilte an ihm vorbei. Sie wusste selbst nicht, was in sie gefahren war und wohin sie wollte – nur hinaus aus diesem Saal, fort von den Stimmen, die ihr Angst machten. Sie taumelte noch ein paar Schritte, dann endete der Korridor in einer Tür, die verschlossen schien. Hier war es beinahe ganz dunkel, und Elise war dankbar, dass es keine Zeugen gab, als sie sich nun erschöpft an die seidene Wandtapete lehnte und langsam zu Boden sank. Als die Dunkelheit sie einhüllte, streckte sie die Beine in den vielen Röcken aus und vergrub ihr erhitztes Gesicht in den Händen. Was war nur los mit ihr? Sie hatte das Gefühl, dass eiserne Zangen ihren Brustkorb umklammert hielten, sie bekam nicht genug Luft und zerrte verzweifelt an dem Spitzenstoff ihres Ausschnitts, um das Kleid ein wenig zu lockern.

Durch die Logentüren drang gedämpft die Musik der Oper, die dort im Saal ungerührt von Elises Befinden weiterging. Doch ohne die aufwühlenden Bilder auf der Bühne, ohne das klagende Gesicht der Sängerin war alles weniger bedrohlich und überwältigend, und langsam beruhigte sich Elises Herzschlag. Endlich konnte sie besser atmen, auch das Kribbeln in ihren Händen ebbte ab.

Sie schüttelte den Kopf über sich selbst. Was für eine merkwürdige Schwäche war das gewesen? Sie kannte ähnliche – und doch anders geartete – Anfälle von ihrer Mutter. Immer wieder geschah es, dass sich Amalie Friederike am hellen Tag zu Bett begeben musste, weil eine Dunkelheit ihr Gemüt überspülte, deren Ursprung sich niemand erklären konnte. Doch das hier fühlte sich nicht an wie jene Melancholie, die Elises Mutter schwer und lähmend überkam. Es war vielmehr ein heißer innerer Aufruhr gewesen, eine schreckliche Angst, die nach Elise gegriffen und sie geschüttelt und gewürgt hatte. Nun glaubte sie für einen Moment, ihr Schädel müsste platzen, weil schreckliche Kopfschmerzen sie marterten. Doch sie hielt das Gesicht in ihren Händen, das jetzt tränennass war, zwang sich, tief und ruhig weiterzuatmen, und betete innerlich, dass der Logenschließer in seiner geputzten Uniform sie so nicht vorfinden würde. Es gehörte sich nicht, dass eine junge Frau allein auf dem Boden eines Theaters saß, ihr Kleid in Unordnung und ihre Gedanken aufgewühlt.

Gerade überlegte sie, ob sie es schon wagen konnte, aufzustehen und den Saal wieder zu betreten, als sich die Tür neben ihr langsam öffnete.

Jemand streckte den Kopf durch den Spalt. Elise wagte

nicht, sich zu rühren. In dem nun schwach hereinfallenden Lichtschein sah sie, wie ein Mann in den Korridor trat und sich ihr bedächtig näherte. Sie konnte sein Gesicht nicht erkennen, zu ihrem großen Schreck aber vernahm sie jetzt eine bekannte Stimme. Unglaube klang darin, Sorge – und auch so etwas wie heimliche Freude glaubte sie herauszuhören. Oder war das nur Einbildung, nur ein Spiegel ihres eigenen jähen Entzückens, als sie ihn erkannte? Denn es war der junge Mann, der sie heute Morgen auf dem Theaterplatz beinahe umgestoßen hätte.

«Fräulein? Was machen Sie denn hier?»

8.

Dresden, Sonntag, 25. April 1841 – kurz zuvor

Christian stand im halbdunklen Malersaal und betrachtete sein Werk im Schein einer einzigen Petroleumlampe. Draußen, vor den großen Fensterkreuzen, hing der Abend. Er wusste, dass es längst Zeit war, mit dem Malen aufzuhören. Meister Arrigoni würde ihm ohnehin eine Kopfnuss geben, wenn er ihn jetzt sehen würde, denn am Sonntag wurde in den Werkstätten normalerweise nicht gewerkelt, am Abend gab es eine Vorstellung im Opernhaus. Doch etwas in Christian hatte ihn heute Mittag hierher zu den Kulissen gedrängt.

Er musste seine Hände beschäftigen, suchte dringend Ablenkung in den vertrauten Handgriffen. Die seltsame Begegnung mit der jungen Frau, die ihn heute Vormittag auf dem sonnigen Theaterplatz beinahe umgerannt hätte, ließ ihn nicht los. Einen frechen Mund hatte sie gehabt, und traurige Augen, die trotz des Sonnenscheins verdunkelt schienen. Seitdem verfolgte ihn die Erinnerung an sie – wie ein Duft, den er nicht abschütteln konnte. Ein Duft, der sich auch nicht vom beißenden Gestank des Terpentinöls vertreiben ließ, sondern ihm schwindelnd in der Nase hing. Und so sehr Christian versucht hatte, sich mit dem Bemalen der Holzplatte für *Les Huguenots* abzulenken – immer, wenn er seine Konzentration für einen Moment verlor und seine Gedanken auf Wanderschaft gingen, sah er wieder ihre wippenden honigfarbenen Locken vor sich und hörte ihr leises Lachen.

Es war natürlich eine Albernheit. Jeder konnte sehen, dass diese Frau aus einem der wohlhabenden Bürgerhäuser Dresdens stammte. Sie war keine, die sich mit einem wie ihm abgeben würde. Als sie fortgelaufen war, hatte er sich hinter eine

Ecke an der Kirche gedrückt und beobachtet, wie sie zu ihrer Familie zurückkehrte. Alle waren gut gekleidet und sorgfältig frisiert. Und er hatte auch die Blicke des älteren Herrn ein paar Meter abseits bemerkt, der mit einem sauertöpfisch aussehenden älteren Frauenzimmer vor dem Portal der Hofkirche stand. Der elegante Mann hatte die junge Frau betrachtet, als sei sie eine hübsche Katze, die ihm zugelaufen war und für die er nun widerwilligen Besitzerstolz empfand.

Christian rieb sich die Stirn. Er fühlte sich benebelt von den schweren Farbdüften und beschloss, es für heute Abend gut sein zu lassen. Der Malersaal lag direkt hinter der Theaterbühne und über dem Requisitensalon, und seit gut einer Stunde vernahm er die gedämpften Klänge des *Freischütz*. Soeben hatte der zweite Akt begonnen. Christian erkannte den Sopran der Schröder-Devrient und entschied, den Rest von der Inspizientenloge aus anzuhören. Diese lag im ersten Rang und war doch meistens leer, weil Monsieur Stange seit dem Umzug in die neu erbaute Oper die Loge im Parkett bevorzugte. Denn von dort konnte der Inspizient während der längeren Arien immer mal heimlich verschwinden und sich von den Damen an der Garderobe einen Schluck aus seiner geheimen Weinbrandflasche aushändigen lassen – ehe er wieder seines Amtes walten und sich vergewissern musste, dass alle Schauspieler für die nächste Szene bereitstanden.

Vom Malersaal aus führte ein winziger Gang, mehr ein Schacht, hinten an der Bühne vorbei. Durch ein verstecktes Treppenhaus, das die Gäste des Theaters niemals betreten würden, gelangte Christian in ein Hinterzimmerchen, das in die unbesetzte Loge führte. Leise schloss er die Tür hinter sich und schlich vor bis an die Brüstung, doch er achtete stets darauf, unerkannt im Schatten zu bleiben.

Unten auf der beleuchteten Bühne seufzte Agathe gerade aus tiefster Brust.

«*Welch schöne Nacht!*», rief sie aus und hob die Hände dem unsichtbaren Geliebten entgegen, der sich verspätete. Sie trug ein langes, fließendes Kleid nach der Mode jener Zeit – die des Dreißigjährigen Krieges, zu der *Der Freischütz* spielte – und hatte sich das Gesicht mit Bleischminke geweißt und die Augen schwarz umrandet, was ihr ein dramatisches Aussehen verlieh. Nun sang sie ihre traurige Arie, legte den Kopf auf eine Stuhllehne und tat so, als blickte sie aus einem Fenster.

«*Leise, leise, fromme Weise! Schwing dich auf zum Sternenkreise ...*»

Christian fühlte, wie ihn die Musik umfing und für die darin verborgene Empfindsamkeit einnahm, und ein großes Glücksgefühl stieg in ihm auf – wie immer, wenn er heimlich die Opernaufführungen im Königlichen Theater besuchte. Er wusste natürlich, dass er sich nur eingeschlichen hatte, dass unter den Gästen kein Platz für ihn war. Nicht einmal beim einfachen Volk, das dort oben im vierten Rang ungerührt lärmte.

Während die Handwerker einer Innung angehörten und die Soldaten einem Regiment, stand er als Waise und einfacher Gehilfe ohne abgeschlossene Gesellenausbildung jenseits der Dresdner Gesellschaft. Von den bürgerlichen und adligen Gästen auf den guten Parkettplätzen und in den Besucherlogen des ersten Rangs trennten ihn erst recht Welten – er, der seine Kindheit in den dunkelsten Gassen der Stadt und später an den Webstühlen einer Teppichfabrik verbracht hatte, nachdem er und seine Schwester von den Findlingshäuslern aufgegriffen und zur Arbeit gezwungen worden waren. Und doch war es seltsam – immer, wenn er die Musik vernahm, schien es ihm, als hätten die Komponisten sie nur für ihn geschrieben. Als sängen die Künstler auf der Bühne ihre Arien nur für ihn, und als flössen die Melodien direkt in sein Herz hinein.

Verärgert über seine eigenen Hirngespinste trat er leise einen Schritt von der Brüstung weg. Schon oft hatten sich die Burschen über ihn lustig gemacht, weil er so verträumt war und so hingebungsvoll der Musik lauschte, die die anderen jungen Männer als Tand abtaten.

Er wollte es sich gerade hinten in der Loge auf dem Fußboden bequem machen, damit ihn niemand sah, als er ein Geräusch hinter der Tapetentür vernahm, die auf den Korridor führte. Ein Grinsen stahl sich in sein Gesicht. Es kam immer wieder vor, dass sich die Damen und Herren des Chors in den Szenenpausen heimlich ein Stelldichein gaben, obwohl es streng verboten war, dass sie einander begegneten. Die Anstandsdame aber, die über die Sängerinnen wachte, neigte dazu, im Verlauf der Oper über ihrem seligen Portweindusel einzuschlafen, und dann witterte das ein oder andere Pärchen seine Chance auf etwas Zweisamkeit.

Doch nein, dachte Christian und lauschte aufmerksam, es klang nicht wie wonniges Seufzen und hastiges Kleiderrascheln, sondern eher wie ein Wimmern. Weinte jemand dort auf der anderen Seite der Logenwand?

Langsam drückte er die Klinke herunter und öffnete die Tür einen Spalt. Vorsichtig streckte er den Kopf hinaus und sah im Halbdunkel zunächst nichts als einen Schatten auf dem Boden. Dann gewöhnten sich seine Augen an die Dunkelheit, und er erkannte im schwachen Licht, das aus dem Saal in den Korridor schien, eine junge Frau in einem blauen Kleid, die an der Wand zusammengesunken war. Sie hatte die Hände vors Gesicht geschlagen, doch als sie ihn hörte, hob sie den Kopf, und er sah Tränenspuren auf ihren Wangen.

Christian schnappte nach Luft. Den ganzen Tag hatte er an diese Frau gedacht. Und nun saß sie hier, ganz allein, und weinte?

Vorsichtig trat er zu ihr. Seine Stimme überschlug sich zu seinem Ärger, als er fragte: «Fräulein? Was machen Sie denn hier?»

Hastig versuchte sie, sich zu erheben, was ihr mit den vielen Schichten ihres Kleides nicht sofort gelang. Christian war mit einem Schritt bei ihr. Er ließ sich vor ihr auf die Knie nieder und warf einen Blick über die Schulter, um zu sehen, ob der Logenschließer in der Nähe war. Doch alles blieb ruhig, wahrscheinlich hatte er sich zu Monsieur Stange und den Garderobieren ins Parkett gesellt. Dies war zwar streng verboten, denn die Türen zum Zuschauersaal sollten unter allen Umständen bewacht werden, aber die meisten Leute hier arbeiteten schon lange am Königlichen Theater, wenn auch nicht hier im neuen Haus, und wussten, wann die Gelegenheit günstig war, sich eine kleine Pause zu verschaffen.

«Was müssen Sie nur von mir denken?», flüsterte die junge Frau im blauen Kleid und schüttelte den Kopf.

«Ich denke nichts weiter, als dass Sie offenbar Kummer haben. Kann ich Ihnen helfen?»

Sie wischte sich mit beinahe trotzigen Bewegungen die Wangen ab und lachte unter Tränen. «Ich habe überhaupt keinen Kummer! Das ist ja das Merkwürdige. Es kam einfach so über mich, dort drinnen. Diese Musik ...»

Sie lauschten beide einen Moment. Die Melodie der Arie hatte sich verändert – waren die Töne eben noch melancholisch und voller Sorge gewesen, so jubelte die Sängerin nun hellauf, weil sie ihren Max endlich unten auf dem Weg erspähte. Christian kannte jede Szene, jedes Wort, er hatte die Oper wieder und wieder gehört, zunächst im Morettischen Haus und nun hier. *Der Freischütz* gehörte zum meistgespielten Repertoire des Königlichen Theaters. Beinahe schien es ihm, als seien die Dresdner auf keine Oper so stolz wie auf die von Carl Maria von Weber – nicht umsonst wurde sie die *Nationaloper* genannt.

«*Dein Mädchen wacht noch in der Nacht*», klang es nun aus dem Saal zu ihnen heraus. Für einen Moment trafen sich Christians Augen mit denen der jungen Frau, die mit einer Mischung aus Furcht und Neugier zu ihm aufsah.

«Darf ich?», fragte er und deutete auf den Boden neben ihrem ausladenden Rock.

Sie schien zu zögern.

«Erst müssen Sie mir Ihren Namen verraten», sagte sie schließlich leise, aber so bestimmt, dass er sofort dachte, sie sei es wohl gewohnt, Anordnungen zu geben.

«Christian», flüsterte er. «Christian Hildebrand.» Dann ritt ihn der Teufel – er wollte hinter ihrer Bestimmtheit nicht zurückstehen. «Ich bin königlicher Hofmaler hier am Theater.»

Sie zog die feinen Augenbrauen in die Höhe.

«Na gut, sein Assistent», fügte er leise hinzu und ärgerte sich, weil sie ihn bei seiner Aufschneiderei ertappt hatte.

Vorsichtig, um sie nicht zu überrumpeln, setzte er sich neben sie. Nun saßen sie Seite an Seite mit Blick auf die tapetenbespannte Wand des Saals, doch Christian achtete auf einen gebührenden Abstand, damit er sie nicht versehentlich berührte.

«Und wie heißen Sie?», fragte er.

«Elise», sagte sie. Der Name klang in seinen Ohren wie Musik, er passte zu ihr. «Mein Vater ist Justizrat Spielmann.»

Christian schwieg und betrachtete verstohlen eine übrig gebliebene Träne, die an ihren Wimpern hing. Endlich löste sie sich und fiel auf die sanfte Rundung ihrer Wange, doch Elise schien es nicht zu bemerken. Am liebsten hätte er die Hand ausgestreckt und die Träne fortgewischt, doch das wagte er nicht.

«Es ist leichtsinnig von uns, hier so zu zweit herumzusitzen, denken Sie nicht?», fragte sie, und ihm war, als sähe sie ihn ein wenig herausfordernd an.

Er nickte. Wenn ihre Eltern und der ältere Fremde, den er heute vor der Hofkirche beobachtet hatte, sie so sehen könnten, würden sie nicht nur verwundert, sondern empört reagieren. Doch hier war niemand, und der zweite Akt war noch lange nicht zu Ende. Zumindest für den Augenblick hatte er Elise für sich. Was aber sollte er nur zu ihr sagen, was würde sie beeindrucken?

«Wollen Sie den Malersaal und die Kulissen sehen?», fragte er und erschrak gleich darauf vor seiner eigenen Courage. Es war undenkbar, dass ein kleiner Gehilfe wie er eine junge Bürgerstochter allein durch die dunklen Werkstätten der Oper führte. Es wäre ihr beider Ruin, wenn jemand sie dabei sähe.

«Das geht nicht», sagte sie denn auch sofort. «Aber es wäre wunderbar», fügte sie noch hinzu, und Christian meinte, einen sehnsüchtigen Klang in ihrer Stimme zu hören. Sie biss sich auf die Lippen und spähte nervös ins Zwielicht. «Meine Familie wird mich schon bald vermissen», sagte sie. «Mir war nicht gut, aber jetzt geht es ja wieder. Ich sollte wirklich gleich zurückgehen.»

Doch trotz ihrer Worte blieb sie sitzen und sah ihn weiter an, sie schien auf etwas zu warten.

Was war das nur in ihren Augen?, dachte er. Sie waren so tief, dass man sich in ihnen verlieren konnte. Und gleichzeitig hatte er das Gefühl, dass sie ihn verstand und er sie. Wortlos, nur mit Blicken, hielten sie einander dort auf dem Fußboden fest, während der Gesang drinnen anschwoll und fordernder, eindringlicher wurde.

«All meine Pulse schlagen, und das Herz wallt ungestüm, süß entzückt entgegen ihm.»

Christians Herz pochte wie das der Heroine in der Arie. Es war seltsam, dachte er. Elise war gar nicht so besonders schön. Ihr linkes Ohr stand ab und lugte vorwitzig zwischen zwei Locken hervor. Ihre Züge hatten etwas Feines, aber gleichzeitig Herbes. Außerdem war sie viel zu dünn, er sah ihre Rippen im Ausschnitt des Kleides. Dieses lustige, dralle Dienstmädchen in der sorbischen Tracht, das er neulich unten auf der Straße gesehen hatte, entsprach viel mehr den Weibern, mit denen die anderen Burschen die Zeit nach Feierabend totschlugen. Sie priesen immer wieder die Vorzüge eines vollen Busens, runder Hüften und rosiger Wangen, in die man hineinbeißen konnte. Aber er? Er konnte nicht aufhören, Elise anzusehen.

«Mögen Sie Musik?», fragte er, als er das Schweigen nicht mehr aushielt.

Ihr Gesicht hellte sich auf. «Mehr als alles andere auf der Welt», sagte sie. «Ich spiele Geige.»

«Wirklich?» Christian war beeindruckt. Das schien ihm sehr ungewöhnlich, aber wenn er sie sich mit dem Instrument vorstellte, musste er zugeben, dass es zu ihr passte. Elegant und warm zugleich war eine Violine, und Elise ebenso. Ganz anders als die Klaviere mit ihren metallenen Hämmern, auf die man nahezu eindreschen musste, um ihnen Töne zu entlocken. Und dennoch spielten so viele Damen der Gesellschaft Klavier und nicht Streichinstrumente. Es gefiel ihm, dass Elise anders war.

«Und Sie?», fragte sie.

«Ich?»

«Mögen Sie auch Musik?»

«Mehr als alles andere», sagte er und wiederholte damit unwillkürlich ihre Worte.

Sie sahen sich an und lachten. Sofort hielt sich Elise die Hand vor den Mund und blickte sich um, doch es blieb weiterhin still im dämmrigen Korridor.

Christian schüttelte den Kopf. «Nein, das ist nicht wahr», sagte er. «Am allerliebsten ist mir die Malerei. All die Farben, mit denen man eine ganz neue Welt erschaffen kann.» Schon als Kind, in der Fabrik am Webstuhl, hatte er das erkannt. Selbst das farbige Garn, das man dort zu Hunderten, nein Tausenden Mustern knüpfen konnte, war ihm wie etwas Kostbares erschienen, das allem einen Sinn gab. Und diese Schönheit hatte sogar die Schläge, die der Fabrikaufseher unter den Kindern verteilte, erträglicher gemacht.

«Malerei und Musik», sagte sie, jetzt ganz ernst, «das sind doch zwei Seiten derselben Medaille. Sie dienen beide der Schönheit.» Sie schien zu überlegen und zwirbelte eine ihrer hellen Locken zwischen den Fingern. «Bei der einen geht sie durch die Augen hinein, bei der anderen durch das Ohr. Aber sie endet immer hier.» Sie deutete auf ihren Ausschnitt in Herznähe, wo er meinte, ihren Puls klopfen zu sehen.

Wieder errötete sie, als sie seinen Blick bemerkte, und zog den Stoff enger zusammen. Er ahnte, dass sie gleich aufstehen würde, weil ihr endgültig bewusst wurde, wie ungehörig ihr Gespräch war. Nicht die Worte selbst, aber die Tatsache, dass ein Fräulein hier allein, unbeobachtet von ihrer Familie, mit einem Fremden saß. Das reichte schon. Aber die Blicke, die sie ihm zuwarf, sprachen eine andere Sprache als ihr Mund. Christian hätte sich geschmeichelt fühlen sollen. Doch mehr als alles andere spürte er die Angst, dass sie jederzeit fortgehen könne und er sie nicht mehr sehen würde.

«Früher, als Kind», sagte er in einem letzten Versuch, das Gespräch nicht ersterben zu lassen wie eine Flamme im Luftzug, «habe ich manchmal Laternen aus Papier gebastelt. Sie trugen immer Motive aus der Oper – ich dachte, dass ich auf diese Weise Musik und Bilder vereinen könnte. Dass so alle Schönheit der Welt in einem einzigen Gegenstand zusammenfließen würde. Finden Sie das dumm?»

Elise starrte ihn an. Sie öffnete den Mund, um etwas zu erwidern, doch in diesem Augenblick klappte weiter hinten im Halbrund des Korridors eine Tür, und beide fuhren zusammen, als hätten sie einen Schuss gehört. Elise sprang auf, diesmal gelang es ihr, mit beiden Händen ihren Rock zu bändigen. Gehetzt sah sie sich um. Auch Christian kam auf die Füße, und mit einer hastigen Bewegung griff er nach ihrer Hand. Es war eine instinktive Geste, er wollte sie festhalten, wollte nicht, dass sie fortging, wollte sie beschützen und sie beruhigen – oder sich selbst?

Für eine Sekunde schlang sie ihre weichen, überraschend kräftigen Finger um seine. Sie warf ihm einen letzten Blick aus ihren einzigartigen Augen zu, als jemand leise nach ihr rief. Eine

Mädchenstimme war es, und ehe Christian noch etwas sagen konnte, entriss Elise ihm ihre Hand und eilte davon. Das Letzte, was er von ihr sah, war der blaue Saum ihres Kleides, der raschelnd um die Biegung des Korridors verschwand.

«Da bist du ja», hörte er wieder die Stimme des Mädchens. «Mutter fragt, wo du bleibst.»

«Ich habe doch gesagt, ich brauchte etwas Luft», antwortete Elise. «Es ist furchtbar stickig in diesem Kasten.» Ihre Schritte entfernten sich weiter von ihm. Er hörte, wie die andere Stimme fragte: «Mit wem hast du da eben geredet?»

«Mit niemandem.»

Elises Antwort schnitt ihm ins Herz, obwohl er wusste, dass sie nur so lauten konnte.

Christian schloss die Augen. Er lehnte sich an die Tapete und atmete tief aus. *«Ist's nicht Täuschung? Ist's nicht Wahn?»*, klang der helle Sopran durch die Logentür, und wieder schien es ihm, als sänge die Stimme nur für ihn – den Niemand hinter der verborgenen Tür.

9.

Dresden, Samstag, 1. Mai 1841

Dicht an dicht standen die *Weißen Elefanten* in den Straßen rund um den Altmarkt: Planwagen mit weißem Segeltuch über bogenförmigen Holzgerüsten, vor die die Pferde oder Ochsen gespannt waren. Elise, Barbara und Alberta, die Köchin und Haushälterin der Spielmanns, bahnten sich einen Weg durch die Gasse, Alberta trug den großen Spankorb.

Die Tiere scharrten auf dem steinernen Pflaster mit den Hufen, ihre Leiber, die langsam das dichte Winterfell verloren, dampften unter dicken Decken, und das Geschirr klirrte, wenn sie ihre massigen Körper bewegten. Die Händler waren über die frühere Zuckerstraße durch die Lausitz gekommen, sie brachten Kaffee, Nüsse und Gewürze nach Dresden. Elise waren die Gesichter seit ihrer Kindheit vertraut – die Russen mit ihren schweren Stiefeln und langen Bärten, Gewürzhändler mit rotem Fez und Pluderhosen, die auf dem Kutschbock lange Pfeifen rauchten, Inder mit Turban und bunten Gewändern, die für den sächsischen Frühling zu dünn aussahen. Ein schwacher Duft nach Zimt und Kardamom hing in der Luft, durch die sanft ein paar Blütenblätter schwebten.

«Kommen Sie, Fräulein Elise», rief Alberta, weil Elise stehen geblieben war und sich neugierig das Angebot in einem der Bücherwagen besah. Der Buchhändler, ein Mann in weißem Anzug und schwarzem Zylinder, breitete seine Ware auf einem Brett aus, das er von seinem Gefährt heruntergeklappt hatte, und winkte ihr freundlich, sie solle näher treten. Gerade legte er ein dickes, in rotes Leder gebundenes Buch hin, und Elise las den Titel: *Der Tausend und Einen Nacht noch nicht übersetzte*

Mährchen. Da rief die Köchin erneut nach ihr, und Elise riss sich widerstrebend los und lächelte den Verkäufer bedauernd an. Er tippte sich an die Krempe seines hohen Hutes und bestückte ungerührt weiter seine Auslage.

Elise eilte in ihrem braunen Alltagskleid hinter Alberta und Barbara her und hob das Gesicht zum hellen Himmel, der im Viereck zwischen den Häusern der Gasse hing wie ein frisches Leintuch.

«Nu», sagte Alberta und zog sich das wollene Tuch enger um ihre Schultern, «schnell, ehe das Rippenfleisch ausverkauft ist.» Der Besuch beim Fleischer war ein Ereignis, das nur einmal wöchentlich stattfand, an den meisten Tagen kamen selbst bei den Spielmanns nur Linsen, Kartoffeln und Mehlspeisen auf den Tisch.

Als sie aus der Gasse ins Gedränge des Altmarkts traten, öffnete sich der Blick auf das bunte Treiben, das bereits in vollem Gange war. Sie liefen vorbei an Lebkuchenständen, Buden mit Spielzeug und Spitzenwäsche und Wagen mit ausgeklappter Ladefläche, auf denen Kartoffeln, schrumpelige Winteräpfel und Rüben aufgetürmt lagen. Der Fleischer hatte sein Geschäft in einem Eckhaus auf der gegenüberliegenden Seite vom Markt, und Alberta, die nicht zimperlich war, setzte ihre Ellenbogen ein, um hinüberzugelangen. Doch die Kunden und Hausfrauen, die Kinder und Gemüsehändler standen dicht an dicht, und trotz der Bemühungen der Köchin kamen sie nur langsam voran. So konnte Elise alle Herrlichkeiten in Ruhe bestaunen – die vielen Farben, Gerüche und die unverdrossenen Rufe der Verkäufer bildeten ein vertrautes Gemisch. Sie kamen vorbei an Fässern voller Salzgurken, die runzlige Frau, die sie bewachte, verkaufte sie direkt auf die Faust. In der Bude daneben dufteten Krapfen, die in zischendem Schmalz gebacken wurden. Ein Stand weiter wurde Bier ausgeschenkt, für die Kinder gab es Holundersaft.

«Musik!», rief Barbara. Sie griff nach Elises Ärmel und zog sie in die Richtung, aus der die Klänge kamen. So wenig sie den musikalischen Ehrgeiz ihrer Schwestern teilte, so sehr liebte Barbara Straßenmusikanten und Tanzvergnügen.

Alberta rollte mit den Augen und sah zur Tür des Fleischers hinüber, vor der sich bereits eine lange Menschenschlange gebildet hatte. Alle Dresdner wollten günstiges Suppenfleisch ergattern, das in den meisten Haushalten lange vorhalten musste.

«Geh schon vor», sagte Elise zur Köchin, «wir treffen dich später bei der Konditorei.» Die Mutter hatte sich Eierschecke gewünscht, die Alberta niemals so gut hinbekam wie die Zuckerbäcker auf dem Altmarkt, und keiner hatte ihr den Wunsch abschlagen wollen. Am wenigsten der Vater, der wohl erleichtert war, dass seine Frau seit Tagen keine melancholische Anwandlung gehabt hatte.

Alberta nickte, wenn auch grimmig, und drängte sich an zwei Zauberkünstlern vorbei, die mit langen Pappnasen und Samtumhängen etwas am Rand des Marktgeschehens standen und mit bunten Bällen jonglierten.

Elise sah sich suchend nach Barbara um. Die Schwester war bereits im Gewühl verschwunden, doch Elise wusste, dass sie nur der Musik folgen musste. Harfentöne schwebten durch die Luft, gefolgt von den Klängen eines Horns und dem dumpfen Schlagen und Rasseln des Tamburins.

«Barbara?», rief sie und ging in die Richtung der Musik. Schon sah sie das weiße Tuch der Schwester. Barbara stand vor einem Wagen, auf dessen Plattform sich eine kleine, merkwürdige Gesellschaft zu einer Musikgruppe zusammengefunden hatte. Eine junge Frau in einem langen Kleid, dem man den Verschleiß durch viele Auftritte ansah, spielte Flöte, eine zweite das Waldhorn, dessen Töne Elise bereits herausgehört hatte. Ein kleiner Junge stand neben einem großen Pudel und schlug das Tamburin, immer ein wenig neben dem Takt. Vor dem Wagen, unten auf dem Straßenpflaster, saß eine weitere junge Frau mit einem auffälligen roten Samttuch, das sie sich über Schultern und Oberarme gelegt hatte, und hielt eine Harfe zwischen den Knien. Ihre Finger glitten behände über die Saiten. Den Kopf mit der rothaarigen Steckfrisur hatte sie zur Seite geneigt und die Wange an das Instrument geschmiegt. Sie schien versunken in ihr Spiel, und Elise ertappte sich bei dem neidvollen Gedanken, dass diese Frau öffentlich ein Instrument wie die Harfe spielte, als sei sie ein Mann – mit gespreizten Beinen in ihrem weiten Rock.

Barbara stürmte zu Elise und fasste nach ihrer Hand. Sie machte ein paar vorwitzige Tanzschritte zum krummen Takt des Tamburins, und Elise lächelte und fasste die Schwester um die Taille. Ein paarmal schwenkte sie Barbara hin und her, ehe die beiden lachend voneinander abließen.

«Harfenmädchen», sagte Barbara halblaut zu Elise und deutete zu der musizierenden Gruppe hinüber. Ihre Wangen leuchteten in der Vormittagssonne hellrot, ihre blauen Augen blitzten. «Wenn das Mutter sähe!»

«Besser, wir erzählen es ihr nicht», sagte Elise. Jeder in Dresden wusste, womit sich die Harfenmädchen ihr Geld verdienten, wenn die Einnahmen ihres Musizierens auf der Straße nicht ausreichten. Und wie sollten sie auch reichen? Zwar standen eine Menge Leute umher und betrachteten die Musizierenden teils interessiert, teils argwöhnisch, doch die Samtmütze, die zu Füßen der Harfnerin lag, war beinahe leer. Nur ein paar Kupfermünzen lagen darin. Die Frau mit der roten Stola würde heute Abend in *Helbigs Restaurant* oder im *Italienischen Dörfchen* erneut auftreten, würde zwischen den Männern mit Weinkrügen sitzen und sich zeigen, bis einer der Herren ihr bedeutete, mit ihm zu gehen. Elise hatte nur eine undeutliche Vorstellung davon, was dann geschehen würde, doch sie wusste, dass es etwas war, was außerhalb der Ehe nicht erlaubt war. Und dennoch taten es alle. Die Geschichten, Märchen, Opern – alles drehte sich um diese verbotene Sache, nach der sich alle zu sehnen schienen. Und sie? Beim Gedanken an ihre bevorstehende Hochzeit lief ein Frösteln über die Halswirbel unter dem Baumwollstoff ihres Kragens. Dann fiel ihr die Begegnung mit dem jungen Mann in der Oper vor einer knappen Woche wieder ein, und aus dem Frösteln wurde ein wohliger Schauer.

«Was hast du?», fragte Barbara. Sie stand noch immer wie verzaubert und wiegte sich in den Hüften, während sie der Musik lauschte. «Gefällt es dir nicht? Ach, das ist doch mal etwas anderes als diese ewigen Arien im Theater und deine staubigen Etüden, Elise, das musst du zugeben.»

«Ich habe tatsächlich an unseren Besuch der Oper gedacht», sagte Elise leise. «Die Musik von Weber war einfach wunderschön.»

«Viel zu lang hat dieses elende Stück gedauert!» Barbara machte eine wegwerfende Handbewegung. «Außerdem war es laut und stickig dort. Ich habe es mir ganz anders vorgestellt, ich dachte, wir würden den König sehen. Oder zumindest Königin Maria Anna. Man sagt, dass sie sehr für die Sache der Frauen eintritt, weißt du?»

«Welche Sache der Frauen?», fragte Elise. Sie runzelte die Stirn. Barbara, die zu Hause im Kreis der vielen Familienmitglieder oft so still war, lebte hier auf dem Marktplatz förmlich auf. Das quirlige Treiben und die schnelle, etwas schiefe, aber mitreißende Musik schienen ihre Zunge zu lösen.

«Sie hat eine Vereinsanstalt für Frauen im Erzgebirge gegründet», sagte Barbara und riss die Augen auf. «Stell dir vor, die Königin – eine Frauenrechtlerin!»

Elise musste lächeln. Die Begeisterung ihrer Schwester rührte sie. Und doch war an ihrer Unterhaltung etwas, das sie beunruhigte. So, als sei das, was Barbara da vor sich hin plapperte, im tiefsten Grunde gefährlich.

«Du bist heute komisch», sagte Barbara, der Elises dunkle Gedanken offenbar nicht entgangen waren. «Seit neulich im Theater bist du so merkwürdig. Ist dir schon wieder übel?»

Elise schüttelte hastig den Kopf. «Es ist nichts.»

Die Schwester sah sie prüfend an. «Und warum wirst du dann rot? Was hast du am Sonntag in der Oper eigentlich so lange da im Dunkeln gemacht? Ich war sicher, dass ich jemanden sprechen gehört habe.»

«Das war nur der Logenschließer», sagte Elise geistesgegenwärtig, während sie spürte, wie ihr Herz in ihrem Mieder anfing zu galoppieren. «Er wollte mich wieder hineinbringen.»

«Aber dann war ich schon da», sagte Barbara.

«Ja, dann warst du da», bestätigte Elise. «Und nun komm, Alberta wird schon ungeduldig sein.»

Widerstrebend ließ sich Barbara von den Musikanten fortziehen. Doch als sie beide an der Fleischerei angelangt waren, sahen sie Albertas Haube noch inmitten der Wartenden, ungefähr in der Hälfte der Schlange. Sie winkte den Mädchen und bedeutete ihnen, schon einmal in die Richtung des Zuckerbäckerstandes zu gehen und dort auf sie zu warten.

«Da hätten wir noch in Ruhe der Harfe zuhören können», maulte Barbara missmutig. «Denk dir nur, was für ein Leben!», fuhr sie jetzt schwärmerisch fort. «Immer unterwegs, immer frei.»

Elise runzelte die Stirn. «Wo sie nachts wohl schlafen, alle in dem engen Wagen? Und wahrscheinlich leiden sie Hunger, hast du nicht die hohlen Wangen der Harfenistin bemerkt?»

Barbara sah erbost aus. «Du musst immer alles schlecht machen», sagte sie. «Dabei habe ich gesehen, dass du neidisch warst. Du willst doch auch am liebsten Konzerte geben, willst mit der Geige auftreten wie dieses Harfenmädchen.»

«Aber für bürgerliche Frauen wie uns gibt es diese Möglichkeit nun mal nicht», sagte Elise. «Für uns ist es sogar ungehörig, mit der Geige am Kinn gesehen zu werden – es heißt, es widerstrebe unserem Geschlechtscharakter.»

Barbara lachte leise. «Ja, denk dir nur, was für ein Gesicht Mutter machen würde. Oder deine zukünftige Schwägerin.» Sie spitzte den Mund, als ahme sie den unwirschen Gesichtsausdruck von Theresia Jacobi nach.

Bei der Vorstellung, was die ältere Schwester von Adam Jacobi zu der Musikantengruppe dort drüben sagen würde, musste sich Elise ein Lachen verbeißen. Ihre Mundwinkel zuckten, und Barbara stieß sie verschwörerisch in die Seite.

«Viele anständige Bürger würden solche Mädchen gern hinter Schloss und Riegel sehen, oder? Aber sie haben uns eines voraus.»

«Und das wäre?», fragte Elise.

«Sie haben nichts zu verlieren.»

Nachdenklich betrachtete Elise das rosige, unschuldige Gesicht ihrer jüngeren Schwester. Barbara wirkte mit ihren fünfzehn Jahren oft naiv und kindlich. Doch heute überraschte sie Elise mit ihrem Scharfsinn. Unwillkürlich fragte sie sich, was sie selbst alles verlieren könnte, wenn sie sich entgegen der Gepflogenheiten verhielt. Wenn sie zum Beispiel mit einem fremden jungen Mann allein am Boden eines Theaterkorridors erwischt würde. Egal, wie sehr sie dann auch beteuern mochte, sie hätten nur miteinander geredet – es würde nichts nützen. Die Ehre einer jungen Frau aus bürgerlichem Haus war ein fragiles Ding, so leicht zerreißbar wie Spinnweben – und Elise sollte alles dafür tun, sie nicht aufs Spiel zu setzen, bis sie den Ring des Herrn Jacobi am Finger trüge. Sie wusste, dass es mutigere Frauen gab als sie, die mehr wagten. Angeblich gingen Frauen sogar allein auf Reisen, so wie diese Clara Schumann, die auf Konzerttournee nach Paris fuhr. Doch in der Familie der Spielmanns galt so etwas als ungehörig, man hatte auf die Ehre der Familie zu achten.

«Mit dir ist heute wirklich nichts los», maulte Barbara erneut, weil Elise sich schon wieder in Schweigen hüllte. «Na, macht nichts. Ich gehe jetzt zum Zuckerwarenstand und sehe nach, ob sie auch Baumkuchen haben. Du kannst ja so lang hier Trübsal blasen.»

Damit lief sie quer über den Platz und ließ Elise tief in Gedanken zurück. Die Rufe der Anpreiser ringsum schwollen an, und die Sonne stieg immer höher und begann, mit ihren Strahlen zu wärmen. Über den Buden und Planwagen lag ein zarter Duft nach Blüten und sprießendem Grün, nach Aufbruch und Neubeginn. Elises Unruhe verstärkte sich noch durch das wehmütige Sehnen in der Luft. Wenn sie an das Gesicht des jungen Malergehilfen dachte, zog sich etwas in ihr zusammen. Es war eine Mischung von widerstreitenden Gefühlen – Schuld, weil sie etwas Unsittliches getan hatte, Bangigkeit, weil sie spürte, dass die Begegnung etwas in ihr verändert hatte und sie noch nicht wusste, ob sie das gutheißen sollte.

Aber über allem lag ein warmes, ganz und gar neues Gefühl, wenn sie sich seine Augen ins Gedächtnis rief, die schlanken Finger, die ihre Hand für einen Moment berührt hatten. Elise musste an die Papierlaternen denken, die er gebastelt hatte – und daran, dass sie selbst eine solche besaß. Seit ihrer Geburt stand sie in ihrer Schlafstube. Der Vater hatte sie ihr damals geschenkt, das wusste sie von ihrer Mutter. Nun war dieser unscheinbare alte Gegenstand ein Band geworden, das sie mit einem fremden Mann vereinte. Und die Figuren aus dem *Fidelio*, die daraufgeklebt waren, besaßen eine neue Bedeutung, wurden zu Mittlern zwischen ihm und ihr.

Der Marktplatz war ihr seit frühester Kindheit vertraut, und doch schien er heute ein ganz anderer. Alle ihre Sinne waren geschärft, pendelten mal zur Euphorie, mal zu größter Betrübnis. In diesem Moment saß in ihrer Kehle ein Jauchzen, das sie zurückhalten musste, damit sich die Umstehenden nicht wunderten, was in das Fräulein Elise Spielmann gefahren war. Dann wieder dachte sie daran, dass sie Christian, wie er sich ihr vorgestellt hatte, nicht wiedersehen würde. Höchstens aus der Ferne, denn Dresden war klein, und man begegnete sich hie und da – aber niemals wieder allein. Das wusste sie mit großer Sicherheit, und der Gedanke schnitt ihr in die Brust.

Derart zwischen ihren Empfindungen hin- und hergeworfen, trottete sie weiter über den Altmarkt, als eine Stimme sie aus ihren Träumen riss.

«Schönes Fräulein», sagte die Frau, die wie aus dem Nichts neben ihr aufgetaucht war, «ich sehe ja, dass Sie an Ihren Schatz denken.»

Verblüfft blieb Elise stehen und betrachtete die Fremde. Sie hatte ein dunkles Gesicht, das beinahe gegerbt aussah – doch als Elise genauer hinschaute, erkannte sie, dass es Narben waren. Vermutlich von Brandwunden, dachte sie beklommen und mitleidig. Denn das goldblonde Haar, das unter der Kapuze hervorquoll, ließ erkennen, dass die Frau nicht alt war, sondern in ihren besten Jahren stand. Sie trug ein smaragdgrünes Seidenkleid, das eher an eine Verkleidung im Theater erinnerte, und sie hatte einen schwarzen Umhang um die Schultern und über den Kopf geschlungen, der mit einer funkelnden Brosche über der Brust verschlossen war.

«Ich habe keinen Schatz», sagte Elise schnell.

Über das vernarbte Gesicht der Fremden zog der Schalk. «Natürlich nicht», flüsterte sie verschwörerisch, «das hat doch niemand von uns, richtig? Und doch denken wir gern an ihn, wenn wir glauben, wir seien unbeobachtet.»

«Wer sind Sie?», fragte Elise. Sie hatte die Frau noch nie zuvor gesehen. Ob sie neu in der Stadt war?

«Komm mit mir, schönes Mädchen», sagte sie statt einer Antwort und deutete auf einen Wagen mit einem Gerüst, das von Zeltplanen bedeckt war. Eine Öffnung war in den Stoff geschnitten, dahinter erkannte Elise rote Samtkissen und eine kleine Talgleuchte in einem orangefarbenen Glaszylinder. Das Licht flackerte einladend. «Ich erzähle dir alles über mich und du mir auch von dir», fuhr sie ungewohnt vertraulich fort. «Dann kann ich dir vielleicht helfen.»

«Ich brauche keine Hilfe», sagte Elise. Die Frau war ihr auf merkwürdige Art sympathisch und unheimlich zugleich. Und mit ihrer rauchigen Stimme und ihrem seltsamen Gesicht weckte sie Elises Neugier – gleichzeitig spürte sie, dass sie sich besser von ihr fernhalten sollte.

Einen Moment schien es, als wollte die Frau sie am Arm packen und festhalten, doch dann zuckte sie nur mit den Schultern. «Jeder braucht Hilfe», sagte sie schlicht. «Und wenn nicht heute, dann eben ein anderes Mal.» Sie lächelte, als sei sie sich des Sieges gewiss und könne ihn geduldig abwarten. «Ich werde hierbleiben, die Dresdner scheinen mir ein freundliches Volk, das mich nicht fortschicken wird. Du weißt also, wo du mich findest. Frag einfach nach Clementine.»

«Und weiter?», fragte Elise.

«Oho», frohlockte die Frau, «das Fräulein nimmt es gern genau.» Sie strich sich eine goldene Haarsträhne aus der versehrten Stirn und stopfte sie wieder unter die Kapuze. «Fuchs, meine Liebe. Clementine Fuchs. Wahrsagerin und Sterndeuterin.»

Mit diesen Worten drehte sie sich um und ging zu ihrem Wagen hinüber.

Hatte Madame Fuchs nur auf sie gewartet?, schoss es Elise durch den Kopf. Warum sprach sie denn sonst keine Kundschaft an? Aber das wäre ja Unsinn, sie kannte die Frau nicht, die jetzt durch das Loch in der Plane ihren Wagen bestieg. Ein Stück Stoff wurde hinter dem smaragdgrünen Kleid zusammengezogen und verschloss die Öffnung.

Elise lief über das Pflaster des Altmarkts und hielt nach ihrer Schwester Ausschau. Nun wurde es wirklich Zeit, die Eierschecke zu kaufen und zurück in die Große Frauengasse zu kommen, wo die Familie schon auf sie und Barbara wartete.

Der Himmel spannte sich weit und frühlingshaft über ihr, und eine sanfte Brise wehte den Duft von Schokolade und Zimt vom Confiseriewagen herüber. Alles war in bester Ordnung. Nur weiter hinten in Richtung Elbe lagerten aprilhafte Regenwolken wie zartviolette Schleier um die Spitze des Hofkirchenturms. Sie schienen auf einen geeigneten Moment zu warten, sich über den Dächern Dresdens zu einem Gewitter zusammenzuziehen.

10.

Aus der Verordnung des Königlichen Theaters zu Dresden

§ 67

Jedes Mitglied muss, sobald es sich so unpässlich oder krank fühlt, dass es nicht spielen kann, sogleich den Regisseur schriftlich davon benachrichtigen, auch wenn der Arzt noch nicht bei ihm eingetroffen wäre. Im nächstfolgenden Theater-Rapport macht der Regisseur die Anzeige von dem Krankheitsfalle und legt das Zeugnis bei, für dessen Zuverlässigkeit der Arzt verantwortlich ist.

§ 75

Dienstuntauglichkeit, durch eigenes Verschulden herbeigeführt, wiederholte Übertretungen der Theatergesetze, welche durch andere Strafen nicht verhindert werden konnten, unanständiges Betragen auf der Bühne oder ein unsittlicher, öffentliches Ärgernis gebender Lebenswandel können sofort die Entlassung zur Folge haben.

11.

Dresden, Montag, 3. Mai 1841

Als Bertha an diesem Morgen die Personaltür zum Theater aufstieß, spürte sie sofort, dass etwas anders war als sonst. Es war ein schwebendes, vibrierendes Gefühl, wie ein Gewitter, das in der Luft hing – was gar nicht zu der lichten Stimmung des Maienmorgens passen wollte, an dem sie hergekommen war. Sie trat zum Kabuff an der Pforte und grüßte durch die offen stehende Luke Ehregott Wagner, der sich gerade vor einem halb blinden Spiegel rasierte. In der engen Bude war es dämmrig, nur zwei Talglichter brannten, die ihren starken Duft bis in die Halle verbreiteten.

«Ein guter Morgen ist dies gewiss nicht, meine Gnädigste», entgegnete Wagner knurrend, während er ungerührt mit dem Messerchen an seiner Wange herumschabte und es anschließend in einer kleinen Waschschüssel säuberte. Um den Kragen des schwarzen Gehrocks hatte er sich ein Leinenhandtuch gelegt, damit weder Wasser noch Rasierseife den dunklen Stoff benetzten. «Aber das werden Sie wahrscheinlich schon wissen, nu. Sie wissen doch immer alles.»

Was man umgekehrt von dem alten Wagner noch viel mehr behaupten konnte, dachte Bertha im Stillen und lächelte. Hier krabbelte keine Fliege an der Wand, deren Beine er nicht gezählt und deren Anzahl er nicht in seinem Tagebüchlein vermerkt hätte, das er akribisch führte. Und doch – wenn es um die Geheimnisse der weiblichen Ensemblemitglieder ging, war sie ihm eben einen Schritt voraus.

Und Bertha meinte, ein leises Weinen aus den Garderoben weiter hinten im Theater zu hören. Sie ahnte, worum es ging.

Wagner trocknete sich das faltige Gesicht ab und sah mit hochgezogenen Augenbrauen aus seiner Luke heraus, was ihm den Anblick eines traurigen Dackels gab.

«Hilft nichts, gnädige Frau», sagte er und richtete sich den steifen Kragen unter dem fliehenden Kinn. «Das Spiel muss weitergehen.»

Bertha seufzte und nickte Wagner noch einmal zu, ehe sie in Richtung Garderoben eilte. Hier vernahm sie auch schon aufgeregte Stimmen, dazwischen wieder das Weinen einer Frau. Unwillkürlich griff sie nach ihrem Schultertuch und überprüfte, dass es korrekt saß, ehe sie weiterging. Sie rüstete sich wie ein Feldherr für den Zusammenstoß mit den feindlichen Truppen – dabei war ihr selbst ja niemand feindlich gesinnt. Doch sie hatte das Gefühl, für die jüngeren Damen hier am Theater eine Verantwortung zu tragen. Auch wenn sie diese in dem Fall, der ihr schwante, am liebsten zurückgewiesen hätte.

Die Tür zur Garderobe der Balletttänzerinnen stand offen, und als Bertha eintrat, sah sie den gefürchteten Ballettmeister Joseph Lepitre, wie er sich mit hochroten Wangen in seinem ausgemergelten Gesicht zwischen einer Ladung Tutus aufgebaut hatte und mit seinem Stock fuchtelte. Daneben stand der hilflos wirkende, rundliche Herr Kühn, der Repetitor, der offenbar versuchte, Monsieur Lepitre zu beschwichtigen. Vor den beiden Männern saß, zu einem Häuflein Elend auf einem Stuhl zusammengesunken, Magdalene Koch. Sie hatte das Gesicht in den Händen vergraben, doch als sie Berthas Schritte hörte, hob sie den Kopf und sah ihr erschrocken entgegen. Ihre ebenmäßigen Züge waren vom Weinen verquollen. Der fliederfarbene Morgenrock, den sie über ihrem Ballettkleid trug, klaffte an der Brust auf und ließ einen tiefen Blick in ihr Mieder zu. Es schien, als sei sie noch etwas fülliger geworden, und jeder, der Augen im Kopf hatte, konnte inzwischen ahnen, wo der Hund begraben lag.

«Madame Heise», schluchzte die Ballerina und reckte flehentlich die Hände nach Bertha wie nach einer lange vermissten Mutter, «so helfen Sie mir doch. Sagen Sie den Herren, sie sollen Milde walten lassen.»

Monsieur Lepitre richtete seine schwarzen Äuglein ebenfalls auf Bertha, doch Milde war darin nicht erkennbar, nur Wut und Verachtung für das Frauenzimmer auf dem Stuhl vor ihm. Er schnaubte und stieß seinen Stock auf den Dielenboden.

«Mademoiselle Koch hat sich aufs Schärfste an den Theatergesetzen vergangen», zischte er Bertha zu, als wäre diese an allem schuld. «Ihr Verhalten ist *incroyable*! *Inacceptable*, Madame Heise.»

«Nun, nun», sagte Bertha mit ruhiger, beschwichtigender Stimme, «worum handelt es sich denn?» Natürlich wusste sie das schon. Doch sie hatte ihre Erfahrung mit Monsieur Lepitre. Der kleine Ballettmeister fuhr bei der geringsten Sache aus der Haut und regte sich dann auf wie Rumpelstilzchen – wenn man ihn jedoch aussprechen ließ und ihm besonnen zuhörte, so beruhigte er sich meistens schnell wieder. Allerdings lag bei Mademoiselle Koch tatsächlich ein Problem vor, das auch ein gezähmter Ballettmeister nicht würde lösen können.

Monsieur Lepitre fauchte nur, antwortete jedoch nicht. Es war der Repetitor, der sich stattdessen an Bertha wandte.

«Magdalene ... ich meine, Mademoiselle Koch, ist, ähm ...» Er wand sich hin und her, als bereite es ihm körperliche Schmerzen, den unerhörten Sachverhalt auszusprechen. «Sie ist in anderen Umständen. Wenn Sie verstehen.»

«Ich verstehe durchaus, Herr Kühn», sagte Bertha und musterte die arme Magdalene vor sich, die beschämt die Augen niederschlug und ihr Gesicht wieder hinter ihren Händen versteckte. «Das ist natürlich äußerst unglücklich.»

Magdalenes Schultern zuckten nur, während Monsieur Lepitre sich höhnisch räusperte. «Das können Sie laut sagen, Madame. Was für eine *calamité*!» Er schnalzte mit der Zunge.

«Was gedenken Sie nun zu tun, werte Herren?», fragte Bertha. Sie trat zu Magdalene und legte ihr kurz eine Hand auf die Schulter. Auch sie würde der Ballerina nicht helfen können, doch sie tat ihr leid, wie sie da zusammengekauert hockte und weinte, während die Herren des Königlichen Balletts ihr Urteil über sie fällten.

«Da gibt es gar keine Frage», sagte Monsieur Lepitre schnell. «Sie muss fort aus der Oper. Fort! So rasch wie möglich, ehe es einen Skandal gibt. Dann bleiben uns noch die Zuschauer weg!»

«Aber ...», begann Herr Kühn unbehaglich, doch beim Blick in Monsieur Lepitres Miene klappte er den Mund gleich wieder zu und sah nur mit verstecktem Bedauern zwischen Bertha und Magdalene hin und her. Sein weißer Vollbart zitterte leicht. Er hob die Schultern und ließ sie wieder fallen, als wolle er sagen: *Tut mir leid, nichts zu machen*.

«Aber ich habe einen Vertrag!», rief die Ballerina und hob das verweinte Gesicht. Nun stand darin verhaltener Zorn und Kampfeswille. «Sie können mich nicht einfach so rauswerfen, Monsieur, ich bekomme doch noch meine Gage für die kommenden Monate. *Die Hugenotten* werden bis zum Sommerbeginn gespielt.»

Die Gesichtsfalten des Ballettmeisters vertieften sich, seine Nasenflügel bebten. «*Quelle insolence!*», rief er aufgebracht und hieb erneut mit dem Stock auf den Boden. «Sie haben mit Ihrem unsittlichen Betragen doch genau diesen Kontrakt verletzt. Bald werden Sie aussehen wie eine trächtige Kuh – und das auf meiner Bühne? Wir werden zum Gespött. Das Königliche Theater ist doch kein Bordell!»

Herr Kühn sog bei diesem Wort entsetzt die Luft ein, selbst Bertha blickte Monsieur Lepitre tadelnd an, der offenbar vergessen hatte, dass er trotz allem in Anwesenheit von Damen war. Doch er beachtete sie gar nicht, fuhr nur fort: «*Bah non*,

Mademoiselle. Nicht mit mir! Ich entlasse Sie fristlos. Paragraph 75!»

«Wie bitte?» Magdalenes Stimme klang jämmerlich.

«Das Theatergesetz», antwortete Monsieur Lepitre ungerührt. «Unsittlicher Lebenswandel und Dienstuntauglichkeit. Oder in welches Tutu gedenken Sie demnächst noch zu passen?»

«Ich kann weiterarbeiten», gab Magdalene schwach zurück, «ich beherrsche die Rolle wie keine Zweite. Und ich werde einfach nichts mehr essen bis zum Sommer, ich verspreche es. Nur bitte, setzen Sie mich nicht einfach auf die Straße. Wo soll ich denn hin? Wovon soll ich leben?»

Bertha musste zugeben, dass sie unerwartet Hochachtung vor der jungen Frau empfand, die sich selbst in einer solchen Bredouille nicht zu schade war, bis zum Schluss zu kämpfen. Offenbar hatte sie die Bindung der Ballerina ans Theater unterschätzt. Magdalene Koch wiederum schien begriffen zu haben, wie sehr sie von ihrer Anstellung abhing. Doch natürlich würde sie am Ende verlieren – und zwar alles.

Bertha beschloss, wenigstens das Schlimmste zu verhindern, damit Magdalene eine Gnadenfrist bliebe.

«Ein Vorschlag zur Güte, meine Herren», sagte sie und bemühte sich, Autorität in ihre Stimme zu legen. «Gewähren Sie Mademoiselle Koch noch die Gage für den laufenden Monat. Es sind nur noch zwei Vorstellungen der *Hugenotten* bis Ende Mai. Und ich persönlich übernehme die Verantwortung dafür, dass das Ballettkleid bis dahin passt und dass niemand im Publikum etwas bemerken wird.» Im Geheimen schickte sie ein Stoßgebet an die Decke der Garderobe, dass sie ihr Versprechen würde einlösen können und Magdalene wirklich noch diese wenigen Wochen durchhalten konnte.

«Das scheint mir ein guter Gedanken», sagte Herr Kühn vorsichtig, und sie hörte in seiner Stimme Erleichterung darüber, dass sich ein Ausweg abzeichnete. «Mademoiselle kann ihre Angelegenheiten regeln und sich dann nach Ablauf der Monatsfrist auf ihr, ähm ... häusliches Glück konzentrieren. Und wir brauchen keine Vertretung, die ihre Rolle extra nur für zwei Abende einstudieren müsste.»

Monsieur Lepitre strich sich über das dunkel glänzende Bärtchen. Noch immer sah er grimmig aus, doch die heiße Wut war aus seinen schwarzen Augen gewichen und hatte kühler Berechnung Platz gemacht. «*Bon*», sagte er knapp und richtete den stechenden Blick auf Bertha. «Sie garantieren es mir!», fauchte er. «Es wird keinen Skandal geben. Niemand wird etwas erfahren. Und in drei Wochen ist dieses Weib», er deutete auf die zitternde Magdalene, «verschwunden und kommt mir nicht mehr unter die Augen!»

Ehe Bertha etwas erwidern konnte, drehte er sich auf dem hohen Absatz seiner Lackschuhe um und lief mit wehendem Frackschoß hinaus. Sie hörten, wie er den Korridor entlangeilte und mit dem Stock immer wieder gegen die Wände hieb – ein Wüterich, der sich schnell entfernte.

Erst, als im Flur wieder Stille herrschte, wagte Bertha, Herrn Kühn anzusehen. Der massige Repetitor zog das unvermeidliche Taschentuch aus seiner Hosentasche und wischte sich die Stirnglatze ab. Umständlich stopfte er es wieder zurück und wandte sich an Magdalene.

«Äußerst unglückliche Umstände, mein Fräulein», sagte er leise. «Wie konnte das nur passieren?»

«Als wüssten Sie das nicht», giftete Magdalene zurück. «Sind Sie denn so weltfremd?»

Kühns Blick flackerte erschrocken. Dann wandte er sich zu Bertha um, machte kopfschüttelnd einen knappen Diener in ihre Richtung und verschwand ebenfalls aus dem Raum.

«Oh, Frau Heise», sagte Magdalene und brach nun, da der Richtspruch gefallen war und sie sich nur noch zu zweit in der

Garderobe befanden, erneut in Weinen aus. Diesmal versuchte sie gar nicht erst, ihr Unglück zu verstecken, sondern ließ den Tränen freien Lauf. Sie bekam sogar Schluckauf. «Was soll ich nur tun?», jammerte sie und reckte die Hände zur Decke. Dabei sah sie aus wie die Heroine einer griechischen Tragödie.

Gelernt ist gelernt, dachte Bertha beinahe anerkennend. Doch gleich stach sie wieder ihr Gewissen. Die Frau war wirklich in Not, und das dramatische Verhalten entsprang echter Verzweiflung. Auch wenn Bertha nicht vergessen konnte, dass Magdalene Koch allein an ihrer unbequemen Lage schuld war. Nun, nicht ganz allein.

«Wenn ich die Frage von Herrn Kühn wiederholen dürfte», sagte Bertha, «wie kam es denn nun zu diesem Unglück? Eine erfahrene Frau wie Sie ... hätten Sie denn nicht vorsichtiger sein können?»

Magdalene funkelte sie unter Tränen an. «Ich bereue nichts», sagte sie trotzig wie ein Kind. «Es geschah aus Liebe.»

«Wird er Sie heiraten?», fragte Bertha, obwohl sie wenig Anlass zu dieser Hoffnung hatte. Und tatsächlich war die Antwort nur ein Kopfschütteln. «Und warum nicht, wenn ich fragen darf?»

Magdalene schluchzte wieder auf. «Er möchte ja gern! Aber er hat schon eine Frau.»

«Sie sind schwanger von einem verheirateten Mann?» Bertha zog sich einen Stuhl heran und setzte sich ächzend. Das wurde ja immer schlimmer. «Etwa einer aus dem Theater?»

Das Schweigen war ohrenbetäubend und kam einem Geständnis gleich.

«Oh mein Gott», flüsterte Bertha, «doch nicht etwa – Herr Kühn selbst?» Ihr war schon öfter aufgefallen, dass der Repetitor eine besondere Schwäche für die Ballerina hatte. Aber dass diese so weit ging, hätte sie ihm nicht zugetraut.

Nun lachte Magdalene kurz auf, doch es klang nicht froh.

«Bewahre!», rief sie. «Wofür halten Sie mich? Ich kann nun wirklich andere haben als solch einen alten Zausel.»

«Aber hätten Sie denn nicht enthaltsam sein können?»

«Eine Frau hat nun einmal Bedürfnisse», erwiderte Magdalene kleinlaut. «Nur, weil ich nicht verheiratet bin, heißt das nicht, dass ich leben will wie eine Nonne. Und besagter Herr ist ein feuriger Liebhaber, der weiß, wie man eine Frau glücklich macht ...» Sie brach ab und vergrub ihr Gesicht nun doch wieder in den Händen.

Nachdenklich betrachtete Bertha die junge Frau vor sich. Magdalene wischte sich die Tränen ab und griff nach dem fliederfarbenen Seidenstoff um ihre Schultern, den sie nun endlich enger vor ihre Brust zog. Auf ihrer weichen Haut blitzte ein goldenes Kreuz auf, das sie an einer Kette um den Hals trug.

«Wissen Sie was», sagte Bertha schwach, «behalten Sie den Rest lieber für sich. Sie haben gehört, was Monsieur Lepitre gesagt hat. Er zahlt Ihnen noch eine Gage, und dann müssen Sie weitersehen. Haben Sie vielleicht Verwandte, bei denen Sie unterkommen können?»

«Ich lebe im Gästezimmer bei meiner alten Tante», sagte Magdalene, «aber wenn sie erfährt, dass ich ...» Sie unterbrach sich und schauderte. «Sie wird mich zum Teufel jagen», fuhr sie leise fort. «Ich habe keine Ersparnisse, keinen nennenswerten Besitz – nichts als das Engagement hier am Theater.»

Berthas böse Ahnungen verstärkten sich. Warum nur, dachte sie, hatte dieses törichte Frauenzimmer dann alles aufs Spiel gesetzt – und haushoch verloren? Doch es war nicht ihre Aufgabe, darüber zu richten. Alles, was sie tun konnte, war, den Schaden für Magdalene Koch und – was noch wichtiger war – für das Königliche Theater zu begrenzen, soweit es in ihrer Macht stand. Danach wäre Magdalene auf sich allein gestellt.

«Kommen Sie», sagte sie und klatschte in die Hände. Sie stand auf und bedeutete Magdalene, sich ebenfalls zu erheben.

«Wir gehen in den Schneidersaal. Dort brühe ich Ihnen einen Kaffee auf und Sie können sich das Gesicht waschen. Aber ich fürchte», sie deutete auf die Taille der Ballerina, «um Ihr Kleid müssen wir uns auch schon wieder kümmern.»

Magdalene stand auf. Ihre Augen waren rot gerändert, doch ihr Mund zeigte einen trotzigen Zug, beinahe wie bei einem todesmutigen Soldaten, der bereit war, gegen die Feinde ins Feld zu ziehen.

«Finden Sie es nicht auch ungerecht?», fragte sie und trat mit der Schuhspitze nach einem rot-grünen Tutu, das zu Boden gefallen war und dort lag wie das abgeworfene Gefieder eines Paradiesvogels. «Am Ende bezahlen nur wir Frauen für alles. Dabei gehören doch zwei dazu.»

«Sie sollten Ihre Zunge im Zaum halten», sagte Bertha warnend. «Wenn Monsieur Lepitre solche Reden hört, wirft er Sie doch gleich heute noch hinaus – wegen unanständiger Rede. Und lassen Sie bloß die jungen Elevinnen nichts ahnen, Sie müssen als Primaballerina ein gutes Beispiel abgeben.»

Magdalene schnaubte. «Wenn man Sie so reden hört, könnte man denken, Sie seien aus Holz geschnitzt. Sind Sie denn etwa nicht aus Fleisch und Blut? Haben Sie kein Herz?»

«Es ist nicht meine Aufgabe, eines zu haben», entgegnete Bertha, die versuchte, ihr Entsetzen zu verbergen. Noch niemand hatte sie als herzlos bezeichnet. Ja, sie war nun einmal dafür zuständig, für Ordnung in diesem Hühnerhaufen der Ballerinen und Sängerinnen zu sorgen, die Direktion vertraute ihr. Und nur, weil sie ihre Pflichten versah, musste sie doch kein schlechtes Gewissen haben. Hatte sie nicht trotz allem versucht, Magdalene zu helfen? «Es ist äußerst undankbar von Ihnen, so zu reden», sagte sie und ging Magdalene voraus in den Korridor.

Die Ballerina folgte ihr. «Sie haben recht», sagte sie, nun etwas kleinlauter. «Es ist ja nicht Ihre Schuld. Aber wissen Sie, dieser Ort hier – alle feiern im Theater die Liebe, die Tragödie, das Drama. Wenn wir auf der Bühne stehen, sollen wir seufzen und klagen, sollen uns sehnen nach dem großen Gefühl. Sollen uns hingeben und das Leben und die Musik feiern, sollen unsere Körper und Seelen dem Publikum schenken, Abend für Abend. Aber sobald wir abtreten, müssen wir alle Gefühle verschließen? Sollen leben wie im Kloster? Wie hölzerne Beamte, die nur ihren Dienst versehen und am Ende des Tages die Akten schließen?»

Sie holte Bertha ein und packte sie am Arm, sodass sie sich zu der aufgebrachten Ballerina umdrehen musste. «Wir sind doch Künstler, Frau Heise – in uns rinnt das Blut der Musen! Was ist das für eine Moral, die uns trotzdem verbietet, wie Menschen zu fühlen, mit pulsierendem Blut in den Adern? Sind wir denn nur Paragraphen, nur Tinte auf Papier?» Sie schüttelte so wild den Kopf, dass ihre Locken flogen. «Dafür bin ich nicht angetreten, um dem Kasten hier zu dienen», sagte sie und machte eine unbestimmte Geste durch den halbdunklen Flur. «Ich wollte Leidenschaft, Sinnlichkeit, Hingabe! Und nun werde ich dafür bestraft.»

Mit diesen Worten lief sie an Bertha vorbei, ohne sich noch um sie zu kümmern.

Die Garderobiere blickte ihr aufgewühlt nach. Solch eine flammende Rede aus dem Mund einer armen Sünderin – das war beinahe noch skandalöser als die Tatsachen selbst, die zu diesem Gespräch geführt hatten. Doch während Bertha ihr nun folgte, konnte sie nicht verleugnen, dass etwas an Magdalenes Worten sie angerührt hatte. Sie gingen ihr auch noch weiter im Kopf herum, während sie die mürrische Ballerina einholte, ihr einen Kaffee kochte, ihre Taille ausmaß und sie anschließend fortschickte. Gedankenversunken begann sie sich über das Kostüm herzumachen, damit es bei der nächsten Aufführung in zwei Tagen tadellos saß. Sie trennte die Nähte auf, setzte eine neue Borte an und legte den Taillenstoff geschickt in kleine Fältchen, um Magdalenes wachsenden Bauch zu kaschieren. Während die Nadel über die Seide flog, sinnierte sie über das eine Wort, das die Ballerina so selbstverständlich ausgerufen hatte, als sei es das, was die ganze Welt zusammenhält: *Leidenschaft*.

Mit einem Mal entglitt die Nadel ihrem Griff, und Bertha stach sich in den Finger, sodass ein winziger Blutstropfen austrat. Nun, dachte sie und lutschte an ihrer Fingerkuppe, es steckte nicht umsonst *Leid* darin. Und es fröstelte sie unter ihrem Schultertuch, obwohl vor dem geöffneten Fenster die Sonne schien und eine Goldammer draußen dem Frühling ihr sehnsüchtiges Lied sang.

12.

Dresden, Mittwoch, 5. Mai 1841

Der Duft nach Essig wurde so stark, dass Amalie Friederike es nicht länger aushielt. Sie schob sich die feuchte Kompresse, die ihr Rosina, die Dienstmagd, nach dem Aufwachen gebracht hatte, von der Stirn und stützte sich müde in den Kissen auf. Durch den schweren weißen Baumwollstoff der zugezogenen Gardinen vor dem Fensterglas schimmerte warmes Sonnenlicht und versuchte, das Gewebe zu durchdringen, doch Amalie war es lieber, wenn der helle Tag noch ein wenig ausgesperrt blieb.

Staubkörner tanzten im gedämpften Licht der Schlafstube, und sie sah über das Fußende des Bettes hinweg in den Spiegel, der an der Wand über der Waschkommode hing. Er zeigte ein bleiches Gesicht, die prominente Nase, deretwegen ihr schon damals die Kinderfrau prophezeit hatte, dass sie damit nur schwer einen Mann finden würde, und wirres dunkelblondes Haar, das von Silberfäden durchzogen war. Amalie strich sich eine Strähne aus der Stirn und schloss die Augen. Kurz überlegte sie, sich wieder zurücksinken zu lassen und sich noch einmal dem Schlummer hinzugeben, der mit langen grauen Fingern nach ihr griff. Die Müdigkeit war wie ein nasses Leintuch, das sie bedeckte und beschwerte, sie hinabzog an den Ort der Träume – den sie gleichzeitig fürchtete und so sehr liebte. In ihren Träumen war sie die junge Amalie Friederike Brühl, nicht die mittelalte Amalie Spielmann. Nicht die Mutter von vier Kindern, Ehefrau des Justizrats Spielmann, Gebieterin über einen Haushalt mit Dienstmädchen, Pferdemagd, Köchin und Gouvernante. Nicht die Gastgeberin unzähliger Salonabende und eifrige Wirtschafterin in der weitläufigen Wohnung in der Großen Frauengasse. Sondern nur ein junges Mädchen in einem weißen Kleid, das mit bloßen Beinen über die Wiesen hinter dem Haus seiner Eltern lief und unter einem hellblauen Himmel zu Boden sank, die Arme ausgebreitet, das Gesicht der Sonne zugewandt.

Alles fiel von ihr ab, wenn sie träumte, all die Jahre. Die Kinder. Die Geburten, von denen besonders die erste so schwer gewesen war, dass Amalie seitdem unter einer schwachen Gesundheit und melancholischen Anwandlungen litt. Die Ehe mit einem Mann, den sie liebte. Ja, sie wusste, welches Glück das war, dass man Liebe zu dem Mann verspürte, mit dem man verheiratet war. Es war eine Seltenheit, ein unerhörtes Privileg. Und doch – in dunklen Stunden wünschte sie sich, dass es dieses übermächtige Band zwischen Georg und ihr nicht gäbe, dass sie frei wäre. So frei, wie sie es nur in ihren Träumen war.

Ach, dachte Amalie und öffnete mit Mühe die Augen, deshalb fürchtete sie diese Träume – sie zeigten ihr eine Welt, die schöner war als die echte. Einen Ort, der nicht mehr existierte, und eine junge Frau, die längst Vergangenheit war, ausgelöscht von der neuen Existenz, die sie heute führte. Diese Träume entzündeten in ihr eine Sehnsucht, an jenen Ort zurückkehren zu können, für immer auf dem Grund des Schlafes verweilen zu dürfen und nie mehr an die Oberfläche zurückkehren zu müssen.

Sie dachte an das Lied, das ihre Mutter ihr immer vorgesungen hatte. Das Lied von der liebreizenden jungen Lilofee, die den wilden Nix freite und mit ihm unter Wasser lebte – doch trotz ihrer Liebe zu ihm sehnte sie sich nach dem grünen Gras oben unter der Sonne, nach der Burg ihrer Eltern. Amalies Herz zog sich zusammen, als sie meinte, die wunderschönen Klänge der traurigen Melodie zu hören.

Sprich, willst du hinuntergehn mit mir?, fragte der Wassermann, als Lilofee sich einmal an Land schlich und er ihr folgte. *Deine Kindlein unten weinen nach dir …*

Entschlossen setzte Amalie Friederike sich auf und schwang die Beine in dem langen Nachthemd über die Bettkante. Ihre Kinder waren lange keine *Kindlein* mehr, waren nicht mehr klein, sie klagten und weinten nicht mehr nach ihr, doch sie brauchten sie noch immer. Und sie durfte der Traurigkeit nicht nachgeben, die immer wieder wie schwarzer Rauch in ihr aufstieg, nicht der bleiernen Müdigkeit, die in jedes ihrer Glieder fuhr, und auch nicht dem Wunsch, nie mehr aufstehen zu müssen.

Sie wusste, dass Georg sie beobachtete, dass er sich seit Jahren um ihre schwermütigen Anfälle sorgte. Es war nicht gut, als Frau Schwäche zu zeigen, nicht diese Art von Schwäche jedenfalls, denn wer konnte wissen, ob ein Mann auf Dauer damit zurechtkam? Georg hatte eine starke Frau an seiner Seite verdient. Und obwohl sie wusste, dass er sie durchaus schätzte – trotz der Nase, die nicht zuletzt auch angesichts Amalies prächtiger Mitgift für ihn kein Hindernis gewesen war –, so war er doch ein Mann der Tat. Und es gab Orte, an die man Menschen brachte, die wie sie an der Welt verzweifelten, die sich ganz dem Dunklen in ihnen hingaben und eine Belastung wurden. Für diese Menschen gab es dann kein Zurück mehr, das wusste Amalie.

Sie fröstelte, obwohl es an diesem Vormittag frühlingshaft warm in der Stube war. Zaghaft ließ sie ihre Füße auf den Boden gleiten, kam zum Stehen, ging ans Fenster und zog die Vorhänge ein Stück weit auf. Die Sonne legte sich schmeichelnd auf ihre Haut, und ein Rotkehlchen, das zuvor auf dem Fenstersims gesessen hatte, flatterte erschreckt auf und flog in den tiefblauen Himmel davon. Amalie sah ihm nach. Es war merkwürdig – gerade wenn das Wetter sich so herrlich zeigte wie in diesen Maientagen und alle Welt fröhlich schien und unbeschwert, plagten sie die Furcht, die Müdigkeit und Trauer noch stärker als sonst.

Als sei besonders der Kontrast zwischen ihrem Inneren und dem Außen schmerzhaft – das Wissen, dass etwas an ihr falsch war, ganz und gar verkehrt, und dass sie nicht die Macht hatte, es geradezurücken.

In ihre Grübeleien mischten sich Violintöne und Klavierbegleitung, und Amalie hielt inne und lauschte. Sie lächelte, als sie die Musik erkannte – Händels Violinsonate, die Elise und Dorothea seit einigen Wochen einstudierten. Sie wollten die vier Sätze beim Konzert am kommenden Samstagnachmittag zum Besten geben. Und obwohl Amalie sich gewünscht hätte, dass ihre älteste Tochter nicht unbedingt die Sonate in d-Moll ausgewählt, sondern einem fröhlicheren Stück den Vorzug gegeben hätte, das mehr Furor machte, so musste sie doch anerkennen, dass Elise sie hervorragend spielte. Sanft und stark zugleich klangen die Töne bis in die Schlafstube hinein, immer begleitet von dem zurückhaltenden Spiel der Klaviertasten, und trotz der zarten Traurigkeit darin waren sie tröstlich.

Amalie musste sich erneut zusammenreißen, um nicht mit geschlossenen Augen in der Musik zu versinken und abermals hinabzutauchen in die verführerische Halbwelt ihrer Erinnerungen. Die eigene Mutter, selbst eine laienhafte, aber hervorragende Sängerin, hatte Händel geliebt und stets seine Arien gesungen. Seine Musik blieb für immer verbunden mit Dorothea Brühl, die viel zu jung gestorben war. Nach ihr hatten Georg und Amalie ihr älteres Zwillingsmädchen getauft. *Geschenk Gottes* – ein passender Name, sowohl für Amalies begabte, freundliche Mutter als auch für ihre zweite Tochter, die mit ihrem Engelshaar aussah, als habe Gott sie aus einem besonderen Grund zu der Familie Spielmann gesandt. Zu einem Zeitpunkt nämlich, da Amalies Trauer um ihre Eltern – beide waren mit der Kutsche verunglückt – noch frisch und scharf gewesen war.

Ihre Gedanken wanderten weiter zur Jüngsten, die sie Barbara getauft hatten. Manchmal spürte Amalie Friederike deswegen den Stich eines schlechten Gewissens. Hatten sie dem anderen Zwilling mit dem Namen, der *die Fremde* bedeutete, ein Omen aufgezwungen? Barbara fügte sich nicht ein, sie war anders als ihre Geschwister, sie gewann der Musik, die ihrer aller Kraftquell und Freude war, nicht viel ab. Neuerdings sprach sie außerdem dauernd von der *Sache der Frauen*, für die man sich einsetzen solle.

Man musste ein Auge auf sie haben.

Amalie trat zu einem gerahmten Gemälde, das ihre vier Kinder zeigte. Georg hatte es vor zwei Jahren zu ihrem Hochzeitstag anfertigen lassen. Von einem namhaften Dresdner Porträtisten war es gemalt worden, und dieser hatte die Gesichter so lebensecht und vertraut eingefangen, als stünden die Sprösslinge in Fleisch und Blut aufgereiht vor ihr. Da war Elise, ihre Älteste, in einem rosenfarbenen Seidenkleid, mit dem etwas herben, aber dennoch anziehenden Gesicht. Ein ernster Ausdruck in den großen Augen, die hellbraunen Locken im Kontrast dazu voll und lebendig.

Daneben Eduard, ihr einziger Sohn – ach, um Söhne musste man sich so viel weniger sorgen als um Töchter, dachte Amalie und seufzte. Viel weniger Strenge bedurfte es, viel weniger Angst herrschte vor, dass sie einen falschen Weg einschlügen. Für einen jungen Mann gab es eben genug Wege, er durfte wählen und würde doch an einem guten Ende ankommen.

In Amalie wallte Zärtlichkeit auf, als sie Eduards ebenmäßiges Gesicht betrachtete, das dunkle Haar und den Bartansatz, der inzwischen noch voller geworden war und ihn schon sehr männlich wirken ließ. Wenn er nur etwas mehr Fleiß in der Schule an den Tag legen würde! Doch es war Georgs Aufgabe, ihn mit dem nötigen Nachdruck zu ermahnen und zum Lernen anzuhalten. Amalie war ohnehin sicher, dass es nur noch die letzten Flausen eines Heranwachsenden waren, die ihm diese anfallweise Faulheit eingaben. Bald würde Eduard ein Mann sein, und sie zweifelte keine Sekunde daran, dass aus ihm ein großartiger Charakter würde.

Und dann die Zwillinge. Dorothea machte ihnen nichts als Freude, sie hatte eine hübsche Stimme, war sanft und fröhlich vom Gemüt. Bald würde sie von sich reden machen in der Stadt, und dann würden die Angebote kommen. Heimlich hoffte Amalie, dass es bessere Offerten wären als für ihre älteste Tochter. Aber mit Elise war es nicht so einfach gewesen – sie war der Preis, den Georg zu zahlen bereit war.

Das Arrangement mit Adam Jacobi bereitete Amalie nach wie vor Kopfzerbrechen. Aber es musste sein, Georg hatte daran keinen Zweifel gelassen, und sie war ihm nun einmal als seine Ehefrau zum Gehorsam verpflichtet. Vielleicht war es ja auch gerade das Richtige für die allzu starke Elise mit ihren ganzen Wünschen und Sehnsüchten – dass jemand ihren Wildwuchs beschnitt und ihr den rechten Weg wies. Ein jüngerer Mann hätte das sicher nicht vermocht, doch Herr Jacobi würde wissen, wie das zu bewerkstelligen war. Wenn da nur nicht diese alte Geschichte wäre, die Amalie Friederike Sorgen machte.

Doch sie schob den Gedanken rasch fort und strich mit dem Finger noch schnell über die gemalte Wange von Barbara, die auch hier auf dem Bild einen ungestümen Funken in den Augen hatte. Sobald Elise unter der Haube war, konnten sie anfangen, für die beiden anderen Mädchen Ausschau nach geeigneten Kandidaten zu halten. Die Älteste hatte Vorrang. Doch danach würden sie nicht lange säumen, gerade Barbara mussten die Flausen schnell ausgetrieben werden. Sie brauchte einen Platz im Leben, ehe sie mit ihrem wilden Charakter austrieb und in eine falsche Richtung wuchs. Amalie wusste nur zu gut, wie rasch eine Frau auf einen gefährlichen Pfad geraten konnte. Und dann war, wie man an ihr selbst sah, der Rückweg mühevoll und führte zu großem Kummer.

Die Überlegungen zu ihren vier Kindern, die ihr Lebensinhalt waren, hatten in Amalie neue Kräfte geweckt. Die Müdigkeit war endlich von ihr abgefallen. Sie klingelte mit dem Glöckchen, und rasch kam Rosina herein und half ihr beim Ankleiden. Amalie schnaufte ein wenig bei den letzten Ösen des Korsetts, doch sie strich sich über den flachen Bauch unter dem dicht gewebten Kattun und dachte stolz, dass sie sich eine tadellose Figur bewahrt hatte.

Obwohl der Tag warm zu werden versprach, legte sie sich ein wollenes Tuch um die Arme, als sie aus dem Schlafzimmer trat. Sie folgte den Klängen der Musik und dem Knarzen von Elises Schritten auf den Dielen des Salons, in dem ihre Tochter wahrscheinlich, wie sie es immer tat, während des Übens umherwandelte. Leise öffnete sie die angelehnte Tür und spähte hinein, um die beiden nicht aufzuschrecken.

Dorothea saß am Flügel, der in der Mitte des Salons stand. Sie hob im Spiel den Kopf und lächelte ihrer Mutter zu. Elise dagegen war ganz in die Musik vertieft. Sie schritt mit der Geige am Kinn durchs Zimmer, lehnte sich kurz an den Flügel, jedoch ohne ihrer Schwester über die Schulter auf die Noten zu sehen. Stattdessen wiegte sie sich zu den Klängen der Sonate und fuhr mit dem Bogen auf und ab, unbeirrt und sicher wie im Traum. Dann nahm sie wieder ihre Wanderung auf, und die Finger flogen über den Hals der Violine, griffen entschieden und firm die Saiten und drückten sie auf das schwarze Griffbrett. Die Geige sang und jauchzte in ihren Händen. Und auf einmal würgte es Amalie in der Kehle.

Sie spürte eine Mischung aus Stolz auf dieses offensichtliche Talent ihrer Tochter – und Angst. Die Angst davor, was diese Liebe zur Musik in Elise bewirken würde, welche Kräfte sie entfesseln konnte – und ob die Tochter diesen Kräften am Ende vielleicht nachgeben würde. Die Musik war mächtig, sie war mächtiger als alles andere. Mächtiger als Bilder, als Worte, ja mehr als die Liebe selbst, das wusste Amalie nur zu gut. Die Musik konnte aus einem Funken ein flammendes Feuer entzünden, konnte die Menschen täuschen, sie wie ein Irrlicht vom Weg abbringen, sie gefangen nehmen und sogar verrückt werden lassen. Denn die Musik brachte die verletzlichsten, die tiefsten und geheimsten Stellen in den Menschen zum Vorschein, und wenn man sie nicht eng an der Kandare führte wie ein edles Pferd, dann vermochte sie auszubrechen und alles mit sich zu reißen. Wenn Amalie ihre Tochter Elise spielen hörte, war es ihr, als risse die junge Frau selbst an den Zügeln.

In diesem Moment drehte sich Elise zu ihr um, und Amalie erschrak vor dem wilden und entrückten Ausdruck in ihrem schmalen Gesicht. Alles an ihr war Hingabe, Leidenschaft und Zügellosigkeit. Plötzlich erkannte sie ihre Tochter gar nicht wieder.

«Elise», sagte sie erschrocken in die Kadenz hinein, und das Violinspiel brach ab. Mitten im Ton nahm die Tochter den Bogen von den Saiten. Dorothea spielte noch zwei Takte auf dem Flügel, ehe sie bemerkte, dass Elise aufgehört hatte, und zog erst dann ebenfalls die Hände von den Tasten zurück.

«Mutter ...», sagte Elise atemlos. «Ich habe Sie gar nicht kommen gehört.» Ihre Wangen glühten, ihre Augen glänzten. Ebenso hell lagen die Strahlen der Mittagssonne auf den Dielen des Salons und brachen sich in der polierten hölzernen Oberfläche des Flügels. Der ganze Raum war in Licht gehüllt, er flirrte vor Hitze. Doch Amalie hüllte sich fröstelnd in ihr Wolltuch, als Elise auf sie zutrat.

«Was denken Sie, Mutter? Wie klingt die Sonate?»

«Ihr spielt beide sehr schön», sagte Amalie langsam und versuchte, ihre Fassung wiederzuerlangen. «Doch ich denke, ihr solltet es für heute gut sein lassen. Du bist ganz erhitzt.»

Elise pustete sich etwas Luft ins Gesicht und lächelte. Sie wirkte so glücklich, dass es Amalie erneut einen Stich versetzte. «Einige der Läufe sind verteufelt schwer», sagte sie. «Und die arme Dorothea müht sich auch ordentlich an unserem schwergängigen Kasten.» Sie deutete zu dem Instrument aus schimmerndem Holz. «Die Hämmerchen im Inneren des alten Flügels müssten mal nachgesehen werden, sie schlagen ab und zu nicht richtig an, scheint mir.»

Amalie runzelte die Stirn. «Dein Vater hat den Hammerflügel für viel Geld von den Gebrüdern Gräbner gekauft», sagte sie. «Zu meiner Zeit mussten wir uns noch am Cembalo abplagen, wenn ich daran nur denke! Diese ewig klemmenden Tasten und das immer gleiche, viel zu leise Geklirre. Unser Flügel hingegen hat einen guten, vollen Klang, eine wunderbare Dynamik.»

«Aber ein Silbermann ist er nicht», sagte Elise lachend.

«Für dich kann nichts gut genug sein», antwortete Amalie scharf, und das Lachen ihrer Tochter erstarb.

«Verzeihen Sie mir», sagte Elise schnell, «ich weiß, wir haben es gut. Und ich muss ja nicht einmal darauf spielen.» Sie drehte sich zu ihrer Schwester um, die noch immer auf dem Hocker vor den elfenbeinernen Tasten saß und ihren Blick auffing. Zaghaft hob Dorothea die Schultern, als wollte sie Elise zu verstehen geben, dass sie den Ausbruch der Mutter auch nicht verstand. Das reizte Amalie noch mehr.

«Schluss jetzt», sagte sie und trat zum Flügel. Sie schlug den Deckel über den Tasten zu. «In der Wohnstube wartet eure Stickerei auf euch.»

«Aber das Konzert ist doch schon am Samstag in drei Tagen», protestierte Elise und sah ihre Mutter erstaunt an. «Und Sie selbst haben gesagt, unser Vortrag sei wichtig, weil viele vornehme Gäste kommen. Sie haben sie doch eingeladen, damit sie uns spielen hören?»

«Vor allem sollen sie euren Bruder hören», sagte Amalie und unterdrückte mühsam ihre Wut, von der sie gar nicht wusste, wo sie auf einmal hergekommen war. «Euch soll man vor allem *sehen*, Elise. Und, wenn ich bitten darf, mit sauber bestickten Kleidersäumen. Also los, macht, dass ihr nach drüben kommt.»

Dorothea sprang gehorsam auf und strich sich den Rock, der vom langen Sitzen am Flügel etwas zerknittert war, glatt. Sie drückte ihr einen Kuss auf die Wange, ehe sie durch die Tür verschwand.

Elise dagegen war stehen geblieben. Sie sah verdutzt aus – und noch etwas stand in ihrer Miene, etwas Aufsässiges, das Amalie nicht kannte.

«Ich dachte, ich sollte Adam Jacobi und seine Schwester beeindrucken?», sagte sie leise. Ihre Finger streichelten den Hals der Geige, als sei sie ein Lebewesen, das mit Liebkosungen beruhigt werden musste. «Ist es da nicht in Ihrem Sinne, dass ich mich vorbereite und eine Darbietung bringe, die anzuhören sich lohnt? Damit er sieht und begreift, dass ich ...» Sie unterbrach sich, und die Röte ihrer Wangen verstärkte sich.

«Dass du was?», fragte Amalie herausfordernd.

Elise holte tief Luft. «Dass ich Talent habe», sagte sie, ihre Stimme nur mehr ein Flüstern. «Dass ich zu etwas tauge, dass ich auf eine Bühne gehöre. Herr Jacobi ist einflussreich mit seinen Verbindungen zur Zeitung, zu den Bühnen der Stadt, er könnte einiges für mich arrangieren.»

Amalie sah ihre älteste Tochter fassungslos an. So schmal ihr Gesicht war, so zart ihre Taille, so stark war doch ihr Wille. Wieder überkam sie diese Angst, die sie schon kannte. Gepaart mit Bewunderung. Ja, Amalie bewunderte Elise für den Glauben, dass sie zu mehr bestimmt war als nur für die Ehe. Dass sie ein Recht hatte, mehr zu wollen, als Gattin und Mutter zu sein. Amalie seufzte innerlich. Sie selbst hatte das auch einmal geglaubt, hatte es gehofft und dafür gelebt. Als junge Frau war sie für kurze Zeit glücklich gewesen, hatte im Einklang mit sich und ihrem Herzen gelebt, doch dann war ihr unmissverständlich klargemacht worden, wie es weiterginge mit ihr. Sie hatte ihre kindischen, ungebärdigen Wünsche unterdrückt und sich in ihr Schicksal eingefunden, wie es nun einmal von den heranwachsenden Mädchen erwartet wurde. Und das Gleiche würde Elise tun müssen.

«Schlag dir die Flausen aus dem Kopf», sagte sie hastig und legte so viel Strenge in ihre Stimme, wie sie konnte, damit Elise nur ja nicht spürte, wie schwer es ihr fiel, die Worte auszusprechen. Doch es war ihre Pflicht als Mutter. «Du spielst hübsch, aber eine Laufbahn als Musikerin ist dir nicht vorherbestimmt.» Bei dem Wort *hübsch* hätte sie sich beinahe verschluckt, und etwas in Elises Blick flackerte auf, doch Amalie fuhr rasch fort. «Ich warne dich, Elise – wag es nicht, dich zum Gespött zu machen, indem du Herrn Jacobi um etwas bittest, was er unmöglich erfüllen kann. Es war weichherzig von deinem Vater, dass er dich das Violinspielen hat erlernen lassen. Du bist eben seine Erstgeborene, und er kann dir schlecht etwas abschlagen. Doch das war immer nur ein Zeitvertreib, meine liebe Tochter. Eine Frau wie du, eine Frau aus dem Hause Spielmann wird keine Violinistin. Nun bricht für dich eine neue Zeit an.»

«Eine Zeit ohne meine Geige, meinen Sie?», fragte Elise.

In ihrer Stimme klang ein solcher Schmerz, dass Amalie am liebsten auf der Schwelle umgekehrt und zurück in ihr Schlafzimmer gelaufen wäre, wo sie sich die Bettdecke über die Ohren ziehen könnte, um die Anklage darin nicht mehr hören zu müssen. Doch stattdessen presste sie die Lippen aufeinander und nickte.

Elise öffnete den Mund, doch dann schloss sie ihn wieder. Ihre Augen hatten sich verdunkelt, und die frische Röte auf ihren Wangen war einer unheilvollen Blässe gewichen. Sie ging ohne ein weiteres Wort zum Geigenkasten, um ihr Instrument hineinzulegen. Obwohl sie sich grazil hinunterbückte und Amalie nicht umhinkonnte, die prächtige Flechtfrisur zu bewundern, in der Elises dichtes, glänzendes Haar wunderschön zur Geltung kam, schien es ihr dennoch, als sei in den Schultern ihrer Tochter eine neue Unbeugsamkeit. Und der sanfte Nacken, in den sich eine gelöste Locke ringelte, wirkte auf einmal starrsinnig gereckt. Plötzlich fragte sich Amalie, ob sie einen Fehler machten, indem sie die Verlobungszeit ihrer Tochter bis zum Anfang des folgenden Jahres andauern ließen, und ob es nicht ratsam wäre, die Hochzeit mit Adam Jacobi ein wenig vorzuziehen. Zumindest die offizielle Verlobung sollten sie nicht unnötig hinauszögern. Offenbar saß die Rebellion, die sie schon länger in Elises Zügen hatte aufblitzen sehen, tiefer als gedacht. Dem musste schnellstens ein Riegel vorgeschoben werden. Und sie nahm sich vor, gleich heute Abend mit Georg darüber zu sprechen, was zu tun war, damit Elise vor sich selbst geschützt würde.

13.

Dresden, Donnerstag, 6. Mai 1841

Als Christian die Tür zum *Goldenen Fass* aufstieß, schlug ihm der dunstige Geruch nach Bier, süßlichem Pfeifenrauch und vielen erhitzten Menschenleibern entgegen. Er blickte sich in dem düsteren, von einigen Talglichtern nur schwach erhellten Raum mit der niedrigen Decke um. Rund um die dunklen Holztische saßen die Gäste zusammengedrängt, einige spielten Karten oder würfelten, andere waren hinter der *Cotta'schen Zeitung* vergraben. Ein Klavierspieler hämmerte auf ein zerschrammtes Instrument an der Wand ein, sein Spiel wurde von zwei tropfenden Kerzen beleuchtet, und die Musik schepperte und klirrte schief durch den Raum, weil das Klavier seit langer Zeit nicht gestimmt worden war. An der Theke, deren Holz von unzähligen Berührungen blank gescheuert war, lehnten zwei Herren und rauchten Zigarren, und eine Bardame stellte schnaufend zwei Bierkrüge vor sie hin, direkt neben die abgelegten Zylinder. Hinter der Bar hing ein Kupferstich, auf dem ein Segelschiff über ein wildes, welliges Meer fuhr. Auf den zweiten Blick erst sah man die Weinflasche, aus der sich das Meer ergoss, sodass das Schiff mitgerissen und mit geblähten Segeln mal hierhin, mal dorthin geworfen wurde.

«Chrischan!»

Als er seinen Kosenamen durch die Klaviermusik und das Stimmengewirr hindurch vernahm, sah er in die Richtung, aus der die Rufe gekommen waren. An einem Tisch in der Ecke hockten Carl und Fritz, die beiden Maschinenbauer, die im Theater die schweren Kulissen fertigten und für die Drehvorrichtung der Bühne zuständig waren. Carl hatte seinen langen

Körper auf dem niedrigen Stuhl zusammengefaltet und seine spindeldürren Beine übereinandergelegt, er wippte zum Takt mit den Schuhspitzen. Fritz dagegen konnte sich mit seiner kräftigen, untersetzten Statur kaum über die Tischplatte beugen. Sein strohiges, von der Mütze platt gedrücktes Haar stand über den Ohren ab, und er prostete Christian quer durch den Raum zu.

Christian wollte sich gerade zu ihnen durchschlagen, als ihn jemand von hinten anrempelte. Erschrocken drehte er sich um. Beim Anblick der Frau spürte er zu seinem Ärger, wie eine leichte Röte in seine Wangen fuhr. Sie hatte ein rundliches Gesicht und trug eine rote Schärpe um die Schultern geschlungen, ihr Mieder war nachlässig geschnürt und gewährte ihm eine tiefe Einsicht. Dabei ließen ihre Augen ihn nicht los, und mit einem siegesgewissen Lächeln verfolgte sie seinen unfreiwilligen Blick auf ihre Brust, sodass sich Christians Unbehagen noch verstärkte.

«Verzeihung, meine Dame», sagte er hastig, «dürfte ich bitte vorbei?»

«Bin keine Dame», war die Antwort, «außer, wenn du es möchtest, mein schöner Junge. Dann kann ich alles sein, was du willst.» Sie leckte sich die zartrosa Lippen.

Christian schüttelte den Kopf. «Nein, danke», sagte er und drängte sich rasch an ihr vorbei zum Tisch seiner Freunde, die ihn feixend begrüßten.

«*Nein, danke*», ahmte ihn Carl nach und schlug sich lachend aufs Knie. «Unser braver Chrischan bedankt sich bei einer Hure! Und das, bevor sie ihm zu Diensten war!»

«Das kannst auch nur du fertigbringen, du Unschuldslamm», sagte Fritz.

Christian roch ihren Bieratem, als er sich auf den freien Schemel neben ihnen zwängte. Aus den Augenwinkeln sah er, wie die junge Frau mit der roten Schärpe ungerührt zu einem anderen

Tisch trat und sich dort nach kurzem Geplänkel auf dem Schoß eines Mannes niederließ, woraufhin dessen Begleiter aufjohlten. Sie strich ihm mit den Händen über die Brust und vergrub ihr Gesicht an seiner Halskuhle. Christian wandte den Blick ab, doch seine Freunde lachten immer noch.

«Lasst es gut sein», sagte er und hörte selbst, wie mürrisch er klang. Es ärgerte ihn, dass sie ihn aufzogen – und noch mehr machte es ihn fuchsig, dass es ihn interessierte, was sie von ihm dachten. Ganz zu schweigen von diesem Mädchen dort drüben, das sich für Geld an Männer verkaufte. Was sie von ihm dachte, sollte ihm erst recht gleichgültig sein.

Es gab hier in der Gegend, in der das *Goldene Fass* lag, zahllose Frauen ihrer Art, verlorene Seelen, die ihren Körper verkaufen mussten, um zu überleben. Die Große Fischergasse war eine berüchtigte Straße, in die es einige zwielichtige Gestalten zog, viele rastlose Männer auf der Suche nach einem abendlichen Fang. Christian dachte an Ernestine und musste schlucken. Seine Schwester und er waren dem höllischen Abgrund, der auf die Ärmsten der Stadt lauerte, oft sehr nahe gekommen. Er konnte den Schwefelgeruch, der daraus aufgestiegen war, manchmal beinahe noch an seinen Kleidersäumen riechen. Doch nun ging es ihnen gut, beruhigte er sich und winkte wie zum Beweis, dass er sich in kleinem Rahmen etwas leisten konnte, der Bardame, damit sie ihm ebenfalls etwas zu trinken brachte.

Fritz hieb ihm eine Pranke auf die Schulter. «Sei nicht so empfindlich», sagte er. «Wird schon noch eine kommen, bei der dir nicht die Worte in der Kehle stecken bleiben. Außerdem ist *Reden* nicht immer Gold, wenn es um die Weiber geht.»

Christian trank von dem Bier, das ihm die Wirtin hingestellt hatte, und leckte sich den Schaum von den Lippen. Er stimmte in das Lachen seiner Freunde ein – während er versuchte, das Bild von einem schmalen Gesicht und hellbraunen Locken, das in ihm aufstieg, zu verdrängen. Nein, eine solche Frau wie Elise Spielmann hatte Fritz sicher nicht gemeint. Doch Christian würde sich lieber Daumenschrauben anlegen, als mit den beiden vierschrötigen Kumpanen seine Gefühle für das fremde, unerreichbare Mädchen zu erörtern. Elise musste sein Geheimnis bleiben.

Dabei platzte er fast, seitdem er sie knapp zwei Wochen zuvor auf dem Boden des dunklen Korridors im Theater vorgefunden hatte. In jeder freien Minute dachte er an sie, meinte, ihr Parfum wieder in der Nase zu haben, wenn ein leiser Hauch den Blütenduft aus den Gärten der Stadt zu ihm wehte. Spürte ihren Blick, mit dem sie ihn gemustert hatte, ihr Gesicht nur wenige Zentimeter von seinem entfernt. Hörte ihre melodiöse, etwas ernste Stimme und ihre Worte. Über Musik hatten sie gesprochen, über die Kunst und die Schönheit der Dinge. Unvorstellbar, dass man mit einer anderen über so etwas reden könnte, jedenfalls nicht mit einer, die in Christians Welt gehörte.

Das Gefühl, am falschen Ort zu sein, im falschen Körper zu leben, war stärker geworden, seit er Elise getroffen hatte. Wenn er doch nur einer von den Bürgerlichen wäre! Ein Buchhalter oder ein Anwaltsgehilfe beim Gericht, seinetwegen auch ein Soldat, der es bis zum Offizier oder Major gebracht hätte. Oder wenigstens ein Handwerksmeister mit eigenem Geschäft, einer Schusterwerkstatt oder einer Schneiderei. Wenn er doch nur etwas anzubieten hätte!

Allein die Vorstellung, wie er dann, in einem feinen Rock und mit einem neuen Hut, vor der Kirche auf sie warten würde, ganz selbstverständlich zu ihr gehen und sie höflich ansprechen dürfte. Doch einer wie er konnte sich einer Dame nicht einfach so nähern. Es war ausgeschlossen, Elise wiederzusehen.

Carl stieß ihn unsanft in die Seite. «Träumst du?», fragte er. «Hast du gehört, was ich gesagt habe?»

«Was?», fragte Christian und trank schnell von seinem Bier.

«Es tut sich was», sagte Carl. «Immer mehr Leute verlangen Gerechtigkeit für die Armen. Sie rufen nach Einheit und Freiheit für die deutschen Länder. Jetzt hat der preußische König sogar Jacob Grimm rehabilitiert und an die Universität berufen, vor ein paar Wochen hat er dort in Berlin vor den Studenten gelesen.»

«Der Revolutionär?»

«Einer der *Göttinger Sieben*», antwortete Fritz an Carls Stelle und nickte. «Allerdings weiß ich nicht, was Carl mit diesen Gelehrten hat. Was gehen uns Philister und ihre Reden an Universitäten an? Von den Nöten der Arbeiter wissen sie doch nichts.»

«Aber das ist es ja!», rief Carl. «Sie und wir stehen endlich auf einer Seite! Gemeinsam können wir etwas bewirken.» Im nächsten Moment stöhnte er auf, denn Fritz hatte ihn unter dem Tisch warnend vors Schienbein getreten.

«Halt den Mund», knurrte Fritz, «hier haben alle lange Ohren.» Er deutete vielsagend zum Nebentisch, wo ein vornehm gekleideter Herr hinter der *Vossischen Zeitung* versteckt saß. Man sah nur seine Beine und die Hände, die das Papier hielten, sowie eine kleine bläuliche Rauchsäule, die von seiner Pfeife hinter der Zeitung emporstieg.

«Also gut», flüsterte Carl und stürzte den Rest aus seinem Bierkrug herunter. «Aber du weißt, wie wichtig es ist, dass alle an einem Strang ziehen – wir, die Arbeiter und eben auch die Gelehrten. Wir wollen alle dasselbe – die Macht der Monarchen muss gebrochen werden. Die Fürsten müssen sich endlich um die Elenden kümmern. Sieh dir doch an, wie die Menschen in den Hütten draußen an der Elbe hausen. Da gibt es Kinder mit aufgetriebenen Bäuchen, die Branntwein eingeflößt bekommen, damit sie den Hunger nicht so spüren.» Er knirschte mit den Zähnen. «Was ist das für eine Fürsorge durch die Obrigkeit, frage ich dich? Wir haben den französischen Kaiser aus unseren Städten vertrieben, aber dafür knechtet uns jetzt Metternich, ja sogar unser eigener König hier in Sachsen. Niemand kümmert sich um die armen Schlucker im Land. Das muss endlich ein Ende haben.»

Christian hatte aufmerksam zugehört und nickte. Er war mit Carl einer Meinung, und wieder musste er an seine eigene Kindheit denken und das Gefühl der Hilflosigkeit, des absoluten Verlassenseins von allen guten Geistern. Nein, es stand nicht gut um die kleinen Leute im Königreich Sachsen, und auch nicht viel besser um die Arbeiter und Bauern in Preußen und Schlesien, wie man so hörte. Der Pauperismus griff um sich wie eine Seuche, und täglich wuchs die Zahl der Menschen ohne Arbeit, die auf ein Gnadenbrot des Staates angewiesen waren. Auch wenn dieses oft genug so karg bemessen war, dass es nicht zum Überleben reichte.

«Aber die Fürsten da oben, die leben in Saus und Braus», wisperte Fritz über den Tisch gelehnt, damit niemand sie belauschen konnte. «Und die feinen Herren Doktoren und Professoren, die auch. Dein Herr Grimm, das ist eine falsche Schlange. Er predigt vom Aufstand und schläft doch nachts in seidenen Betten. Am Ende bezahlt unsereins für die hohen Herren und ihre Träume von Abenteuer und Revolution.»

Das letzte Wort hauchte er nur noch. Dennoch raschelte die Zeitung des Mannes am Nebentisch jetzt vernehmlich. Das Blatt wurde zusammengefaltet, und ein Gesicht tauchte auf, das Kinn umrahmt von einem dunklen Backenbart, auf der Nase eine kleine runde Brille. Der Mann war noch jung, nicht viel älter als Christian, doch er hatte das selbstbewusste Gebaren eines Menschen, der wusste, wer er war und was er sich erlauben konnte.

«Verzeihen Sie», sagte er und beugte sich zu ihnen herüber. «Ich habe unfreiwillig ein paar Teile Ihrer Unterhaltung mitangehört. Und ich stimme Ihnen vollkommen zu.»

Christian, Fritz und Carl sahen sich überrascht an. Der junge

Mann mit der Brille erhob sich und zog seinen Stuhl heran. Fragend schaute er in die Runde.

Carl fasste sich als Erster. «Setzen Sie sich zu uns», sagte er. «Herr ...?»

«Hirschel», sagte der Mann und ließ sich zwischen ihnen nieder. «Bernhard Hirschel.»

In Carls Gesicht zuckte es, und auch Christian holte überrascht Luft. Ein Jude, der mit ihnen am Tisch saß? Nur Fritz lächelte und schüttelte Bernhards Hand. Er stellte sie alle vor. «Sind Sie aus Dresden?», fragte er dann.

«Kürzlich zurückgekehrt», sagte Bernhard und strich sich über den Bart. «Ich habe mein Medizinstudium in Leipzig beendet, aber ich bin in Dresden aufgewachsen und zur Schule gegangen.»

«Im *Cheder* von Gutmann?», fragte Fritz, der sich offenbar besser mit jüdischen Familien auskannte. Christian hingegen hatte noch nie mit einem Juden geredet. Natürlich kannte er diese Leute, sah sie täglich auf ihrem Weg in die neue Synagoge, die vom selben Architekten des Königlichen Theaters errichtet worden war – Gottfried Semper. Aber noch nie hatte er einen von ihnen näher kennengelernt. Juden und Christen lebten in Dresden nur wenige Häuser voneinander entfernt, doch ihre Leben waren wie durch eine unsichtbare Wand voneinander getrennt.

Ebenso getrennt wie ein Malergehilfe von der Tochter eines Geheimrats der Jurisprudenz, dachte Christian und spürte einen Stich beim erneuten Gedanken an Elises sanfte, schöne Augen.

Bernhard schüttelte den Kopf. «Nein», sagte er und wirkte auf einmal stolz, «bei Gutmann war ich jedenfalls nicht lange, sondern besuchte später die Kreuzschule.»

Fritz pfiff leise durch die Zähne. Carl hingegen rutschte auf seinem Stuhl hin und her und betrachtet den Neuankömmling an ihrem Tisch halb misstrauisch, halb anerkennend. An der protestantischen Kreuzschule wurde längst nicht jeder aufgenommen, das wusste auch Christian. Und wenn das einem Juden gelang, musste der etwas Besonderes sein.

«Und worin sind Sie nun mit uns einer Meinung?», fragte Fritz neugierig.

«Dass sich der bürgerliche Stand mit den Arbeitern und Handwerkern verbrüdern muss», sagte Bernhard leise. «Ihr seid das Rückgrat unseres Landes, und ihr müsst mit dabei sein, wenn wir einen neuen Staat gründen. Einen, bei dem die Bürger der Souverän sind und nicht der König.»

«Immerhin haben wir jetzt das Parlament», sagte Carl achselzuckend.

Bernhard nickte. «Und eine Verfassung», sagte er, «die dem Land Sachsen den Anschein gibt, nicht länger nur von einem einzigen Herrscher von Gottes Gnaden regiert zu werden.» Er runzelte die Brauen. «Aber dieses Parlament ist noch immer zu schwachbrüstig», fuhr er fort. «Wir Bürger sind weiter der Zensur durch den Staat ausgesetzt, wie die freie Presse den Repressionen und der Willkür des Fürsten – selbst, wenn das in Friedrich Augusts Fall kein wildes Raubtier ist, sondern ein zahmer Tiger.»

«Aber Sie sind ja gar kein sächsischer Bürger», sagte Carl säuerlich. Und Christian bemerkte, dass in der Miene des Freundes noch immer das Misstrauen gegenüber dem jungen Arzt stand. «Warum interessiert es Sie, einen Fremden, überhaupt, was mit dem sächsischen Volk passiert?»

Bernhards kluge Augen hinter den kleinen Brillengläsern blickten weiter freundlich. «Wenn Sie es schon so genau wissen wollen», sagte er, «mir ist es tatsächlich gelungen, die Bürgerrechte zu erwerben. Ich darf mich in Dresden niederlassen und eine Praxis eröffnen. Aber Sie haben recht, das schaffen noch nicht viele Juden. Man muss findig sein, die richtigen Leute kennen und gute Argumente haben. Das neue Judengesetz von 1839 ist ein Anfang, und ich hege die Hoffnung, dass wir vielleicht bald wirklich die Gleichstellung in Sachsen erreichen.» Er überlegte. «Ich bin in Dresden geboren», sagte er dann. «Die Elbe, die Frauenkirche, der Striezelmarkt – all das kenne und liebe ich schon mein ganzes Leben, ebenso mein Vater und mein Großvater. Denken Sie nicht, dass auch Juden Vaterlandsliebe empfinden können, mein Freund?»

«Wir sind keine Freunde», sagte Carl düster und stand auf. Er ließ ein paar Geldstücke auf den Tisch fallen. «Ich muss los», sagte er und schlug Fritz und Christian nacheinander kurz auf die Schulter. Für Bernhard hatte er keinen Blick mehr übrig. «Wir sehen uns», sagte er im Weggehen über die Schulter und verschwand.

«Entschuldigen Sie den Griesgram», sagte Fritz und strubbelte sich verlegen durchs Haar. «Carl nimmt es sehr genau mit der Revolution, er denkt, es sei seine ureigenste Idee.»

«Genau das ist das Problem», sagte Bernhard und zündete sich wieder seine Pfeife an, die ausgegangen war. «So bleiben die Lager zersplittert, die eigentlich vereint sein müssten. Die Christen misstrauen den Juden, die Bürgerlichen den Arbeitern, der König seinen Ministern und die Frauen den Männern.» Er sah zu Christian. «Und Sie?», fragte er herausfordernd. «Was denken Sie? Sie haben ja noch gar nichts gesagt.»

«Chrischan ist eher ein Zuhörer als ein Redner», sagte Fritz an seiner Stelle. «Von ihm werden Sie nichts erfahren, fürchte ich.»

Nachdenklich sah Bernhard Christian an und paffte. «Gute Zuhörer braucht das Land noch mehr als eifrige Redner», sagte er schließlich. «Von denen haben wir schon genug. Was sind Sie denn von Beruf?», fragte er und deutete auf Christians Hände, die rot gefleckt waren. «Ich hoffe, das ist kein Blut, was dort klebt?»

Nun musste Christian lachen. «Ich bin Maler», sagte er. «Malergehilfe ...», fügte er bescheiden hinzu, doch Fritz hieb lachend auf den Tisch.

«Künstler ist er, der feine Herr!», rief er. «Sie sollten sehen, was er mit diesen Zauberhänden für Werke erschafft.»

«Ich male die Kulissen für das Königliche Theater», sagte Christian zu Bernhard, «nichts weiter.»

Doch die Augen des Mannes leuchteten hinter den Gläsern auf. «Das Theater», sagte er anerkennend, «das ist wohl eine der wichtigsten Stätten für unsere Sache. Dort ist das Volk zu Hause, dort hören die Leute die Wahrheit.»

«Da müssen sie aber kräftig die Ohren spitzen und Adleraugen haben», gab Christian zurück. «Die Wahrheit versteckt sich in der Oper hinter viel Schminke und Perücken.»

Bernhard lachte. «Sie gefallen mir», sagte er. «Sie sind ein tiefes Wasser, nicht wahr? Gar nicht nur Zuhörer, wie Ihr Freund hier behauptet. Ich werde mir Ihr Gesicht merken und hoffe, wir begegnen uns wieder.» Mit diesen Worten erhob er sich. «Für mich ist es Zeit», sagte er. «Ich wünsche Ihnen noch einen schönen Abend, meine Herren.» Damit ging er durch die Rauchschwaden davon Richtung Tür.

Fritz sah ihm nach. Dann schnippte er nach der Wirtin. «Ich trinke noch eins», sagte er zu Christian. «Was ist mit dir?»

Christian winkte ab. «Ich muss in die Falle», sagte er. Es war mitten in der Nacht, und morgen früh würde er wieder im Malersaal stehen.

«Verstehe», sagte Fritz, «die Kunst ruft.» Dann deutete er auf eine junge Frau, die sich an der Theke rekelte und ihnen zulachte. «Die solltest du mal malen.»

Christian drehte sich um. Die Frau mit der roten Schärpe war längst mit einem der Männer mitgegangen, aber soeben waren ein paar neue Freudenmädchen hereingekommen. Die, auf die Fritz zeigte, war wirklich hübsch mit ihren goldenen Haaren und dem blauen Rock, doch Christian schüttelte den Kopf.

«Ich male keine Porträts», sagte er irritiert, «das weißt du doch. Und schon gar nicht male ich Bilder von …»

«Huren», beendete Fritz seinen Satz, als er zögerte. «Schon klar, Chrischan. Aber vielleicht würde sie dir dann alles zeigen, auch das, was sie unter dem blauen Kleid trägt.» Er grinste und hob sein Glas in die Richtung der jungen Frau, auch wenn diese sicher nicht hören konnte, was Fritz und Christian hier redeten. «Einer wie ich wird für weibliche Dienste wohl immer zahlen müssen», seufzte er mit gespielter Zerknirschtheit. «Aber wenn einer aussieht wie du und dann auch noch malen kann wie ein junger Canaletto, dann fressen einem doch die Weiber aus der Hand. Ich verstehe nicht, weshalb du das nicht ausnutzt.» Er machte ein schmerzverzerrtes Gesicht, als gehe ihm diese Verschwendung von Talenten, die Christian seiner Meinung nach betrieb, an die Nieren.

Christian saß da und starrte auf die Tischplatte. Er dachte darüber nach, was Fritz zuvor gesagt hatte. Weshalb eigentlich sollte er keine Porträts malen können? Ihm ging es doch leicht von der Hand, all die Dinge wiederzugeben, die ihm gefielen, er hatte ein Auge für die Details, vermochte die richtigen Farbtöne zu treffen, ja selbst Licht und Schatten so zu malen, dass Meister Arrigoni hier und da schon anerkennend geknurrt hatte. Wie schwer konnte es denn sein, das Gesicht eines Menschen zu malen, so, wie er es wahrnahm? Sicher nicht das Gesicht dieser jungen Frau dort drüben, die sich längst anderen zugewandt hatte, als sie merkte, dass bei Fritz und Christian nichts zu holen wäre. Sie interessierte ihn kein bisschen. Nein, ein anderes Gesicht tauchte vor seinem geistigen Auge auf, und plötzlich war er wie angestochen. Es juckte ihm in den Fingerspitzen. Und nichts hielt ihn mehr auf seinem Stuhl. Er hatte den Schlüssel für den Malersaal, dort gab es die Petroleumlampe, er musste sie nur anzünden und beginnen …

Hastig kramte er in seinen Taschen nach Kleingeld und legte seinen Anteil zu Carls Münzen auf den Tisch. «Entschuldige mich», sagte er und sprang auf.

«Ach, lasst mich ruhig alle allein hier hocken», rief Fritz ihm empört nach, doch Christian hatte keine Muße mehr, ihm noch zu antworten. Er stürzte zur Tür und stieß sie auf.

Süß und kühl wehte ihm die Nachtluft entgegen. Die Große Fischergasse lag schwarz vor ihm, das Kopfsteinpflaster, das hier erst vor ein paar Jahren verlegt worden war, glänzte im Mondschein. Ein alter Nachtwächter mit silbrig schimmerndem Helm schlurfte vorüber, doch anhand seines schwankenden Gangs ahnte Christian, dass der Mann zu viel Branntwein getrunken hatte, um sich bei seiner Patrouille warm zu halten, und seiner Aufgabe daher nur noch zum Schein nachging.

Zwei Frauenstimmen am anderen Ende der dunklen Gasse kreischten plötzlich schrill, und gleich darauf hörte er einen Mann unterdrückt stöhnen. Ein anderer stand an eine Hausmauer gelehnt und erleichterte sich in den Rinnstein.

Christian lief rasch weiter Richtung *Brühlsche Terrasse*. Von fern hörte er das lang gezogene Nebelhorn eines Elbschiffes, das seine nächtliche Fahrt ankündigte. Schon war er am Fuße der Treppen. Seine Sohlen knirschten auf den Steinen, als er die Stufen emporlief und die schwarzen Wasser der Elbe auftauchten. Trotz der Dunkelheit tanzte vor seinen Augen ein Licht. Darin stand dieses helle Gesicht mit den klugen, traurigen Augen, das er nicht vergessen konnte, so sehr er sich auch seit ihrer Begegnung in der vergangenen Woche darum bemühte.

14.

Dresden, Samstag, 8. Mai 1841

Unzählige Kerzen brannten, ihr Licht flackerte und warf Schatten an die Wände und auf die halb vorgezogenen Vorhänge vor den Fenstern, hinter denen die Abendsonne gerade versunken war. Auf dem zierlichen Sofa der Wohnstube saßen Rosalie Ebert und Frau Geheimrat Schein, beide langjährige Bekannte von Elises Mutter, und tranken Kaffee aus dem Meissener Porzellan mit der zarten Rose, das Geschenk der alten Brühls zur Vermählung von Georg und ihrer Tochter. Weitere Gäste der Dresdner Oberschicht hatten sich hier und im Salon eingefunden, zu dem die Verbindungstür weit offen stand. Die herbeigetragenen Stühle waren längst besetzt. Von den Männern trugen die meisten Gehrock mit hohen Kragen, sie hielten Zigarren zwischen den Lippen, gingen umher, unterhielten sich oder prosteten einander mit Kristallgläsern zu, in denen Wein funkelte.

Alberta und Rosina eilten zwischen den Geladenen herum und schenkten nach – der edle Tropfen kam vom Weingut Hoflößnitz in Radebeul, der Vater hatte ihn schon im letzten Jahr eingelagert. Jetzt stand Georg Spielmann in Gesellschaft zweier Kollegen vom Gericht zusammen, in den Händen eine besonders gute Flasche, und fachsimpelte mit den Männern über Rebsorten.

Alljährlich veranstaltete Elises Mutter diesen Mai-Salon, zu dem mindestens hundert Gäste in die Wohnung in der Großen Frauengasse geladen wurden. Doch selten hatte Elise die Räume so gefüllt gesehen. Dresden wuchs, und die Musikwelt war nie so lebendig gewesen wie jetzt, da die neue große Oper noch mehr Besucher und Musiker in die Stadt zog.

Elise stand mit Justizrat Bleich, einem Kollegen ihres Vaters, am Fenster und machte Konversation. Doch sie hörte nur mit halbem Ohr, was der ältere Herr von seinem Landgut in Thüringen erzählte, und ließ ihren Blick verstohlen über das Treiben in den Räumen ihrer Eltern gleiten. Es war so laut, dass man die Stimme erheben musste, um gehört zu werden, selbst wenn man dicht beieinanderstand. Die zahlreichen Gäste redeten durcheinander, lachten und schüttelten eine Hand nach der anderen, sobald neue Besucher eintrafen.

Soeben klappte ein befreundeter Pianist, an dessen Namen Elise sich nicht erinnerte, den Flügel auf, setzte sich und spielte ein paar Takte. Einige der Umstehenden klatschten in die Hände und gesellten sich näher zum Instrument. Elises Augen suchten ihre Mutter. Da war sie, sie stand mit zwei jungen Herren zusammen, einer der beiden war ein Dichter, den anderen hatte Elise noch nie gesehen. Er hatte helles Haar und ein hübsches junges Gesicht, und etwas an ihm erinnerte sie entfernt an Christian, den sie nun schon wochenlang nicht gesehen hatte, der aber dennoch dauernd in ihren Gedanken herumspukte. Die Erinnerung an ihn versetzte ihr einen zarten Stich ins Herz, und sie musste sich zusammenreißen, um sich ihre Gefühlsregung nicht anmerken zu lassen. Stattdessen versuchte sie, herzlich über einen farblosen Scherz ihres Gesprächspartners zu lachen.

Amalie Friederikes Mundwinkel hatten sich, wie Elise jetzt sah, unwillig gekräuselt, als der Klavierspieler nebenan seine Improvisation zum Besten gab. Auffordernd blickte sie zu Elise herüber und bedeutete ihr, einzuschreiten. Heute sollte es in diesen Räumen vor allem Ruhm für die Spielmann'schen Sprösslinge zu erwerben geben, allen voran natürlich Eduard, der jedoch nach seinen Schwestern spielen würde.

«Bitte, vergessen Sie den Rest Ihrer Geschichte nicht», sagte Elise daher so liebenswürdig wie möglich zu Justizrat Bleich, der gerade angefangen hatte, eine weitere ausschweifende Anekdote so umständlich zu erzählen, dass Elise ein Gähnen unterdrücken musste. «Für mich ist es nun Zeit, für unsere Gäste zu musizieren.»

«Welch ein Genuss, Fräulein Spielmann!», rief der ältere Herr und deutete eine Verneigung an, wobei er eine kleine kreisrunde Glatze präsentierte. «Dann gebe ich Sie natürlich frei.»

Erleichtert ließ Elise ihn stehen und machte sich auf die Suche nach Dorothea. Sie fand ihre Schwester am Boden hockend, wo sie drei Spaniels liebkoste, die eine Freundin der Mutter mitgebracht hatte. Die Tiere schmiegten sich an Dorothea und hechelten begeistert, während diese ihnen das Fell kraulte.

Elise dachte, dass ihre jüngere Schwester in dem zartrosa Baumwollkleid mehr denn je wie ein Engel aussah. Und dass ihr Tiere und Menschen gleichermaßen aus der Hand fraßen. Für sie würde es ein Leichtes sein, einen geeigneten Ehemann zu finden.

Die Besitzerin der Spaniels, eine knapp dreißigjährige Frau mit weißblondem, dünnem Haar und gekleidet in ein tiefschwarzes Kleid, lächelte Elise mit schmalen Lippen an, als diese sich dazugesellte. «Ach, Fräulein Spielmann», sagte sie, «ich habe gerade Ihre liebe Schwester versucht zu überzeugen, mit meinem Mann und mir eine Landpartie zu machen.»

Dorothea lächelte gequält. «Frau Schwenke war so freundlich, mich einzuladen», sagte sie zu Elise gewandt, «aber ich muss sie enttäuschen. Es ist nämlich eigentlich eine Wasserpartie. Und mir ist eben nur an Land wohl.»

«Mein Mann ist doch Gründungsmitglied der Dampfschifffahrtsgesellschaft und Mitbesitzer der *Königin Maria*», erklärte Frau Schwenke, «und ich freue mich immer so, wenn ich Gäste einladen darf. Es ist wirklich kein bisschen gefährlich, das kann ich Ihnen versichern, Mesdemoiselles. Die Dampfschifffahrt ist die Zukunft in Sachsen, wozu haben wir denn diesen herrlichen Fluss?»

Elises Interesse war geweckt. «Es muss allerliebst sein, so über das Wasser zu fahren», sagte sie.

Das schmale Gesicht ihres Gegenübers hellte sich auf.

«Oho», rief Frau Schwenke, «nicht alle Töchter der Spielmanns sind also Hasenfüße.» Sie zwinkerte Dorothea entschuldigend zu. «Dann ist es abgemacht», fuhr sie fort und strahlte Elise an. «Im Frühsommer begleiten Sie uns, Fräulein Spielmann. Wir fahren nach Meißen! Dort in den Weinbergen auf Schloss Proschwitz kann man wunderbar essen und die Aussicht auf das Elbtal genießen. Und vielleicht ändert das Fräulein Dorothea ja noch seine Meinung.»

Dorothea blickte zweifelnd drein, wohingegen Elise die Einladung gerade annehmen wollte, als sie eine männliche Stimme hinter sich hörte.

«Hier sind Sie also, Fräulein Elise.»

Sie drehte sich um und stand Adam Jacobi gegenüber. Er trug den taubenblauen Rock, den sie schon an ihm kannte. Das schmale Gesicht, von schwarz-silbernem Haar umrahmt, wirkte verschlossen, aber nicht unfreundlich. Es war nur einfach so, dass sie immer das Gefühl hatte, es sei schwierig, in diesem Gesicht zu lesen. Es ging nicht gerade Kälte von ihm aus, aber doch etwas Distanziertes. Etwas, das es Elise unmöglich machte, schlau aus dem Mann zu werden, mit dem sie bald ihr Leben teilen sollte.

Mit klopfendem Herzen reichte sie ihm die Hand zum Kuss und versuchte zu lächeln. Aus den Augenwinkeln sah sie wieder das helle Haar des fremden jungen Mannes, der bei ihrer Mutter stand. Offenbar hatte er soeben etwas Lustiges gesagt, denn Amalie Friederike lachte hellauf, was selten geschah. Und Elise ertappte sich bei dem Gedanken, dass sie tausendmal lieber dort drüben wäre und dem Unbekannten zuhören würde, als hier mit ihrem Verlobten zu stehen. Doch sie verbot ihn sich sofort.

«Wo ist denn Ihre Schwester heute?», fragte sie Herrn Jacobi. «Ich hoffe doch, sie ist wohlauf?»

«Theresia gibt nicht viel auf Vergnügungen dieser Art», sagte Adam Jacobi schulterzuckend. «Sie weilt in diesen Tagen zur Erholung im Konvent, wo sie sich ganz dem zurückgezogenen Leben widmet.» Er lächelte. «Ohnehin heißt sie Menschenansammlungen nicht gut und bleibt lieber für sich. Wir leben ein sehr ruhiges, beinahe abgeschiedenes Leben, Fräulein Elise. Das werden Sie bald selbst merken.»

Elise schluckte und biss sich auf die Lippen. Aber sie versuchte, sich ihr Unbehagen nicht anmerken zu lassen, und nickte. Die Vorstellung von dem stillen Haus in der Neustadt, mit niemandem als ihrem Ehemann und seiner bissigen Schwester als Gesellschaft, war alles andere als erbaulich. Nun, immerhin würde es Dienstboten geben, und mit etwas Glück ein fröhliches Dienstmädchen, mit dem sie plaudern und sich die Zeit vertreiben könnte. Dann natürlich auch bald ein Kind, viele Kinder vielleicht. Ja, die Kinder – dieser Gedanke stimmte Elise wieder hoffnungsvoller. Sie gaben dem Leben einer Frau erst den richtigen Sinn, wie man an ihrer eigenen Mutter sehen konnte. Kinder vertrieben jegliche Trübsal. Gleichzeitig machte der Gedanke Elise Angst. Wenn sie erst einmal Kinder hatte, blieb wenig Zeit für Zerstreuung und schon gar nicht für ernsthaftes Musizieren.

«Meine Schwester und ich wollen gleich etwas vorspielen», sagte sie zu Adam Jacobi, um sich aus ihrer Lage zu befreien. «Wir können ja nachher unsere Plauderei fortsetzen.» Sie musste ein Lächeln unterdrücken – das steife Gespräch zwischen ihr und ihrem Verlobten konnte man nur mit viel gutem Willen als solche bezeichnen.

Wieder drang das Lachen ihrer Mutter an ihr Ohr, diesmal

war es der Dichter gewesen, dessen Bemerkung sie offensichtlich amüsiert hatte.

Elise wandte sich um. «Kommst du, Doro?», fragte sie ihre Schwester, die endlich von den glückseligen Hunden abließ und sich erhob.

Dorothea klopfte sich den Rock ab und nickte Frau Schwenke zu. Dann gingen die beiden Schwestern gemeinsam durch die offen stehende Tür in den Salon, wo der unbekannte Gast immer noch auf die Tasten einhieb. Elise hörte, dass der Mann nicht gut spielte, er hatte kein Gefühl, sondern baute nur auf Schnelligkeit und Effekte. Doch den anderen Gästen schien es zu gefallen, eine große Menschentraube stand um das Instrument herum und klopfte mit den Absätzen auf den Dielen im Takt.

Schon immer hatte es Elise ein wenig abgestoßen, dass die Zuhörer bei diesen Musiksalons, die sie oft genug besucht oder im eigenen Elternhaus miterlebt hatte, so laut und ungestüm waren. Sie selbst lauschte der Musik gern in Ruhe, konzentrierte sich auf nichts anderes als die Melodien. Doch das Dresdner Publikum bevorzugte quirlige, lebhafte Abende und scherte sich nicht darum, ob es mit seinem Reden und Rufen, dem Lachen und Gläserklirren die Musik zeitweise übertönte. Ein Konzert war ein prächtiges Erlebnis, ein unerhörtes Vergnügen, und man machte seinen Gefühlen lautstark Luft, trampelte, klatschte und lachte während des Zuhörens ausgiebig. Schließlich war man nicht in einer Kirche!

Deshalb war, wie Elise sehr wohl wusste, die Wahl der Händel-Sonate für den heutigen Abend auch nicht die beste gewesen, das Publikum erfreute sich bei derartigen Hauskonzerten eher an kurzen, schnellen Stücken, an Capriccios, an Tarantellas, die Eindruck machten und die Kunstfertigkeit der Musiker vor allem durch Schnelligkeit und Leidenschaftlichkeit zeigten. Doch sie wollte den Gästen heute beweisen, dass Musik auch anders sein konnte, dass sie eine andere Wirkung zu zeigen vermochte.

Entschlossen ging sie zur Bank an der Wandseite, wo ihre Geige in ihrem Kasten ruhte, und nahm sie auf. Dorothea hatte bereits mit einem bescheidenen, aber unmissverständlichen Lächeln ihren Platz auf dem Klavierstuhl eingefordert. Der Pianist sprang eilfertig auf und schob ihr den Hocker zurecht.

Schon eilte Amalie Friederike herbei und rief durch das Stimmengewirr: «Meine lieben Gäste, verehrte Freunde! Sie hören nun unsere beiden Töchter. Genießen Sie die unsterbliche Musik Händels.»

Einige applaudierten, andere drehten kaum die Köpfe. Elise trat ans Klavier und sah Dorothea an, diese atmete kurz durch und gab dann mit den Augen das Zeichen, dass sie bereit war. Und schon glitt der Bogen über die Saiten der Geige, griffen Dorotheas schlanke Finger in die Tasten des Gräbner-Instruments. Als die ersten Takte erklangen, verebbten nun doch für einen Moment die Gespräche in den beiden überfüllten Räumen. Ein *Ah!* ging durch die Zuhörer, als die Melodien ineinanderflossen, sich erhoben und durch den Salon schwebten.

Elise begann, sich sacht zur Musik zu bewegen und ihrer Geige die jauchzenden, singenden Töne zu entlocken, während Dorothea ihr folgte und die Hämmerchen im Inneren des alten Flügels unbeirrt die Saiten anschlugen, mal zart, dann wieder kraftvoll.

Dennoch schwoll das Gemurmel ringsum bald wieder an. Die Gäste unterhielten sich über das Spiel der Schwestern und deren Garderobe, machten Bemerkungen zu den kunstvollen Stickereien auf ihren Kleidern – Elise trug wieder das blauseidene – und riefen nach dem Dienstmädchen, damit es ihnen noch mehr Wein eingoss. Weiter hinten auf dem Sofa der Wohnstube sang Frau Geheimrat Schein ein wenig schief die Melodie der Sonate mit. Doch Elise versuchte, sich von alldem nicht ablenken zu lassen, sondern konzentrierte sich auf ihre Musik, die sie bis in ihr Innerstes spürte. Das Glücksgefühl, das ihr so vertraut war, stieg in ihr auf, und sie strich schneller über die Saiten und ließ sich ganz und gar in die Töne hineinfallen. Einmal sah sie im Spiel auf, und ihre Augen trafen die des jungen Mannes mit dem blonden Haar, der ein wenig näher getreten war und ihren Blick ernst erwiderte. Unwillkürlich suchte Elise in seinen Zügen wieder nach der Ähnlichkeit mit dem jungen Mann, an den sie seit ihrer Begegnung so oft hatte denken müssen. Sie stellte sich vor, Christian stünde hier vor ihr und hörte ihr zu. Das gab ihr ein solch euphorisches Gefühl, dass sie meinte, ihr Herz müsse bersten, und sie spielte nur noch für ihn.

Auf das bewegte *Allegro* folgte der nächste, langsame Satz, und Elises Geige schluchzte und flehte, bis die Musik wieder schneller wurde und endlich mit dem Schlussakkord endete.

Applaus brandete auf, und Elise tauchte aus der Sonate auf wie aus einem tiefen Meer. Benommen blickte sie sich um und sah die Bewunderung in vielen Gesichtern.

Dorotheas Wangen waren gerötet, sie blies sich eine blonde Haarsträhne aus der Stirn und lächelte Elise stolz zu. Und Eduard, der etwas abseits am Fenster stand, zeigte eine seltsame Mischung aus Bewunderung und Neid.

Da trat Adam Jacobi zu ihr und berührte sie am Ellenbogen.

«Hervorragend gespielt, Elise», sagte er und ließ das förmliche *Fräulein* offenbar bewusst weg. Er hauchte ihr einen Kuss auf die Wange, was von den aufmerksamen Gästen mit Raunen quittiert wurde.

Elise spürte, dass er hier sein Anrecht auf sie demonstrierte, dass die Szene etwas Offizielles hatte – und das irritierte sie. Ein letztes Mal suchte sie den Blick des jungen Mannes, in dem sie noch immer Christian zu sehen glaubte, und spürte gleichzeitig, dass Adam Jacobi sie beobachtete. Sein Griff schloss sich fester um ihren Arm, es tat beinahe weh, und plötzlich verstand

Elise, was in ihm den Besitzerstolz geweckt hatte. In ihrer Versunkenheit ins Geigenspiel und in ihre Erinnerung an Christian hatte sie sich wohl verraten, indem sie einen Fremden zu lange angesehen hatte, und Adam Jacobi wollte sie und die ganze Oberschicht Dresdens nun daran erinnern, wem sie eigentlich gehörte.

Hastig machte sie sich los. Sie funkelte Adam Jacobi an, der sie überrascht gehen ließ, und drängte sich durch die Menschenmenge. Als sie an dem Dichter und seinem hellhaarigen Freund vorbeikam, hörte sie, wie jener etwas sagte, es war eine beiläufige Bemerkung, deren Sinn sie kaum verstand. Doch seine Stimme war hell, beinahe knabenhaft, und er sprach in breitem Wienerisch. Sofort war alle Ähnlichkeit mit Christian verblasst. Elise fühlte sich beinahe abgestoßen, und sie erinnerte sich nur noch deutlicher an Christians dunkle, schöne Stimme, mit der er ihr im dämmrigen Theater von seiner Leidenschaft für die Musik und die Malerei erzählt hatte.

Die Sehnsucht danach, ihn wiederzusehen, überschwemmte sie plötzlich mit aller Macht, und sie spürte, wie schon neulich in der Oper, dass eine eiserne Faust ihre Brust zusammendrückte und ihr das Atmen schwer machte. Ohne sich darum zu kümmern, was die Leute sagen würden, stürzte sie aus dem Salon und eilte durch den dämmrigen Korridor in ihr Schlafzimmer am anderen Ende der Wohnung.

Das Stimmengewirr war hier nur noch gedämpft zu hören. Elise schlug die Tür hinter sich zu und warf sich aufs Bett. Sie sah sich wie von weit entfernt, wie sie ihr erhitztes Gesicht in die Kissen drückte und schluchzte. Es war doch eigentlich gar nichts geschehen, dachte sie verzweifelt, während sie versuchte, sich wieder zu beruhigen und langsamer zu atmen. Es war ein guter, nein, ein hervorragender Auftritt gewesen, sie und Dorothea hatten dem Namen Spielmann alle Ehre gemacht. Und Adam Jacobi hatte ihr nur vor allen ein Kompliment machen wollen. Zu jedem anderen Zeitpunkt hätte sie sich darüber gefreut. Er war ein Kenner der Musik, er schrieb Konzertkritiken und hatte eine Menge Einfluss in der Stadt – ein Lob für ihr Spiel bedeutete viel. Doch die besitzergreifende Geste, mit der er sie festgehalten hatte, war ihr vorgekommen, als führe er sie ab, als sei sie seine Gefangene. Und war es denn nicht auch genauso?

Elise setzte sich im dunklen Zimmer auf und strich sich über die Wangen, wischte die Tränen ab und lockerte ein wenig ihr Mieder am Ausschnitt. Langsam beruhigte sich ihr Herzschlag.

Durch die geschlossene Tür vernahm sie jetzt Klaviermusik. Eduard hatte – wohl um von ihrem überstürzten Abgang abzulenken – zu spielen begonnen. Die Schumannsonate klang vertraut, und wie immer zögerte Eduard an der einen Stelle mit dem hohen Ton, dem ein schneller Lauf folgte, zu lange, sodass die Melodie ein wenig ins Stolpern kam. Doch rasch fing er sich und spielte weiter, nicht virtuos zwar, aber doch angenehm anzuhören.

Da klopfte es an die Tür.

Elise rutschte vom Bett und stand auf. «Ich komme gleich, Mutter», rief sie. «Mir war nur ein wenig zu warm im Salon nach meinem Spiel.»

«Elise?» Zu ihrer Überraschung vernahm sie nicht die Stimme ihrer Mutter, sondern die von Adam Jacobi. «Darf ich hereinkommen?»

Verdutzt ging sie zur Tür und öffnete. Herrn Jacobis silbriges Haar glänzte im Schein der Talglichter, die im Flur aufgestellt waren. Er sah sie prüfend an, und Elise bemerkte zwei feine Furchen, die über seine Stirn liefen. Plötzlich wurde ihr bewusst, dass auch Adam Jacobi seine Sorgen haben musste und dass eine versteckte Traurigkeit von ihm ausging.

«Sie scheinen ein wenig durcheinander», sagte er, griff nach ihrer Hand und drückte sie, ganz zart diesmal. «Das haben Sie doch gar nicht nötig, mein Fräulein. Sie haben ein außerordentliches Talent, wissen Sie das? Ich bin nie der Meinung gewesen, dass eine Frau Violine spielen sollte, das gebe ich frei zu. Aber Sie ...» Er machte eine anerkennende Miene. «Ich habe Sie nie zuvor spielen gehört, aber jetzt habe ich erst verstanden, was mir bisher entgangen ist.»

Elise wurde rot. «Das ist sehr freundlich», sagte sie beschämt.

Noch immer standen sie dicht voreinander, ihre Hand in seiner – allein in der Tür im schlecht beleuchteten Korridor, während Eduards mühevolle Klaviertöne gedämpft zu ihnen drangen. Doch anders als bei der Begegnung mit Christian im Königlichen Theater wusste Elise, dass ihr keine Gefahr drohte, sollte man sie hier zusammen entdecken. Adam Jacobi war ein langjähriger Freund ihres Vaters und ihr zukünftiger Mann. Wenn er und sie ein paar Augenblicke der Zweisamkeit nutzen wollten, würde niemand etwas dagegen haben, schließlich galt es als wünschenswert, wenn Braut und Bräutigam einander innig zugetan waren.

«Es ist die Wahrheit», sagte Adam Jacobi. «Haben Sie einmal daran gedacht, öffentlich aufzutreten?»

Sie starrte ihn an.

«Wie meinen Sie das?», fragte sie.

«Der Gedanke liegt doch nahe», sagte er. «Sie stammen aus einer bekannten Musikerfamilie, Ihr Vater hat Kontakte ... Und Ihre Mutter selbst ist, wie ich weiß, eine hervorragende Sängerin. Leider hat Ihr Bruder das Talent nicht in einem solchen Maß geerbt, wie das zu wünschen gewesen wäre – das hat alles, wie es scheint, die Erstgeborene des Hauses abbekommen.» Er lächelte, doch seine Augen blieben ernst. «Wieso hat man Sie nicht auf Tournee geschickt? Nach Wien, nach Paris, sogar nach Italien – dort hätten Sie spielen können, nein, müssen! In den Salons der Musikhauptstädte Europas hätten Sie Aufmerksamkeit erregt, Elise. Es ist eigentlich eine wahre Verschwendung, dass das nicht geschehen ist.»

Elises Hände kribbelten. Noch nie hatte jemand diese Gedanken ihr gegenüber geäußert, die sie doch selbst schon lange Zeit mit sich herumtrug. Meinte Adam Jacobi es ernst?

«Aber ich spiele Violine, nicht Klavier wie die meisten jungen Damen», flüsterte sie. «Ist das nicht ungewöhnlich? Gar ungehörig?»

«Die Zeiten ändern sich», sagte er bedächtig. «In ein paar Jahren wird es wohl anders sein – es ist doch nur eine Frage der Gewohnheit. Und wer könnte bei Ihnen, liebes Fräulein, Ungehörigkeit vermuten? Sind Sie denn nicht die Tugend in Person?»

Etwas blitzte in seinen Augen auf, das sie nicht deuten konnte, wie ein Funke. Ihr fiel der Blick ein, mit dem sie zuvor im Salon den unbekannten jungen Mann bedacht hatte, und sie schlug hastig die Lider nieder. Trotzdem dachte sie an Christians Hände, die ihre Finger umschlungen hatten und von denen sie seitdem wünschte, sie erneut spüren zu können. Ihr wurde heiß, und sie wand sich unter dem prüfenden Blick von Adam Jacobi.

Verlegen deutete sie ein Nicken an und konzentrierte sich schnell wieder auf das Thema ihres Gesprächs.

«Sie meinen also, ich sollte spielen? Auf einer Bühne spielen, vor zahlendem Publikum?»

«Ich schließe es nicht aus», sagte er vage. «Man könnte es erwägen. Sie wissen sicher, dass ich viele Freunde in der Musikwelt habe? Ich könnte etwas für Sie arrangieren, Elise. Das heißt ...»

Er schwieg, doch Elise hörte in diesem Schweigen, was er nicht aussprach – das Wörtchen *wenn*. Sie ahnte, dass an sein großzügiges Angebot eine Bedingung geknüpft war, und auch wenn sie nicht sicher war, wie genau diese lautete, so war sie sich doch bewusst, dass es etwas damit zu tun hatte, wie die nächsten Monate verlaufen würden. Wie sie ihre Rolle als Verlobte, später dann als verheiratete Frau Jacobi ausfüllen würde.

«Ich würde auch gern ein Stückchen für Sie komponieren», fuhr er fort. «Sie inspirieren mich, Elise. Ihre Schönheit, Ihr Talent – das alles ist wie ein Jungbrunnen für mich, wissen Sie das nicht?» Er straffte den Rücken. «Ich schreibe Ihnen eine Melodie auf den Leib, und die spielen Sie dann im Konzert, einverstanden? Und eines Tages unternehmen Sie und ich eine Reise nach Italien, wo die Wiege der Musik steht.»

Elise nickte unbehaglich. So war das also. Er wollte, dass sie seine Ideen verkörperte, seine Noten in die Welt brachte. Es fühlte sich an, als drückte er ihr heißen Siegellack auf die Haut, als setzte er seinen Stempel auf sie und zeichnete sie als sein Eigentum. Aber die Vorstellung, dass nach ihrer Heirat nicht alles vorbei wäre, dass sie ihre Geige mit über die Elbe in die Neustadt nehmen und dort spielen dürfte, vielleicht sogar irgendwo auftreten, außerdem reisen – die war gar zu verlockend. Auf einmal erschien ihr die Zukunft mit diesem Mann nicht mehr ganz so düster und eisig, wie sie es befürchtet hatte. Er konnte ihr etwas bieten und war bereit dazu, ihr die Welt zu öffnen, weit mehr, als sie geahnt hatte. Sie durfte das nicht aufs Spiel setzen. Dann ging ihr durch den Kopf, dass sie klug und überlegt vorgehen musste, sie durfte ihn nicht erneut verärgern. Wäre er jedoch mit ihr zufrieden, so konnte sie ihr Schicksal vielleicht, wenn nicht gänzlich verändern, so doch ein wenig verbessern. Ein Leben ohne Musik wäre einfach nicht vorstellbar für sie, es wäre der Tod. Und jetzt war Adam Jacobi gekommen und sagte ihr, dass der Tod warten musste, dass die Musik nicht aufhören würde. Dass sie, Elise, *leben* durfte. Sollte sie sich nicht glücklich schätzen?

«Ich freue mich auf Ihre Kompositionen», sagte sie und hoffte, er würde den winzigen Unterton der Lüge nicht aus ihrer Stimme heraushören. «Unser Zuhause wird ein glückliches sein, es wird von Musik erfüllt sein, habe ich recht?»

«Ja», sagte er, etwas heiser jetzt, und zog sie ein Stück zu sich heran. «Wir werden in Freude als Mann und Frau zusammenleben und alles genießen, was das Leben uns zu bieten hat.»

Verwirrt spürte Elise, wie er sich an sie drängte, doch sie ließ es geschehen. Sein Atem streifte ihren Hals, seine freie Hand griff an ihre Taille und zerknitterte den blauen Stoff. Sie spürte, wie seine Lippen sich an ihren Ausschnitt schmiegten, wie er sie dort, wo sie kürzlich die neue Stickerei am Saum angebracht hatte, küsste. Gerade wollte sie zurückweichen – seine plötzliche Nähe und sein fester Griff stießen sie ab –, doch da ließ er sie abrupt los und trat einen Schritt von ihr weg. Nun wirkten seine Augen im Dämmerlicht düster und hart.

«Aber halten Sie mich nicht zum Narren, Elise. Das –» Er unterbrach sich und drehte sich um. Ohne ein weiteres Wort ging er von ihr fort, schritt durch den Flur und durch die Tür in den Salon. Einen Moment schwappten die Musik, das Licht und das Lachen zu ihr heraus, dann schloss sich die Tür wieder, und Elise stand allein im Halbdunkeln.

15.

Kloster Sankt Marienstern, Oberlausitz, 20. Mai 1841

Mein geliebter Bruder,

gestern traf Dein wohlmeinender Brief ein, den ich seitdem wieder und wieder gelesen. Du zeigst Dich gegen Deine alte Schwester schon seit vielen Jahren so brav und treu, wie es unsere Mutter einst gewünscht, und ich bin voller Zuversicht, dass dies so bleiben möge – auch wenn Veränderungen ins Haus stehen, wie Du nicht müde wirst, mich zu erinnern.

Mir geht es hier sehr gut, ich brauche ja nichts als Ruhe und das Gebet. Die Gärten der Klosteranlage sind schön angelegt, es ist jedes Jahr für mich eine Wonne, hindurchzuspazieren, wenn alles sprießt und blüht. Mir ist dann, als würde auch meine vertrocknete Seele aufleben, und die Pracht der Himmelsschlüssel und Schwertlilien, der ersten Pfingstrosen und tränenden Herzen erfüllt mein Gemüt. Des Nachts schlafe ich mehrere Stunden hintereinander, was mir bei dem Krach in der Neustadt nie gelingt, und erst in den frühen Morgenstunden erwache ich. Dann liege ich still und ganz zufrieden auf der Liege meiner Zelle und horche, wie mit dem ersten Morgengrauen die Vögel zu singen anfangen, und mir kommt der Gedanke, wie wenig der Mensch braucht, um glücklich sein zu können. Und doch wie viel!

Du schreibst von der Mühe mit der Zensur bei Deiner Zeitung – ja, das wird Dich als Journalist immer wieder einholen, und ich bitte Dich nur, auch in Deinen Briefen Vorsicht walten zu lassen und mit allzu hochfährtigen Äußerungen zu sparen, auch wenn die private Post nur selten geöffnet wird. Es ist nun einmal Sache der Behörden, in unseren Landen für Ordnung zu sorgen. Du

selbst weißt ja, welche Unverschämtheiten unter den niederen Ständen blühen und gedeihen. Da ist es nur ein kleines Opfer für uns, dass wir uns den Zensurbeschränkungen beugen, wenn dadurch verhindert wird, dass sich die Frechheiten der sogenannten Revolutionäre eindämmen lassen und ihre Schmierereien nicht in sächsischen Zeitungen erscheinen dürfen, in denen sie zu Kampf und Willkür aufrufen. Sei klug, lieber Bruder, und gefährde nicht die schönen Privilegien unseres Standes, die von Königs Hand ja jederzeit genommen werden können.
Dann schreibst Du von einem Salon, dem Du kürzlich beiwohntest – nun, Du weißt ja, was ich von derart Zerstreuung halte, die schnell in Zumutung ausartet mit ihren Verführungen, den vielen Menschen und der frechen, lauten Musik des schrecklichen Hammerklaviers, dessen Ton mir noch nie behagte. Doch Du scheinst es genossen zu haben. Sei nur froh, dass ich nicht dabei war, um Dir die Freude an der Musik und der jungen Frau, deren Spiel Dich so beeindruckte, zu vergällen.
Lieber Bruder – selbst, wenn sich Dein Alltag in Zukunft sehr verändern wird, so muss ich doch wohl nicht fürchten, an Deiner Aufmerksamkeit etwas zu verlieren? Gewiss, ein junges Mädchen im Haus wird uns allen viel an Geduld abverlangen. Ich weiß, dass ich schweigen sollte, doch ich kann nicht zusehen, wie mein einziger Bruder sich in eine Verbindung verrennt, die sich vielleicht allzu bald als eine unglückliche herausstellen könnte.
Ich kenne Dich nur allzu gut, lieber Bruder, ich weiß, weshalb Du Dir in der Rolle des Erziehers, des Lenkers einer jungen Frau so gefällst. Du leugnest es, doch wir wissen beide, wen Du eigentlich zähmen, oder besser noch, heilen willst. Ach, wenn ich doch nur durchdringen könnte zu Dir mit meiner Warnung! Nimm Dir nicht eine Gefährtin zur Frau, deren ungestümes weibliches Naturell Dich fasziniert. Ist es doch eben dieser Charakterzug, der sich gegen Dich wenden wird, der sich als Gefahr für Dein Seelenheil entpuppt, weil Du ihn nun einmal nicht bändigen kannst.

Auf meiner Anreise zum Konvent ging die Postkutsche, die wie so oft fürchterliche Umwege fuhr, auch durch Pirna und vorbei an der ehemaligen Festung Sonnenstein, in der die Reste Deiner früheren Leidenschaft vegetieren – denn leben kann man es wohl nicht nennen, das Leiden dieser armen Kreatur. Sie dauert mich, doch mein wirkliches Mitgefühl gilt Dir! Der Du Deine besten Jahre gegeben, um etwas geradezubiegen versuchtest, was von Natur aus schief war, krank und verdorben.
Ich bitte Dich, bitte Dich inständig, lass nicht zu, dass ein ähnliches Gift Dir nun noch Deine letzten Lebensjahre vergällt. Wende Dich, wenn Du Dich einsam fühlst, doch einer ruhigeren, älteren Dame zu, die in Dir Ihren Heilsbringer sieht und Dich erquickt durch Ergebenheit und Maß.
Im Übrigen solltest Du, was immer Deine Pläne sind, bedenken, dass Du für den Schritt einer erneuten Verehelichung zunächst das Band lösen musst, das Dich so lange schon in Ketten hält. Ich werde nicht müde, Dich daran zu erinnern. Es ist nicht recht vor Gott und der Welt, einer Frau die Ehe zu versprechen, wenn Du nicht frei bist. Ich weiß selbst nicht, weshalb ich Dir hierin rate, da ich doch am liebsten alles so belassen würde, wie es ist. Aber mein Pflichtgefühl meinem einzigen Bruder gegenüber gebietet es mir, diese erinnernden Worte zu schreiben, diese Mahnung erneut auszusprechen. Es würde einen Gesetzesbruch darstellen. Wenn Du also wirklich entschlossen sein solltest, Elise Spielmann zu heiraten, so kläre zuerst Deine Angelegenheiten. Du weißt, dass unheilbare Geisteskrankheit ein Grund ist, den jeder Richter zur Scheidung anerkennen wird. Nur, wer reinen Gewissens in die Zukunft schreitet, kann hoffen, Gottes Glück zu ernten. Und das, lieber Adam, wünsche ich Dir von Herzen. Sonst fürchte ich, dass Dein Weg in die Irre führt.

Deine ergebene Schwester Theresia

16.

Dresden, Samstag, 29. Mai 1841

Ernestine kniete auf der Bühne hinter dem herabgelassenen Vorhang und sammelte Blüten ein. Tiefrote Rosen, weiß-gelbe Margeriten, blaue Vergissmeinnicht, zartrosa Gladiolen, die während der Vorstellung im Licht des Kronleuchters farbenprächtig leuchteten und jetzt im Zwielicht zu einem sanften Grauweiß verschwammen. Ernestine hob jede Blüte und jedes einzelne Blatt vorsichtig auf und legte alles in ihren Korb, rutschte weiter über den Holzboden, um die Reste aufzusammeln. Die Blüten konnten noch einmal verwendet werden, sie würden im Requisitenraum auf sauberen Tüchern ausgelegt trocknen, damit die Schauspielerinnen sie bei der morgigen Vorstellung des *Freischütz* wieder auf dem Festplatz der Jagdgesellschaft unter Gesang und Tanz verstreuen konnten. Man war zwar am Königlichen Theater, doch alles hatte seine Grenzen, und nicht für jede Vorstellung konnten frische Blumen gekauft werden.

Die Blüten dufteten nach Sommer, süß und herb, und Ernestine hob eine davon hoch und drückte ihre Nasenspitze tief hinein. Der Duft weckte in ihr die Sehnsucht, das halbdunkle Theater nach getaner Arbeit zu verlassen und hinaus in den warmen Sommerabend zu laufen. Um diese Zeit gab es viele Orte, an denen man Zerstreuung suchen konnte. Und auch wenn es unschicklich gewesen wäre, als Requisitenbesorgerin des Königlichen Theaters in einer Spelunke in der Innenstadt gesehen zu werden, so wusste Ernestine doch, wo sie unerkannt in den Vorstädten einkehren konnte. Dort, in den Gaststätten entlang der Elbe, ging es rustikaler zu, und niemand wusste, woher sie kam, sie war dort ein namenloses Gesicht unter vielen Frauen, und niemand fragte in den späteren Nachtstunden nach Schicklichkeit. Man konnte Bier trinken und sich vergnügen, ohne behelligt zu werden.

Auch wenn Ernestine seit ein paar Jahren die feste Anstellung an der Oper hatte und dankbar dafür war, fühlte sie sich doch unabhängig, ja frei, und sie schätzte die alte Gewohnheit des Herumstreunens durch die Stadt nach wie vor. Manchmal strengte es sie freilich an, weil sie zwei Seelen zu haben schien und immer eine davon verbergen musste: Da war zum einen die einer angesehenen jungen Frau am Theater, die sich nichts zuschulden kommen ließ und ein sittsames, geordnetes Leben führte, und dann die eines wilden Freigeists, der sich trittsicher und fast unsichtbar durch die verschwiegenen Gassen bewegte. Ernestine kannte diese Gegend noch aus ihrer Kindheit und Jugend. Dort war sie eine andere als im Theater, und sie genoss das Wechselspiel zwischen diesen zwei Welten, so sehr es sie auch herausforderte.

Gäbe es nur noch die sittsame, pflichtbewusste Seite, würde sie ersticken, dachte sie. Dafür hatte sie zu lange als Gesetzlose gelebt, hatte zu viel von der Welt und ihren Abgründen gesehen, als dass sie sich von diesem aufregenden Dunkel gänzlich abwenden konnte, durch das sie sich so selbstverständlich bewegte.

Gerade als Ernestine die letzte, halb geöffnete Rosenblüte aufhob und in den Korb legte, hörte sie Stimmen, die sich näherten. Sie kamen vom hinteren Teil der Bühne, wo die Kulissen standen. Dort war es noch dunkler als hier am Vorhang, und es überraschte sie, dass um diese Zeit noch jemand im Haus war außer dem alten Theaterdiener. Doch es war nicht die Stimme von Herrn Wagner, die sie jetzt vernahm, sondern die einer Frau. Darunter mischte sich der tiefe Bass eines jüngeren Mannes.

Unwillkürlich rutschte Ernestine weiter in den Schatten des

Vorhangs. Sie wollte nicht lauschen, aber sie hatte sofort das Gefühl, dass dieses Gespräch nicht für ihre Ohren bestimmt war, und die Vorstellung, man würde jetzt gleich auf sie aufmerksam, war ihr unangenehm. Sogleich wurde ihre Ahnung bestätigt, denn nun verstummten die Stimmen, und stattdessen war schnelles Atmen und das Geräusch raschelnder Röcke zu hören. Dann klang es, als würde jemand mit der Hand zuschlagen, und ein unterdrücktes Stöhnen folgte.

«Du Miststück», zischte der Mann, «sei doch nicht so kratzbürstig. Ich dachte, das ist das, was du willst?»

«Aber nicht so», flüsterte die Frau, «nicht hier! Du könntest ein Zimmer in einer Herberge nehmen, du Geizkragen, statt mich hier auf den Boden zu zerren und zu bespringen.»

«Wie stellst du dir das vor»?», fragte der Mann.

Ernestine hörte unterdrückte Wut. Die Stimme kam ihr bekannt vor, doch noch immer war sie nicht ganz sicher. Hier am Theater arbeiteten viele Männer. Konnte das wirklich der Theaterwachtmeister sein? Er hatte doch Kinder und eine Frau! Aber das hatte ja noch keinen Mann daran gehindert, sich ab und an auf Seitenpfade zu begeben. Ernestine kannte Frau Köhler sogar, eine Hutmacherin, bei der sie manchmal Material beschaffte oder fürs Theater eine Sonderanfertigung in Auftrag gab.

«Niemand darf uns sehen.» Der Mann sprach wieder sanfter. «Wir haben es doch gut hier, meine Schöne, oder nicht? Hatten wir es nicht all die Wochen und Monate schön miteinander?» Nun klang er werbend, und Ernestine, die diese Tonlage von vielen Kerlen nur zu gut kannte, unterdrückte ein Stöhnen, während sie noch tiefer in die Falten des Vorhangs kroch und versuchte, so leise wie möglich zu atmen, um sich nicht zu verraten.

«Du hast ja keine Ahnung», sagte die Frau. «Fortjagen wollen sie mich, und alles nur deinetwegen!»

Ernestine war nun sicher, wem diese Stimme gehörte, es war Mademoiselle Kochs leicht schleppendes Timbre, in dem wie stets eine launische Gereiztheit schwang. Ernestine runzelte die Stirn. Sie hatte, wie alle am Theater, den Skandal miterlebt, als die Schwangerschaft der jungen Tänzerin offenbar wurde. Und nun traf sich Fräulein Koch trotz allem erneut mit dem Mann, der Mitschuld an ihrer Misere trug? Man hätte meinen sollen, dass sie aus Schaden klug geworden wäre, doch dem schien nicht so.

«Wenn du besser aufgepasst hättest, wäre es nie so weit gekommen», sagte der Mann. «Es ist die Aufgabe von euch Weibern, achtzugeben, weißt du das denn nicht?»

«Und wennschon!», flüsterte Magdalene Koch. «Du musst mir trotzdem helfen! Ich brauche Geld, hörst du? Oder du musst es deiner Frau sagen, ihr könntet das Kind als eures annehmen, wenn es kommt.»

Nun hatte Ernestine Gewissheit, dass die Stimme Theaterwachtmeister Köhler gehörte. Sie sog unhörbar die Luft ein.

«Lass meine Frau aus dem Spiel», sagte Köhler heiser. «Sie darf nichts davon wissen. Ich werde dir aber helfen, keine Sorge! Kommt Zeit, kommt Rat. Du kannst dich auf mich verlassen. Bis dahin ...» Nun wurde seine Stimme wieder weicher. «Lass es uns doch nett haben heute Nacht, nun ist es doch ohnehin egal, oder? Es kann nichts mehr passieren?»

Magdalenes gemurmelte Antwort konnte Ernestine nicht verstehen.

«Ich weiß doch, was dir gefällt», sagte Köhler. «Du bist die Einzige für mich!»

Wieder raschelten Kleider, und Ernestine lauschte ungläubig. Sie umklammerte ihren Korb in der Dunkelheit mit beiden Händen, während sich das verborgene Liebesspiel auf der Bühne weiter fortsetzte. War die Ballerina wirklich so dumm, dem Mann, der sie ins Unglück gestürzt hatte, weiter zu Willen zu sein? Das konnte nur bedeuten, dass sie ihn wirklich liebte. Oder, schlimmer noch, dass sie hoffte, er werde am Ende zu ihren Gunsten entscheiden und sie und das Kind vor der Not, die ihnen drohte, erretten. Aber kannte sie den Lauf der Welt denn gar nicht?

Ernestine kannte ihn, sie hatte derlei schon so oft beobachtet, dass sie all die Fälle unglücklicher Frauen nicht mehr zählen konnte. Fräulein Kochs Zukunft war düster und würde düster bleiben, egal, wie inbrünstig sie den Mann dort hinten in der Dunkelheit jetzt noch umarmte. Es würde nichts an ihrem Schicksal ändern.

Doch es ging Ernestine nichts an, und sie nahm sich vor, Stillschweigen über das zu bewahren, was sie gerade unfreiwillig entdeckt hatte. Klatsch interessierte sie nicht im Geringsten.

Die Blüten schienen jetzt noch stärker zu duften, als wollten sie Ernestine daran erinnern, dass die Zeit verrann und sie immer mehr verwelkten. Sie hielt den Atem an und rutschte Stück für Stück in Richtung Bühnenrand, dort hob sie vorsichtig den schweren Vorhangstoff an und schlüpfte hindurch. Anschließend ließ sie sich leise wie eine Katze von der Bühne gleiten, schlich durch den Orchestergraben und durch die dunkel daliegenden Sitzreihen aus samtbezogenen Stühlen, bis sie zu einer der Türen kam, die aus dem Parkett in die Vorhalle führten. Obwohl sie lautlos Fuß vor Fuß setzte, wusste sie doch, dass größere Vorsicht nicht mehr nötig war. Das Paar hinten auf der Bühne hörte sicher nichts mehr außer der eigenen Lust. Die beiden waren, wie Ernestine jetzt aus größerer Entfernung noch immer sehr gut vernahm, völlig vertieft in ihr Liebesspiel. Sie seufzten, neckten sich und lachten gedämpft.

Wie ein Phantom schlüpfte Ernestine mit dem Korb voller Blüten in der Hand aus der Tür des großen Saals und schloss sie lautlos hinter sich.

17.

Dresden, 31. Mai 1841, Pfingstmontag

Der Sommer hatte mit weichen Händen nach dem Land gegriffen und schickte seine sanften Winde, damit sie über die Wasser der Elbe strichen und die Baumkronen der Erlen und Linden zausten. Sie trieben ihr Spiel mit den Zweigen und grünen Blättchen der Bäume, die die Elbwiesen säumten, und blähten die weißen Segel der Schiffe ebenso wie die weiten Röcke der Frauen, die über die Augustusbrücke spazierten.

Auch unter Elises Rock fuhr der Wind. Sie stand an der Reling der *Königin Maria* und blickte auf die Gischt hinunter, während das Dampfschiff so majestätisch, wie es sein Name versprach, durchs Wasser pflügte.

Agathe Schwenke trat neben sie. Die hellhäutige Blondine hatte ihr schmales Gesicht unter einer ausladenden Haube versteckt, die deutlich größer war als Elises, sodass nur die Nasenspitze heraussah. Als sie Elises Blick bemerkte, sagte sie: «Schließlich will ich nicht verbrennen, sonst sehe ich noch aus wie eine von den Kossätenfrauen auf den Dörfern.» Sie lachte und legte ihre blassen, knochigen Hände neben Elises kräftige Finger auf die Reling. Unwillkürlich zog Elise ihre Hände zurück, die neben denen der Unternehmersgattin wie die einer Bäuerin wirkten.

«Was tragen Sie doch heute für ein hübsches Kleid», sagte Agathe bewundernd, die nichts bemerkt zu haben schien, und musterte sie.

Verlegen strich sich Elise über den grünseidenen Stoff des Sommerkleides. Der Vater hatte es ihr für die warme Jahreszeit schneidern lassen, es hatte einen tiefen Ausschnitt mit weißer

Spitzenborte, der v-förmig zulief und mit einer glänzenden Schildpattbrosche verschlossen war. Die Taille lag eng an, nur ab der Hüfte bauschte der Stoff sich weit über den Unterröcken und Fischbeinstäben, die dem Kleid Halt gaben. Es floss weit über Elises Schuhspitzen und raschelte bei jedem Schritt geheimnisvoll.

«Mir gefällt der schmale Schnitt der Ärmel», sagte Agathe liebenswürdig, «endlich scheinen diese schrecklichen Keulenärmel ihr Ende in der Mode zu finden. Ich habe mich darin immer gefühlt wie mit zwei Schinken an den Schultern, einfach schrecklich ungraziös.»

Elise lächelte. «Sie könnten niemals ungraziös wirken, und Sie sind auch heute wieder sehr elegant gekleidet.» Sie deutete auf das abermals tiefschwarze Kleid mit dem weißen Kragen und auf den leichten Seidenschal, der im Wind flatterte.

Agathe winkte ab. «Mein Gatte mahnt immer wieder, ich solle endlich die Trauer ablegen», sagte sie, und ihr dünnes Gesicht schaute auf einmal verloren drein. «Aber ich kann es noch nicht übers Herz bringen. Ein Kind begraben zu müssen, ist etwas Schreckliches, und es dauert seine Zeit, bis man darüber hinwegkommt.» Sie flüsterte jetzt. «Wenn überhaupt jemals.»

Erschrocken legte Elise ihr eine Hand auf den Arm und scherte sich auf einmal nicht mehr darum, ob man ihre Finger zu kräftig finden könnte. «Es tut mir sehr leid», sagte sie, «ich wusste nicht ...»

«Nein», sagte Agathe schnell und wischte sich verstohlen über die Augen, «das ist keine Geschichte, die man auf Salongesellschaften zum Besten gibt, nicht wahr? Um ehrlich zu sein, sollte ich auch gar nicht zu Ihnen darüber sprechen. Sie werden bald heiraten. Sie dürfen sich das nicht zu Herzen nehmen, die Kindheit ist einfach eine Zeit voller Gefahren, und nicht alle kleinen Seelen überleben sie.»

«Machen Sie sich meinetwegen keine Sorgen», sagte Elise, «bitte, sprechen Sie ruhig darüber, wenn Sie möchten.»

«Das ist es ja», sagte Agathe leise. Ihre Augen waren blank und wanderten ruhelos über die Reling, streiften die blühende, flirrende Landschaft der Elbauen, die im Sonnenschein an ihnen vorüberzog. «Ich weiß nicht, ob ich darüber sprechen will. Mein Sohn ... Er war gerade erst ein Jahr alt, als ihn das Fieber holte. Der Arzt sagte, es sei der Zahndurchbruch gewesen. Die ungeheuren Kräfte, die dabei auf den kindlichen Kiefer wirken, fördern Entzündungen, und das hat mein Junge nicht überlebt.» Ihre Stimme brach, doch ihr Gesicht blieb unbewegt, während sie weiter blicklos in die Weite starrte.

«Wie hieß Ihr Sohn denn?», fragte Elise.

«Christian», sagte Agathe und sah Elise endlich an. Diese erschrak, bemühte sich aber, sich nichts anmerken zu lassen. «Wir haben ihn im Herbst begraben. Nun kommt schon wieder der Sommer, die Zeit galoppiert geradezu. Das Leben läuft einfach weiter, wissen Sie. Aber mein Herz – das kommt nicht hinterher.»

Elise spürte, dass ihr vor Mitleid die Tränen kamen, sie drückte die Hand der anderen Frau. Doch diese machte eine rasche Geste, als schnitte sie einen Faden in der Luft entzwei.

«Genug», rief sie. «Ich habe Sie auf eine vergnügliche Landpartie eingeladen und könnte es mir nie verzeihen, wenn ich einer jungen Frau wie Ihnen den Tag verderbe.»

Sie drehte sich um und pfiff, woraufhin ihre Spaniels angerannt kamen und sich an ihren Rock drängten. Agathe streichelte das seidige Fell der Hunde und lächelte. «Meine treuen Gefährten sind ein großer Trost», sagte sie. «Sie zeigen mir in den dunkelsten Stunden, dass das Leben trotz allem schön ist.»

Die Kabinentür öffnete sich, und ein Mann trat heraus, den Elise nicht kannte. Er hatte einen imposanten Backenbart und eine spitze Nase, und trotz der sommerlichen Temperaturen trug er einen Anzug aus englischem Wollstoff. Als er die beiden Frauen an der Reling sah, kam er zu ihnen.

«Professor Schubert!», rief Agathe, und ihre Wangen färbten sich wieder ein wenig. «Welch angenehme Überraschung, dass Sie heute auch an Bord sind. Das trifft sich hervorragend – das hier ist Fräulein Elise Spielmann.»

«Die älteste Tochter des Justizrats», sagte der Mann und deutete eine Verbeugung an. «Ich hatte bereits mit Ihrem Vater zu tun. Ein guter Mann, dem der Fortschritt unserer Stadt am Herzen liegt. Und nun fährt seine Tochter also mit meinem Dampfschiff, das freut mich!»

«Ihr Dampfschiff?», fragte Elise.

«Nun, Sie müssen verzeihen», sagte er und lachte amüsiert. «Madame Schwenke würde mir sicher widersprechen, da es doch ihr Gatte und noch weitere Eigner der Gesellschaft sind, die das Schiff finanzieren. Aber wissen Sie – ich habe es gebaut.»

«Und darum gehört es natürlich auch Ihnen, werter Professor», sagte Agathe lächelnd, während sie weiter das Fell der Hunde liebkoste. «Was wir erschaffen, das bleibt uns immer ein wenig zu eigen, nicht wahr? Zumal, wenn es ein solches Meisterwerk ist wie die *Königin Maria*.»

«Oder der *Prinz Albert*», sagte Professor Schubert und strich sich über seinen Bart. Er deutete auf ein Schiff, das einige Meilen weiter flussaufwärts fuhr, Elise sah die Dampfwolke, die es hinter sich herzog. «Auf ihn bin ich, wenn ich das sagen darf, beinahe noch stolzer, seitdem wir ihm im vergangenen Sommer die leichtere englische Dampfmaschine haben einbauen lassen. Unsere Königin ...» Er strich über das Holz der Reling, als sei das Schiff ein Lebewesen. «Sie liegt noch immer etwas behäbig im Wasser. Die Elbe ist hier leider viel zu niedrig, und nur ein erfahrener Kapitän kann sie gefahrlos durch das Flussbett lotsen, denn mit den Sandbänken und Stromschnellen kann der Fluss rasch bedrohlich werden.»

«Und weshalb brauchte Ihr zweites Boot eine andere Maschine?», fragte Elise. Sie sah hinab ins Wasser, das glatt unter ihnen vorüberzog. Sie konnte nichts von den Gefahren, über die der Professor gesprochen hatte, erkennen.

«Es liegt damit viel leichter im Wasser und läuft nicht so schnell auf Grund», erklärte Schubert. «Sobald ich die Genehmigung bekomme, lasse ich auch die *Königin Maria* in die Hamburger Werft bringen und ihr eine englische Maschine einbauen, damit sie ebenso elegant über das Wasser fahren kann wie ihr Bruder.» Er wandte sich mit einem Schmunzeln an Agathe. «Werte Frau Schwenke», sagte er, «wenn Sie so freundlich wären, Ihrem geschätzten Gatten deutlich zu machen, dass dieser Schritt von essenzieller Wichtigkeit ist? Die Dampfschifffahrt floriert hier in Sachsen, nicht nur im Frachtverkehr, sondern auch in der Personenbeförderung. Die Menschen sehnen sich nach der Zukunft! Wenn nun auch bald noch die Eisenbahn ordentlich fährt, dann steht dem Fortschritt nichts mehr im Wege.»

Elise betrachtete den Mann vor ihr, dessen Augen begeistert strahlten. «Die Bahn verkehrt doch bereits?»

«Aber immer noch nicht mit deutschen Maschinen, sondern mit englischen Dampfloks», seufzte Schubert. «Ich bin es leid, dass meine stolze *Saxonia* hinter den Zügen herfährt, anstatt sie zu ziehen. Wirtschaftlich war das ebenfalls eine Katastrophe für mich. Deswegen musste ich mich auch aus dem Actien-Maschinenbau-Verein verabschieden und unterrichte nun wieder an der Königlich Technischen Bildungsanstalt.»

«Lieber Professor», sagte Agathe freundlich, «dort können Sie doch auch viel Gutes bewirken.»

Schubert zuckte mit den Achseln. «Aber was ist mit der Leidenschaft?», fragte er gewichtig und sah zwischen den beiden Frauen hin und her. «Die Konstruktion von Maschinen ist es nun einmal, wofür ich brenne. Immer nur am Katheder, das ist nichts für mich. Aber meine Zeit ist wohl noch nicht gekommen. Alles hängt am Geld, am Investitionswillen der Sachsen. Wollen wir ewig nur eine Provinz bleiben, oder wollen wir wirklich in der Welt mitmischen, meine Gnädigste? Das ist doch die Frage!»

Elise lehnte sich an die Reling und blickte über den Fluss. Die helle Sonne malte gleißende Spuren auf die kleinen Wellen der Elbe, die wie ein blaues breites Band unter ihnen herzog, während sie weiter nach Nordwesten fuhren. Sie hatten Radebeul und Kötzschenbroda passiert, zwei Dörfchen, deren Dächer ihnen vom rechten Elbufer aus zugewinkt hatten. Sonst sah man nichts als weitläufige grüne Auen, die im Mittagslicht einladend leuchteten. Linker Hand blitzte nun der Turm von Schloss Gauernitz durch die bewaldeten Hänge. Ein solcher Frieden hing über dem Land, dass Elise ihre Haube aus der Stirn schob und ihr Gesicht im weichen Fahrtwind kühlte. Sie schloss die Augen und überließ sich ihren wandernden Gedanken, während sie die Stöße der Dampfmaschine spürte, die das Schiff über den Fluss vorantrieb. Alles hatte seinen Rhythmus – der Dampf, das Wasser, das immer wieder durchs Schaufelrad getrieben wurde, das Flattern des seidenen Schals um Agathes Hals, der im Wind hin- und hergerissen wurde. Es war alles Musik, eine andere, wildere Musik – die des Lebens selbst.

Elise dachte an ihre Geige, an das Stück, das sie gerade einstudierte – für welchen Zweck, wusste sie noch nicht. Es war eigentlich auch kein richtiges Stück, nur ein Fragment, das sie zufällig in der Bibliothek ihrer Mutter gefunden hatte, als sie nach einer Fuge von Johann Sebastian Bach gesucht hatte. Amalie Friederike hatte von ihrem Vater viele schwere Folianten mit Notendrucken geerbt und die meisten davon nach seinem Tod der Dresdner Landesbibliothek im Japanischen Palais übergeben. Doch einige hatte sie behalten und verwahrte sie in einem schweren Nussholzschrank in Vaters Arbeitszimmer. Schon oft hatte Elise darin schöne Geigenstücke gefunden, doch nie war sie so angerührt gewesen wie von den Violinfragmenten in g-Moll, die sie am Sonntag vor einer Woche aufgespürt hatte. Selbst Barbara war an diesem Nachmittag in den Salon gekommen und hatte Elise gelauscht. «Was ist das für eine Musik?», hatte sie gefragt, doch Elise hatte nur mit den Schultern gezuckt. Sie kannte den Namen nicht, der oben auf dem Notenblatt stand – Tomaso Albinoni. «Irgendein alter italienischer Komponist», hatte sie schulterzuckend gesagt und war beinahe ungehalten gewesen, weil die Schwester sie in ihrer Zweisamkeit mit dieser herrlichen Musik gestört hatte.

Jetzt summte sie die Melodie – sie war eigentlich recht einfach zu spielen, erforderte weniger Technik als vielmehr Gefühl. Doch davon besaß Elise im Überfluss. Wenn sie den langsamen, fließenden Tönen folgte, war es, als müsse sie weinen und lachen gleichzeitig. Es schien ihr, als könne dieser unbekannte Italiener tief in ihre Seele sehen. Als wisse er um ihre widerstreitenden Empfindungen der vergangenen Wochen und um ihr Herzeleid. Dabei trennten sie gewiss Jahrzehnte, wenn nicht sogar ein ganzes Jahrhundert, schließlich hatte sie das Blatt an eine Sonate von Bach geheftet gefunden, der vor fast hundert Jahren verstorben war. Und doch fühlte sie sich dem fremden Komponisten nah, wann immer sie die Geige zur Hand nahm und seine Melodie spielte. Und noch einem anderen Menschen brachte die Musik sie näher – Christian, der ihr nicht aus dem Kopf ging, egal, wie viel Zeit seit ihrer Begegnung verstrichen war. Im Gegenteil, je mehr Zeit verging, desto mehr Bedeutung erlangte der junge Mann für sie. Jedes Detail hatte sich ihr eingeprägt, sein Lächeln, die Farbe seines Haars, jede Geste, jedes gesprochene, geflüsterte Wort. Die Erinnerung wuchs in ihr, trieb aus, blühte und gedieh. Und Elise trug sie herum wie den kostbarsten Schatz.

«Wir sind da, mein Fräulein», sagte Agathe neben ihr, und

Elise öffnete erschrocken die Augen. Der Blick der Unternehmersgattin ruhte prüfend auf ihr. «Sie waren ja ganz versunken», sagte sie, «ich hoffe, in angenehme Gedanken?»

«Natürlich», sagte Elise hastig.

Das Boot hatte angelegt, der Rhythmus des Schaufelrads war verstummt, und die ersten Gäste gingen bereits an Land. Professor Schubert hakte Agathe unter, und Elise folgte ihnen und den beiden Hunden, bis sie auf den Anlegesteg traten.

Vor ihnen erhob sich die Stadt Meißen mit dem *Höckrigen Turm* des Doms, der Albrechtsburg und dem Bischofsschloss, dessen Dach in der Sonne glänzte – es ging auf Mittag zu.

Agathe und Professor Schubert strebten am rechten Flussufer über einen kleinen Weg zu einem Halteplatz für Kutschen, wo mehrere Wagen warteten.

«Jetzt haben wir uns ein Mittagessen verdient», rief Agathe fröhlich.

«Und ein Gläschen», summte der Professor wohlig und deutete auf die im hellen Sonnenlicht daliegenden Weinhänge.

«Würden Sie uns noch ein Stück auf unserem Weg begleiten?», fragte Agathe liebenswürdig. «Zwei Damen allein in einem Wirtshaus ... da gehört doch noch ein Kavalier wie Sie dazu.»

Der Professor stimmte freundlich zu. «Ich leiste Ihnen gern bei einem Glas Wein Gesellschaft», sagte er. «Danach habe ich noch einen Termin, aber zwei Damen wie Sie, mit tadellosem Ruf, kommen dann auch allein zurecht.»

Irrte sich Elise, oder zuckte um Agathes Mundwinkel ein spöttisches Lächeln? Doch schon war es wieder verschwunden.

Sie stiegen in eine der Kutschen und ließen sich bergauf bringen. Das Schloss Proschwitz lag inmitten eines herrlichen Parks, in dem die Rhododendren blühten, doch die Kutsche fuhr weiter und hielt schließlich vor einem kleinen Freiluftrestaurant. Einige der weiß gedeckten Tische waren bereits besetzt, und ein Kellner begrüßte sie und führte sie zu einem freien Platz.

Atemlos betrachtete Elise die lieblichen Weinstöcke ringsum, die sich hell- und dunkelgrün an die Hänge schmiegten. Man hatte einen freien Blick hinunter zur Elbe, deren Wasser aus der Entfernung wie ein blaues Seidenband wirkte, das sich durch die Auen schlängelte – das samtene Grün schien geradezu ins Blau hineinzuwachsen und am Rand zu einem smaragdgrünen Saum zu verschmelzen. Hie und da blitzten aus der Entfernung rötliche Tupfen in den Wiesen auf, kleine Bauerngehöfte. Und über allem lachte die Junisonne, die nichts Besseres zu tun hatte, als Elise und ihre kleine Ausflugsgesellschaft zu erquicken.

In der Luft lag ein Duft nach geschmorten Zwiebeln und gebratener Flunder. Der Kellner brachte den Wein, und nachdem sie ein erstes Gläschen genossen hatten, erhob sich der Professor mit einer Verbeugung. «Die Damen entschuldigen mich, ich muss mich jetzt leider verabschieden.» Er zog ein Pfeifchen aus seiner Westentasche. «Ich wünsche noch einen herrlichen Aufenthalt», sagte er. «Wir werden uns sicher auf der Rückfahrt wieder begegnen.» Damit trat er ein paar Meter zur Seite und steckte sich die Pfeife an. Mit langsamen Schritten entfernte er sich schließlich, während kleine Rauchwölkchen hinter ihm herwehten – so, wie kurz zuvor die Dampfwolke hinter seiner *Königin Maria*.

«Nun, habe ich zu viel versprochen?», fragte Agathe und zog einen Fächer hervor. Sie wedelte sich ein wenig Luft zu und streichelte ihre Spaniels, die es sich zu ihren Füßen bequem gemacht hatten. «Dies hier ist doch wirklich ein Fleckchen, das wir Menschen dem Paradies abgetrotzt haben, meinen Sie nicht?»

Elise nickte und spürte Agathes eindringlichen Blick auf sich. Unwillkürlich fuhr sie sich mit der Hand ins Gesicht, als erwarte sie dort, Ruß oder Staub zu finden. Agathe lachte.

«Verzeihen Sie, dass ich Sie heute schon den ganzen Tag so

anstarre. Sie erinnern mich an jemanden, doch ich konnte es bis eben nicht zu fassen bekommen.»

«Und jetzt?», fragte Elise und wunderte sich, woher ihre plötzliche Beklommenheit kam.

«Jetzt fiel es mir urplötzlich ein», sagte Agathe. «Es ist eine Albernheit, fürchte ich – denn es kann ja eigentlich nicht sein.»

«So?», fragte Elise. Das unheilvolle Gefühl nahm zu.

Sinnierend sah Agathe in die Ferne, wo zwei Schönwetterwölkchen am tiefblauen Himmel einander jagten. Sie spiegelten sich in der Elbe, als seien sie vierfach vorhanden.

«Ich war vor einigen Abenden im Königlichen Semper-Theater», sagte sie. «Sie spielten *Les Huguenots*. Kennen Sie das Stück?»

Elise schüttelte den Kopf. «Die letzte Aufführung, die ich dort sah, war *Der Freischütz*», sagte sie und räusperte sich, weil sofort wieder die Erinnerung an Christian in ihr aufstieg und ihre Stimme belegte. Etwas, das der Professor zuvor gesagt hatte, kam ihr in den Sinn – dass sie und Agathe zwei Damen von untadeligem Ruf seien. Sie runzelte die Stirn.

«Eine wunderbare Oper», sagte Agathe schwärmerisch. «Ich muss gestehen, ich gebe Weber den Vorzug gegenüber Meyerbeer. Aber trotzdem waren auch *Die Hugenotten* hübsch anzusehen – und noch mehr anzuhören. Denn um ehrlich zu sein, haben mir die vielen Balletteinlagen gar nicht so sehr gefallen. Die weibliche Hauptrolle stolperte recht plump auf der Bühne herum, schien mir. Ich frage mich, ob das die Zweitbesetzung war?»

Elise konnte nur die Schultern heben, woraufhin Agathe erneut lachte und ihren Fächer zuschnappen ließ. «Aber nein», rief sie, «das können Sie natürlich gar nicht wissen. Wie dem auch sei, ich wollte etwas anderes erzählen. Die Kulissen waren ganz *formidable*, diese Farben! Dieses Blau! Einfach hinreißend gemalt, da zeigt sich echte Könnenschaft.»

Siedend heiß fiel Elise ein, dass diese Kulissen wohl von niemand anderem gemalt worden waren als von Christian und seinem Meister. Sie versuchte, den inneren Sturm in sich niederzuzwingen, denn ihr Herz klopfte plötzlich wie wild. Hastig griff sie nach dem Weinglas, um ihren inneren Aufruhr zu überspielen, während Agathe fortfuhr.

«Wissen Sie, auf die Kulissen waren auch viele Gesichter gemalt – eine quirlige Szene auf einem Marktplatz in Paris, wo das Stück spielt. Alles sehr kunstfertig ausgeführt und lebensecht. Nun, und eine dieser Figuren …» Sie unterbrach sich und musterte Elise erneut mit diesem Blick, unter dem ihr unbehaglich wurde. «Wenn ich es nicht besser wüsste, würde ich sagen, dass Sie, mein liebes Fräulein, dem Maler Modell dafür gesessen haben.»

«Ich?», fragte Elise und musste die Überraschung nicht spielen. «Ich verstehe nicht.»

«Eine Frau sieht haargenau aus wie Sie», sagte Agathe und knabberte nachdenklich an ihrer schmalen Unterlippe. «Dasselbe honigblonde Haar, der gleiche Ausdruck in den Augen wie bei Ihnen – und sie trägt ein blaues Kleid. Sie selbst besitzen ein ganz ähnliches, wenn mich nicht alles täuscht.»

Elises Gedanken rasten. «Was für ein merkwürdiger Zufall», sagte sie langsam und versuchte, Zeit zu gewinnen, um sich nach dem Schreck wieder zu fassen. Was hatte Christian getan? Konnte er wirklich so leichtsinnig sein?

«Ja, nicht wahr?», fragte Agathe. Doch so arglos, wie sie bis eben getan hatte – auf einmal schien ihr Blick herausfordern, ja geradezu scharf.

Elise ahnte, dass sie sich durch ihr Gestammel und ihren Schrecken, den sie nur unzureichend kaschiert hatte, verriet.

Agathe nahm einen Schluck Wein, ließ Elise jedoch nicht aus den Augen. «Oh», rief sie dann und leckte sich die Lippen, «da kommen unsere Flundern.» Sie deutete auf den Kellner, der sich ihnen mit beladenen Tellern näherte. «Nehmen Sie sich das nur nicht zu Herzen, meine Liebe», sagte sie beiläufig zu Elise. «Jeder, der Sie kennt, weiß doch, dass Sie ein unbescholtenes Mädchen sind. Wie sollte Ihr Konterfei schließlich auf die Kulisse eines Theatermalers gelangen?» Sie zog die Augenbrauen hoch. «Freilich, unmöglich wäre es nicht, oder? Ihre Schwester erzählte mir bei dem Salon in Ihrem Hause, dass Sie während einer Vorstellung im Theater beinahe ohnmächtig geworden seien. Danach habe man sie eine halbe Stunde lang vermisst.» Geziert dankte Agathe dem Kellner, der sich wieder entfernte, nachdem er die Teller vor sie hingestellt hatte. «Aber ich bin sicher, es war weiter nichts.»

Damit ergriff sie die Gabel und begann, mit gutem Appetit zu essen.

Elise saß bleiern da. Ihr schien es, als habe sich vor die Sonne ein grauer Schleier gezogen. Ihr Herz pochte schmerzhaft. Doch sie konnte nicht sagen, ob aus Angst, dass noch mehr Menschen die Ähnlichkeit zwischen der ältesten Spielmann-Tochter und einer gemalten Figurine in der Oper auffiele – oder aus Empörung, dass der junge Mann, der ihr dauernd im Kopf herumspukte, sie dem Gespött Dresdens aussetzte? Am liebsten wäre sie auf direktem Weg zu ihm gegangen und hätte ihm die Meinung gesagt, was ihm einfiele, einfach so ihr Gesicht zu stehlen und es vor der Welt zur Schau zu stellen. Denn war das nicht unerhört?

Nein, dachte sie dann, während sie dem nervösen Kribbeln in ihrem Bauch nachspürte – da war vor allem eine unbändige Freude. Die Freude darüber, dass auch er sie nicht vergessen hatte, dass er ihr Gesicht gemalt und ihre Begegnung so für alle Ewigkeit bewahrt hatte. Das hieß, dass sie auch ihm etwas bedeutete, dass auch er dieses unsichtbare Band zwischen ihnen spürte, so unwahrscheinlich das auch war.

Doch egal, welche widerstreitenden Gefühle in ihrem Inneren toben mochten – in jedem Fall wusste Elise, dass sie keinen Bissen von dieser Flunder, die da mit toten Augen auf ihrem Teller lag, herunterbekommen würde.

18.

Dresden, Mittwoch, 9. Juni 1841

Wieder setzten die Hörner einen Hauch zu spät ein, und Georg, der auf einem niedrigen Podest stand und die Hände mit dem Taktstock über den Kopf erhoben hatte, brach ab. Die Streicher nahmen die Bögen von den Saiten, der Pauker hieb ein letztes Mal ins Leere, und die Klarinette erstarb in einem schrillen Quieken.

Geraune machte sich breit, und Georg spürte, wie ihm der Schweiß in den Hemdkragen lief. Er hatte es verpatzt, hatte zum dritten Mal den Einsatz der Hörner nicht rechtzeitig angegeben. Er verfluchte die Tatsache, dass ein Anwärter auf eines der vorderen Violinpulte seine Fertigkeiten auch im Dirigieren beweisen musste. Schließlich würde er bei Abwesenheit des ersten Geigers selbst Stimmproben leiten, musste also Rhythmusgefühl und Leitungsfähigkeiten besitzen und im Notfall, wenn der Kapellmeister verhindert war, sogar die Proben des gesamten Orchesters übernehmen. Dazu kam es freilich selten, was das Probedirigat zu einer Pflichtübung machte. Doch Georg blieb keine Wahl. Wenn er tatsächlich Hoffnung auf eine Anstellung in der Königlichen Kapelle hegen wollte, musste er hier durch.

Leider war das Dirigieren noch nie seine Stärke gewesen. Und er hatte auch in den vergangenen Jahren selten die Gelegenheit gehabt, es zu verbessern. Das Geigespielen fiel ihm leicht, es war ihm in Fleisch und Blut übergegangen, da er seit frühester Kindheit viele Stunden am Tag übte. Selbst heute noch, als Justizrat, neben seiner fordernden Tätigkeit am Gericht. Oft musste er sich abends entscheiden zwischen den

Akten, die sich auf seinem Schreibtisch im Arbeitszimmer der Großen Frauengasse türmten, und den Notenblättern, die auf dem Flügel im Salon standen. Und wann immer er es sich erlauben konnte, wählte er die Musik.

Aber nun lag der Taktstock bleiern in seiner Hand, wie ein Fremdkörper. Georg fuchtelte damit in der Luft herum und spürte selbst mit jeder weiteren Sekunde, die verrann, wie hilflos seine Bewegungen waren, wie hölzern er wirken musste. Doch es half nichts. Rund dreißig Augenpaare sahen im Orchestergraben zu ihm auf, und oben auf der Bühne saßen die Herren Direktoren und beobachteten ihn genau.

Georg holte tief Luft und ignorierte ein feuchtes Rinnsal, das aus seinem Haar über seine Stirn hinablief.

«Messieurs», sagte er in seinem etwas plumpen Französisch. «*Da capo*, wenn ich bitten darf.»

Das Raunen verstummte, doch die Blicke, die man ihm aus dem Orchester zuwarf, waren nicht eben freundlich. Ein Berufsorchester war ungnädig gegen neue, unerfahrene Dirigenten. Georg hatte das Gefühl, dass sie ihr Urteil über ihn, einen Juristen, der nun Musikus werden wollte, längst gefällt hatten. *Schuster, bleib bei deinem Leisten*, schienen sie zu sagen, die Geiger und Bratscher, die ihn mit Doppelkinn über ihre rötlichen Instrumente hinweg ansahen, die Bläser mit den geblähten Backen am Mundstück, die Cellisten, die, den Kopf an den Hals ihres Violoncellos geschmiegt, gleich einzuschlafen drohten. Sie alle wollten pünktlich in ihre Mittagspause, und nun stümperte da so ein unbekannter Herr Spielmann auf dem Dirigentenpult vor sich hin und hielt sie auf.

Georg biss die Zähne zusammen. Es wäre doch gelacht, sagte er sich, wenn er hieran scheitern würde. All die Empfehlungen, die vielen Stunden des Übens, sollten umsonst gewesen sein, weil so ein grantiges Orchester ihm nicht folgen wollte? Nein, er würde nicht aufgeben, nicht jetzt!

Fest griff er den Taktstock und deutete damit auf die Geigen. «Sie zuerst!», rief er. Schon erklangen die Violintöne der Weber-Ouvertüre, die Celli setzten ein, dann das Fagott. Georg blickte durchdringend die Hörner an, wappnete sich, verfolgte aus den Augenwinkeln die Noten in der Partitur auf dem Pult vor sich und hob gebieterisch die Hand – da, das war es! Sie spielten genau im richtigen Moment, und nun stimmte der Zusammenklang endlich.

Ermutigt wedelte Georg erneut mit dem Stock, forderte die Geigen und Bratschen zu einem *Crescendo* heraus, machte den Celli Feuer und ließ sie im *Forte*, dann im *Fortissimo* auf ihren dicken Saiten schrubben, während die Bläser aufs Schönste dazu spielten. Nun die Pauke – ja, richtig, genau im Takt. Er dankte dem Pauker über die anderen Instrumente hinweg mit einem Kopfnicken, machte gleichzeitig beschwichtigende Gesten zu den links sitzenden Streichern, als die Musik ins *Mezzoforte* hinüberglitt. Jetzt strömten die Töne durch die gewaltigen Höhen des Saals, erhaben und voll, wie es sein sollte. Herrlich!

So musste Weber es sich gedacht haben, überlegte Georg und wischte sich verstohlen mit dem Ärmel den Schweiß von der Stirn, während das Orchester in das *Diminuendo* einlief wie ein gewaltiges Schiff in den Hafen. Ob der Komponist auch einmal so verzagt und mit klopfendem Herzen vor einer Kapelle gestanden haben mochte? Nein, vermutlich war er schon immer der Göttliche gewesen und nicht so ein armer Sterblicher wie Georg Spielmann. Doch immerhin, das Ende der Probe konnte sich hören lassen, vielleicht war trotz der Patzer am Anfang noch nicht alles verloren. Ein letztes Mal nahm er seine ganze Konzentration zusammen, hob beide Hände und feuerte die Instrumentalisten an – es ging aufs Finale zu, und endlich brachte er sie alle mit einem letzten, klingenden Akkord zum Stehen. Georg fühlte sich, als hätte er sich mit bloßen Händen einem durchgegangenen Gaul entgegengestellt – es fehlte nur noch, dass er *Brr, Brauner* gerufen hätte. Doch er presste die Lippen aufeinander und hielt den Schlusston, bis er die Spieler endlich mit einer gnädigen Handbewegung entließ und die Musik verstummte.

Klappernd schlugen Geigen- und Cellobögen auf die Notenpulte, ein verhaltener, hölzerner Applaus des Orchesters für den Dirigenten, der sich Georg dennoch wie Balsam auf die Seele legte. Er verbeugte sich verlegen und trat vom Podest. Die Spieler legten ihre Instrumente auf den Hockern und dem Fußboden ab und erhoben sich. Ihr Gemurmel wirkte nicht mehr ganz so ungehalten wie am Anfang, und ein, zwei Männer klopften ihm sogar im Hinausgehen auf die Schulter – ob anerkennend oder mitleidig, wusste Georg nicht zu sagen.

Als sich die Sitze leerten, riskierte er schwer atmend einen Blick hinauf zur Bühne, wo die Herren mit Zylindern saßen und die Köpfe zusammengesteckt hatten. Er tastete in seiner Jacke nach einem Taschentuch und wischte sich den Schweiß vom Gesicht.

«Kommen Sie herauf zu uns, Spielmann», rief einer der Herren und winkte ihm zu.

Mit weichen Knien stieg Georg die zwei Stufen hoch auf die Bühne und dienerte vor den Männern. Diese erhoben sich, wechselten noch ein paar letzte geflüsterte Worte, dann trat Generaldirektor Lüttichau auf Georg zu.

«Euer Exzellenz», stammelte Georg, «haben Sie vielen Dank, dass ich Ihnen mein Können beweisen konnte.»

Irrte er sich, oder tauschten zwei der anderen Herren einen kurzen Blick? Zweifelten Sie etwa an ihm? Doch schon war der Moment verstrichen.

Lüttichau nickte ihm knapp zu. Er war ein kleiner Mann mit sorgfältig nach hinten gekämmtem grauem Haar, am glatt rasierten Kinn saß ein Grübchen, was ihm trotz des ernsten Ausdrucks ein freundliches Aussehen gab. «Kommen Sie, Herr

Spielmann», sagte er und deutete in den Saal, «unser treuer Diener wird uns einen Imbiss in mein Amtszimmer bringen. Dort können wir reden.»

Georg nickte und wandte sich rasch zu den anderen Männern um. «Meine Herren», sagte er, «ich danke Ihnen für Ihre kostbare Zeit.»

Dann verabschiedete er sich hastig und ging einen Schritt hinter Lüttichau her über die Bühne und durch den Saal. Im Vorbeigehen sah er, dass die Aufbauten für den Abend bereits standen – ein herrliches Blau war das da auf einer der ausgesägten Kulissen, und darauf tummelten sich Figurinen in altmodischer barocker Kleidung. Blumengirlanden wanden sich über das Dach eines Marktstandes, und eine junge Marketenderin im blauen, tief ausgeschnittenen Kleid schien dem Betrachter einen Korb mit frischem Brot anzubieten. Ihr Gesicht ... Georg stockte kurz der Atem, als er es entdeckte. Denn er meinte, direkt in Elises Augen zu blicken, so groß war die Ähnlichkeit zwischen diesem gemalten Gesicht und seiner ältesten Tochter. Doch das musste ein unerhörter Zufall sein! Schnell ging er weiter, sah sich aber noch einmal um – nein, wirklich frappierend diese Ähnlichkeit, das musste eigentlich jedem auffallen, der Elise kannte. Und er spürte ein Unbehagen bei der Vorstellung, was die Leute denken würden, wenn sie es sähen.

Vor wenigen Wochen hatte ihn Amalie Friederike zur Seite genommen und mit ihm eine Unterredung geführt. Sie drängte darauf, die Verlobung von Elise voranzutreiben und nicht zu lange zu warten. Ihm selbst kam das vor wie eine typisch weibliche Ängstlichkeit, eine Marotte seiner Frau, denn alles war in trockenen Tüchern, und es bestand kein Grund zur Eile. Dennoch – er gab es nicht gern zu, nicht einmal vor sich selbst, aber etwas in ihm sträubte sich stets, wenn er an die bevorstehende Vermählung seiner Tochter mit Adam Jacobi dachte. Dabei war es ja seine Idee gewesen, oder zumindest hatte er dem Einfall des früheren Kameraden zugestimmt und diesen vor seiner Familie als seinen eigenen ausgegeben. Und doch wusste Georg in der Tiefe seines Herzens, dass er Elise verkaufte. Er wusste sogar, dass es einen guten Grund gab, der gegen die Verbindung sprach. Streng genommen durfte Adam Jacobi sich nämlich gar nicht verehelichen, doch davon ahnte kaum jemand etwas, der nicht wie sie beide aus Weißenfels stammte. Und Georg musste einfach darauf vertrauen, dass Adam wie versprochen rechtzeitig Schritte einleitete, um diese üble Sache aus der Welt zu räumen. Denn wenn es zur Trauung kam, ohne dass klare Verhältnisse geschaffen wurden, konnte die Sache auffliegen. Und Georg schauderte bei dem Gedanken an die Schmach, die damit seiner Tochter und dem Hause Spielmann zugefügt würde. Weshalb nur hatte er so bereitwillig zugestimmt, da er doch die Umstände kannte?

Nun, die Antwort lief dort vor ihm durch den halbdunklen Gang hinter der Bühne. Soeben stieg Lüttichau eine Treppe hinauf und hielt ihm die Tür zu seiner Dienststube im ersten Stock des Theaters auf. Adam Jacobi und Wolf Adolf August von Lüttichau waren enge Vertraute, seit Adam sich in Dresdens Musikkreisen einen großen Namen gemacht hatte. Und dass er, Georg, heute hier sein durfte, hatte er niemand anderem zu verdanken als dem früheren Waffenbruder, der beim Generaldirektor der Oper ein gutes Wort für Georg eingelegt hatte. Auch wenn er es gern anders gehabt hätte.

Lüttichau entzündete ein Gaslicht im Raum.

«Setzen Sie sich», sagte er und deutete auf einen von zwei roten Polstersesseln, die links und rechts von einem zierlichen gedrechselten Tischchen standen.

Georg gehorchte, und während er auf das Polster sank, glitt sein Blick über die Einrichtung – ein dunkler, ausladender Tisch mit einer grünledernen Schreibunterlage, Tintenfässern und Papierstapeln. An den Wänden hohe Bücherschränke, in denen unzählige Bände hinter Glas standen. Daneben hingen alte gedruckte Konzertankündigungen und einige gerahmte Porträts. Georg erkannte Carl Maria von Weber in einem kleinen Goldrahmen.

Es klopfte, und ein Mann in schwarzem Gehrock trat ein, in den Händen ein Tablett mit Kaffeetassen, Buttergebäck und zwei kleinen dickstieligen Weingläsern. Er war etwas älter als Georg und hatte schütteres Haar.

«Euer Exzellenz», sagte er mit knarrender Stimme, die einen deutlichen sächsischen Einschlag hatte, «zu Diensten.» Er stellte das Tablett auf das Tischchen, ohne Georg weiter zu beachten. «Benötigen Sie noch etwas?»

Lüttichau setzte sich Georg gegenüber und betrachtete zufrieden das Tablett. Er nickte dem Diener zu.

«Das wäre alles, Wagner. Obwohl, warten Sie einen Moment ...»

Der Mann hatte den Kopf geneigt, in Erwartung weiterer Befehle. Dennoch, dachte Georg anerkennend, war nichts Unterwürfiges in seiner Haltung, vielmehr schien es, als sei er ein selbstverständlicher Teil des Inventars, nicht nur dieses Zimmers, sondern des gesamten Theaters. So als seien Lüttichau und er, der doch offenbar nur ein Diener war, eigentlich alte Freunde, die ein immer wieder einstudiertes Kammerspiel aufführten. Und Georg war das Publikum.

«Euer Exzellenz?»

«Sie haben vorhin zugesehen, richtig? Und zugehört?»

Ein winziges Lächeln glitt über das faltige Gesicht des Dieners. «Es war Ihnen doch recht?»

«Natürlich, Wagner, natürlich! Sagen Sie ... was halten Sie von der Leistung dieses Mannes hier? Von Herrn Spielmann?»

Als Wagner nun seine Augen auf ihn richtete, fuhr Georg überrascht zusammen. Sie waren ungewöhnlich schön, beinahe wie die einer Frau, und voller Leben. Der Mann sah ihn zum ersten Mal an, und beinahe schien es, als entdeckte er ihn jetzt erst. Dann wandte er sich wieder an Lüttichau.

«Ei», sagte er und schnalzte leise mit der Zunge, «was tut meine unwürdige Meinung schon zur Sache, Herr Generaldirektor?»

Lüttichau lächelte. «Eine Menge. Wie Sie durchaus wissen, Wagner.»

«Na ja», sagte der Mann achselzuckend, «da Sie nun schon fragen, werde ich meine minderwertige Einschätzung geben. Dieser Herr hier …» Er musterte Georg wie einen Fisch auf dem Markt, dessen Schuppenkleid er taxierte, um zu sehen, ob er frisch sei. «Er hat jedenfalls eine große Musikalität auf der Geige bewiesen. Die Koloraturen der Höhe, die kunstfertig ausgeführte Kadenz … ein hervorragender Musiker, wenn ich das sagen darf.» Er räusperte sich. «Natürlich bin ich nur ein einfacher Theaterdiener, der nichts über Musik weiß, Euer Exzellenz.»

Lüttichau winkte ab. «Sparen Sie sich das, Wagner. Und weiter? Sein Dirigat?»

Georg beobachtete, wie in Wagners schönen Augen ein boshafter Funke aufglomm. In Georg pulsierte die Sorge. Wenn dieser Diener, der hier so frei sprechen durfte, als sei er ein gefeierter Musikkritiker und Lüttichaus erster Berater – wenn dieser Mann etwas auszusetzen hatte, würde es wohl düster für seine Zukunft aussehen.

Wagner wiegte seinen Oberkörper hin und her. «Schwierig», knarzte er. «Will mit dem Kopf durch die Wand, der Herr. Und vergisst dabei, dass er keine Schafböcke antreibt, sondern diffizile Künstlerseelen. Das wird Ärger geben.»

Lüttichau nickte nachdenklich, er schien jedes Wort seines Dieners genau abzuwägen. Georg lauschte atemlos und wagte nichts zu sagen. Dabei schien er für die beiden Männer ohnehin unsichtbar, sie waren ganz in ihrem vertrauten Element und störten sich nicht an seiner Gegenwart.

«Aber ist es hoffnungslos?», fragte der Direktor.

Wagner schüttelte entschieden den Kopf. «Nein!», rief er. «Hat die Zügel herumgerissen am Ende, Herr Generaldirektor. Und das will was heißen! Der Wurm war schon drin, aber er hat ihn ausgetrieben. Und wie? Mit Liebe, Euer Exzellenz. Mit Liebe zur Musik, mit Hingabe ... Ich hab es genau gesehen. Und die Herren Musikanten in der Kapelle auch. Sie haben es gespürt, dass da einer ist, der sie zwar nicht liebt und auch nicht das Dirigieren – aber die Musik Webers, die versteht er wohl und für die kämpft er.» Er wandte sich unvermittelt an Georg. «Habe ich recht, mein Herr? Sind Sie bereit, die Musik mehr zu lieben als alles andere? Mehr als sich selbst? Denn das muss ein jeder hier bei uns an der Oper.»

Verdutzt nickte Georg, ihm fehlten die Worte. «Gewiss», kam es endlich aus seinem Mund, wenn auch lahm.

«Kein Poet», sagte Wagner auch sogleich spöttisch, «und kein Diplomat. Aber ein Musiker durch und durch. Welch Glück, Euer Exzellenz, dass wir genau so einen suchen.»

Das *wir* ging ihm glatt von den Lippen, und Lüttichau schien keinen Anstoß daran zu nehmen. Er nickte freundlich, und das war für Wagner das Zeichen zu gehen.

«Wohl bekomm's», sagte er, und Georg wusste einen Augenblick nicht, was er meinte – den Imbiss oder seine Kritik, die noch überraschend gut ausgefallen war.

Wagner verbeugte sich noch einmal tief, was angesichts der vertraulichen Unterredung zuvor eher unverschämt als ehrerbietig schien, und ging zur Tür. Dort drehte er sich noch einmal um.

«Und dann der Name!», sagte er, und wieder leuchtete dieser freche Funke in seinen Augen auf. «Spielmann! Mit so einem Namen muss er ja Furore machen in der Welt der Musik.»

Dann war er verschwunden.

Lüttichau deutete auf das Tablett, und Georg griff schnell

zum Weinglas und trank. Süß rann der Wein durch seine trockene Kehle, und er spürte, wie eine sanfte Erleichterung in seine Glieder zog. Vielleicht war doch nicht alles verloren.

Der Direktor nestelte an seinem steifen hohen Kragen, zurrte sich die weiße Krawatte zurecht und trank einen Schluck Kaffee. Das Weinglas ließ er stehen. Endlich räusperte er sich und sah Georg an.

«Verehrter Herr Spielmann», sagte er, «ich gestehe, dass ich nicht ganz sicher war, ob Sie hier bei uns am richtigen Platz sind. Aber mein alter Diener hat recht – Sie sind durch und durch ein Mann der Musik. Und in Verbindung mit der Empfehlung von Adam Jacobi, mit dem mich, wie Sie sehr wohl wissen dürften, durch die Bruderschaft in der Loge mehr als nur eine Bekanntschaft verbindet, gibt es wohl keinen Grund, Ihnen nicht eine Stelle anzubieten.»

Georg verschluckte sich fast am Wein, musste husten und zog wieder das Taschentuch aus seiner Weste hervor, um sich den Mund abzuwischen. Endlich stammelte er seinen Dank. Doch Lüttichau winkte ab.

«Nicht nötig, Spielmann. Sie wissen ja bereits, dass Herr Morgenroth die Position des Konzertmeisters am ersten Violinpult innehat, aber ich hätte die seines Stellvertreters zu vergeben, bei einem Jahresgehalt von erst einmal vierhundert Talern. Wären Sie einverstanden?»

«Aber ja», sagte Georg mit glühenden Wangen und erhob sich. Die Summe war mehr als zufriedenstellend. Er beugte sich vor und ergriff Lüttichaus Hand. «Haben Sie verbindlichsten Dank, Herr Generaldirektor.»

«Sie müssten sich von Ihrem bisherigen Posten natürlich freistellen lassen.» Lüttichau zog streng die dichten Augenbrauen in der Stirn zusammen. «Die Oper verlangt Ihre volle Aufmerksamkeit. Wie ich weiß, sind Sie ja durch ein gewisses Vermögen abgesichert?»

Georg nickte. «Es ist für alles gesorgt. Ich kann mich ganz und gar meinen Pflichten für die Kapelle widmen, sobald Euer Exzellenz es wünschen.»

Er wunderte sich, woher der Direktor so genau über seine finanzielle Situation Bescheid wusste, und verdächtigte Jacobi, dass dieser seinem mächtigen Logenbruder das Wichtigste über die Spielmanns erzählt hatte. Doch es war nicht zu seinem Nachteil. Endlich hatte er die Stelle, nach der es ihn schon sein halbes Leben verlangte! Heute Abend würde er mit Amalie Friederike die Flasche Champagner öffnen, die er schon lange für diesen Moment bereithielt.

«Dann wäre das abgemacht», sagte Lüttichau. Er bedeutete Georg, sich wieder zu setzen, und griff nun doch nach seinem Weinglas. Die beiden Männer prosteten sich zu.

«Und ich höre, Ihr Fräulein Tochter wird Herrn Jacobi ehelichen?», fragte Lüttichau. «Das wird sicher ein Freudentag in Ihrem Haus, Herr Spielmann. Ein solch einflussreicher Schwiegersohn, ist das nicht ein Segen? Ihr Töchterlein ist sicher ganz glücklich?»

«Ich denke, ja», sagte Georg. Und als er den leichten Schatten wahrnahm, der über die Züge des älteren Mannes zog, beeilte er sich, einen überzeugteren Ton anzuschlagen. «Überglücklich!», versicherte er. «Unsere ganze Familie freut sich sehr. Herr Jacobi und mich verbindet eine Waffenbruderschaft.»

«Im Lützowschen Freikorps», sagte Lüttichau und sah beeindruckt aus. «Eine feine Truppe! Sie können stolz auf sich sein, Herr Spielmann.»

Georg nickte. Schemenhaft zog die Erinnerung an eine Schlacht vor vielen Jahren an ihm vorüber – Schreie, die gepeinigten Schreie von sterbenden Männern, denen die Eingeweide aus dem Leib hingen, das panische Wiehern der Pferde, der durchdringende Geruch nach Feuer und süßem Blut, das über die Felder lief und im aufgewühlten Erdboden versickerte.

Hastig stürzte er den Rest Wein herunter und presste seine Fäuste auf die Augenlider. Er durfte diesen Bildern keinen Raum in seinem Kopf bieten, musste sie verbannen und fernhalten, mit aller Macht. Wie oft hatte er sich das schon gesagt, und wie vergeblich waren seine Mühen in dieser Hinsicht meistens, besonders bei Nacht. Wenn die Lichter verloschen waren und er allein war mit sich und seinen Nachtmären. Dann kamen sie, die Erinnerungen, und peinigten ihn. Und mit ihnen die Scham, weil er am Ende nicht so tapfer gewesen war, wie er es gewollt hatte. Doch jetzt und hier, im hellen Gaslicht, das in der Schreibstube des Direktors brannte wie überall in diesem modernen, herrlichen Theater, musste er seine Gefühle in Schach halten.

Lüttichau musterte ihn etwas befremdet, sagte jedoch nichts. Er nahm einen Biskuit und knabberte daran.

«Ein Jammer, dass ein Mann wie Adam Jacobi so lange allein leben musste», sagte er. «Natürlich hat er seine treue Schwester im Haus, aber es ist doch etwas anderes, wenn man eine Gemahlin zur Seite hat, nicht wahr? Es wird Zeit für ihn, eine Ehe einzugehen.»

Georg nickte erneut, aber sein Unbehagen verstärkte sich. Niemand hier in Dresden wusste über die Vergangenheit seines Waffenbruders Bescheid, nur er selbst als einziger Weggefährte, der ihn schon seit der Kinderzeit in Weißenfels kannte, hatte eine Ahnung, was geschehen war. Adam und er hatten sich einst versprochen, niemandem etwas zu erzählen. Und Georg hatte nicht vor, Lüttichau einzuweihen, es war ihm recht, wenn alle Welt glaubte, Jacobi habe nur auf seine Tochter gewartet und werde nun eine glücksversprechende Ehe eingehen, die ihm so lange versagt geblieben war.

Wieder fiel Georg das Gesicht seiner Tochter auf der Kulisse im großen Saal ein. Hatte das außer ihm schon jemand bemerkt? Und noch wichtiger – wie war das Porträt dorthin gekommen?

Amalie Friederikes Worte kamen ihm wieder in den Sinn. Dass Elise ungestüm sei, viel zu leidenschaftlich für eine junge Frau, und dass Georg so schnell wie möglich dafür sorgen sollte, ihre Hingabe und ihr jugendliches Feuer in den richtigen Kanal zu geleiten. Auf einmal spürte auch er die Hast, die er damals in der Stimme seiner Frau gehört, aber nicht verstanden hatte. Doch nun, da seine Stellung am Theater beschlossene Sache war, gab es keinen Grund mehr, die Sache zu verzögern.

«Anfang nächsten Jahres soll die Vermählung sein», sagte er und erhob sich. «Und es wäre uns eine unvergleichliche Ehre, wenn Euer Exzellenz unsere demütige Einladung zu diesem glücklichen Fest annehmen würden.»

«Mit Freuden», sagte Lüttichau verbindlich, aber ohne Lächeln. Er stand auch nicht auf, sondern nickte Georg nur zu, während dieser sich unter Verbeugungen aus der Schreibstube zurückzog.

Als die Tür hinter ihm zufiel, hielt er einen Moment inne und horchte in die dämmrigen Flure des Theaters hinein. Er musste einen Freudenschrei unterdrücken. Er hatte es geschafft! Allen Widrigkeiten zum Trotz und entgegen der unkenden Stimmen einiger Bekannter, die die hohen Ansprüche des Theaterdirektors kannten, und vor allem gegen seine eigenen Zweifel hatte er die Stelle erhalten, nach der er sich so gesehnt hatte. Der Triumph war köstlich.

Doch während er zügig die Treppe hinunterstieg und den Korridor Richtung Saal zurückging, um dort seine Geige abzuholen, fragte er sich, womit er diesen Erfolg bezahlt hatte? Und da er die Antwort kannte und sofort wieder Elises schmales Gesicht mit den klugen, ernsten Augen vor sich sah, spürte er eine winzige, bittere Schuld durch die warme Freude in seiner Brust rieseln.

19.

Dresden, Dienstag, 22. Juni 1841

Noch einmal las Elise das handgeschriebene Schild, das an der Tür von Schneider Behnke in der Schlossgasse hing. *Wegen Krankheit geschlossen*, stand da, und darunter: *Bitte gütigst, uns bis zur Wiedereröffnung die Treue zu halten*. Die Buchstaben waren verwischt und offenbar mit unsicherer Hand gemalt worden.

Unschlüssig sah sie die Straße hinauf und hinunter. Eigentlich war ein Termin für die Anmessung eines Verlobungskleids vereinbart gewesen, und sie hätte erwartet, dass der Schneider, wenn er unpässlich war, den Spielmanns ein Briefchen zugestellt hätte, schließlich zählten sie zu seinen ältesten Kunden. Ihre Mutter hielt die größten Stücke auf Behnke und schwor, dass niemand die Stoffe so präzise zuschneide wie er. Seine Garderoben könnten sich mit denen in Wien messen. Leider hatte eine Migräne Amalie Friederike daran gehindert, ihre Tochter zu begleiten. Und nun stand Elise hier allein vor verschlossener Tür. Rosina, die sie später abholen sollte, um sie anschließend zum Krämer zu begleiten, würde erst in zwei Stunden auftauchen.

Es blieb Elise wohl nichts übrig, als den Weg in die Große Frauengasse zurückzugehen, obwohl sie beim Gedanken an die stickige Wohnung wenig Lust darauf hatte, den Nachmittag dort vor sich hin zu brüten. Die Sonne schien warm, es war ein fast schon hochsommerlicher Tag. Aus einer Bäckerei am anderen Ende der Straße zog der Duft von Brot zu ihr herüber, und die Schwalben schossen mit ihren gespaltenen Schwänzen am tiefblauen Himmel hin und her, als jagten sie einander. Die Luft war erfüllt von einem Summen und Weben, das man nur an heißen Tagen so spürte, sie vibrierte regelrecht und kitzelte Elise in der Nase.

Sie sah sich um. In die andere Richtung lagen das Prinzenpalais und das Schloss, dahinter war das bläuliche Schimmern der Elbe zu erahnen, die Kühlung versprach. Elise schlenderte ein paar Schritte weiter, betrachtete gedankenverloren ein rosa Teeservice im Schaufenster eines Porzellanhändlers und stand plötzlich schon am oberen Ende der Gasse, zu Füßen des Schlosses. Rechts erhob sich das Königliche Finanzministerium, links die Hofkirche. Und wenn man an dieser vorbeispähte, dann, ja dann sah man über den Theaterplatz hinweg die sanfte Rundung der Semper'schen Oper.

Es war um die Mittagszeit, und nur wenige Passanten waren bei der Hitze unterwegs, die meisten aßen jetzt in ihren Häusern oder in den Restaurants entlang der Elbterrassen zu Mittag. Eine Kutsche fuhr gemächlich an Elise vorüber, und eine träge Katze strich um ihre Beine und miaute kläglich, ehe sie sich um die Ecke trollte.

Elise spannte ihren zartseidenen Sonnenschirm auf und hielt ihn sich über das Gesicht, das zusätzlich von einer Haube beschattet war, während sie über den menschenleeren Platz lief. Es schien, als zöge ein unsichtbares Band sie weiter.

Eine Dame – vielleicht eine Schauspielerin, denn sie war stark geschminkt, als käme sie eben aus der Probe – lief am Arm ihres Kavaliers an Elise vorüber und grüßte knapp mit einem Heben ihrer kohlschwarz gefärbten Brauen. Schnell ging Elise weiter. Sie erreichte die Hinterseite der Oper, an der einige Fuhrwerke standen. Die Pferde in ihrem leise klingelnden Geschirr soffen Wasser aus Eimern, die Kutscher dösten in der Mittagssonne und warteten träge auf Kundschaft. Hinter dem Theater lagen der Packhof mit seinen Warenspeichern, die königlichen Ställe, aus denen leises Wiehern zu hören war, und die

Bauschreinerei. Zum Blütenduft des Sommertags gesellte sich der wohltuende Geruch nach frisch gesägtem Holz, nach Leim und Heu.

Wenn Elise nicht alles täuschte, dann hatte Christian gesagt, er arbeite im großen Malersaal hinter der Bühne. Sie musste nun etwa dort stehen, wo sich im ersten Stock die Fenster dieses Saals befanden. Und obwohl sie mit sich selbst rang und kurz davor war, endlich umzukehren und sich nicht zum Narren zu machen, ertappte sie sich doch dabei, wie sie länger als nötig stehen blieb, sich langsam umdrehte und auf die Elbe hinaussah, als genieße sie den schönen Blick. Sie ließ den kleinen Sonnenschirm in ihrer Hand kreiseln und beobachtete das hübsche Schattenspiel, das seine Spitzenumrandung auf den sonnenbeschienenen Platz warf. Zaghaft sah sie zwischendurch immer wieder nach oben – eines der großen Fenster, bemerkte sie, stand offen. Und ehe sie wusste, was sie tat, spitzte sie die Lippen und pfiff leise, aber deutlich hörbar. Das hatte sie von Eduard gelernt, bei ihren Wanderungen durch das Elbsandsteingebirge mit der Familie, wenn sie beide als Älteste vorausliefen und sich Geschichten erzählten. Elise konnte gut pfeifen. Doch trotzdem blieb ihr jetzt beinahe das Herz stehen, als sie oben am Fenster tatsächlich eine Bewegung wahrnahm. Sie wagte kaum hinaufzusehen, als sich ein hellblonder Schopf herausbeugte.

In Sekundenschnelle war er wieder verschwunden. Nun bekam Elise Angst vor ihrer eigenen Courage, und sie ging rasch fort. Vom Theater eilte sie ein Stück in Richtung Wasser und schlenderte über den Packhof, als wolle sie die Aussicht genießen.

Niemand nahm Notiz von ihr, die dösenden Kutscher hoben nicht einmal die Köpfe. Ein kleiner Spatz hüpfte heran und sah aufmerksam zu ihr auf in der Hoffnung, dass sie ein paar Krumen für ihn hätte. Doch als er erkannte, dass sie ihm nichts geben würde, breitete er die Flügel aus und flog in das unendliche Blau des Sommerhimmels hinauf, bis sie ihn nicht mehr sehen konnte.

«Ich dachte, eine Dame pfeift nicht», ertönte Christians Stimme plötzlich hinter ihr.

Es kam Elise vor, als hätte sie bereits eine halbe Ewigkeit hier gestanden. Langsam wandte sie den Kopf und sah ihn an. Er trug einen farbbeschmierten Malerkittel über den kurzen Kniebundhosen, aus denen kräftige, sonnengebräunte Unterschenkel heraussahen, sein Haar war zerzaust, und auf seiner Wange prangte ein Farbfleck. Auch seine Hände waren über und über bunt besprenkelt. Elises Augen wanderten wieder zu seinem Gesicht. Er lächelte so breit, dass sie nicht anders konnte, als zurückzulächeln.

«Das muss ein Vogel gewesen sein», sagte sie.

Christian lachte hellauf. «Ja», sagte er, «eine Spottdrossel wahrscheinlich.»

«Was machen Sie überhaupt hier draußen?», gab Elise zurück. «Was sagt denn Ihr Meister dazu?»

«Arrigoni trinkt roten Wein im *Italienischen Dörfchen*, wie meistens zur Mittagszeit», sagte Christian achselzuckend und deutete mit dem Daumen Richtung Elbterrassen. «Er wird vor dem Nachmittag nicht zurück sein. Es beflügelt seinen Geist, behauptet er.»

«Und Ihre Pflichten?», fragte sie und sah zu den Fenstern des Malersaals hinüber.

«Pausieren.»

Einen Moment standen sie unschlüssig voreinander. Elise spürte, wie ihr der Puls im Hals klopfte. Die Sonne brach sich in Christians Augen und ließen sie übermütig blitzen, und dieser Übermut war ansteckend. Elises Hoffnung, dass er nicht gleich wieder gehen würde, verstärkte sich mit jedem Vogelzwitschern aus den hellgrünen Lindenkronen, deren Blätterrauschen im warmen Wind vom nahen Fluss herübergetragen wurde. Unversehens fasste sie einen Entschluss.

«Begleiten Sie mich ans Wasser?», fragte sie. Ihre Kehle war trocken vor Aufregung, denn es war mehr als ungewöhnlich, dass sie ihn das fragte. Sie kannte ihn kaum, und eigentlich war es undenkbar, dass sie miteinander allein waren. Doch ehe sie die Frage zurücknehmen konnte, hatte er schon genickt und ihr seinen Arm angeboten. Zaghaft schob sie ihre Hand hinein und streifte dabei zufällig mit den Fingern seine Brust, und sie spürte, dass unter dem Hemd auch sein Herz schnell und heftig schlug. Aus irgendeinem Grund gab ihr das Mut und Stärke zurück. Sie war nicht allein mit ihren Gefühlen, was für ein Trost! Und gleichzeitig – was für ein gefährliches Spiel, das sie hier trieben!

Gemeinsam liefen sie über den Packhof, schlüpften über einen kleinen Nebenweg an der staubigen Ziegelei vorbei und gelangten über den schmalen Mühlendamm zum Kleinen Ostra-Gehege, einem gartenähnlich angelegten Park mit zurechtgeschnittenen Bäumchen und Zierbeeten. Das Mühlrad klapperte ein paar Schritt entfernt, wo das Wasser über die Schaufeln lief und anschließend durch einen kleinen Kanal rann, der bis zur Elbe floss. Libellen schwebten über das kleine Fließ dahin, während in den Rosenbüschen Bienen summten. Elise hob ihr Gesicht in die Sonne und vergaß die Warnung ihrer Mutter, dass ihre Haut nicht verbrennen dürfe.

«Wie kommt es denn, dass Sie heute allein unterwegs sind?», fragte Christian. «Ist das in Ihrer Familie üblich, dass die jungen Frauen mehr Freiheiten haben als woanders?»

Elise sah ihn von der Seite an, um herauszufinden, ob er etwas mit der Frage bezweckte, doch ein Blick in sein Gesicht sagte ihr, dass es ihn wirklich interessierte.

«Nein, ich fürchte, es ist bei uns so wie überall», sagte sie. «Meine jüngeren Schwestern und ich gehen selten allein aus.

Aber ich hatte eine Sitzung beim Schneider in der Schlossgasse, der leider nicht auftauchte.»

«Ah, Schneider Behnke», sagte Christian und lächelte leise. «Den hab ich gestern Abend gesehen. Ja, er wirkte nicht ganz auf der Höhe.»

«Wo haben Sie ihn gesehen?»

«In der Großen Fischergasse», sagte Christian. «Er war ganz offensichtlich sehr vergnügt – um nicht zu sagen, vollkommen knill.»

«Knill?»

«Betrunken.»

Sie sahen einander an und lachten. «Dann ist es wohl kein Wunder, dass er heute sein Geschäft nicht rechtzeitig öffnet und auch keine Nachricht an uns geschickt hat», sagte Elise. «Nur darum habe ich statt der Anprobe einen Spaziergang gemacht und bin Ihnen – rein zufällig – begegnet.» Sie verstummte.

«Ich sollte dem Alten wohl dankbar sein», sagte Christian, und plötzlich waren seine Augen ernst. «Ich hätte nicht gedacht, dass wir uns wiedersehen würden.» Wie beiläufig griff er mit der freien Hand ihren Arm und drückte ihn, doch schon ließ er sie wieder frei und schritt locker neben ihr her.

Die Sonnenstrahlen tanzten in seinem Haar und ließen es golden aufleuchten. Ein Kuckuck rief aus dem Gehege, doch er ließ sich nicht sehen. Dann kamen sie zu einem hellgrünen Wiesenstück an den Elbauen, auf dem ein umgestürzter Baumstamm im Gras lag.

«Darf ich bitten?», fragte Christian und deutete darauf, als handelte es sich um ein samtenes Sofa in seinem Salon. Er zog seinen Malerkittel aus, drehte ihn so, dass die Farbkleckse zuunterst lagen, und breitete ihn über den Baumstamm. Sein Hemd stand am Kragen offen, und nun krempelte er sich die weiten Ärmel auf, sodass seine muskulösen Unterarme sichtbar wurden.

Elise nahm Platz und strich sich den hellblauen Baumwollrock glatt. Sie war froh, dass sie ihr einfaches Kleid angezogen hatte und nur zwei dünne Unterröcke darunter trug, denn die Sonne war noch höher gestiegen und wärmte stark. Christian setzte sich mit einem kleinen Abstand neben sie und ergriff den Schirm. Er hielt ihn über sie, während sie ebenfalls einen Knopf an ihrer Bluse öffnete und sich am Halsausschnitt ein wenig Luft zufächelte.

Einen Moment saßen sie sprachlos da und blickten aufs Wasser. Am gegenüberliegenden Ufer konnten sie den herrschaftlichen Palaisplatz der Neustadt sehen, die Dächer der Häuser gleißten in der Sonne. Die wenigen Menschen, die dort herumgingen, waren winzig wie die Spielfiguren, die an den Ständen des Altmarkts verkauft wurden.

«Dresden im Sommer», sagte Elise, um das Schweigen zwischen ihnen zu brechen, «ist herrlich, finden Sie nicht?»

«Es ist meine zweitliebste Jahreszeit», sagte er. «Aber noch mehr liebe ich die Zeit um Weihnachten herum, wenn der Schnee auf den Dächern der Kirchen liegt und der Striezelmarkt öffnet. Allerdings mag ich den Winter erst, seitdem ich ein warmes Plätzchen zum Schlafen habe», fügte er hinzu, und ein kleines Stirnrunzeln trat in sein ebenmäßiges Gesicht.

«Hatten Sie das früher nicht?», fragte sie erschrocken.

Zögernd schüttelte er den Kopf. «Ich habe meine Eltern früh verloren», sagte er, «und meine Schwester und ich haben uns jahrelang auf den Straßen der Stadt herumgeschlagen und einige Jahre im Waisenhaus verbracht. Später kam ich in die Fabrik, da hatten wir wenigstens einen kleinen Lohn und eine Kammer zum Schlafen bei Zieheltern, denen wir die kargen Einkünfte abliefern mussten. Aber davor haben wir viele Winter gefroren und gehungert und –» Er unterbrach sich, und Elise verstand, dass er nicht gern davon sprach.

Christian räusperte sich. «Trotzdem habe ich doch nie den

Zauber vergessen, der über die Stadt kommt, wenn der Schnee fällt. Wenn die Elbe zugefroren ist und das Eis knackt und flüstert ... Es liegt dann so ein geheimes Versprechen in den Weihnachtstagen, eine Hoffnung, dass es doch noch gut ausgeht mit den Menschen.»

«Ich bin kurz vor Weihnachten geboren», sagte Elise, «und ich liebe diese Jahreszeit auch. Und den Striezelmarkt.» Sie sah Christian neugierig an. Was sein Äußeres anging, so wirkte er wie ein großer, gerade erst erwachsen gewordener Junge. Doch seine Stimme und die Dinge, die er sagte, waren die eines Mannes. Er schien viel nachzudenken und hatte etwas Melancholisches an sich, das von seinen lustigen Augen versteckt, aber nie gänzlich verborgen werden konnte. Es gefiel ihr, musste sie zugeben. Noch mehr, als sie es vor einigen Wochen im halbdunklen Theaterflur geahnt hatte. Seitdem hatte sie sich wieder und wieder gefragt, ob das, was sie für diesen eigentlich Fremden empfand, bei einer weiteren Begegnung verfliegen würde, wenn sie Gelegenheit bekäme, seinen wahren Charakter zu erkennen. Ob ihre Gefühle nur von der Unwissenheit, wer er wirklich war, genährt worden waren und in sich zusammenfallen würden, sobald sie länger miteinander sprachen. Doch nun erkannte sie, dass das Gegenteil der Fall war. Je länger sie neben ihm saß, seiner schönen Stimme lauschte und seine Gegenwart beinahe körperlich spürte, obwohl ein halber Meter sie trennte, desto mehr mochte sie ihn.

«Damals fertigten Sie also Laternen», murmelte sie nachdenklich.

«Wie bitte?»

«Sie erzählten mir von den Laternen, die Sie als Kind verkauften. Haben Sie so Ihren Unterhalt verdient – bevor Sie in die Fabrik kamen?»

Christian presste die Lippen aufeinander. Er nickte langsam. «Damit – und mit Bettelei und Diebstählen. Das ist das Schicksal der Straßenkinder in Dresden, mit ehrlicher Haut verhungert man.»

«Ich besitze eine», sagte sie.

«Eine was?»

«Eine Laterne. Es ist ein Motiv aus *Fidelio*, der Lieblingsoper meines Vaters. Leonore nimmt Florestan die Fesseln im Kerker ab.»

Christian starrte sie an. «Ist das wahr? Und Sie haben das alte Ding noch immer?»

Elise lachte. «Allerdings, es war ein Geschenk meines Vaters zu meiner Geburt vor fast einundzwanzig Jahren. Eigentlich wünschte er sich einen Jungen, einen Stammhalter. Doch dann kam ich.» Sie zuckte mit den Schultern. «Ich brach mir bei der Geburt das Schlüsselbein, wissen Sie – schon damals war ich wohl ein wenig zu stürmisch mit allem.» Sie seufzte. «Meine arme Mutter.»

«Sie hat Sie bekommen», sagte Christian ernst. «Wer könnte sie da bedauern?»

Verlegen schlug Elise die Augen nieder. Sie legte sich die Hände an die glühenden Wangen, in dem vergeblichen Versuch, sie zu kühlen.

«Geht es Ihnen nicht gut?», fragte Christian besorgt. «Ist es Ihnen zu heiß hier in der Sonne?»

Sie schüttelte den Kopf und schluckte an ihrer Nervosität. Wie sollte sie ihm erklären, welche Last auf ihrer Brust lag und wie leicht sie sich gleichzeitig im Kopf fühlte, weil er da war?

Christian hob unschlüssig die Schultern. «Ich würde Sie ja in eines der Restaurants auf einen kühlen Becher mit Wasser und Wein einladen – aber ich fürchte, wir können dort nicht einfach so reinspazieren.»

«Nein, wir sitzen hier, wo uns niemand sieht, ganz gut. Es ist besser, keine Aufmerksamkeit zu erregen.»

Er nickte. «Ich habe so viele Fragen an Sie», sagte er dann. «Sie erwähnten ja, dass Sie Geige spielen?»

Elise lächelte nur und beobachtete sein Gesicht. Fand er das unweiblich? Anstößig? Doch er wirkte ehrlich interessiert.

«Was spielen Sie gerade?», fragte er.

Verlegen winkte sie ab. «Nur ein kleines Stückchen. Es ist gänzlich unbekannt, ganz anders als die berühmten Opern in Ihrem Theater.»

«*Mein* Theater?» Christian lachte. «Das wäre schön. Verraten Sie es niemandem, aber manchmal glaube ich wirklich, dass es mir allein gehört. Vor allem spätabends, wenn die Zuschauer gegangen sind und alles ganz dunkel da liegt. Dann schleiche ich mich manchmal in den Saal und setze mich in die erste Reihe.» Er schmunzelte. «Nun, aber *mein* Theater ist es sicher nicht, da würde mir der König widersprechen, das ist sicher – er hat das Theater schließlich erbauen lassen.» Dann sah er sie auffordernd an. «Singen Sie mir mal dieses Stückchen vor.»

Sie machte große Augen. «Sie glauben doch nicht, dass ich mich zum Narren machen will? Was, wenn uns jemand hört?»

«Wenn uns jemand hört, haben wir ganz andere Sorgen als etwas Gesang», sagte er. «Aber hier ist niemand. Und die Enten dort unten werden schon ihre Schnäbel halten.» Seine Augen blitzten schelmisch und leuchteten beinahe unnatürlich blau. «Bitte», sagte er.

Elise wand sich. Mehrmals sah sie sich um, aber er hatte recht – niemand war zu sehen.

«Also gut», sagte sie, «wenn es Ihnen so wichtig ist. Aber nur ein paar Takte.» Sie summte die ersten Töne, zunächst ganz leise, dann fand sie in die sanfte, traurige Melodie des Geigensolos hinein und spürte, wie sie sicherer wurde. Sie schloss die Augen und sang das kurze Stück bis zum Ende. Als sie den Blick wieder hob, schien es ihr, als säße Christian ein Stück näher als zuvor.

Sie konnte jetzt sehen, dass seine Wimpern den gleichen goldenen Ton hatten wie sein Haar.

«Es klingt, als sei jemand ... gestorben», sagte er heiser und räusperte sich. «Und als weinte diese Musik um ihn.»

«Das stimmt», sagte Elise verwirrt, «es hat etwas Klagendes.»

«Und doch ist es wunderschön. Das Traurige in der Musik ist immer auch das Schönste, oder?»

Elises Herz klopfte, sie wusste nicht, was sie erwidern sollte. Doch sie verstand genau, was er meinte. *In der Musik*, hatte er gesagt. War das in der Kunst, in seinen Bildern auch so? Da fiel ihr ein, was sie ihn hatte fragen wollen.

«Im Theater ...», sagte sie hastig, «ich hörte, dass ... eine gemalte Frau auf den Kulissen mir ähnlich sieht?»

Christian wirkte plötzlich zerknirscht. «Sind Sie mir böse, Fräulein Spielmann?»

«Ich heiße, wie Sie wissen, Elise», sagte sie, weil ihr der Familienname unnötig förmlich vorkam. «Und nein, ich bin nicht böse. Nur etwas überrascht, dass Sie mich derart preisgeben.»

«Preisgeben?» Christian warf den Schirm ins Gras und stand auf. Er stellte sich vor sie hin, die Wangen gerötet, die Hände in die Seiten gestemmt. «Das denken Sie? Aber nein! Es sollte ein Kompliment sein. Oder eher eine Erinnerung für mich. Ich wollte herausfinden, ob ich Ihr Gesicht richtig im Gedächtnis behalten hatte. Denn wissen Sie», er setzte sich wieder und saß nun so nah, dass der Ärmel seines Hemds ihren Arm streifte, «Sie sind mir all die Tage und Wochen nicht mehr aus dem Kopf gegangen.»

Elise senkte den Blick und wagte nicht, etwas darauf zu erwidern. Doch sie spürte, dass er ängstlich auf ein Zeichen von ihr wartete. Und auf einmal schien es ihr unmöglich, ihm eine Erwiderung zu verwehren. Wer sagte denn, dass eine Frau nicht über ihre Empfindungen sprechen durfte? Dass sie stets alles verbergen musste, was in ihr vorging?

Etwas an ihm gab ihr das Gefühl, dass sie ihm alles sagen konnte, ohne dass er es ihr zum Nachteil auslegen oder sie deswegen bloßstellen würde.

«Sie mir auch nicht», sagte sie daher und wagte nach wie vor nicht, ihn anzusehen.

Eine gefühlte Ewigkeit saßen sie stumm nebeneinander, lauschten dem Vogelgesang, der rundherum anschwoll, und versanken in die Gegenwart des anderen. Das Blut summte in Elises Ohren, und dennoch war sie auf eine merkwürdige Art ganz ruhig. Dann, aus einer Eingebung heraus, legte sie ihren Kopf an seine Schulter. Es war ungeheuerlich, aber zu ihrer Erleichterung rückte er nicht fort, sondern berührte mit seiner Wange ihr Haar. Aus dem Summen in ihr wurde ein lautes Rauschen, das sogar die Musik des Mühlrads hinter ihnen übertönte.

«Aber, Elise ...», flüsterte Christian irgendwann, und sie löste sich wieder von ihm und nickte beklommen. Sie wusste, was er nun sagen würde. Und doch – wie sehr wünschte sie, dass es nicht gesagt werden müsste, dass der Augenblick ewig dauerte.

«Ja», antwortete sie leise. «Es geht nicht.» Das Glücksgefühl, das für eine kleine Weile all ihr Denken und Fühlen beherrscht hatte, fiel in sich zusammen wie Spinnweben, die mit der Hand berührt wurden.

«Nein», sagte Christian, und auch seine Stimme war plötzlich belegt mit einer tiefen Traurigkeit. «Aber ohne Sie will ich auch nicht mehr sein. Dieser ganze Sommer fühlt sich plötzlich grau und leer an, wenn ich mir vorstelle, dass ich nicht mehr an Sie denken darf.»

«Sie dürfen an mich denken», sagte Elise schnell und sah ihn an. «Nur auf Ihre Kulissen dürfen Sie mich nicht mehr malen, sonst sind wir an die ganze Welt verraten, verstehen Sie das denn nicht?» Sie überlegte. «Und Sie dürfen mich auch nicht in der Stadt ansehen oder ansprechen. Und ...»

Da fühlte sie, wie er einen Arm um ihre Taille legte und sie eng an sich zog. Sein Gesicht war jetzt ganz nah, die Hitze auf ihren Wangen wurde beinahe unerträglich.

«Wir dürfen dies nicht und das nicht. Aber, Elise, was ist hiermit? Darf ich das?» Sie spürte seinen Atem auf ihren Wangen und schloss die Augen.

«Was denn?», flüsterte sie, während ihr Kopf sich ihm ganz zuwandte und ihre Lippen seinen Mund suchten. «Was meinen Sie?»

«Dich küssen», hauchte er so leise, dass sie es kaum hörte. Die vertrauliche Anrede rührte sie, und sie senkte erneut die Lider. Seine Lippen waren warm, und einen Moment verharrten sie beide mit geschlossenen Augen, Mund an Mund, ohne dass sich einer von ihnen bewegte.

Elise meinte, dass ihre Brust platzen müsste, so stark klopfte und pochte ihr Herz, als sie nun seine Wimpern spürte, die ihr hauchzart über die Wange strichen. Das also war es, dachte sie verwirrt, wonach sich alle Welt sehnte, was alle Menschen begehrten, wofür sich so viele ins Unglück stürzten. Sie wusste natürlich, dass es nicht nur zarte Küsse waren, dass darauf noch andere Dinge folgten. Aber wenn sie bisher nicht geglaubt hatte, dass derlei Sehnsüchte auch in ihr schlummern könnten, so spürte sie jetzt zu ihrer Überraschung, wie stark diese Gefühle waren. Sie hoffte, Christian zöge sie noch näher.

Doch da nahm er plötzlich die Hände fort und rückte ein Stück von ihr ab. Erschrocken öffnete Elise die Augen und sah, wie er sich mit der Hand über die kurzen blonden Barthaare an seinem Kinn fuhr.

«Das war unklug von mir», sagte er heiser.

Eine kalte Hand fasste nach Elise, die Hand der Vernunft, die nun endgültig einen Keil zwischen Christian und sie trieb. Ein eisiger Luftzug schien mit einem Mal vom blaugrauen Elbwasser zu ihnen zu wehen. Sie erhob sich, ihre Knie waren weich.

«Ich sollte gehen.»

Auch Christian sprang auf, er griff nach dem Sonnenschirm, der im Gras lag, und reichte ihn ihr. Dann zog er sich den Malerkittel über. Elise schmerzte der plötzliche neuerliche Abstand zwischen ihnen, doch sie biss sich auf die Lippen und spannte das Schirmchen auf.

Ein Rohrsänger sang vom Ufer her sein Lied, es klang lockend und ein wenig schelmisch, so, als wüsste der Vogel etwas über die gestohlenen Momente der beiden Menschen, die nun hastig die Elbwiesen hinaufliefen, als flüchteten sie vor einer namenlosen Gefahr.

«Ich gehe vor», sagte Elise. «Folg mir erst nach ein paar Minuten, ja?» Es schien ihr plötzlich unmöglich, ihn nach dem innigen Moment weiter zu siezen.

Christian hielt sie am Arm fest. Sie spürte die Wärme seiner Finger durch den dünnen Baumwollstoff ihres Ärmels. «Kann ich dir schreiben?», fragte er atemlos.

Sie wusste, wie die Antwort lauten musste. Doch das Flehen in seiner Miene war ein Spiegel ihrer eigenen Sehnsucht. Also nickte sie.

«Aber geh nicht zur Post damit, der Postmeister wird bei der Zustellung meinen Eltern sagen, von wem die Briefe kommen.» Sie überlegte hastig. «Wenn du willst, leg einen Brief unter den massiven Stein neben dem Wirtshaus *Zum Kranich* in der Großen Frauengasse, dort wohnen wir. Sobald ich kann, sehe ich nach.» Sie blickte ihn beschwörend an. «Aber sei nicht leichtsinnig! Niemand darf dich dabei sehen.»

«Ich werde, so oft es geht, um acht Uhr am Abend durch eure Straße gehen», sagte er. «Und dann schaue ich zum Fenster hoch und hoffe, einen Blick auf dich zu erhaschen.»

Elise schüttelte den Kopf, halb geschmeichelt, halb verzweifelt. «Lass das bloß sein! Jemand wird etwas merken. Wir müssen vorsichtig sein.»

Oben am Packhof hielt ein Fuhrwerk, eine Staubwolke erhob sich, und Christian machte eine hastige Handbewegung. «Geh jetzt. Schnell!»

Sie nickte, raffte mit einer Hand die Röcke, hielt mit der anderen den Sonnenschirm über ihren Kopf und eilte voran. Auf ihren Wangen spürte sie die Hitze des Nachmittags, die dort sicher eine kräftige Farbe hinterlassen hatte. Obwohl sie sich gern noch einmal nach Christian umgesehen hätte, tat sie es nicht, sondern ging unbeirrt weiter, so, als habe sie es eilig, ein bestimmtes Ziel zu erreichen.

Wieder überquerte sie den schmalen Mühlendamm und kam zum Theaterplatz. Der Turm der Hofkirche überragte die Oper und schnitt einen schwarzen Riss in das Blau des Himmels. Die Glocke schlug laut, und Elise erschrak, als sie die Ziffern der Uhr sah. Es war höchste Zeit, wenn sie Rosina nicht verpassen wollte.

Ihre Gedanken wirbelten durcheinander, während sie die nun wieder belebteren Straßen entlanglief, hierhin und dorthin Bekannte grüßend. Dabei überlegte sie fieberhaft, welche Geschichte sie dem Dienstmädchen auftischen sollte, was sie in der Zeit getrieben hatte, als man sie eigentlich beim Schneider vermutete. Sie würde eben sagen, sie sei spazieren gegangen und habe eine Bekannte getroffen und sich mit ihr unterhalten. Noch nie zuvor war es nötig gewesen, ihre Familie zu belügen, und Elise hatte wenig Übung darin. Doch sie spürte, dass der heutige Tag eine große Veränderung in ihr Leben gebracht hatte. Ohne es zu wollen, hatten Christian und sie einen verbotenen Pakt geschlossen, hatten etwas in Gang gesetzt, von dem sie nicht wusste, wohin es führen sollte.

20.

Dresden, Freitag, 2. Juli 1841

Bertha stieß die Tür auf und prallte beim Geruch zurück, der dem düsteren Schankraum entströmte. Das Wirtshaus in der Johannisgasse am Pirnaischen Platz war nichts weiter als eine Spelunke, ein dreckiges Loch mit ein paar zerschrammten Hockern und einer Holztheke, die vor Schmutz starrte. Sie umklammerte den Weidenkorb fester. Ein paar Köpfe drehten sich bei dem kurzen Luftzug nach ihr um, und einige Augenpaare musterten sie, doch gleich darauf erlahmte das Interesse und richtete sich wieder auf die trübe Brühe, die in den Bierkrügen schwappte. Der Wirt hielt gerade eine Branntweinflasche in den Händen und goss sich selbst großzügig davon ein. Als er Bertha bemerkte, knallte er die Flasche hin und sah ihr über die verfilzten Haarschöpfe seiner Gäste – Stammkunden, vermutete Bertha – irritiert entgegen.

«Madame», knurrte er, «Sie haben sich wohl verlaufen?»

Bertha versuchte, so wenig wie möglich von der stickigen, dunstigen Luft einzuatmen und nicht in eine der zahlreichen Pfützen von unbestimmbarer Herkunft zu treten, die den Weg bis zur Theke säumten. Energisch schüttelte sie den Kopf.

«Ich suche jemanden», sagte sie und stemmte die Hände in die Hüften. «Mademoiselle Koch? Sie soll hier arbeiten.»

«Lene?», fragte der Wirt. Seine buschigen Augenbrauen zogen sich zusammen. «Von wegen arbeiten», ächzte er, «das Luder liegt dauernd auf der faulen Haut. Angeblich krank.» Er spuckte auf den Boden. Dann deutete er mit dem Daumen auf einen niedrigen Ausgang an der hinteren Wand der Schankstube. «Da lang», sagte er, «immer dem Gejammere nach.»

Bertha strafte ihn mit einem strengen Blick, wagte aber nichts zu sagen. Vorsichtig bahnte sie sich einen Weg an zwei umgestürzten, zertrümmerten Stühlen vorbei – offenbar hatte es einen Streit gegeben, doch niemand hatte sich die Mühe gemacht, die Überreste wegzuräumen. Neben dem Hinterausgang lag eine reglose dunkle Gestalt, und Bertha hoffte, dass der Mensch dort nur seinen Rausch ausschlief und ihm nichts Schlimmeres zugestoßen war als eine zu große Menge billigen Fusels. Ängstlich trat sie über ihn hinweg und öffnete die Tür, die in den Angeln quietschte, dann stand sie mit ihrem Korb draußen auf einem Hof.

Im Sonnenschein des Hochsommertags sah sie sich blinzelnd um. Es gab einen kleinen Seiteneingang zu einem windschiefen Anbau aus rötlichen Ziegeln, der wohl einst ein Stall gewesen war. Doch hier hielt niemand mehr Tiere. Wenn es jemals ein Pferd gegeben hatte, dann war dies wohl längst zum Schlachter gekommen und in den Kochtopf gewandert.

Bertha horchte in den Hof, hörte jedoch nichts. Zaghaft ging sie über den trockenen, sandigen Boden zu dem Verschlag, unter ihren Schuhen knirschten kleine Steinchen. Sie passierte einen alten Ziehbrunnen – Eimer und Kelle waren noch da, außerdem eine Teppichklopfstange, über die jemand ein grauweißes Laken gebreitet hatte, um es in der Sonne zu trocknen.

Mit einem Mal flog die Tür des Stallgebäudes auf, und Magdalene Koch blickte in den Hof. Als sie die Garderobiere erkannte, runzelte sie die Stirn und machte Anstalten, die Tür hastig wieder zuzudrücken, doch Bertha war schneller und hielt sie mit der freien Hand auf.

«Oh, Fräulein Koch», sagte sie erschrocken und musterte die Frau im Türgeviert. Das noch vor Kurzem prächtige, mit der Brennschere gelockte Haar hing in Strähnen herab, ihr Gesicht war aufgedunsen, und unter dem Kittel stand der Bauch hervor. Undenkbar, dass diese Frau noch vor wenigen Wochen unter dem Jubel unzähliger Zuschauer auf der Bühne des Königlichen Theaters getanzt hatte – für die letzte Vorstellung hatte Bertha ihr mit aller Gewalt das Mieder so eng schnüren müssen, dass Magdalene Koch fast erstickt wäre. Nun, ohne Korsett und ohne Haltung sah man erst, wie weit die Schwangerschaft schon fortgeschritten war. Im Spätsommer, spätestens im September, schätzte Bertha, würde sie niederkommen.

«Das Fräulein können Sie sich sparen», sagte Magdalene mit belegter Stimme. Sie räusperte sich. «Hier bin ich nur Lene. Und dabei wird es wohl bleiben – die Primaballerina Koch ist tot.»

«Sagen Sie so etwas nicht», erwiderte Bertha. «Darf ich hereinkommen?»

«Ich kann Ihnen nichts anbieten», sagte Magdalene und hob müde die Achseln. «Wollen Sie mir nicht die Scham ersparen, Ihnen zu zeigen, wie ich hier hause?»

«So schlimm wird es schon nicht sein», sagte Bertha. «Außerdem habe ich Teeblätter mitgebracht und etwas Schmalzkuchen, damit können Sie mich bewirten.» Sie deutete auf ihren Korb. «Einen Wasserkessel haben Sie ja wohl?»

Magdalene nickte und ließ ihre Besucherin mit schicksalergebenem Gesicht vorbei. Beinahe hätte Bertha nun doch gleich wieder Reißaus genommen, als sie die Unterkunft der früheren Ballerina sah. Der Raum war einigermaßen sauber, doch er war praktisch leer. Auf dem Boden lag ein einfacher Strohsack. Es gab nur einen Holzschemel, aber keinen Tisch und keine Vorhänge vor der vergitterten Luke, durch die die Julisonne hereinfiel. An der Stirnseite war ein gemauerter Herd, und auf dem Eisenrost über der Feuerstelle stand ein zerbeulter, von den Flammen geschwärzter Kessel. Doch es brannte kein Feuer. Ein paar armselige Vorräte – etwas Brot, ein paar Kartoffeln und Rüben – lagen auf der nackten Erde daneben, die aus festgetrampeltem Lehm bestand.

«Sie können sich auf den Strohsack setzen», sagte Magdalene, doch Bertha winkte ab. Sie trat zum Herd und hob den Rost an. Magdalenes Proteste ignorierend, schichtete sie ein paar bereitliegende Holzscheite hinein und nahm Streichhölzer zur Hand. Als das Feuer brannte, griff sie nach dem Wasserkessel und sah Magdalene fragend an.

Die deutete nach draußen. «Der Brunnen ist in Ordnung», sagte sie.

Bertha bezweifelte das, doch sie ging ohne ein Wort hinaus, goss mit der Kelle Wasser aus dem Eimer in den Kessel und wandte sich wieder um. Kurz bevor sie den Verschlag betrat, hob sie das Gesicht zum sommerlichen Himmel, über den ein paar Schäfchenwolken dahinzogen. Schwalben schossen durch die Luft, sie flogen tief. Heute Nacht würde es Regen geben.

Als sie in den niedrigen Raum zurückkehrte, saß Magdalene wie ein Häuflein Elend auf dem Schemel, hatte den Kopf in die Hände gestützt und schien sich die Tränen zu verkneifen.

«Warum sind Sie hier?», fragte sie heiser. «Kommen Sie, um mich zu verhöhnen? Werden Sie in der Oper herumerzählen, wie ich jetzt lebe? Es muss doch ganz in Ihrem Sinne sein, dass tugendloses Verhalten ins Elend führt – dann können Sie den jungen Mädchen am Theater das in den düstersten Farben ausmalen.»

«Sie wissen genau, dass ich so etwas nicht tun würde», sagte Bertha. Sie griff in ihren Korb und holte den Kuchen hervor, den sie in ein Leintuch gewickelt hatte. Dann trat sie an den Herd, legte das Paket ab und setzte den Wasserkessel auf die Flammen, die am Eisenrost emporzüngelten. «Ich wollte nach Ihnen sehen, mich überzeugen, dass Sie zurechtkommen.»

«Und?», fragte Magdalene mit betrübter Miene. «Tue ich das?»

«Immerhin haben Sie ein Dach über dem Kopf», sagte Bertha, «und offenbar auch eine Anstellung?»

Magdalene lachte heiser auf. «Ich bediene manchmal vorne in der Schankstube», sagte sie, «aber tagsüber ist es meistens so leer, dass der Wirt meine Hilfe gar nicht braucht. Außerdem wird mir oft schwindlig, so wie heute, und ich lasse die Krüge und Flaschen fallen. Dann schickt er mich fort und kürzt meinen Lohn.» Sie zuckte mit den Achseln. «Aber wenigstens lässt er mich hier für ein paar Groschen schlafen.»

«Und wenn das Kind kommt?», fragte Bertha.

Das Wasser im Kessel siedete, und sie griff nach einem irdenen Becher, schüttete Teeblätter hinein und übergoss sie mit heißem Wasser. Ein zarter Kamillenduft erhob sich.

«Ich weiß es nicht», sagte Magdalene. «Zurück zu Tante Alvine kann ich nicht. Das Tantchen wäre beinahe gestorben vor Schreck, als ich ihr berichtet habe, was passiert ist. Sie hat mich davongejagt und gesagt, ich solle niemals wiederkommen.» Magdalene schnaubte. «Wir sind eigentlich nicht verwandt, wissen Sie? Sie ist meine Patin, aber sie schuldet mir nichts. Und sie hat sich meine Logis bei ihr auch stets fürstlich bezahlen lassen – dafür hätte ich nun ohnehin nicht mehr genug Geld.»

Bertha reichte Magdalene den Becher mit dem heißen Getränk. Sie ließ sich nun doch vorsichtig auf den Strohsack nieder und hoffte, dass keine Wanzen darin wären. Erneut sah sie sich verstohlen um – die Spinnweben in den Winkeln, der schmutzige Boden, das angestoßene Waschgeschirr in der Ecke –, all das stimmte sie nicht gerade hoffnungsfroh. Wenn sie auch wusste, dass Magdalene Koch sich das alles selbst zuzuschreiben hatte, so war sie doch erschrocken angesichts des rasanten Abstiegs dieses Fräuleins. Ein Fehltritt, nur ein einziger, und das Leben einer Frau wandelte sich so rasch, dass man kaum blinzeln konnte. Die Männer dagegen, die mochten es wild treiben, ihnen ging es nicht an den Kragen. Es war am Ende ja nicht *ihr* Bauch, in dem die Frucht der Sünde heranwuchs.

«Seine Exzellenz, Herr Lüttichau, hat Ihnen eine kleine Abfindung gegeben, wie ich hörte?», fragte Bertha.

Magdalene seufzte. «Nicht genug zum Leben, aber zu viel zum Sterben», sagte sie. «Davon kann ich gerade einmal die Hebamme bezahlen, wenn es so weit ist. Wissen Sie, ich habe mir immer vorgestellt, wie es ist, ein Kind zu bekommen. Hab mich in einem sauberen Bett gesehen, einen Arzt an meiner Seite, der einen Koffer voller glänzender Instrumente hat und mir beistehen würde. Nun muss ich schon froh sein, wenn diese Alte, die über Land zieht und die Bauernkinder auf die Welt holt, sich meiner erbarmt. Und statt im Bett werde ich hier auf dem Lehm knien.» Sie deutete auf den Boden und vergrub dann wieder ihr Gesicht in den Händen. Ihre Schultern bebten, und Bertha sah sie mitleidig an.

«Haben Sie noch einmal mit dem Vater des Kindes sprechen können?», fragte sie. «Wer immer es auch ist?»

Magdalene schüttelte den Kopf, ohne das Gesicht zu heben. «Er hat mir unmissverständlich klargemacht, dass es meine Sorge bleibt, was mit dem Spross geschieht. Und dass ich es nicht wagen sollte, mich ihm oder seiner Gattin zu nähern.» Nun hob sie doch den Blick, ihre Augen waren rot gerändert, und darin funkelte eine Wut, die Bertha schon oft an ihr gesehen hatte. «Aber er wird sich noch wundern», zischte Magdalene. «Ich werde schon einen Weg finden, von ihm zu bekommen, was mir zusteht.»

Bertha wurde bei dieser Drohung mulmig. «Verrennen Sie sich nicht in etwas, das nur Unglück bringt», sagte sie beschwörend. «So wie er würden sich wohl die meisten verhalten.»

«Und das soll mir ein Trost sein?», rief Magdalene, und nun sprühten ihre verweinten Augen vor Zorn. «Nein, der Drückeberger wird sein blaues Wunder erleben.» Mit einer großen Geste, die entfernt an die Primaballerina von einst erinnerte, deutete sie auf den armseligen Unterschlupf. «Oder denken Sie, ich kann hier ein Kind aufziehen? Ich –» Sie stockte und sackte wieder in sich zusammen. «Wenn mir niemand hilft, bleibt mir nur noch die Elbe», murmelte sie.

Bertha schüttelte erschrocken den Kopf. «Nein, das dürfen Sie nicht tun», sagte sie. «Wissen Sie, ich kam heute hierher, weil mir eine Idee gekommen ist. Vielleicht kann ich Ihnen ja helfen.»

Bis jetzt war sie nicht sicher gewesen, ob sie Magdalene überhaupt davon erzählen sollte, denn die Gefahr, dass dieses Frauenzimmer es verpatzte und damit auch sie, Bertha, diskreditierte, war groß. Doch nun, da sie Magdalene so in ihrem Elend sah, und ahnte, wozu die junge Frau vielleicht sogar bereit wäre, entschied sie, es zu wagen.

«Ich kenne eine Familie, die eine Amme sucht», sagte sie.

Magdalene hob den Kopf, ihr Blick wurde klarer. «Ist das wahr?», fragte sie, und ihre Stimme hatte auf einmal einen hoffnungsvollen Unterton. «Hier in Dresden?»

«In Loschwitz», sagte Bertha. «Sie leben in einem der neu erbauten Häuser dort, es ist eine entfernte Cousine meines Mannes.» So weit entfernt, dass sie sich kaum je sahen, zumal die Cousine aufwärts geheiratet hatte und sich nun bei ihren früheren Leutchen kaum noch blicken ließ. Doch es war vielleicht eine Chance für die arme Magdalene.

«In einem großen Haus ...», flüsterte Magdalene beeindruckt. «Meinen Sie, ich könnte bei ihnen leben?»

«Ich glaube, ja», sagte Bertha. «Sie erwarten ihr Kind in wenigen Wochen, es ist das dritte. Und Hedwig, so heißt die Mutter – Hedwig Münzer –, wünscht sich eine zuverlässige, reinliche Frau, die das Kind nährt.» Mit leisem Zweifel betrachtete sie Magdalene, auf die beide Anforderungen zurzeit nicht ganz zutrafen. Aber wenn sie sich nur wieder einmal etwas herrichten würde, wäre sie die hübsche, gut gebaute junge Frau, als die Bertha sie in Erinnerung hatte. «Später, wenn das Kind entwöhnt wird, möchte sie die Amme als Kindermädchen behalten, als Hausangestellte für leichtere Arbeiten.»

Magdalene stand auf. Sie streckte den Bauch vor und stützte sich den Rücken mit der Faust. «Und Sie würden mich vermitteln? Das würden Sie tun, Frau Heise?»

Bertha nickte und versuchte, sich ihr Zögern nicht anmerken zu lassen. «Es wäre für Sie ein guter Ausweg, Magdalene. Wenn es so weit ist, lasse ich Sie holen.»

«Und ich könnte mein Kind mit ins Haus bringen?», fragte Magdalene.

Bertha zuckte zusammen. Es gab Familien, bei denen die Ammen ihre eigenen Kinder mitbrachten und diese mit den Sprösslingen des Hauses gemeinsam aufwuchsen. Doch nicht jeder sah das gern. Die Familie Münzer waren stolze Leute, die sich auf ihren Aufstieg etwas einbildeten und sich und ihren Nachwuchs für etwas Besonderes hielten. Bertha konnte Magdalene keine Hoffnung machen, dass es so einfach werden würde.

«Nun, Sie sollten sich vielleicht vorsichtshalber umsehen, ob es jemanden gibt, dem Sie Ihr Kind anvertrauen können», sagte sie leise und spürte bei diesen Worten ein großes Gewicht auf ihren Schultern.

Magdalene schien in sich zusammenzufallen. Stumm nickte sie, dann fuhr sie sich schützend mit der Hand über den gewölbten Bauch. «Natürlich», murmelte sie, «alles hat seinen Preis, selbst das Gnadenbrot.»

Sie starrte vor sich hin, bis es Bertha mit der Angst zu tun bekam und sich räusperte. Da endlich kehrte Magdalene aus ihrer Gedankenwelt zurück in die Gegenwart der armseligen Kate. «Ich danke Ihnen», sagte sie. «Wenn meine Zeit kommt, werde ich schon Rat finden. Wenn Sie nur der Familie Ihres Mannes Bescheid geben würden, dass ich zur Verfügung stehe ...»

«Das mache ich», sagte Bertha und erhob sich ächzend.

Magdalene hatte, wie sie jetzt sah, den Tee kaum angerührt, und das Kuchenpaket stand nach wie vor ungeöffnet auf dem Herd.

«Geben Sie den Mut nicht auf», sagte Bertha und legte der jungen Frau einen Moment ihre blau geäderte Hand auf die Schulter. Sie wurde auch nicht jünger, dachte sie beiläufig. «Gott wird sich Ihrer erbarmen, das weiß ich.»

«Er soll sich beeilen», sagte Magdalene kühl. «Mir bleibt jedenfalls nicht mehr viel Zeit, um auf seine Hilfe zu warten.»

«Sie sollten dankbar sein», sagte Bertha, nun eine Spur verärgert angesichts der Ungeduld der Frau. «Immerhin können Sie nun auf einen Ausweg hoffen. Ammen werden gut bezahlt und genießen wegen ihrer Dienste einen hohen Stand in den Häusern.»

«Ich bin dankbar!», erwiderte Magdalene und begleitete Bertha zur niedrigen Tür. «Aber ich hatte andere Pläne! Die ganze Welt wollte ich bezaubern und auf den Bühnen der großen Metropolen stehen. All die Jahre, in denen ich mich abgeplagt habe, die schmerzenden Glieder, die despotischen Lehrer – und wofür? Nun ist doch alles den Bach runtergegangen. Und nicht einmal mein Kind darf ich behalten, für das ich mit Freuden all das aufgegeben hätte – trotz allem.»

Als Bertha in den Hof trat, murmelte Magdalene noch einen Gruß, dann schlug sie die Tür hinter sich zu. Seufzend umklammerte Bertha den Griff ihres Korbes, während sie losmarschierte in Richtung Schankraum, aus dem nun bereits die Geräusche singender Betrunkener drangen. Auf ihrer Stirn standen Schweißtropfen wegen der schwülen Luft. Die Wolkendecke hatte sich über der Stadt zugezogen, dicht und schmutzig weiß lagerte sie über den Häusern. Besorgt blickte Bertha nach oben. Vielleicht würde sie es noch vor dem Regen zurück in die Oper schaffen. Dort wartete eine ganze Ladung Chorknabengewänder mit aufgerissenen Nähten auf sie, mit denen sie bis spät in die Nacht beschäftigt sein würde. Doch wie immer war sie dankbar für die zahlreichen Aufgaben, die das Königliche Theater für sie bereithielt. Die Arbeit hinderte ihre Gedanken an unnötigen Wanderungen, und so würde irgendwann, wenn sie streng mit sich selbst war, auch die Erinnerung an diesen trostlosen Ort verblassen.

21.

Dresden, Samstag, 10. Juli 1841

Das schmiedeeiserne Tor am Trinitatisfriedhof quietschte in den Angeln, als Christian es zwischen den hohen Stelen aufstieß. Er blickte sich nach Ernestine um. Seine Schwester trug ein braunes, verwaschenes Kleid aus Leinen, das um ihren groß gewachsenen mageren Körper schlotterte, und ihre Haare hingen ihr wie immer etwas strähnig um das schmale Gesicht. Doch ihre Augen blickten wach und klug, und in Christian stieg die wohlbekannte Sympathie für die ältere Schwester auf. Er wusste, welch Löwenmut in ihrer zerbrechlichen Gestalt schlummerte. Wie ein Krieger war Ernestine, und wenn wieder einmal die Franzosen über die westlichen Grenzen kommen sollten, um sächsische Lande zu erobern, so würde Christian lieber von ihr beschützt werden als von so manchem Prahlhans, der sich mit seinen glorreichen Taten in der Völkerschlacht bei Leipzig anno 1813 brüstete.

«Gib her», sagte er und nahm ihr den gebundenen Kranz aus Tannenzweigen ab, in den sie noch ein paar Himmelsschlüssel gewoben hatte. Er duftete würzig, und die Nadeln kitzelten Christian im Gesicht, als er kurz seine Nase hineinsteckte.

Gemeinsam liefen sie über den krummen Wiesenweg hinüber zum Gräberfeld. Eine Turteltaube gurrte in den hohen Fichtenwipfeln, die über ihnen leise im warmen Wind schwankten, und der Himmel über den sanften Grashügeln und den Zierbüschen ringsum war blau. So tiefblau wie Seide. Wie Elises Kleid, dachte Christian und schluckte.

Verstohlen sah er aus den Augenwinkeln zu Ernestine hinüber, doch die Schwester bemerkte nichts. Sie schritt mit langen Beinen über die Wiese, und er beeilte sich, ihr zu folgen. Dies hier war weder der Ort noch der Zeitpunkt, um an Elise zu denken – inmitten all der Toten, die das schwere Joch des Lebens längst abgeworfen hatten und nun einer schöneren Zukunft im Jenseits entgegenschlummerten. So jedenfalls sagte es stets der Pfarrer im Gottesdienst, den Christian viel zu selten besuchte. Die Eltern waren Protestanten gewesen, und er und Ernestine waren beide getauft worden, doch der Glaube bedeutete ihm wenig. Es schien ihm ein unzureichender Trost, dass man irgendwann nach dem Tod im Jenseits belohnt würde – lieber wollte er hier, jetzt und heute glücklich sein! Was wohl Elise darüber dachte? Himmel, da war sie schon wieder in seinem Kopf!

Er wusste, dass sie katholisch war und offenbar jeden Sonntag in die Heilige Messe ging, und dort wurde sicher noch mehr vom Paradies, aber auch von der Hölle gepredigt, die den Katholischen ja so wichtig waren. Es stellte ein weiteres Hindernis zwischen ihnen dar, ihr Katholizismus und seine protestantische Herkunft. Doch angesichts all der anderen, riesenhaften Hürden, vor denen er stand, schien ihm diese Tatsache beinahe wie eine zu vernachlässigende Kleinigkeit. Am Ende waren sie alle Kinder Gottes – erst recht im sächsischen Königreich, wo selbst der König eine andere Konfession hatte als der Großteil seiner Untertanen, ohne dass jemand daran Anstoß nahm.

«Komm endlich», rief Ernestine über die Schulter. «Ich muss nachher noch auf den Markt in der Johannstadt, allen möglichen Plunder aus Zinn soll ich für die Requisite kaufen. Und sie warten nicht gern.»

Christian, der in Gedanken eingesponnen im goldenen Nachmittagslicht stehen geblieben war, nickte und setzte sich wieder in Bewegung. Als er sie eingeholt hatte, fragte er: «Behandelt dich Engelmann denn anständig?» Er kannte den griesgrämigen Theaterinspektor Carl Engelmann von einigen kleineren Zusammenstößen, es gab wohl im ganzen Theater niemanden, der ihm nicht schon einmal in die Quere gekommen wäre.

Ernestine nickte, verzog dabei jedoch ganz leicht das Gesicht, als habe sie Zahnschmerzen, wenn sie an den despotischen Meister dachte. «Er lässt mich die meiste Zeit in Ruhe», sagte sie. «Und Bertha Heise, die Garderobiere, hat mir neulich verraten, dass er große Stücke auf mich hält.» Nun lächelte sie. «Das will was heißen, wie du weißt.»

«Allerdings», sagte er anerkennend. «Solche Worte über eine junge Frau hört sie sicher selten aus seinem Mund.»

Ernestine blieb stehen und sah ihn an. Die Sonne glänzte auf ihrem rotblonden Scheitel. «Das stimmt», sagte sie. «Du hättest dagegen mal hören sollen, wie er über diese arme Ballerina spricht.»

«Mademoiselle Koch?», fragte er und blies die Backen auf. Stoßweise ließ er die Luft entweichen. «An der lässt wohl gerade niemand ein gutes Haar.»

«Frau Heise hat immerhin versucht, sie zu verteidigen», sagte Ernestine, «aber natürlich konnte sie auch nichts ausrichten. Fräulein Koch wird sicher nie wieder ans Theater zurückkehren, nun, da der Ballettmeister Lepitre, dieses schreckliche Männlein, und Direktor Lüttichau mit ihr fertig sind. Selbst dann nicht, wenn sie nach der Niederkunft einen Platz für ihr Kind fände.»

«Tut sie dir leid?», fragte Christian erstaunt. Er hatte nur am Rande den Klatsch im Theater verfolgt und gedacht, dass Magdalene Kochs Verhalten nicht gerade von Besonnenheit zeugte. Doch seine Schwester schien wirkliches Mitgefühl mit der Frau zu haben, die er selbst nur ein-, zweimal in einer Vorstellung gesehen hatte. Im Malersaal zeigten sich die Bühnenkünstler nur selten.

«Ich finde es ungerecht, dass sie allein für ihr Vergehen büßen muss, während sich der Vater des Kindes nicht bekennt und unbescholten bleibt», sagte Ernestine und blies sich eine Strähne aus der erhitzten Stirn, die um diese Jahreszeit voller Sommersprossen war. «Es zeigt mal wieder, wie schmal der Grat ist, auf dem unser Geschlecht balanciert.»

Christian schwieg, er war nachdenklich geworden. Ob das auf alle Frauen zutraf? Auch auf die in den Bürgerhäusern am Markt und in den schönen Villen draußen vor den Toren Dresdens? Und er? Er war ja nun wahrlich keine Frau, aber würde man ihm einen Fehltritt zugestehen, wenn er denn einen beginge? Oder würde auch er dann mit Schimpf und Schande aus den Diensten des Königs entfernt werden, da er nun einmal ein Niemand war und keiner zu seinem Schutz aufstehen würde? Von Ernestine und ihrem Status als Unverheiratete in der Gesellschaft ganz zu schweigen.

Schweigend schritten sie die langen Gräberreihen ab. Das Nachmittagslicht lag in Streifen auf den Marmorsteinen und Kreuzen, die die Gräber markierten. Die meisten waren schlicht und sahen nicht allzu alt aus, denn der Friedhof war erst 1814, ein Jahr nach der blutigen Schlacht, eröffnet worden.

Christian fröstelte nun trotz der Julihitze, als er sich vorstellte, wie die Stadt damals ausgesehen haben musste. Es war kurz vor seiner Geburt gewesen, als man vor den Stadttoren einen Friedhof angelegt hatte, um dem massenhaften Sterben beizukommen. Die Dresdner nannten ihn aufgrund der entfernten Lage «Weiter Friedhof». Man wollte so die Typhusepidemien zurückzudrängen, deren Ausgangspunkt neben den verschmutzten Armeleutegassen auch immer wieder Friedhöfe gewesen waren. Trotzdem war auch ihr Vater einer der nachfolgenden Typhuswellen erlegen, da war Christian fünf Jahre alt gewesen. Seine Mutter war noch früher gestorben, an einem Fieber im Kindbett mit dem jüngsten Schwesterchen, das ebenfalls nicht überlebt hatte.

Auf einer der schlichten Grabplatten, die am Boden lagen,

ruhten ein paar verblühte Rosen. *Caspar David Friedrich*, entzifferte Christian im Vorübergehen. Er glaubte, dass Arrigoni den Mann, den er für einen großen Maler hielt, einmal erwähnt hatte. Das Todesjahr, das auf die Platte graviert war, lautete 1840, er war also erst im vergangenen Jahr verstorben. Doch Christian kannte den Künstler nicht, hatte ihn auch nie getroffen. Schließlich verkehrte er nicht in den erlauchten Zirkeln und Salons der Stadt, sondern blieb als Malergehilfe stets im Hintergrund. Meistens war es ihm ganz recht. Doch manchmal fuchste es ihn, dass er so selbstverständlich am Rand stand, und er malte sich aus, wie es wäre, wenn er eines Tages königlicher Hofmaler würde. Ein Meister seines Fachs, geehrt und hochgelobt von den Großen der Stadt. Dann wieder musste er über sich selbst lachen, denn was waren das für Hirngespinste im Kopf eines früheren Waisenkinds, dessen Überleben reinstes Glück gewesen war? Er sollte sich an Ernestine ein Beispiel nehmen, die ihren kleinen Aufstieg zu schätzen wusste und nicht wie er immer weiter hinaus wollte. Oder?

Als er sie jetzt betrachtete, wie sie den Armengräbern am anderen Ende des Friedhofs zustrebte, wurde ihm klar, dass er wenig von ihr wusste. Sie lebten nicht mehr unter einem Dach – er hatte eine Kammer in einem Gasthof in der Nähe des Theaters bezogen, für die das Opernhaus aufkam, und Ernestine lebte zur Untermiete bei einer Familie in der Pirnaischen Vorstadt.

«Wir sind da», sagte Ernestine und blieb vor einer langen, schmucklosen Gräberreihe stehen.

Hier, wo die Ärmsten der Dresdner Bürger in letzter Ruhe lagen, waren nur kleine, unscheinbare Grabsteine eingelassen, auf denen nicht mehr als die Namen und Lebensdaten der Verstorbenen standen. Schmuckvolle Verse oder Bibelstellen gab es hier nicht, auch keine Ornamente, Engel oder ineinander verschränkte Hände aus Marmor. Christian legte den Kranz auf den Boden zu seinen Füßen und betrachtete die Grabstelle, vor der sie standen. *Marie Hildebrand*, stand dort, *1783–1817*. Und darunter *Alois Hildebrand, 1779–1819*. Schließlich noch, ohne Lebensdaten, denn das Kind hatte nur einen Tag auf Erden verbracht: *Sophie Hildebrand*.

Er bückte sich und schob den Kranz etwas höher, sodass er über dem mit Gras bewachsenen Hügel lag, unter dem seine Eltern und seine jüngste Schwester begraben waren. Links und rechts sah er, dass kaum eines der Gräber mit Blumen oder Kränzen geschmückt war. Die meisten Toten hier waren längst vergessen oder hatten keine Angehörigen hinterlassen, die ihrer gedachten. Auch er und seine Schwester kamen viel zu selten hier heraus, musste er mit Unbehagen feststellen. Dabei war es ein friedlicher Ort mit den sanft gewellten Wiesen, den rauschenden Wipfeln und den zahlreichen Vogelstimmen, die ihr Lied sangen wie ein nie abbrechendes Requiem. Er fühlte sich wundersam getröstet und von dem Ungemach der Welt abgeschirmt, ein Eindruck, der durch die hohen Mauern ringsum verstärkt wurde. Die Stadt mit ihrem bunten, lauten Treiben, mit ihren Soldaten und Pferdefuhrwerken, ihren Kapellen und Kirchenglocken verstummte für einen Augenblick, und die Stille ließ die Besucher einen Frieden empfinden, der selten war.

«Wie schön es hier ist», sagte da auch Ernestine. Sie schien ähnliche Gedanken wie Christian zu haben, während sie mit den Augen über das weitläufige Gelände strich. «Beinahe könnte man Sehnsucht nach dem Tod bekommen.»

Erschrocken sah er sie an. Dann entdeckte er den Funken in ihren Augen unter den farblosen Wimpern, den er so gut kannte. Seine Schwester nahm oft Zuflucht zu hintergründigen, manchmal boshaften Scherzen. Dann schien es ihm, dass sie sich damit eine namenlose Trauer vom Leib hielt, die nie ganz von ihr wich.

Er stieß sie unsanft in die Seite. «Sag so etwas nicht. Mir reicht es, dass unsere Eltern hier liegen, dich hätte ich gern noch etwas länger bei mir hier oben über der Erde, wenn's geht.»

«Und das hält mich lebendig, Bruderherz», sagte sie mit diesem schiefen Lächeln, bei dem er nie sagen konnte, ob es ernst gemeint war oder schelmisch. «Diese Sorge um dich – auch jetzt noch, obwohl du längst kein Hosenmatz mehr bist.»

Er erwiderte ihr Lächeln und sah erneut auf die Gräber zu ihren Füßen. «Erinnerst du dich noch an sie?», fragte er leise.

«Natürlich», sagte Ernestine, «jedenfalls ein wenig. Mutter konnte wunderbar nähen, und dabei sang sie immer. Sie hatte dieses eine Lieblingslied, weißt du nicht mehr?»

Betrübt schüttelte er den Kopf. So sehr er sich auch immer wieder anstrengte, in seiner Erinnerung klaffte, was seine Mutter anging, eine große Leere. Schließlich war er bei ihrem Tod erst drei Jahre alt gewesen, es war also nicht weiter verwunderlich. Warum aber befiel ihn dann trotzdem immer wieder ein Gefühl von Schuld, so, als verriete er sie, indem er nichts mehr über sie wusste?

«Sing das Lied», bat er.

Ernestine zögerte kurz und schien zu überlegen, dann setzte sie aber doch an. Behutsam, als wollten sie nicht das Gezwitscher der Vögel stören, erhoben sich die simplen Töne und schwebten über die Wiese. «*Freut euch des Lebens, weil noch das Lämpchen glüht*», sang Ernestine, und Christian sah, wie ihre schmalen, blassen Wangen sich ein wenig röteten. «*Pflücket die Rose, eh sie verblüht.*»

Verblüfft sah er seine Schwester an. «Das hast du mir noch nie vorgesungen», sagte er. «Ich kenne es gar nicht. Das war also das Lieblingslied unserer Mutter?»

Ernestine nickte. «Ich sehe sie noch vor mir», sagte sie gedankenverloren und blickte in die Ferne, als könnte sie dort am Horizont die Gestalt der Mutter erkennen. «Sie hatte weizenblondes Haar, so wie du. Und ganz kleine Hände, fast wie ein Kind, trotzdem führte sie die Nadel sicher wie eine gelernte Schneiderin.»

«Aber das war sie nicht», sagte Christian. «Sie war nur eine Tagelöhnerin, richtig?»

«Nun, als sie Vater heiratete, hatte sie keinen Groschen», sagte Ernestine achselzuckend. «Und ich fürchte, das ist auch so geblieben.»

«Immerhin hatte Vater die Anstellung im Theater», sagte Christian. «Wir haben nicht gehungert, solange er lebte.»

Beide schwiegen und hingen ihren Gedanken nach. An den Vater erinnerte sich Christian dunkel, an sein lautes Lachen und den steifen Kragen, der *Vatermörder* genannt wurde, weil er so scharf ins Kinn schnitt. Doch am Ende war natürlich nicht der Kragen schuld am Sterben des Vaters gewesen, sondern die Seuche, die auch Jahre nach dem Krieg in Dresden immer wieder aufgewallt war und so viele in den Tod gezogen hatte. Er und Ernestine aber waren verschont geblieben. Sie hatten einander gehabt und irgendwie überlebt. So sehr die Kälte und der Hunger an ihnen genagt hatten, sie waren doch zusammen gewesen und hatten die Hoffnung nie ganz aufgegeben. Zwei elternlose Kinder, von denen die Schwester viel zu früh die Mutterrolle für ihren jüngeren Bruder übernehmen musste. Auf einmal fragte sich Christian, warum seine Schwester eigentlich nie versucht hatte zu heiraten. Auf ihre ganz eigene Art war sie schön, sie hatte einen schroffen, aber anziehenden Liebreiz.

«Was starrst du mich so an?», fragte Ernestine und fuhr sich mit der Hand über das Gesicht. Die Sommersprossen auf ihrer Stirn wurden von feinen Querfalten in die Breite gezogen.

Christian lächelte. «Ich dachte nur gerade, dass du einen Mann verdient hättest, nicht nur so einen nichtsnutzigen Bruder wie mich. Einen Mann, der dich versorgt, der sich um dich kümmert.»

Sie schnaubte. «Wer sagt denn, dass ich so einen will?»

«Will das nicht jede junge Frau? Einen Hausstand gründen, Kinder haben? Geborgenheit?»

Sie schüttelte den Kopf und verzog spöttisch den Mund. «Ich bin nicht wie jede Frau, lieber Bruder. Das solltest du langsam gemerkt haben. Und was ist überhaupt mit dir?», fuhr sie hastig fort, und er merkte, dass sie von sich ablenken wollte.

«Was meinst du?»

«Willst *du* nicht mal heiraten? Anders als mir dürfte es dir ja nicht an Angeboten mangeln, du Prinz.»

Christian entfuhr ein Lachen. Er dachte an die Dienstmädchen der Stadt, die ihm schöne Augen machten, und musste Ernestine recht geben. Doch was hatte er schon anzubieten? Außerdem schien ihm die Vorstellung, mit einer von ihnen vor den Altar zu treten, sich Tisch und Bett zu teilen, merkwürdig, ja unangenehm. Unwillkürlich kam ihm Elise in den Sinn, und ihm wurde heiß. Sie würde sicher bald heiraten, auch wenn sie nicht darüber gesprochen hatten. Wie würde Elises Zukunft wohl aussehen? Wie wollte sie leben – und mit wem? Und nicht zuletzt – was hielt sie von ihm? Ob ihr der verstohlene Kuss unten an der Elbe in der Mittagshitze auch nur annähernd so viel bedeutet hatte wie ihm?

Seit jenem Zusammentreffen hatte er sie nicht wiedergesehen. Seine heimlichen Wanderungen durch ihre Wohnstraße hatte er eingestellt, nachdem er mehrfach misstrauische Passanten auf sich aufmerksam gemacht hatte. Und darum hatte er auch nicht gewagt, einen Brief an die von ihr bezeichnete Stelle zu legen. Was, wenn der Falsche ihn fände? Was, wenn Elise und er aufflogen?

Es war schon gefährlich, in der Weise an sie zu denken, wie er es tat – in jeder freien Minute und mit brennendem Herzen –, das wusste er genau. Und doch konnte er nicht damit aufhören. Vielleicht, dachte er, sollte er es trotzdem einmal wagen, ihr zu schreiben?

«Hat dich meine Frage in Verlegenheit gebracht? Oder was ist mit dir los?», fragte Ernestine und holte ihn in die Gegenwart zurück. Ein Raubvogel schrie weit über ihnen und kreiste am Himmel, sein Schatten flog über die Gräber. Seine Schwester starrte ihn an. «Hast du einen Geist gesehen?»

«Davon dürfte es ja hier genug geben», sagte er und räusperte sich. Dumme Witze machen, das konnte er auch. Doch er sah, dass er sie nicht täuschte mit seiner betonten Arglosigkeit.

«Christian», sagte sie ernst, «woran hast du gedacht?» Sie runzelte die Stirn, sodass sich die Falten darauf noch vertieften. «Ich habe nur so vom Heiraten gesprochen, ich dachte nicht, dass dir wirklich etwas daran liegt. Aber offenbar hast du schon eine ganz bestimmte Person im Kopf.»

«Sei nicht albern», sagte er lahm. «Da ist niemand. Wer soll einen wie mich denn schon wollen?»

«Ich könnte dir allein am Theater schon drei, vier Mädchen nennen», feixte sie. «All die Mägde und Töchter der Logenschließer – oder die Cousine vom Billeteur Lomnitz, die dich jedes Mal mit ihren Blicken verschlingt.» Sie überlegte. «Aber ich wette, es ist keine von ihnen, richtig? Sonst müsstest du nicht so gucken, als würdest du am liebsten auch hier unter der Erde liegen. Du bist nicht nur verliebt, nein, auch noch unglücklich.» Mitfühlend legte sie einen Arm um seine Schultern. «Oh, Chrischan», sagte sie leise. «Mach bloß keine Dummheiten, hörst du?»

«Ich weiß schon, was ich tue», sagte er trotzig und schüttelte ihren Arm ab. Auch wenn sie meinte, sie könnte ihn bemuttern – diese Zeiten waren vorbei! «Außerdem», fügte er hinzu, «hast du es doch selbst gesagt …»

«Ich? Was?»

«Gesungen hast du es, eben gerade. *Freut euch des Lebens, weil noch das Lämpchen glüht*. Heißt das nicht, dass wir hier und jetzt leben sollen und nicht einfach aufgeben, nur weil etwas schwierig erscheint?»

Ernestines Miene schwankte zwischen Mitleid und Bewunderung. Schließlich überwog das Mitleid, und trotz seiner abwehrenden Geste zuvor legte sie wieder einen Arm um ihn und zog ihn zu sich heran. Sie legte ihren Kopf an seine Schulter, so wie es neulich Elise getan hatte. Doch nun roch er nur den Duft seiner Schwester, den er kannte, seitdem er auf der Welt war.

«Ach, Chrischan», sagte sie. «Das gilt doch nicht für Leute wie uns. Weißt du das denn nicht?»

Langsam, wie zwei alte Menschen, die einander stützten, gingen sie durch das wärmende Nachmittagslicht über die blühenden Felder nach Hause.

22.

März 1823 (18 Jahre zuvor)

Aufzeichnung von Hofrat Ernst Gottlob Pienitz, Arzt zu Pirna und Direktor der Königlich Sächsischen Heil- und Versorgungsanstalt Sonnenstein

Heute habe ich einen Neuzugang zu verzeichnen – eine junge, körperlich gesunde und kräftige weibliche Person mit dem Namen Johanne Marlene Jacobi, etwas über fünfundzwanzig Jahre alt, Tochter des Verwaltungsdirektors Kapp, der bereits verstorben ist. Sie wurde von ihrem Ehemann zu uns auf den Sonnenstein verbracht, der in höchster Sorge war, sie werde Hand an sich legen – eine ähnliche Drohung sei von ihr einen Tag zuvor in einem Briefe ausgesprochen worden. Eine Befragung meinerseits ergab, dass Frau Jacobi seit mehreren Jahren ein melancholisches Leiden heimsucht, welches sie in letzter Zeit buchstäblich ans Bett fesselte, sodass sie weder ihren Pflichten im Haushalt noch ihren ehelichen Aufgaben nachkommen konnte. Mehrere Schwangerschaften sind zur Unzeit zu Ende gegangen, ohne dass die Frucht lebte. Das letzte Kind, sagt Herr Jacobi, war bei der Totgeburt bereits sehr weit gereift, konnte jedoch nicht am Leben erhalten werden. Diese Erlebnisse haben das Gemüt der Patientin nachhaltig verschattet und ihren Zustand verschlechtert. Zur Melancholie kommen laut Ehegatte vor allem des Nachts angstähnliche, wahnhafte Zustände, in denen Johanne Jacobi nicht mehr sie selbst sei und man um ihr Leben fürchten müsse.
Eine erste Untersuchung bestätigte leider die Ängste des Mannes. Johanne Jacobi war kaum ansprechbar, ganz in sich und ihre innere Welt zurückgezogen wie eine Schnecke in ihr Haus. Sie zeigte

schwere Anzeichen von tiefer Melancholie – so schwer, wie ich sie selten gesehen. An ein Erreichen ihres Geistes durch mich oder den Hausarzt war nicht zu denken. Fast meine ich, dass ihr Schweigen pathologisch ist, sie also verlernt hat, mit der äußeren Welt über das Wort in Kontakt zu kommen. Doch kein Fall ist hoffnungslos!

Ich habe sie im Frauenhof untergebracht, mit Blick auf den Garten, wo sie im Schlafsaal mit anderen Frauen verbleibt, und ihr zunächst abwechselnd Ruhe und Spaziergänge verordnet, dazu warme, stimulierende Bäder und eine fettreiche Kost, um die Körpersäfte anzuregen. Bei Reizmangelerscheinungen, wie Frau Jacobi sie überdeutlich zeigt, haben nach meiner langjährigen Erfahrung mit seelisch Erkrankten solch stärkende Methoden mehr Erfolgsaussichten als abschwächende wie Abführmittel oder kalte Sturzbäder. Letztere lasse ich in meiner Anstalt ohnehin nur bei schweren Fällen von Tobsucht und Wahn anwenden, weil ich sie für Zwangsmaßnahmen halte, die inhuman sind, wenn man sie unbedacht einsetzt. Ich habe dies oft genug während meiner Lehrzeit an der Pariser Salpêtrière bei Professor Pinel gesehen, dessen Verdienste in der Psychiatrie unbestritten sind, der aber dennoch eiskalte Duschen und Zwangsjacken als unvermeidlich ansah. Ich teile diese fachliche Meinung inzwischen nur noch bedingt. Freilich muss die Behandlung stets in enger Anpassung an die Krankheitsentwicklung erfolgen. Sollte sich nach einigen Wochen keinerlei Verbesserung einstellen, werde ich die Kuren abändern.

Dies alles teilte ich auch Herrn Adam Jacobi, dem Ehemann, mit. Jener ward sogleich einverstanden mit der Verwahrung hier auf Burg Sonnenstein, wenn ihm auch die Trennung von seiner jungen Frau wohl schwerfiel. Er fragte, wann mit einer Besserung, ja mit einer Verbringung ins Genesungshaus unten in Pirna zu rechnen sei – er habe davon gehört, dass die Therapien zu Sonnenstein häufig schnelle Heilerfolge zeigen. Da musste ich ihn abmindernd aufklären. Die Symptome, die die Patientin zeigt, sind sehr ernst zu nehmen und leider auch schon seit geraumer Zeit unbehandelt, sodass sich Gewohnheit und Krankheit kaum mehr voneinander trennen lassen. Es wird sicher Monate, wenn nicht Jahre dauern, bis sich Heilung zeigt – und bei solch schwerer Verwahrlosung der Seele und schmerzlicher Erfahrung mütterlichen Versagens kann die Krankheit auch anhaltend sein. Ich bin jedoch zuversichtlich, dass Frau Jacobi sich rasch in die Ordnung unserer Anstalt einfügen und durch den regelmäßigen Tagesablauf, die frische Luft und die Gespräche und Beratungen mit den Ärzten zumindest etwas Kraft schöpfen wird. Der Rest liegt in Gottes Hand.

23.

Dresden, Freitag, 6. August 1841

«Auftritt der Gefangenen», flüsterte der Inspizient heiser, als er seinen roten Kopf zur Hinterbühne hineinsteckte.

Leise Streicherklänge aus dem Orchestergraben zeugten bereits davon, dass nun eine neue Szene begann. Die Schauspieler, die traurige Stofffetzen an ihren Körpern trugen, setzten sich hinter den Kulissen in Bewegung. Einige hatten die Hände auf dem Rücken mit Stricken gefesselt, bei einem hatte sich die Kordel jedoch gelöst. Bertha sah, dass Ernestine sogleich herbeisprang und sie rasch festknotete, damit die Fessel echt wirkte, wenn er auf die Bühne trat. Ein anderer Mann zog eine Eisenkugel an einer Kette hinter sich her, die um sein Fußgelenk geschlungen war. Da die Kugel jedoch hohl war und nur mit silberner Farbe bemalt, hüpfte sie bei seinen hastigen Sprüngen Richtung Bühne leicht wie eine Feder auf und ab.

Bertha stöhnte. «Hey, Kerl, du musst das Ding mit sichtlicher Mühe ziehen!», fauchte sie hinter ihm her.

Der Mann drehte sich um, biss sich auf die Lippen und nickte. Nun bemühte er sich, die Requisite wie eine Last aussehen zu lassen, und verschwand leicht humpelnd. Auch die anderen Gefangenen schlurften auf die Bühne, wo sich vor den Augen der zahlreichen Zuschauer nun der Hof des Gefängnisses befand, in dem Florestan, der Held der Beethoven-Oper *Fidelio*, in schmachvoller Kerkerschaft lag und sich nach seiner Leonore sehnte.

Bertha und Ernestine, die an der Seite hinter einem Vorhang verborgen standen, sahen sich an und verdrehten in stillem Einverständnis die Augen. Viele der Schauspieler und Komparsen, die kleinere Nebenrollen in der Oper übernahmen, waren unerfahren und verfügten nicht immer über das richtige Maß an Engagement – was sicher auch an den niedrigen Gagen lag, die ihnen nur zugestanden wurden. Anders als die großen Namen, die Primaballerinen und Diven und die Mitglieder des festen Theaterensembles, konnten sie nicht von ihrer Arbeit an nur einer Bühne leben, sondern waren darauf angewiesen, überall im Land von Theater zu Theater zu ziehen und jeden Abend eine andere kleine Rolle zu übernehmen. Manchmal schien es Bertha, dass der ein oder andere sogar vergaß, welche Rolle heute vorgesehen war, ja welche Oper an diesem Abend auf dem Programm stand. Stumm beklagte sie diesen Verfall der Moral und wünschte, sie könnte etwas dagegen ausrichten. Aber natürlich war dies die Aufgabe des Direktors, der Dramaturgen und künstlerischen Leiter und nicht die einer Garderobiere.

«Nicht zu fest», klagte jetzt eine weibliche Stimme unterdrückt. «An den Haaren sitzt noch ein Kopf, Monsieur!»

Bertha wandte sich um. Ein paar Meter weiter saß Wilhelmine Schröder-Devrient auf einem Stuhl und wartete auf ihren Einsatz. Natürlich sang sie die Hauptrolle der Leonore. Doch da diese sich als ein Laufbursche namens Fidelio verkleidet hatte, um sich beim Gefängnisaufseher Rocco einzuschleichen, trug die Sängerin nicht wie sonst ein ausladendes Kleid mit tiefem Dekolleté, in dem das Dresdner Publikum sie am liebsten sah. Stattdessen hatte sie eine Männerstrumpfhose angezogen. Darüber trug sie einen taillierten Herrenrock mit Ledergürtel, in dem eine Pistole steckte. Friedrich Reichhardt, der Bühnenfriseur, stand hinter ihr und flocht ihre langen, leicht gelockten Haare zu einem strengen Zopf, da sich ihre Frisur während des ersten Akts gelöst hatte. Dabei zog und zerrte er so fest an den Strähnen, dass die Sängerin die Stirn kräuselte und immer wieder leise aufjammerte.

Endlich war der Zopf zur Zufriedenheit des Friseurs geflochten, mit flinken Bewegungen steckte er ihn nun auf dem Kopf von Wilhelmine fest, wozu er lange Haarklammern zu Hilfe nahm, die er im Mundwinkel bereithielt.

«Herr im Himmel», sagte die Sängerin, als die Prozedur geschafft war, und zog sich wieder den Schlapphut über die straffe Frisur, damit ihre langen Haare nicht zu erkennen waren. Anschließend warf sie noch einen Blick in den Spiegel, der hier auf der Hinterbühne hing, damit die Darsteller ihr Äußeres prüfen konnten, ehe sie auf die Bühne mussten. «Sie haben den Zopf so festgezurrt, dass ich kaum noch meine Augenlider schließen kann.»

Wie zum Beweis klapperte sie theatralisch mit den Wimpern, und Bertha musste lächeln. Seit sie Wilhelmine kannte – und das waren viele Jahre –, imponierten ihr die Haltung und der unerschütterliche Humor der großen Sängerin. Denn auch wenn ihr Ruhm über Sachsens Grenzen bis weit ins europäische Ausland erscholl, trug sie ein schweres Schicksal. Ihre Ehe mit dem Schauspieler Carl Devrient war vor Jahren geschieden worden, wobei sie ihre vier Kinder verloren hatte, denn diese durften nicht bei der Mutter aufwachsen, sondern verblieben im väterlichen Haushalt. Doch ihr Talent und ihre Stellung am Dresdner Theater war unbestritten. Sie hatte Beethoven persönlich gekannt und war die Freundin eines jungen, verheißungsvollen Komponisten namens Richard Wagner, der tief beeindruckt von ihr schien. Zudem war sie zu allen am Theater freundlich, vom Logenschließer über den Heizer bis hin zum Kapellmeister.

«Sie sehen großartig aus, Madame», sagte Bertha anerkennend.

Wilhelmine wandte sich ihr zu. «Es ist seltsam», raunte sie, «nur wenn eine Frau Männerkleidung trägt, ist sie wirklich frei. Verstehen Sie?»

Bertha neigte den Kopf, obwohl sie nicht ganz sicher war, was die Sängerin meinte. Diese schritt nun in den engen Strumpfhosen auf und ab und reckte das Kinn, als bereite sie sich auf den Kampf vor.

«Wenn man doch einmal seinen wahren Geschlechtscharakter abschütteln könnte», murmelte sie wie zu sich selbst. «Eine Frau, die sich bindet und heiratet, kann niemals Künstlerin sein. Nur ungebunden kommt die Kunst zu uns. Wie ein eifersüchtiger Liebhaber ist sie, der keinen Nebenbuhler duldet.» Wieder sah sie Bertha an. «Hören Sie?»

Ehe Bertha antworten konnte, streckte der Inspizient erneut den Kopf zu ihnen hinein, das Gesicht war noch stärker gerötet als zuvor. In dieser Oper gab es so viele Auftritte und Abgänge in schneller Folge, dass er kaum zu seinem Stelldichein mit den Garderobenfräuleins kam, dachte Bertha spöttisch. Da kippte er sich seinen Branntwein eben allein in der Inspizientenloge hinter die Binde.

«Leonore», wisperte er undeutlich, «noch eine Minute bis zum Auftritt mit dir und Rocco.»

Wilhelmine nickte und stellte sich dicht hinter dem Vorhang in Position. Sie überprüfte die Waffe in ihrem Gürtel. «Dann wollen wir dem armen Kerl mal einheizen», flüsterte sie.

Um ihr Glück zu wünschen, spuckte Bertha ihr über die Schulter, dann eilte Leonore, verkleidet als Fidelio, nach vorn, um den Aufseher Rocco davon zu überzeugen, dass sie unbedingt in den Kerker müsse, wo sie ihren geliebten Florestan vermutete. Bertha hörte, wie die Stimmen des Publikums aufbrandeten, alle riefen *Ah!* und *Da ist sie!*, als Wilhelmine die Bühne betrat. Unzählige Füße trampelten der beliebten Sängerin ihr Willkommen auf den Boden des Parketts und der Ränge. Das Orchester musste eine unfreiwillige Szenenpause machen, bis sich die Begeisterung der Zuschauer wieder legte, erst dann setzten die Streicher, Bläser und Pauken erneut ein und begleiteten das Zwiegespräch zwischen Rocco und dem vermeintlichen Fidelio, als wäre nichts gewesen.

Herr Reichhardt strich sich ein unsichtbares Stäubchen von seinem steifen schwarzen Anzug und verzog den mit Bartwichse getrimmten Schnauzer in einer Mischung aus Skepsis und Anerkennung. Noch immer hielt er eine letzte Haarnadel zwischen den Lippen, als wäre sie vergessen worden. «Und das sogar in Strumpfhosen», flüsterte er Bertha und Ernestine zu, ohne die Nadel loszulassen. «Ein Wahnsinnsweib!»

Mit diesen Worten verschwand er, sein Dienst war für heute beendet. Es folgte nun noch der zweite Akt, in dem die Sängerin durchgehend auf der Bühne sein würde, ein neuerliches Frisieren wäre nicht mehr möglich. Am Ende würde sich Leonore in einer dramatischen Geste selbst den Hut vom Kopf reißen, den Zopf lösen und sich endlich als Frau zu erkennen geben.

Als die Gefangenen zurückschlurften, befreiten Bertha und Ernestine sie von den störenden Fesseln, die in einem Korb neben der Bühne verwahrt wurden. Auch die Eisenkugel fand ihren Weg dort hinein. Die Darsteller trollten sich flüsternd den Gang hinunter in Richtung Garderoben, wo sie zweifelsohne ein paar geistige Getränke zu sich nehmen würden, bis es Zeit für ihren letzten Auftritt war. In der Schlussszene würden sie erneut auftreten und zusammen mit den Darstellern des Volks die Menge bilden, die dem erretteten Florestan und seiner Leonore zujubelten – ehe der Vorhang für diesen Abend endgültig fiele. Doch bis dahin hatten die beiden Helden dort unten im düsteren Kerker noch einige schwere Prüfungen zu bestehen.

Bertha ließ sich ächzend auf dem Stuhl nieder, auf dem zuvor Wilhelmine gesessen hatte, und rieb sich die schmerzenden Schienbeine.

«Brauchen Sie etwas, Frau Heise?», fragte Ernestine, die soeben die letzte Kordel aufgerollt und in den Korb gelegt hatte. «Einen heißen Kaffee? Eine Wärmepfanne für Ihre Füße?»

Bertha war gerührt. Doch sie schüttelte den Kopf. «Nicht nötig, Mädchen», sagte sie. «Oder warte mal – gehen wir schnell rüber zu Herrn Wagner ins Kabuff an der Pforte. Er hält immer heißen Kaffee auf seinem Öfchen bereit.»

Ernestine lachte und wehrte ab. «Gehen Sie mal lieber allein, Frau Heise», sagte sie. «Herr Wagner ist sicher sehr erfreut, Sie zu sehen, er hält ja Riesenstücke auf Sie. Ich bewache hier so lange die Requisiten und behalte den Überblick. Unser Inspizient hat schon wieder ordentlich ins Glas geschielt, und ich fürchte das Schlimmste.»

Brummend machte sich Bertha auf den Weg – und war zugleich froh über diese willkommene Pause. Sie dachte an ihren Gatten und fragte sich, ob Franz wohl noch wach in der engen Wohnstube in der Webergasse saß und auf sie wartete oder ob er längst, die Nachtmütze tief ins Gesicht gezogen, in der Schlafkammer schnarchte. Sein Tagwerk war vollbracht, doch als Garderobiere musste sie auch abends Dienst tun. Und wenn sie ehrlich war, liebte sie die langen Abende im schummrigen Zwielicht in der Tiefe des Theaters besonders. Drinnen im Saal strahlte der Kronleuchter und tauchte alles in funkelndes Licht, während hier im Hintergrund die fleißigen Mäuse auf und ab huschten und alles am Laufen hielten. Die Zuschauer sahen nur die Zauberwelt der Oper, all die Lichter und Farben, die Kulissen und Masken, die ihnen eine andersartige, eine unerreichbare Welt vorgaukelten. Bertha genoss es, ein Teil der Maschinerie zu sein, die diese Phantasmen hinter dem Schmuckvorhang, hinter dem kleinen Teil der sichtbaren Bühne erzeugte. Denn es war ja nur ein Bruchstück dessen, was die Gäste des Theaters mit ihren Augen erspähen konnten, die Spitze eines Eisbergs, der aus tiefen Wassern ragte. Hingegen ahnten sie nichts von den riesigen Hinterbühnen, den Werkstätten und Schneidereien, den geheimen Gängen oder dem großen Malersaal, von all den unterirdischen Welten hinter der gespielten Welt, die sie sahen. Und nichts wussten sie von den Schmerzen, die erst zu der gelungenen Darstellung führten. All die durchtanzten Schuhe, die Halsentzündungen der Sänger, die wunden Zehen der Tänzer, die Selbstverleugnung und Knechtschaft der Körper und Seelen. Die echten Tragödien und die bitteren Tränen der Leidenschaft – alles, damit es diese große, unsterbliche Kunst auf die Bühne schaffte.

Gerade drang das rührende Terzett von Leonore, dem Gefängnisaufseher Rocco und dem Gefangenen Florestan durch die geschlossenen Türen des Saals. Bertha blieb einen Moment im Halbdunkeln stehen und lauschte. Über die Stimmen der Männer schraubte sich herzzerreißend der Sopran von Wilhelmine Schröder-Devrient. *Wie heftig pochet dieses Herz, es wogt in Freud und scharfem Schmerz.*

Bertha stellte sich vor, wie die Sängerin in Männerkleidung nun auf die Knie ging und flehentlich die Hände nach dem Mann ausstreckte, den sie liebte. *Die hehre, bange Stunde winkt*, sang die Sopranstimme, sanft begleitet von den Hörnern und Flöten, *die Tod mir oder Rettung bringt*. Gleich würde die verkleidete Leonore die Waffe zücken und dem überraschten Rocco an die Brust halten, um ihren Geliebten zu befreien. Obwohl Bertha die Oper wieder und wieder gesehen hatte, schauderte sie bei der Vorstellung. Viele der Stücke, die hier im Königlichen Theater gespielt wurden, handelten von der Liebe und den Gefahren, die sie brachte – doch keine ging Bertha so ans Herz wie *Fidelio*. Und das Dresdner Publikum schien ähnlich zu empfinden, denn das Haus war an diesem Abend wieder einmal ausverkauft. Was gab es Schöneres als die Vereinigung zweier Menschen, die unrechtmäßig auseinandergetrieben worden waren und nun aus der Kraft ihrer Liebe heraus Rettung fanden?

Sie wischte sich ein Tränchen von der Wange und ging weiter in Richtung Pforte.

In Wagners Kabäuschen brannte die Petroleumlampe, und

als sie durchs Fenster lugte, sah sie, dass er in eine Partie Schach mit Theaterwachtmeister Köhler vertieft war, ein stattlicher, vielleicht etwas zu massiger Mann in Uniform, der für die Aufrechterhaltung der Ordnung im Theater und für die Verhütung von Brandgefahr zuständig war. Bei ihrem Anblick sprang er auf und neigte kurz und zackig den runden Kopf, nur um sich sofort wieder zu setzen und in die Stellung seiner Spielfiguren auf dem schwarz-weißen Brett zu vertiefen. Seine kräftige Statur ließ ihn älter wirken, als er war, denn soweit Bertha wusste, zählte er etwa dreißig Lenze. Er war mit einer Hutmacherin aus der Wilsdruffer Vorstadt verheiratet, bei der Bertha oft Bänder bestellte, und hatte zwei Kinder.

Ehregott Wagner war sitzen geblieben, wirkte aber erfreut, sie zu sehen, genau wie Ernestine es prophezeit hatte.

«Nu, gnädige Frau Heise», sagte er durch die Luke, «bitte kommen Sie doch herein. Was für eine bomforzionöse Überraschung, Sie hier in meiner bescheidenen Hütte zu sehen.»

Sie trat durch die niedrige Tür. Die Luft in dem kleinen Raum war zum Schneiden, eine Mischung aus Pfeifentabak, Petroleum und Kaffee, der zu lange auf dem Feuer geröstet worden war. Diskret setzte sie sich auf das durchgesessene Sofa und ächzte wohlig, als sich die Kissen in ihren schmerzenden Rücken schmiegten.

Der Theaterdiener war nun doch aufgestanden und zum Ofen gegangen, wo er ihr unaufgefordert Zichorienkaffee in eine Tasse goss. Sein Blick wanderte zu einer Flasche mit der Aufschrift *Echter Leipziger Allasch*. «Ein Schlückchen Kümmellikör?», fragte er. «Für die Verdauung, Frau Heise?»

Bertha nickte. Sie kannte den Likör, den Wagner stets aus Leipzig mitzubringen pflegte. Und er wusste genau, dass sie nicht widerstehen konnte, denn das Getränk war zuckersüß und wärmte wie ein inneres Feuer.

Großzügig goss Wagner den Schnaps direkt in Berthas Kaffee und reichte ihr die dampfende Tasse. «Auf Ihr Wohl, Gnädigste.»

«Danke, Herr Wagner», sagte sie. «Lassen Sie sich nur nicht stören. Sie sind ja mitten in der Partie, wie ich sehe.»

«Eher am Ende», knurrte Köhler und kratzte sich am Kopf. «Unser Freund Ehregott hat meinen König bereits so sehr in die Ecke gedrängt, dass ich nicht weiß, ob ich ihn noch einmal hinausmanövrieren kann.»

«Sie sind heute auch überhaupt nicht bei der Sache», beschwerte sich Wagner. «Nu, so macht das Gewinnen kaum Spaß. Vielleicht erzählen Sie ja Frau Heise, welche Laus Ihnen über die Leber gelaufen ist, wenn Sie schon mir nichts sagen wollen.»

Bertha horchte auf. «Haben Sie Sorgen, Herr Wachtmeister?», fragte sie und schlürfte ihr heißes, wohltuendes Gebräu. Genüsslich spürte sie, wie die Wärme sich in ihren Gliedern ausbreitete. «Ihre werte Familie ist hoffentlich wohlauf?»

Köhler nickte. «Alles wunderbar, ganz wunderbar», beteuerte er, rutschte aber in seiner engen Uniformhose unbehaglich auf seinem Schemel hin und her.

An seiner Gesichtsfarbe sah sie, dass auch er schon den ein oder anderen Kümmellikör getrunken hatte. Nun begann er auch noch zu schwitzen und wischte sich unbeholfen über die Stirn.

«Ganz so wunderbar wirkt es nicht», sagte Bertha leise. «Wollen Sie uns nicht Ihr Herz ausschütten, Herr Wachtmeister? Danach ist einem meistens leichter.»

«Es ist so», sagte Köhler gequält und blickte von Wagner zu Bertha und wieder zurück, «ich habe heute einen Brief erhalten. Anonym!» Er zog ein gefaltetes Kuvert aus seiner Uniformjacke, das mit Tintenschrift beschrieben war. «Darin steht, man wisse, dass ich ...» Er zögerte und hob dann neu an. «Jemand wirft mir vor, Ehebruch begangen zu haben», sagte er schließlich tonlos.

Bertha zog die Augenbrauen hoch. «So?», fragte sie und wartete.

«Ja, ich sei gesehen worden, wie ich ... Umgang ... mit einer jungen Dame gepflegt hätte.» Er schwieg betreten und wedelte mit dem Stück Papier.

Plötzlich meinte Bertha, die Schrift darauf erkennen zu können. In ihrem Kopf fügten sich die Teile zusammen.

«Handelt es sich um Mademoiselle Koch?», fragte sie spitz.

Köhler geriet noch mehr in Schwitzen, aber er nickte. «Bitte, glauben Sie mir», sagte er hastig und schielte auf den Boden, als läge dort seine Ausflucht, «es ist nichts geschehen. Fräulein Koch und ich haben uns nur dann und wann ... unterhalten.»

«Vom Unterhalten wird man nicht schwanger», sagte Bertha, der das Gestammel des Mannes zunehmend auf die Nerven ging.

Wagner tat unbeteiligt, wie sie aus den Augenwinkeln sah, so, als sei er voll und ganz ins Schachbrett vertieft. Doch sie kannte ihn gut genug, um zu erkennen, wie es in seiner Miene arbeitete.

Köhler war bei ihren Worten zusammengefahren, nun wirkte er empört. «Ich bin ein Familienvater», blaffte er, «und ich verbitte mir solche Verleumdungen. Was kann ich dafür, dass Lene ... ich meine, Fräulein Koch, sich derart herumtreibt? Ich lasse mir jedenfalls kein Kind anhängen, schließlich habe ich schon welche, die mich genug kosten. Sie will mich nur in den Ruin treiben mit ihrem Geschmiere.» Entschlossen stand er auf, trat zum Ofen, öffnete die Eisenklappe und warf das Papier ins Feuer. Der Brief ging in Flammen auf, krümmte sich kurz, wurde schwarz – und zerfiel zu Asche. Mit einem Knall schlug Köhler die Klappe zu. Dann wandte er sich wieder an Bertha.

«Ich muss Sie wohl nicht bitten, Stillschweigen zu diesem Thema zu bewahren», sagte er mit erhobener Stimme. «Ich habe mich Ihnen nur in einem Moment der Schwäche anvertraut, weil ich fürchten muss, dass das impertinente Fräulein ähnliche Briefe auch an andere schickt, nicht nur an mich. Sie droht mir ...» Er straffte die Schultern. «Mir! Einem unbescholtenen Mann, einem Beamten der Krone!» Fassungslos schüttelte er den Kopf und setzte sich wieder.

Als er sich über das Schachspiel beugte, wechselte Bertha mit Wagner einen Blick. Einen Moment herrschte Stille in dem kleinen Kabuff, nur die Birkenzweige knackten im Kanonenofen. Dann nahm Wagner seinen Läufer und zog ihn über das schwarz-weiße Muster.

«Schachmatt», sagte er mit seiner meckernden Stimme und fegte Köhlers König mit einer gnadenlosen Geste vom Spielbrett.

24.

Dresden, Mittwoch, 11. August 1841

Die Geige klang heute anders, der Bogen kratzte auf den Saiten, und die Töne wirkten wie mühsam aus dem Instrument gepresst. Immer wieder setzte Elise an, während sie durch den stickigen Salon schritt. Doch jedes Mal jaulte die Geige gequält auf, und schließlich gab Elise auf und setzte sie ab.

Missmutig trottete sie zum Violinkasten und legte sie hinein, ohne allerdings, wie sonst, das seidene Tuch zum Schutz darüberzubreiten. Sie hatte das kindische Gefühl, ihr Instrument bestrafen zu müssen, weil es ihr heute einfach nicht gehorchen wollte – und wenn sie ehrlich war, schon eine ganze Weile nicht mehr. Ihr Spiel war stumpf geworden in den vergangenen Wochen, die Töne zerfielen zu Asche. Aber sie würde nicht aufgeben und es gleich wieder versuchen. Eine kurze Pause nur, eine kleine Zerstreuung, etwas Licht ... Sie trat zum Fenster und lehnte die Stirn gegen die Scheibe. Am liebsten hätte sie den Knauf gedreht und die Fensterflügel aufgestoßen, doch da sie wusste, dass sie gleich weiterüben wollte, ließ sie es bleiben. Die neuen Nachbarn beschwerten sich ohnehin schon wegen des *Höllengetöses*, das angeblich zu allen Zeiten aus der Wohnung der Spielmanns entwich und sie in ihrem Ruhebedürfnis marterte. Nun, ein wenig hatten sie vielleicht recht – Georg, der seit seinem Engagement in der Königlichen Kapelle sehr eifrig war, spielte stundenlang in den Räumen in der Großen Frauengasse, und auch Elise nutzte jede freie Minute. Dazu kam das gelegentliche Klavierspiel von Dorothea, das abendliche gemeinsame Singen und die Musiksalons, die hin und wieder bei den Spielmanns gegeben wurden.

Ja, die Wohnung war eigentlich rund um die Uhr von Musik erfüllt, dachte Elise und sah auf die sommerlich glühende Straße hinunter. Und es war, zumindest was ihr eigenes Spiel anging, wohl nicht immer nur eine Wohltat, sie zu hören, denn sie übte verbissen vor allem die technischen Etüden, die Tonleitern und Fingerfertigkeiten, die Eduard so verhasst waren. Doch für die Sonaten, die Violinkonzerte und Fantasien fehlte ihr in letzter Zeit das Gefühl. Dabei war das immer ihr Trumpf gewesen, die Liebe zur Musik hatte in ihrem Violinspiel gelegen wie ein nie zur Neige gehender Glanz. Sie vergoldete jeden Ton. Aber nun war sie nicht mehr da.

Mit jedem Tag, jeder Woche, die ins Land ging, ohne dass Elise etwas von Christian hörte, hatte diese Weichheit, diese Zärtlichkeit ihres Spiels abgenommen, bis sie schließlich ganz verschwunden war. Nicht einmal das Stück von Tomaso Albinoni mochte sie noch spielen, es war seit ihrer gestohlenen Stunde mit Christian an der Elbe, als sie ihm das kurze Stück vorgesungen hatte, verdorben.

So hatte sie Zuflucht zur Fingertechnik nehmen müssen in der Hoffnung, dass eine Weiterbildung auf diesem Gebiet auch ihr Spiel wieder verbessern würde – doch bis dato ohne nennenswertes Resultat. Sogar Eduard hatte es bemerkt und geschimpft, ihr Üben klinge nun zu allem Überfluss wie das einer Anfängerin, mit steifen Fingern und hölzernem Herz. Dafür hatte er sich eine Kopfnuss eingefangen, aber insgeheim musste Elise ihm recht geben. Mit ihr und ihrer Musik war nicht mehr viel los. Und alles wegen dieses Mannes, den sie nicht vergessen konnte.

Voller Gram spürte Elise, wie ihr auch noch die Tränen kamen, und sie wischte sich schnell mit dem Handrücken über die Wangen, während sie einer Kutsche zusah, die unten über das Pflaster holperte. So trübe, wie ihre Gedanken waren, so lockend und golden wirkte draußen das Spätsommerlicht. Ein ganzer Sommer war nun vergangen, der letzte in ihrem Leben als Fräulein. Bald wäre sie eine erwachsene, verheiratete Frau. Da fehlte es noch, dass sie jetzt schon wieder weinte!

Sie hatte sich eben geirrt, ganz einfach. Christians Gerede, dass er nach ihr suchen, ihr sogar einen Brief schreiben würde, war nur Süßholzgeraspel gewesen. Er hatte nicht die Absicht, sich ihr wieder zu nähern, wie sein Schweigen der letzten Wochen deutlich bewies. Eine Närrin hatte sie aus sich gemacht, als sie ihn damals aus dem Malersaal herausgepfiffen hatte, ihr Verhalten war viel zu forsch für eine Frau ihres Standes und hatte sie nur unnötig unterlegen gezeigt.

Auch hatte sie es überhaupt nicht nötig, sich nach ihm die Augen auszuweinen, ihre Verlobung mit Adam Jacobi war längst gefeiert worden, das Band mit dem älteren Mann besiegelt. Kein großes Fest war es gewesen, nur ein feierliches Essen im Kreise der Familie an einem frühen Augustabend, mit Adam, seiner griesgrämigen Schwester und den Spielmanns.

Elises Vater hatte es mit einem Mal eilig gehabt, dass sie einen Tag festlegten, und ihr war nichts übrig geblieben, als zu gehorchen. Lächelnd und ohne neues Kleid hatte sie die unbeholfene Rede ihres Vaters über sich ergehen lassen, das steife Zuprosten mit Weingläsern, und sich von Adam Jacobi pflichtschuldig auf die Stirn küssen lassen. Nun würde wirklich bald eine Ehefrau aus ihr werden, kurz nach Neujahr sollte die Hochzeit stattfinden. Darauf musste Elise sich konzentrieren, und sie sollte ihren Verlobten auch beizeiten daran erinnern, dass er sie in der Musikwelt vorstellen wollte und versprochen hatte, für sie Konzerte zu organisieren. Der Gedanke heiterte sie indes nur ein wenig auf, zwar hatte sie ein Ziel, das aber konnte sie nur erreichen, wenn sie zu ihrer früheren Form auf dem Instrument zurückfand.

Entschlossen verließ Elise den Salon und ging in ihre Schlafkammer, um ein Notenblatt zu holen, das dort lag. Gestern

Abend hatte sie sich noch im Nachthemd bei Kerzenlicht die Komposition angeeignet, um sie heute auf der Geige zu üben.

Die Zwillinge waren mit Fräulein Drosselmeir in der Studierstube, Elise hörte, wie dort jemand hinter der verschlossenen Tür laut aus einem Gebetbuch vorlas. Ansonsten lag die Wohnung verlassen da. Die Mutter und Rosina besorgten ein neues Paar Schuhe beim Schuster in der Neustadt, Eduard war beim Unterricht in St. Benno. Und der Vater weilte bei einer Probe im Königlichen Theater. Er war aufgeblüht, seit er seine neue Anstellung angetreten hatte, ein neues Selbstbewusstsein ging von ihm aus, als habe er endlich den Platz gefunden, der ihm zustand. Sein Schritt war aufrechter und sein Spiel noch besser geworden. Doch sein Blick, so schien es Elise, ruhte nun öfter voller Unruhe auf ihr, als überlege er, was in seiner Tochter vorging. Dabei war Elise stolz auf ihn und hoffte, sie, die Mutter und die Geschwister dürften ihn bald bei einer Aufführung im Orchestergraben erleben. Gleichzeitig fürchtete sie sich davor, das Opernhaus wieder zu betreten. Denn was, wenn die Erinnerungen an Christian ihr auch diesen Ort vergällt hatten?

In der Schlafkammer war es noch wärmer als im Salon. Die Noten waren nirgendwo zu sehen. Elise kniete sich hin und sah unter dem Bett nach, ob das Notenblatt dorthin gesegelt war. Ihr rosenfarbenes Musselinkleid wurde ganz staubig dabei, doch sie kümmerte sich nicht darum. Da war es ja endlich, sie fischte das Blatt hervor. Als sie den Blick hob, sah sie die papierne Laterne mit den ausgeschnittenen und aufgeklebten Figuren, die auf der Fensterbank stand. Wie oft hatte Elise das alte Ding, auf dem Leonore ihrem Florestan die Ketten abnahm, in letzter Zeit angestarrt und sich an ihre Gespräche mit Christian erinnert? Trübsinnig betrachtete sie die kleinen, armseligen Figürchen. Gerade in diesen Tagen, so wusste sie von ihrem Vater, spielte man wieder *Fidelio* in Sempers Oper, es war ein großer Erfolg. Doch kein Wort von Christian!

Auf einmal hatte sie den Impuls, die Laterne zu packen und ins Herdfeuer der Küche zu werfen. Sie stand auf und klopfte sich das Kleid ab. Dann trat sie zum Fenster. Es ging nicht auf die Große Frauengasse hinaus, sondern in einen kleinen Hof. Die Kletterrosen an der Mauer leuchteten tiefrot vor einem blauen, wolkenlosen Himmel. Eine Tür führte durch einen Hintereingang in die Gaststätte *Zum Kranich*, sie war nur angelehnt – und da stand Christian im Sonnenschein und blickte mit zusammengekniffenen Augen suchend am Haus hinauf, jedoch ohne sie zu sehen.

Mit jähem Herzklopfen zog Elise den Kopf zurück. Sie spürte, wie ihre Knie weich wurden, und sie verbarg ihre schlanke Gestalt in den zarten, weißen Gardinen, die an der Seite des Fensters herabhingen. Vorsichtig spähte sie erneut durch die Scheibe. Doch er war verschwunden, hatte sie wirklich nicht bemerkt.

Elises Gedanken überschlugen sich. Was nun?, fragte sie sich. Was wollte er hier? Suchte er nach ihr? Hatte ihm der Wirt des *Kranichs* womöglich gesagt, in welchem Haus die Spielmanns wohnten? Aber damit hätte Christian sicher Aufmerksamkeit erregt.

Ihre Kehle wurde trocken, als sie sich ausmalte, dass die Nachbarschaft anfing, über sie zu reden. Dass sich junge Männer, noch dazu von niederem Stand, nach ihr erkundigten, ihr nachstiegen ... Nein, das durfte nicht sein. Dabei war ihr selbst Christians Stand vollkommen gleichgültig, sie wusste, dass er ebenso klug, ebenso kunstsinnig war wie ihr Bruder – ja, vielleicht sogar noch mehr als Eduard. Doch der Welt da draußen würde es nie egal sein, woher jemand kam.

Lange stand sie wie erstarrt am Fenster, ihre Finger strichen vergessen über das trockene, morsche Papier der alten Laterne. Kein Gedanke mehr daran, sie den Flammen zu übergeben, nun war sie ihr noch teurer als zuvor.

Dann fasste Elise einen Entschluss. Sie schlang sich einen leichten Schal aus Seide um den Hals und befestigte ihn über der Brust mit einer einfachen Silberbrosche. Schnell lief sie die Treppen hinunter auf die Straße, die im Mittagslicht dalag. Ein köstlicher Duft nach gebratenen Zwiebeln und Äpfeln zog aus dem Gasthaus. Niemand war zu sehen, auch Christian nicht.

Entschlossen ging Elise zu dem großen Felsstein, der neben dem Eingang zum *Kranich* lag. Darauf stand stets ein Korb, der von der Wirtsfrau mit frischen Blumen bestückt wurde. Heute blühten darin Fleißige Lieschen, sie streckten ihre weißen und rosafarbenen Blütenblätter ins Licht. Elise sah sich ein letztes Mal um, doch niemand beobachtete sie. Ächzend hob sie den Stein vorsichtig ein Stück an – und sah sofort das kleine Kuvert, das darunterlag.

Sie riss es an sich, ließ den Stein wieder fallen, dass die Lieschen im Korb zitterten, und eilte fort. Das Briefchen schob sie sich ins Mieder ihres Kleids.

Kurz überlegte sie, wieder hinauf in die Wohnung zu gehen, doch die Vorstellung, dass ihr die Köchin entgegenkäme oder, schlimmer noch, das strenge Fräulein Drosselmeir, erstickte diesen Gedanken im Keim. Vor ihnen würde sie nicht lügen können, sie würden sofort sehen, wie aufgewühlt sie war. Kurzerhand ging sie einfach die Straße hinunter, über den Neumarkt, vorbei an der Frauenkirche und immer weiter, auf der Suche nach einem ruhigen Plätzchen, wo sie inmitten fremder Menschen unbehelligt das Briefchen lesen könnte. Auf dem Altmarkt waren ein paar Stände aufgebaut, es herrschte jedoch kein solches Gedränge wie an großen Markttagen. Elise tat so, als besehe sie sich die Waren, schlenderte herum und ließ sich schließlich auf einem Brunnenrand an der südlichen Ecke des Platzes nieder. Ein junger Müllerbursche hatte es sich hier bequem gemacht und schlief, den Kopf an den Brunnen gelehnt, mit offenem Mund.

Unter dem weiten Himmel gurrten ein paar schmutzige Tauben und beachteten Elise nicht, als diese das Briefchen hervorzog, das Siegel brach, das Papier auseinanderfaltete und hastig die Worte darauf entzifferte.

25.

Dresden, im August 1841

Meine liebste E.,

darf ich Dich denn so ansprechen? Meine? Ich weiß selbst am besten, wie wenig das die Wahrheit sein kann. Und doch ist es unsere gemeinsame Wahrheit! Und dann – Liebste? Ein Wort, das ich noch nie für jemand verwendet und das mir doch seit unserem Kennenlernen beständig im Kopfe herumgeht.

Wie lang es schon her ist, dass wir uns gesehen? Wochen gingen vorüber. Eine unerträglich lange Zeit. Wie sehr ich wünschte, wir könnten es wiederholen!

Immer sehe ich um die Mittagszeit aus dem Fenster im Malersaal hinunter zum Theaterplatze, dabei weiß ich doch, wie sehr es nur der Zufall bestimmte, dass Du dort an diesem einen Sommertag vorübergingst. Aber stets suchen meine Augen Dich. Einmal verbarg ich mich am Sonntag hinter einem Baum und sah Dich aus der Kirche kommen, doch sogleich fuhr Deine Kutsche davon – und fort war mein Glück. (Da ist es schon wieder – mein! Die Feder schreibt es einfach hin!)

Du musst mein unbeholfnes Schreiben verzeihen, und auch die schlechte Schrift – mit dem Pinsel umzugehen ist die eine Sache, mit dem tropfenden Tintenfass und der Stahlfeder die andre. Meine Schulbildung ist leider gering gewesen, Du weißt, weshalb. Böse Zungen könnten behaupten, alles an mir sei zu gering für Dich. Aber weißt Du was? Ich glaube das nicht. Ich glaube, wir könnten einander ganz genug sein, wenn man uns ließe, wir würden uns schon gut vertragen und den anderen verstehn. Ich hätt Dir so viel zu sagen, über die Musik und die Kunst und über das, was in

unserm Land geschieht. Am meisten würd ich Dir sagen, was ich von Dir halte, denn das ist einiges.
Schreib mir wie vereinbart. Ich hab es zu lang nicht gewagt und nun fürcht ich, es mag zu spät sein. Aber wenn nicht, wenn Du mir noch gut bist, dann leg Deine Antwort an die bezeichnete Stelle und sag mir, wie es gehen kann. Ich warte. Hab keine Angst!

Immer
Dein C.

26.

Dresden, Mittwoch, 11. August 1841

Elises Hand zitterte. Christian hatte keine schöne Handschrift, aber was er schrieb, war schön und geradeaus formuliert, sie meinte beim Lesen, seine Stimme in ihrem Kopf zu hören. Wieder und wieder las sie den Brief, und eine unbeschreibliche Freude stieg in ihr auf. Sie hatte sich nicht in ihm getäuscht!

Doch schon kam die Sorge – was erwartete er von ihr? Wie nur sollten sie sich treffen, ohne Verdacht zu erregen? Bis jetzt hatten sie es geschafft, dass niemand etwas bemerkte, aber ein neuerliches, willentlich herbeigeführtes Treffen würde eine Grenze überschreiten, von der sie nicht wusste, ob es danach ein Zurück gäbe. Sie strich sich mit der Hand über die Stirn und das Gesicht und überlegte.

«Da sind Sie ja», sagte eine bekannte Stimme, und Elise blickte auf. Vor ihr stand die Wahrsagerin mit den goldenen Haaren und dem Narbengesicht. Clementine Fuchs, erinnerte sie sich.

«Guten Tag», sagte Elise und stopfte schnell den Brief zurück in ihr Mieder.

Madame Fuchs trug heute ein tiefrotes Kleid aus Samt, dazu hatte sie sich eine Menge Kupferreifen um das linke Handgelenk geschlungen, die leise klingelten, als sie, den Gruß erwidernd, die Hand hob.

«Ich habe schon gedacht, Sie seien verschwunden», sagte sie, «so lange habe ich Sie nicht gesehen, mein Fräulein.»

«Ich gehe selten auf den Markt», sagte Elise ausweichend. Wie schon bei ihrer ersten Begegnung mit der Wahrsagerin hatte sie zwiespältige Gefühle. Die Frau war ihr sympathisch, aber auch etwas unheimlich. Ihre Augen sahen einen an, als wüsste sie Geheimnisse über ihr Gegenüber, die man nicht einmal selbst kannte.

«Sie wollen nicht gern durchschaut werden», sagte die Frau in diesem Moment, und Elise zuckte zusammen, da das genau ihre Gedanken gewesen waren. «Aber, gutes Kind, das ist nun einmal meine Profession. Kein Grund, deswegen betrübt zu sein.»

Elise lächelte unsicher und erhob sich. «Ich muss gehen», sagte sie. Doch Madame Fuchs hielt sie am Arm fest.

«Sie haben eine Frage», stellte sie fest. «Müssen eine Entscheidung treffen, von der Sie nicht wissen, in welche Richtung sie ausfallen soll.»

Widerwillig, aber gleichzeitig fasziniert blieb Elise stehen. «Das wissen Sie?», fragte sie.

Die Frau lachte leise. «Ja. Allerdings muss man dafür wohl keine Hellseherin sein, fürchte ich. Das Fragezeichen steht Ihnen mitten ins Gesicht geschrieben.» Sie tippte auf Elises Stirn, direkt auf die Stelle über den Augen. «Diese Falte hier», sagte sie, «verrät Sie, mein Kind.» Sie fuhr sich selbst durch das narbige Gesicht. «Ein Vorteil, so wie ich auszusehen», ergänzte sie beiläufig. «Da ist man kein so offenes Buch für die anderen.»

Elise sah unschlüssig hin und her, sie spürte Christians Brief schwer auf ihrer Brust liegen und hatte das Gefühl zu platzen, wenn sie nicht bald mit jemandem darüber sprach, was in ihr vorging. Vielleicht war eine Fremde besser als jemand, der sie kannte, der sie verurteilen würde oder verraten konnte? Auch wenn ihr die Frau in dem roten Kleid nicht ganz geheuer war, hatte Elise doch das deutliche Gefühl, dass sie von ihr keinen Richtspruch befürchten musste.

«Woher soll ich wissen, dass Sie mir helfen können?», fragte sie schließlich. «Und dass ich Ihnen trauen kann?»

«Ganz einfach», sagte Madame Fuchs und hielt die Hand auf.

«Sie bezahlen mich ja für meine Dienste. Dann bekommen Sie auch gute Ware – und mein Stillschweigen. Oder denken Sie, ich will mir mein Geschäft kaputt machen lassen, weil sich herumspricht, ich sei ein Klatschmaul?» Sie schüttelte den Kopf, dass die blonden Haare flogen. «Ich bin wie ein Beichtvater, mein Fräulein. Nur in einem schöneren Gewand.» Kokett strich sie sich über das samtene Kleid. «Also, was ist?»

«Ich ... habe kein Geld dabei», stammelte Elise.

Die Frau winkte ab. «Bezahlen Sie mich einfach später», sagte sie, «ich glaube, Sie sind eine ehrliche Haut. Kommen Sie.»

Elise sah sich unsicher um. Abgesehen von dem immer noch schlafenden Burschen, der leise schnarchte, waren nur auf der anderen Seite des Platzes Leute unterwegs, dort, wo die einzelnen Buden standen. Kurz entschlossen nickte sie, und Madame Fuchs lotste sie mit zufriedener Miene zu ihrem Wagen. Sie hielt für Elise die Zeltplane auf, damit sie eintreten konnte, und folgte ihr.

Als die Plane in ihrem Rücken wieder zufiel, atmete Elise erleichtert auf. Niemand, so hoffte sie, hatte gesehen, wie sie in das Zelt der Wahrsagerin gegangen war. Denn sie wusste, dass eine Entdeckung Fragen nach sich ziehen würde. Elise Spielmann im Zelt dieser zwielichtigen Frau, das wäre für ihre Mutter sicher ein Grund zur Sorge.

Drinnen herrschte brütende Hitze, weil die Sonne bereits den ganzen Tag aufs Dach geschienen hatte. Dennoch roch es gut, fand Elise, nach Zimt und Sandelholz und den winzigen Staubkörnchen, die in der Luft tanzten.

Die Wahrsagerin entzündete ein Talglicht auf dem runden Tischchen in der Mitte des kleinen Raums, obgleich die Plane über ihnen weiß war und gedämpftes Tageslicht hindurchließ.

«Nehmen Sie Platz», sagte Madame Fuchs und setzte einen Wasserkessel auf die eiserne Kochplatte eines Öfchens, dessen Rohr in einem zurechtgeschnittenen Loch in der Zeltplane verschwand. Sie bereitete zwei Tassen Tee und stellte eine vor Elise hin.

«Lesen Sie mir jetzt die Teeblätter?», fragte Elise, die diese Methode aus Büchern kannte. Nach einem heißen Getränk war ihr nämlich nicht zumute.

Doch Madame Fuchs winkte lachend ab. «Bei manchen Menschen wirken diese Dinge», sagte sie mit ihrer rauchigen Stimme und schlürfte ein wenig vom dampfenden Tee. «Der Blick in die Kugel, die Teeblätter, die Sterndeutung. Aber ich spüre, dass Sie ohnehin nicht daran glauben. Ich denke, bei Ihnen hilft einfach ein Gespräch.»

«Nur ein Gespräch?», fragte Elise ungläubig. «Ist das nicht ein wenig zu ... einfach?»

Madame Fuchs lächelte spöttisch. «Sie wollen also etwas sehen für Ihr Geld – obwohl Sie ja gar keines bei sich tragen. Nun gut, dann lassen Sie es mich eben mit den Karten versuchen.»

Sie stellte ihre Tasse ab und nahm einen Stapel Spielkarten vom Tisch. Elise konnte farbige Bilder auf der Rückseite erkennen, sie sahen ganz anders aus als die Karten, die in Wirtshäusern zum Spielen benutzt wurden. Es waren eigenartige Gestalten darauf sowie Mondkreise und Sonnen und eine Menge Symbole, die ihr nichts sagten.

«Ziehen Sie eine Karte», forderte Madame Fuchs sie auf, und Elise nahm die oberste vom Stapel und drehte sie um. Sie zeigte einen Mann mit einem langen weißen Bart, dessen eine Hand zum Himmel und die andere zur Erde deutete. Fragend hielt sie Madame Fuchs die Karte hin.

Die Wahrsagerin lachte. «Eins muss man mir lassen», murmelte sie, wie zu sich selbst, «sogar, wenn ich mir keine Mühe gebe, bin ich immer noch besser als die anderen Quacksalber.» Sie nahm die Karte, platzierte sie neben das Talglicht und legte den Zeigefinger auf das Bild. «Der Magier», sagte sie lauter zu Elise. «Wissen Sie, was die Karte bedeutet?»

Elise schüttelte den Kopf. Sie fragte sich bereits, weshalb sie darauf bestanden hatte, dass die Frau für sie ihre Kunststückchen vorführte. Sie glaubte ja, wie Madame Fuchs ganz richtig gesagt hatte, eigentlich nicht daran. Aber nun war sie neugierig.

«Es ist eine Figur, die zwischen Himmel und Erde schwebt», sagte die Frau mit den narbigen Wangen heiser, «ein Wesen aus Geist und Körper. Zwiegesichtig, gewissermaßen.»

«Und?»

«*Und?*», äffte Madame Fuchs sie nach. «Verstehen Sie denn nicht? Sie stecken doch in der Klemme, richtig? So, wie sie vorhin dieses Briefchen in ihr Mieder gestopft haben, sind sie in einem ordentlichen Zwiespalt gefangen.»

Elise musste schlucken.

«Genau wie dieser Magier hier.» Noch immer lag der Finger der Wahrsagerin auf der Karte. «Doch es hat auch sein Gutes», sagte sie dann. «Der Magier hat ungeheure Kräfte, er verfügt über Talente wie sonst niemand. Er kann seine Kunst, sein Können geschickt einsetzen und gewinnen. Die Frage ist nur ...» Sie sah auf, und ihr Blick bohrte sich in Elises Augen. «Wofür nutzt er es? Welchen Weg geht er? Den des Körpers?» Sie strich mit dem Finger nun sanft über Elises Arm. «Oder den des Geistes, der Vernunft?»

Mit einem Mal fröstelte es Elise. Sie griff sich an die Brust, genau an die Stelle, an der Christians Brief lag, und starrte auf die Karte. Dann trank sie hastig einen Schluck Tee, der zwar bitter war, aber wohltuend ihre trockene Kehle hinablief.

Madame Fuchs deckte die nächste Karte auf. Wieder lächelte sie und musterte Elise beinahe lauernd. Abgebildet waren ein Junge und ein Mädchen, die sich an den Händen hielten. Eine Schlange züngelte zwischen ihnen.

«Die Liebenden», sagte die Wahrsagerin und ließ eine bedeutungsschwere Pause folgen. «Ich muss Ihnen nicht erklären, was das Symbol bedeutet?»

Elise verneinte. Ihr Herz pochte. Sie sah Christian und sich am Ufer der Elbe, spürte wieder den verbotenen Kuss auf ihren Lippen und das Flattern in ihrem Bauch, als sie sich gewünscht hatte, dass er sie nicht mehr losließe. Doch da war auch die Schlange auf dem Bild, die Zeugin des Verbotenen. Elise kannte sie aus den Lesungen in der Messe, aus den Predigten in der Hofkirche. Sie wusste, was es nach sich zog, wenn sich Liebende gegen das Gesetz stellten.

«Noch eine letzte», sagte Madame Fuchs. Wieder deckte sie eine Karte auf, und diesmal schnalzte sie mit der Zunge. «Die Sonne.» Erleichterung war in ihrer Stimme zu hören. «Da haben Sie ja die Antwort, meine Liebe. Ach, ich sollte mich immer daran erinnern – die Karten lügen nie.» Beinahe zärtlich betrachtete sie das Sonnenbild.

«Was bedeutet das?», fragte Elise.

Die Wahrsagerin sah auf. «Es ist das Zeichen der Vernunft, der geistigen Klarheit», sagte sie. «Sie streben nach Höherem, Fräulein, nicht wahr? Sie wollen nicht das einfache Leben, den vorgezeichneten Weg. Und Sie sind bereit, Ihre Klugheit und Ihr Talent dafür einzusetzen, dass Sie erreichen, wonach Sie sich sehnen. Nicht nur mit dem Herzen, sondern vor allem mit Ihrem Verstand.»

«Aber es sind verschiedene Dinge, nach denen ich mich sehne», sagte Elise beinahe verzweifelt. «Wie kann ich wissen, welcher meiner Wünsche wichtiger ist?»

«Sie können es nicht», sagte Madame Fuchs achselzuckend und raffte die Karten zusammen. «Und dennoch ... Sie sind ein starker Mensch, stärker, als Sie selbst es ahnen. Überlegen Sie – wonach streben Sie, schon lange, schon seit der ersten Erinnerung, die Sie an sich als Kind haben? Was ist es, das Sie antreibt, das Ihnen Glück und Zuversicht gibt?»

Elise wusste es. Doch der Gedanke tat weh. Und obwohl sie es nicht in Worte fassen konnte, spürte sie, dass jede Entscheidung, die sie treffen würde, das Ende von etwas anderem wäre. Das eine konnte nicht bestehen, solange das andere lebte. Sie würde ein Glück wählen müssen und damit das andere zerstören.

Auf einmal wünschte sie, dass es nicht die Sonne gewesen wäre, die Madame Fuchs gezogen hätte. Dass es nicht die Vernunft sein musste, die sie leitete. Aber tief in sich drinnen wusste sie: So war sie, so war sie schon immer gewesen. Sie war keine Frau, die ihre Empfindungen über alles stellte. Am Ende übernahm immer ihr Kopf die Führung.

Plötzlich spürte sie wieder das knisternde Papier in ihrem Ausschnitt, sah erneut Christians Gesicht vor sich – und ahnte, dass sie noch keine Entscheidung treffen konnte. Denn noch überwog das Herz.

«Ich danke Ihnen», sagte sie und sprang auf. Es war seltsam – obwohl sie nicht weitergekommen war, spürte sie eine neue Leichtigkeit, so, als habe der Besuch bei Madame Fuchs ihr eine Pause verschafft, in der sie zu sich hatte kommen können. «Ich bringe Ihnen gleich morgen das Geld.»

«Stets zu Diensten», sagte die Wahrsagerin, erhob sich ebenfalls und verneigte sich übertrieben tief. «Beehren Sie mich bald wieder, mein Fräulein.» Sie zog die stark nachgemalten Augenbrauen hoch und lächelte, was ihr verunstaltetes Gesicht aufleuchten ließ. «Wenn ich Ihnen zum Schluss doch noch einen Rat von praktischer Natur geben darf – verbrennen Sie diesen Brief da.» Sie deutete auf Elises Mieder.

Elise errötete. Sie nickte. Dann trat sie zur Öffnung, schlug die weiße Plane zurück und sprang vom Wagen aus dem dämmrigen Schein hinaus ins Sonnenlicht auf dem Altmarkt.

27.

Sonnenstein bei Pirna, Freitag, 13. August 1841

Adam stieg die Anhöhe zur ehemaligen Festung Sonnenstein hinauf und blieb ab und zu stehen, um zu verschnaufen und einen Blick ins Tal zu werfen. Unter ihm lag Pirna mit den roten Ziegeldächern und der Marienkirche, deren Turm aus dem Inneren des Kirchenschiffs herauszuwachsen schien. Die kleine Stadt fiel zur Elbe hin ab, der Fluss schlängelte sich blausilbern und glitzernd durchs Tal, lieblich begrünt von Auen, die das ganze Ufer säumten.

Schwer atmend beschirmte Adam die Augen mit der Hand, ihm war heiß in der schwarzen Jacke, doch er hatte sich für den Anlass gut, ja feierlich kleiden wollen. Auf der anderen Elbseite lag das weite Land, mit lichten Wäldchen und langsam ansteigenden Hügeln, die im Dunst bläulich schimmerten. Dort hinten begann die Niederlausitzer Heide mit ihrer sanften Seenlandschaft, wo sich auch das Kloster befand, in das sich Theresia so oft zurückzog.

Adam dachte an den letzten Brief seiner Schwester, in dem sie ihn erneut beschworen hatte, Ordnung in seine Angelegenheiten zu bringen. Nun, sie hatte recht, wie beinahe immer, doch es fiel ihm schwerer, als er gedacht hätte, der Aufforderung Folge zu leisten. Trotzdem rückte der Tag der Hochzeit mit Elise Spielmann näher, die Verlobung vor einigen Wochen hatte alles besiegelt, und es wäre unklug gewesen, die ganze Sache noch länger hinauszuzögern.

Beinahe sehnsüchtig folgte Adam mit den Augen dem Elblauf, wünschte, er könnte dort unten in einem der kleinen Wirtshäuser am Ufer sitzen, wo die Elbe kühl an ihm vorüberfloss, ein Bier trinken und die Gedanken treiben lassen. Er dachte oft an Elise Spielmann, seine zukünftige Braut. Die junge Frau gefiel ihm, sie war begabt und nicht auf den Mund gefallen. Auch wenn er spürte, dass er es nicht immer einfach haben würde mit ihr, doch das spornte ihn nur noch mehr an. Niemals hatte er sich leicht zufriedengegeben, niemals den einfachen Weg genommen. Und wenn er es gut anstellte, so würde er schon dafür sorgen, dass sie ihm eine brave, loyale Gemahlin war. Und trotzdem eine, mit der er sich unterhalten konnte, eine, die ihm gewachsen war. Der Altersunterschied zwischen ihnen beunruhigte ihn wenig. Bei zwei gleichen Seelen kam es nicht auf das Alter an, nicht auf die Jahre, sondern auf die innere Stärke, die Charaktere, die da zusammentrafen. Es reizte ihn, dass er diese Stärke, die er selbst besaß, auch bei ihr spürte. Sie rührte etwas in ihm an, von dem er geglaubt hatte, es sei lange verloren, etwas Großes, Kostbares, das viel zu lange geschlummert hatte. Wenn er an Elise dachte, fühlte er sich wieder jung.

Nachdem er sich entschieden hatte, dass er sie haben musste, war es ein Leichtes gewesen, seinen alten Waffenfreund Georg Spielmann zu überreden, ihm die Hand seiner ältesten Tochter zu überlassen. Besonders, da Adam seine Beziehungen zum Hof und zum Königlichen Theater pflegte und Georg genau wusste, was er sich von ihm im Gegenzug erhoffen konnte.

Einst, als junge Männer in Weißenfels, waren sie gleichauf gewesen, hatten in der Schule gemeinsam Streiche ausgeheckt. Später waren sie nebeneinander angetreten in diesem wahnwitzigen Krieg, und sie blieben danach lose befreundet, sprachen aber niemals mehr über das, was sie auf dem Schlachtfeld gesehen hatten. Und schon gar nicht darüber, zu was Georg am Ende fähig gewesen war, um sein Leben zu retten. Feige war Georg desertiert, hatte Adam auf dem Schlachtfeld im Stich gelassen und sich tagelang versteckt. Adam verriet seinen Freund nicht – auch wenn er seine Verachtung für Georgs Feigheit nicht verbergen konnte. Dafür schwor ihm Georg Jahre später, über die unglückliche Sache mit Johanne Stillschweigen zu bewahren. Schweigen war in manchen Fällen eben Gold, zumal wenn die Folge von Reden nur eine noch größere Schmach wäre. Und zwar für sie beide – wenn auch aus unterschiedlichen Gründen.

Nach dem Krieg ging Georg nach Dresden, Adam blieb zunächst in Weißenfels. Erst Jahre später dann folgte er Georg nach, um neu anzufangen und um das, was er in seiner Ehe erlebt hatte, zu vergessen.

Jetzt wanderte sein Blick wieder hinauf zur Festung Sonnenstein, die hoch über ihm in der Sonne glänzte.

Als er damals nach Dresden kam, war er nach dem Verlust seiner Frau und den vielen tot geborenen Kindern ein Mann mit gebrochenem Herzen gewesen, aber er hatte es doch verstanden, sein Netz über die ganze Stadt auszuwerfen, bis er einer der angesehensten, einflussreichsten Männer Dresdens war. Adam war ein verbissener Kämpfer, der sich nahm, was ihm zustand, der nicht lockerließ. Georg dagegen war sanftmütig, musisch und zu zaghaft, um es bis ganz nach oben zu schaffen. Ein mittelmäßiger Beamter war er geblieben, der vom Erbe seiner Ehefrau lebte.

Beim Gedanken an Amalie Friederike spielte ein Lächeln um Adams Lippen. Georgs Frau war ganz nach seinem Geschmack, sie hatte Format und dazu dieses Tiefgründige, das er an Frauen schätzte. Allerdings ahnte er, dass sie, wie Johanne, dunkle Stunden kannte, ihnen jedoch, anders als seine frühere Frau, nicht nachgab. Dafür bewunderte er Georgs Gattin noch mehr.

Nun, Georg hatte sie bekommen, während Adam sich damals für eine andere entschied – die falsche, die ihn nur unglücklich gemacht hatte, wie er nun wusste. Dafür würde er jetzt den Rest seines Lebens eben mit Amalies Tochter verbringen – es war kein schlechter Tausch.

Die Sonne stand beinahe senkrecht am tiefblauen Himmel über der sächsischen Landschaft. Adam gab sich einen Ruck und stieg weiter. Auf einer lindgrünen Wiese zu seiner Rechten trieb ein Schäfer seine Tiere mit einem Stecken zur Tränke. Hummeln brummten durch die Luft, und weit oben flog ein Kranich dahin, mit majestätisch rauschenden Flügeln. Es war eins der schönsten Fleckchen auf Erden, dieser Berg, dachte Adam, wie dazu gemacht, arme, kranke, verirrte Seelen zu heilen und ihnen Linderung zu verschaffen. Doch in Johannes Fall war alles vergeblich gewesen.

Er vermied es meist, an seine Frau zu denken. Nicht einmal der Tatsache, dass sie noch seine Frau war, erlaubte er Platz in seinem Kopf. Er hatte jahre-, jahrzehntelang daran gearbeitet, sie zu vergessen, und es schließlich auch fast geschafft. Seit drei Jahren war er nicht mehr hier oben bei ihr gewesen. Doch nun musste es sein, ein letztes Mal, um einen Schlussstrich zu ziehen. Für ihn brach nächstes Jahr ein neues, ein glücklicheres Leben an. Er hatte lange genug darauf gewartet, war eigentlich schon zu alt gewesen, um noch darauf zu hoffen. Doch selbst in seinen Anfangsjahren in Dresden hatte er es nicht fertiggebracht, an eine neue Verbindung zu denken. Johannes Krankheit, seine unmögliche Liebe zu ihr, hatte ihm die besten Jahre genommen. Jetzt musste es ein Ende haben. Denn nun bot sich ihm doch noch einmal eine Gelegenheit – eine neue Frau, ein eigenes Zuhause, eine Familie. Das Leben ging manchmal seltsame Wege, späte Wege, und es blieb einem dann nichts übrig, als ihnen zu folgen.

Johanne aber, Johanne war nicht mehr dieselbe wie das Mädchen von einst. Sie war nur noch eine Hülle, die durch die Welt wandelte – und an die er doch gekettet geblieben war, auf dem Trauschein und mit seiner Seele. Es wurde Zeit, die Fesseln endgültig zu lösen, er hatte gute Gründe. Auch wenn es schwerfiel. Es war ohnehin schwierig genug, was den Papierkram anging, aber er hatte endlich alles in die Wege leiten können. Nur für das Schuldgefühl, für das gab es keine einfache Lösung in einer Amtsstube – es würde ihn für immer begleiten.

Vor ihm lag nun die breite Burgtreppe, und er stieg sie Stufe für Stufe hinauf. Wie oft er als jüngerer Mann hergekommen war – erst noch mit der frischen Hoffnung, dass seiner Frau bald geholfen werde, dass sie in einigen Wochen schon unten in der Stadt im Haus der Genesenen wohnen könnte und dann wieder zu ihm zurückkehren würde. Später dann kam er mit leidvoller Resignation her, schließlich voller Widerwillen. Und am Ende gar nicht mehr.

Aber noch immer kannte er jeden Stein hier, jedes Detail der einst prächtigsten Festung der Gegend. Die hellen Sandsteingebäude wurden als Heilanstalt genutzt, die Insassen schliefen in den ehemaligen Tanzsälen und Waffenkammern, und sie wandelten durch den Festungshof und die Gärten, strikt nach Männern und Frauen getrennt.

Adam erreichte das Tor, das offen stand, grüßte den Soldaten, der in der Mittagssonne halb dösend an eine Mauer gelehnt herumstand, und ging über den Hof zum Eingang des Frauenhauses. Hier meldete er seinen Besuch bei einer Pflegerin an, die er von früheren Besuchen wiedererkannte. Flüchtig wehte ihn Scham an, weil er sich so lange nicht hatte blicken lassen. Doch er besaß genug Übung darin, dieser Empfindung keine Oberhand zu geben, sondern sie schnell in sein tiefes Bewusstsein zu verbannen, aus dem sie gekommen war.

«Frau Jacobi ist im Garten», sagte die Frau. «Kennen Sie den Weg?»

Er nickte, hob dankend die Hand und schritt durch den Gang zum hinteren Teil des Gebäudes. An der kleinen Tür atmete er tief durch, ehe er sie aufstieß und in den Garten hinaustrat. Große Erlen und Buchen mit mächtigen Stämmen säumten das Grundstück und boten viel Schatten für die Menschen, die hier über den sonnengefleckten Rasen spazieren gingen – Patientinnen, Besucher, Pflegerinnen in dunkler Uniform und mit weißer Haube. Ein Kaninchen huschte an Adam vorbei über die Wiese, er sah noch den weißen Stummelschwanz, ehe es in einem Erdloch verschwand. Neidvoll dachte Adam, dass dieses Tier einfach so tun konnte, als sei es vom Erdboden verschluckt worden. Er dagegen stand im hellen Sonnenlicht wie auf einer Bühne, den Blicken aller preisgegeben. Unwillkürlich ordnete er seinen Kragen und betastete den komplizierten Krawattenknoten, den sein Diener ihm heute Morgen unter dem Kehlkopf festgezurrt hatte. Plötzlich schien ihm seine Kleidung viel zu formell, zu steif. Er hoffte sehr, dass er niemanden traf, der ihn kannte. Jahrelang hatte er sich bemüht, die Bande in sein altes Leben zu lösen, sich fernzuhalten von den Verbindungen nach Weißenfels, zu den Menschen, die alles über seine Vergangenheit wussten. Streng genommen tat er nichts Verbotenes, aber sein Ruf, der würde leiden, das wusste er. Der Tratsch in Dresden war machtvoll und unerbittlich.

Es half nichts. Er musste die Sache hinter sich bringen.

Suchend blickte er auf und ab. Endlich entdeckte er Johanne. Sie trug ein schlichtes graues Baumwollkleid ohne Korsett, und da sie mit den Jahren in die Breite gegangen war, spannte der Stoff über ihren Hüften. Die einst rotbraunen Haare, von denen die meisten inzwischen weiß waren, trug sie in einen bäuerlichen Zopf gebunden, aus dem einzelne Strähnen struppig hervorstanden. Nun, es hatte wenig Sinn, die Patientinnen hier oben herauszuputzen. Trotzdem gab ihr verwahrlostes Aussehen ihm einen Stich, weil er das Gefühl hatte, in seiner Fürsorgepflicht versagt zu haben. Es schien nur noch allzu wenig von der jungen Frau übrig, die er einst gekannt und geliebt hatte.

Zaghaft ging er auf sie zu. Johanne bemerkte ihn zunächst nicht, sie trottete, Fuß vor Fuß setzend, über die Wiese unter den alten Bäumen. Doch nicht wie eine Spaziergängerin, die frei ausschritt und sich an der Natur erfreute, sondern so, als sei jede Bewegung von einem Automaten gesteuert.

Wie eine Gefangene im Hof des Zuchthauses, schoss es Adam durch den Kopf, obwohl Burg Sonnenstein mit ihren modernen Behandlungsmethoden und ihrer schönen Lage wirklich alles andere als ein Gefängnis war. Es war ein Ort zum Gesundwerden. Warum nur hatte das bei Johanne keine Früchte getragen?

Vorsichtig berührte er sie am Arm. «Johanne», sagte er leise, «ich bin es.»

Sie blieb stehen, hob langsam den Blick. Erst nach zwei, drei Sekunden, die langsam wie die Ewigkeit verstrichen, trat in ihre Augen Erkennen.

«Adam», sagte sie heiser und räusperte sich wie jemand, der lange nicht gesprochen hatte. «Du?»

«Ich wollte dich wieder einmal besuchen», sagte er. «Bitte verzeih mir, dass ich so lange nicht hergekommen bin.»

«War das so lange?», fragte sie ausdruckslos.

Er erschrak. Nicht einmal das wusste sie noch? «Nein, du hast recht», beeilte er sich zu sagen, «so lang war es gar nicht.»

«Nun bist du ja da. Das ist gut.» Sie setzte sich wieder in Bewegung, als habe sie nichts weiter zu sagen.

Er lief neben ihr, vermied aber jede weitere Berührung. Verstohlen musterte er sie von der Seite. Die Haut in ihrem Gesicht hing schlaff herunter, und ihre Augenbrauen, die einst rotbraun geschimmert hatten wie ihr Haar und ihre Wimpern, waren ergraut und schütter. Es gab ihr ein verletzliches Aussehen. Und doch – hinter dem gealterten, müden Gesicht sah er noch den Rest der Gefährtin von früher hervorblitzen, da lag etwas in ihrer Mimik, das ihm vertraut war. Jetzt sah sie ihn an. Und ja, durchfuhr es ihn, es waren ihre Augen. Sie waren nicht älter geworden, waren noch immer voller Klugheit. Er hätte sich darüber freuen sollen. Gleichzeitig aber machte es das, was er ihr zu sagen hatte, nur noch schwerer, weil er nun wusste, dass da immer noch seine Johanne in diesem zerfallenden Körper steckte.

«Wie geht es dir?», fragte er. «Was hast du heute schon getan?»

«Mir geht es gut. Wir frühstücken immer um sieben», sagte sie. «Heute gab es Sirup zur Grütze.» Ihre Augen leuchteten kurz auf, wie die von Kindern beim Gedanken an ein Festmahl. «Dann hatte ich mein Bad, und danach gab es eine Belehrung bei Doktor Schulz. Er kann sehr gut sprechen.» Sie nickte zur Bekräftigung. «Er hat mir viel Mut gemacht, dass sich mein Zustand bald bessert.» Unversehens packte sie seinen Arm. «Adam, dann komme ich nach Hause. Ich vermisse dich so, und auch das Kind ...» Ihr Blick schwamm plötzlich fort, und Adam schauderte es. Dann war sie wieder da. «Ich habe vergessen, wie es aussieht», sagte sie leise. «Unser Kind. Ist es ein Mädchen oder ein Bub?»

Er drängte die Tränen zurück, räusperte sich gequält. Das Kind, von dem sie sprach, gab es nicht. Keines von denen, die in ihrem Leib gewachsen waren, hatten bis zur Geburt gelebt. Doch er wollte nicht grausam sein.

«Ein Bub», log er, «und er hat die gleiche Haarfarbe wie du, Johanne.»

Sie lächelte schwach und ließ seinen Arm los. «Das ist gut», sagte sie.

Schweigend gingen sie weiter. Bis Adam es nicht mehr aushielt. «Johanne, ich muss dir etwas sagen.»

«Ja?», fragte sie, immer noch mit dieser merkwürdigen tonlosen Stimme.

Ihm fiel ein, dass der Arzt ihm beim letzten Mal erklärt hatte, sie würden nun auch Medizin einsetzen, um der melancholischen Verstimmung das Gefährliche, Selbstzerstörerische zu nehmen, das bei solch schweren Fällen wie Johannes im Alter immer stärker zum Vorschein kam. Vielleicht machten diese

Mittel, was auch immer es sein mochte, sie so müde und seltsam abwesend? Doch für sein Anliegen, ging ihm schuldbewusst auf, war ihr Zustand durchaus hilfreich.

«Ich werde bald heiraten, stell dir vor», sagte er und wartete atemlos auf ihre Antwort.

Sie lächelte fragend. «Das ist ... gut.» Der Satz klang wie ein wiederkehrendes Echo.

«Ja, nicht wahr?», sagte er. «Meine zukünftige Frau heißt Elise. Sie spielt die Violine.»

«Wie herrlich», erwiderte Johanne. «Du liebst doch die Bach-Kantaten so sehr.»

Adams Kehle schnürte sich zu, doch er zwang sich zu nicken. «Darum habe ich nicht mehr so viel Zeit für meine Besuche hier», presste er hervor. «Das verstehst du doch?»

«Natürlich, Liebster», sagte sie und hob beinahe entschuldigend die Schultern. «Es ist ja auch so langweilig für einen wie dich hier oben. Nie geschieht etwas. Aber mir tut es gut, dass nie etwas geschieht.» Sie klopfte ihm beinahe tröstend auf den Arm. «Mach dir keine Sorgen um mich», sagte sie. «Bald komme ich ja ohnehin nach Hause zu euch, zu dir und dem Kleinen.»

Adam spürte, dass Johanne sich in den Jahren auf Burg Sonnenstein eine eigene Welt aufgebaut hatte, aus der sie den Ausgang nicht mehr fand. Aber war das nicht eine Gnade? Sie schien nicht unglücklich zu sein.

Ein letztes Mal holte er tief Luft.

«Du müsstest ein Schriftstück unterschreiben», erklärte er. «Es besagt, dass wir nicht länger als Mann und Frau zusammenleben.»

«Das tun wir aber doch schon seit vielen Jahren nicht», sagte sie voller Erstaunen.

Erleichtert ergriff er den Stecken, den sie ihm über den Abgrund reichte. «Eben», sagte er schnell, «und darum ist es nur rechtens, wenn wir das vor der Welt auch bezeugen.»

«Alles, was du willst», sagte sie. «Wo ist das Dokument?»

«Ich habe es dem Direktor bereits zugeschickt», sagte Adam. «Du kannst es später in seinem Amtszimmer unterschreiben.»

«Das ist gut», sagte sie zum wiederholten Male. Es schien ein auswendig gelernter Satz zu sein, zu dem sie Zuflucht nahm, wann immer sie nicht wusste, wie die richtige Antwort lautete.

Adam fröstelte. Er dachte an ihre kräftige Stimme, wenn sie früher mit ihm scherzte, und an ihr Lachen, als sie einmal bei einem Streit aus Versehen die Katze aus dem Fenster katapultiert hatte und er verdutzt mit dem fauchenden Vieh im Arm unten auf der Straße in Weißenfels gestanden hatte. Ein strahlendes Lachen hatte sie gehabt, das alle mitriss, ihn am allermeisten. Woher nur war die Dunkelheit gekommen, die diesen Frohsinn für immer zum Verstummen gebracht hatte? Er wusste, dass er niemals eine Antwort darauf bekommen würde. Doch mit dem heutigen Tag würde er aufhören, darüber nachzudenken.

«Gleich gibt es Tee», sagte Johanne unvermittelt. «Und dann ist es Zeit für die Gartenarbeit. Wir ernten gerade Heidelbeeren.»

«Dann sollte ich mich wohl verabschieden», sagte er und biss kurz die Zähne zusammen. «Sei fleißig und brav, Johanne. Dann geht es dir bald besser.»

«Leb wohl, Adam», sagte sie und drehte sich ohne ein weiteres Wort oder einen Blick zurück von ihm weg. Langsam und ruhig schritt sie über den Pfad zurück zum Haus, wo eine Pflegerin soeben ein Glöckchen anschlug – das Zeichen für die nächste Mahlzeit.

Man hielt in der Heilanstalt Sonnenstein große Stücke auf einen geordneten Tagesablauf, auf Regelmäßigkeit und leichte Arbeiten, um den Patienten eine beruhigende Struktur und einen Sinn im Leben zu geben. Wie Adam wusste, war der Ruf der Anstalt tadellos, nirgendwo sonst gab es so viele Heilungschancen für Menschen mit geistigen Krankheiten. Doch Johanne war durch das Sieb gefallen, sie schwamm für immer am Grund dieses düsteren, tiefen Wassers, das ihr nach und nach die Gesundheit geraubt hatte.

Als er ihr jetzt nachsah, meinte er, dennoch einen Stolz in ihren gestrafften Schultern zu sehen, einen Nachhall der früheren Stärke. Sie hatte immer gern im Garten gearbeitet, erinnerte er sich, hatte dem Sommer bis tief in den Herbst hinein jeden Sonnenstrahl, jede reife Traube abgetrotzt. Die Natur war ihr Refugium gewesen. Und nun durfte sie inmitten dieser herrlichen Kulisse reife Beeren ernten, während die Augustsonne ihr das müde Gesicht liebkoste.

Vielleicht ging es ihr, trotz allem, hier oben auf Burg Sonnenstein gut, überlegte Adam, während er sich eiligen Schritts entfernte.

Mit dieser wohltuenden kleinen Lüge im Kopf lief er um das Anwesen herum, gelangte wieder an die Treppe und hastete abwärts, ins Tal. Nach Pirna, wo die Kutsche wartete und ihn in sein gesichertes Leben in Dresden bringen würde.

28.

Dresden, im September 1841

Lieber Freund,

bitte verzeih, dass mein Brief Dich so spät erreicht, und sieh es mir nach, dass er in Hast geschrieben und voller Tintenkleckse ist. Weißt Du, ich schreibe ihn in meiner Schlafstube, damit mich niemand sieht, aber ich darf hierinnen kein eigenes Tintenfass haben, der Vater erlaubt es nicht. So hetze ich mit der tropfenden Feder zwischen Mutters Sekretär im elterlichen Schlafzimmer und meiner Fensterbank, die mir als Schreibtisch dient, hin und her, in beständiger Angst, dass jemand mich verbotenerweise im Zimmer meiner Eltern findet.

Ob Du mich «Deine» nennen darfst, fragst Du? Frag nicht! Du kennst die Antwort, spätestens seit unserem hastigen Abschied drunten an der Mühle. Aber wir müssen klug sein, besonnen und eigentlich eiskalt, jedenfalls nach außen. Es fällt mir so schwer. Aber es muss sein, und Du musst mir versprechen, dass Du Dich vorsiehst. Solche Wanderungen durch meine Straße müssen unterbleiben, komm nicht mehr hierher, wenn ich Dir teuer bin. Und nenn auch weiter keine Namen, ich bitte Dich. Indes, ich muss Dich wiedersehen, auch wenn mein Verstand mir eingibt, das Briefchen hier gleich unabgesendet ins Feuer zu werfen und Dich zu vergessen. Nur, wie könnte ich? Ein bisschen will ich noch weiterträumen, auch wenn ich weiß, dass es eigentlich kein Traum, sondern Wahnsinn ist.

Hör zu, meine Eltern unternehmen über die Woche, genauer am 23. September, eine Reise. Wir alle sollen mit, denn es geht zu unseren Verwandten. Doch ich werde eine Ausrede ersinnen,

weshalb ich nicht mitkann – kurzfristig, damit keine Zeit bleibt für neues Planen. Sie werden mich für die drei Tage in der Obhut der Gouvernante lassen, aber ich weiß, dass diese selbst einen Schatz hat und jede Gelegenheit nutzen wird, aus dem Haus zu fliehen, sobald sie sich unbeobachtet glaubt. Dann kann ich mich, wenn ich es geschickt anstelle, ebenfalls absentieren, und für ein paar Stunden wird mich niemand suchen. Ich werde mit einem Korb und in einfacher Kleidung in Richtung Brühlscher Garten gehen. Dort, wo er an den Hasenberg stößt, warte ich auf Dich in den Abendstunden, wenn die Dämmerung schon aufzieht. Du musst an jedem der beiden Abende hinkommen, weil ich nicht weiß, an welchem ich verschwinden kann.
Meine Hand zittert, da ich das hier schreibe – kann ich es doch selbst kaum glauben, dass ich es wagen will. Aber sei gewiss, wenn die Gelegenheit da ist, werde ich sie ergreifen.
Wirst Du da sein? Antworte nicht, es ist zu gefährlich. Ich muss einfach daran glauben, dass Du kommst.
Ich höre jemanden, nun muss ich schnell schließen.

Deine Freundin

29.

Dresden, Sonntag, 19. September 1841

Vor dem Fenster der Kutsche zogen gelbe Felder vorbei. Die Baumkronen der Kastanien und Eiben, die die Allee entlang der Elbe säumten, zeigten die ersten bunten Blätter zwischen den grünen. Elise legte das Gesicht für einen Moment an den Holzrahmen und schloss die Augen. Noch immer lag spätsommerliche Hitze über dem Land, und doch war in der Luft schon der Abschied der heißen Jahreszeit zu spüren. Es roch nach den Feuern auf den Bauernhöfen ringsum, wo die ersten Fuhren Laub verbrannt wurden, und nach der feuchten Erde, die über Nacht zunehmend abkühlte und Wasser speicherte.

Der Fluss schlängelte sich zu ihrer linken Seite dahin, immer wieder halb verborgen von Gesträuch und niedrigen Bäumen, ehe er in einer Biegung wieder bläulich schimmernd aus dem Grün auftauchte. Als Elise den Blick wieder hob, sah sie die Zugvögel am Himmel – es waren Stare, die in ihrer vertrauten Formation in leichten, schnellen Bögen dahinzogen, mit kurzem Schwanz und spitzen Flügeln. Jedes Jahr verließen sie gemeinsam mit den Feldlerchen, den Singdrosseln und all den anderen Zugvögeln die sächsischen Lande für den Winter.

Wohin sie wohl zogen?, überlegte Elise. Welche Länder gab es im Süden, die ihnen in den kommenden Monaten Heimat bieten würden, ehe die Sonne zurück nach Dresden kam? Ach, wenn sie doch, wie Eduard, im Unterricht auch etwas über Geographie gelernt hätte, dann könnte sie sich eine bessere Vorstellung von der Welt machen, in der sie lebte. So krabbelte sie wie eine unwissende Ameise darin herum. War es wirklich so, wie Barbara behauptete – dass die Frauen besseren Unterricht bekommen müssten? Dass es an der Zeit war, auch ihnen die Welt mehr zu erschließen, damit sie daran besser teilhaben konnten?

Als ihre jüngste Schwester diese Ansicht neulich beim abendlichen Sticken in der Stube kundgetan hatte, war Amalie Friederike beinahe der Stickrahmen aus der Hand gefallen, und sie war ihrer Tochter über den Mund gefahren. Doch gerade diese heftige Reaktion hatte Elise das Gefühl gegeben, dass etwas an Barbaras Worten dran sein musste. Denn wenn es nichts weiter wäre als das Geplapper eines dummen Kindes, weshalb sollte die Mutter sich dann so davor fürchten?

«Mein Fräulein, Sie scheinen heute sehr nachdenklich.» Adam Jacobi, der neben ihr auf der Bank saß, holte sie aus ihren Gedanken.

Schnell riss sich Elise von der Landschaft draußen los und sah ihn an. Er war sorgfältig gekleidet, wie immer, und sein Gesicht war glatt rasiert und freundlich. Man hätte ihn für einen jüngeren Mann halten können, als er war, nur die Falten um seine Augen und die silbrigen Haare verrieten, dass er im selben Alter war wie der Vater. Nichts an ihm war unangenehm oder gar abstoßend. Und doch war er ihr noch immer so fremd wie ein Unbekannter auf der Straße.

Elise musste sich selbst daran erinnern, dass sie mit diesem Mann verlobt war.

«Ich dachte an den Weg der Zugvögel», sagte sie, «wissen Sie, wohin sie jetzt im Herbst ziehen?»

«Nach Italien und Griechenland», sagte er sofort und folgte ihrem Blick aus der Kutsche zum Himmel empor, «und sogar bis an die Küsten Afrikas. Dort herrscht ein mildes, trockenes Klima. Die Vögel sind zu beneiden.» Er lächelte. «Aber keine Sorge, Fräulein Elise, wir Menschen können es uns auch im sächsischen Winter behaglich machen. Sie werden sehen, dass meine Wohnung in der Neustadt bequem eingerichtet ist. In beinahe jedem Raum steht ein Ofen, meine Schwester Theresia friert leicht und sorgt dafür, dass der Diener gehörig einheizt.» Er betrachtete Elise, als nehme er Maß. «Und ich werde dafür sorgen, dass Sie einen neuen Pelzmantel bekommen», sagte er. «Mein Schneider wird sich die Hände reiben, nun kleidet er nicht mehr nur einen alten Junggesellen ein, sondern auch eine junge, modebewusste Frau. Seine Einnahmen werden deutlich steigen.» In gespielter Sorge seufzte er auf und hob die feingliedrigen Hände. «Was soll ich machen? Ich kann nicht anders, als Ihnen jeden Wunsch von den Augen abzulesen.»

Er griff nach ihrer Hand, die in ihrem Schoß gelegen hatte, und zog sie an seine Lippen. Elise ließ es geschehen und errötete leicht, wie es von ihr erwartet wurde.

«Das ist sehr freundlich», sagte sie und hörte selbst, wie steif es klang. Doch wie immer, wenn er ihr ein Kompliment machte oder von seinen Gefühlen für sie sprach, wusste sie nicht viel damit anzufangen. Es war, als spreche er zu einer anderen, während sie danebensaß und still alles verfolgte.

Wie eine Zuschauerin im Königlichen Theater, die auf der Bühne ein hölzernes, manierliches Stück verfolgte. Es berührte sie nicht. Und wäre sie wirklich eine Besucherin im Saal gewesen, hätte sie nach dem letzten Akt nicht einmal das Bedürfnis verspürt zu applaudieren, so wenig fühlte sie sich von der müden Darbietung mitgerissen.

«Habe ich mich eigentlich schon für die Einladung zu dieser Kutschfahrt bedankt?», fragte sie und versuchte, liebenswürdig zu klingen. Er hatte sie heute nach dem Hochamt in der Kirche eingeladen, in seiner Kutsche Platz zu nehmen, sich aber geheimnisvoll gegeben, was das Ausflugsziel anging. Amalie Friederike und Georg schienen erfreut, dass die Verlobten einen Nachmittag zu zweit verbringen wollten, und hatten schnell zugestimmt.

Adam Jacobi winkte großzügig ab. «Es ist mir eine Freude.»

«Wohin fahren wir denn nun eigentlich? Mögen Sie es mir jetzt vielleicht verraten?», fragte sie, um das Gespräch nicht versickern zu lassen.

«Nach Pillnitz», sagte er. «Kennen Sie das Schloss?»

«Ich war nie dort», sagte Elise. «Einmal waren wir im Schloss Moritzburg, anlässlich des Namenstages meiner Mutter. Das habe ich als sehr groß und herrschaftlich in Erinnerung.»

«Pillnitz ist viel weniger prächtig, seit dem Brand 1818 reicht es nicht mehr an seine ursprüngliche Größe heran», sagte Adam Jacobi. «Gleichwohl gefällt es mir trotzdem besser. Zart, aber stark. Wie Sie, Elise.»

Wieder errötete sie und schlug die Augen nieder. Er drückte ihre Hand, die er noch immer nicht losließ.

«Wie schön, dass Sie heute Zeit haben, mit mir auszufahren», sagte sie pflichtschuldig.

«Ich dachte, es sei für uns gut, ein paar Stunden allein miteinander zu verbringen», sagte er. «Schließlich sollen wir nicht wie Fremde nebeneinanderstehen, wenn wir Hochzeit feiern. Ich möchte Sie ein wenig besser kennenlernen, Elise.»

Sie versuchte, ihr Unbehagen zu verbergen, als ihr die kurze Begegnung in der Schlafkammer im Mai einfiel. Dort hatte er einen Moment die höfliche Maske fallen lassen und seine Ansprüche an sie – auch an ihren Körper – deutlich gemacht. Nicht so galant wie jetzt, da er ihre Hand hielt, als sei sie ein zerbrechliches Vogelei. Adam Jacobi mochte die meiste Zeit beherrscht, ja kühl wirken, doch sie durfte sich keinen Illusionen hingeben. Er war ein Mann. Ein Mann mit Lebenserfahrung, der Erwartungen an sie hatte.

Elises Beklommenheit verstärkte sich, und sie zog ihre Hand sanft, aber bestimmt aus seinen streichelnden Fingern. Er ließ es geschehen, heute war nichts von einer plötzlich aufwallenden Zügellosigkeit zu merken. Er schien der perfekte Kavalier.

«Da gibt es nicht viel kennenzulernen», sagte sie. «Ich bin einfach eine junge Frau, die gern Violine spielt.»

Neben der kurzen Zudringlichkeit, fiel ihr jetzt ein, dass er ihr bei der letzten Begegnung zu zweit auch in Aussicht gestellt hatte, sie zu fördern, sie auf die Bühne zu bringen. Es war Zeit, das Gespräch wieder darauf zu bringen, um ihn an sein Versprechen zu erinnern.

«Erzählen Sie mir von Ihrer Arbeit», sagte sie daher und sah ihn herausfordernd an. «Was komponieren Sie gerade?»

Er wirkte überrascht, schielte auch einen Moment etwas enttäuscht zu ihrer Hand, die sie ihm zuvor entzogen hatte, als überlegte er, erneut danach zu greifen. Doch er tat es nicht, stattdessen lächelte er – ohne dass seine Miene mehr von seinen Gedanken verraten hätte.

«Eine Sinfonie», sagte er. «Ich bin regelrecht davon besessen, mir schwebt etwas Großes vor. Der König selbst hat sie in Auftrag gegeben, zur Feier des Geburtstags der Königin Maria Anna. Es ist eine große Ehre.»

«Sie müssen ein kluger Mann sein, wenn Sie eine ganze Sinfonie erschaffen können, die sogar dem König zusagt.»

«Ich bemühe mich», sagte er. Dann wurde sein Lächeln wärmer. «Für Sie habe ich auch etwas geschrieben, Elise. Natürlich nicht etwas so Großartiges wie eine Sinfonie. Nein, ein kleines, sehr graziöses Stück, ein Capriccio, passend für eine junge Frau. Ich brenne darauf, es Ihnen vorzuspielen. Es ist für Violine und Klavier, und ich hoffe, wir können bald einmal gemeinsam musizieren.» Er räusperte sich. «Ich habe außerdem einem Freund geschrieben. Er ist Musikdirektor in Leipzig und hat Beziehungen zu mehreren hervorragenden Bühnen dort. Er zeigte sich interessiert, Sie einmal spielen zu hören.»

Unwillkürlich verspürte Elise plötzlich Herzklopfen. So seltsam ihr der Gedanke vorkam, bald mit diesem Mann ihr Leben zu teilen, so verlockend war es, weiterhin musizieren zu dürfen. Und wenn er sie sogar auf eine Bühne in Leipzig bringen würde – die Stadt, in der auch Clara Schumann am Klavier die Zuhörer begeisterte, diese junge Musikerin, die Elise so sehr bewunderte –, dann wäre das mehr, als sie je zu hoffen gewagt hätte. Ganz offensichtlich hatte er sein Angebot vor Monaten ernst gemeint.

«Mit Freuden», brachte sie heraus, und diesmal musste sie die errötende Aufregung nicht spielen.

Er nickte und fügte dann hinzu: «Natürlich nicht gleich, erst einmal müssen Sie sich an Ihre neue Rolle als meine Ehefrau gewöhnen. Aber vielleicht in einigen Jahren?»

Der Zusatz schmeckte ihr nicht, aber vielleicht konnte sie ihn in diesem Punkt noch umstimmen?

Ihre Hände zitterten, und Elise faltete sie rasch im Schoß und sah wieder nach draußen. Die Farben des beginnenden Herbstes flochten sich noch in lindes Grün, und der Senf leuchtete in sattem Gelb. Elise lauschte dem Hufgetrappel der beiden Kaltblüter, die den Zweispänner über die Allee zogen, roch die Tierleiber, den süßen Duft der Astern am Wegesrand und spürte, wie ihr das Blut im selben Rhythmus wie das Geklapper der Eisen durch den Körper pochte. Eine neue Zeit würde für sie anbrechen – wenn sie es nur zuließe. Doch der Preis, den sie zahlen musste, war hoch.

Vor das liebliche Bild der Landschaft schob sich die Erinnerung an Christians Gesicht. Beinahe hätte sie ungläubig mit dem Kopf geschüttelt. Hier fuhr sie mit dem Mann, dem sie die Ehe versprochen hatte, Seite an Seite und redete über ihre gemeinsame Zukunft. Dabei wusste sie die ganze Zeit, dass sie sich in wenigen Tagen heimlich aus dem Haus schleichen würde, um einen anderen Mann zu treffen. Einen, bei dessen Anblick sie nervös wurde, dessen Stimme ihr ein Prickeln über die Haut jagte und von dem sie sich so verstanden fühlte wie sonst von niemandem. Gegen ihn war Adam Jacobi eine steife, papierne Hülle, und der Gedanke an die Ehe mit ihm verblasste und wurde zu einer Farce.

Sie spürte, wie er sie prüfend ansah, und es beschlich sie das unangenehme Gefühl, dass er sie ertappt hatte. Doch das war ja unmöglich, dazu hätte er in ihren Kopf hineinsehen müssen. Schnell setzte sie ein unschuldiges Lächeln auf, gleichwohl blieb seine Miene streng. Vielleicht hatte sie ihn verärgert, weil sie im Gespräch zuvor so unbeteiligt gewesen war?

«Da liegt es», sagte er knapp und deutete aus dem Fenster.

Tatsächlich schimmerte kurz eine herrschaftliche Fassade durch die Zweige der vorbeifliegenden Bäume, und bald sah Elise die ganze Anlage von Schloss Pillnitz auf der anderen Elbseite auftauchen.

Sie beeilte sich, ihrer Begeisterung Ausdruck zu verleihen. «Wunderschön», rief sie.

Die Fahrt hatte etwas mehr als eine Stunde gedauert, und die Sonne stand schon hoch und beschien die hellen Mauern des Anwesens. Nachdem die Kutsche noch ein Stück weitergefahren war, konnte Elise die gesamte Schlossanlage am gegenüberliegenden Ufer bewundern.

«Das ist das Wasserpalais», erklärte Adam Jacobi und zeigte auf eine prächtige Fassade mit einer breiten Freitreppe, von der aus sich sanfte Wiesen hinunter zum Ufer zogen. «Daneben sehen Sie die Küchenflügel und die Brauerei.»

Elise betrachtete das Schloss und die dahinterliegenden Hügel. Es schien, als schmiegten sich die Steine in die Natur hinein wie in ein Kissen. Sie bekam Lust, aus der Kutsche auszusteigen, sich von einem Fährmann übersetzen zu lassen und eine Wanderung zu unternehmen, die sie in die Weinberge hinter dem Anwesen führte. Am liebsten allein, damit sie weiter ihren Gedanken an Christian inmitten der prachtvollen, sommergetränkten Natur nachhängen könnte. Doch natürlich war es undenkbar, dass eine junge Frau unbegleitet auf Wanderschaft ging. Das machten nur die Gesellenburschen. Schon hörte sie Barbara spöttisch sagen, dass auch dies eine Ungerechtigkeit war und dass eine Frau so frei sein sollte wie ein Mann, allerdings war sie nicht sicher, ob sie der jüngeren Schwester in ihrem stummen, phantasierten Zwiegespräch recht geben mochte. Denn wäre es nicht gefährlich, die Weltordnung, in der Mann und Frau nun einmal in unterschiedlichen Sphären zu Hause waren, ins Wanken zu bringen, ja umzustürzen? Der Mann strebte hinaus, er verkörperte Stärke, Schutz und Aufbruch. Die Seele der Frau war empfindsamer, mehr dem häuslichen Bereich zugeeignet, den zarten, musischen Dingen verschrieben. Doch die Vorstellung von einem Streifzug durch die wilde, wuchernde Natur jenseits der Elbe schien Elise ungeachtet ihres natürlichen Wesenszugs verlockender als das unbewegte Sitzen im Schutz des Wagens.

Als sie um eine sanfte Kurve fuhren, tauchte eine Insel im Fluss vor ihnen auf. Adam klopfte gegen das Dach der Kutsche, und der Fahrer hielt die Pferde an.

Adam öffnete die Kutsche, sprang mühelos hinaus, als sei er ein Knabe von zwanzig Jahren, lief um den Wagen herum und öffnete Elise den Schlag. Er hielt ihr galant die Hand hin und stützte sie beim Aussteigen. Da sie ein ausladendes Kleid trug, trat sie beinahe auf den Saum und war dankbar für Adams Unterstützung. Der Kutscher warf die Pferdestricke über die Äste eines Baumes und holte eine Wolldecke hervor, die er auf Adams Geheiß auf der Wiese ausbreitete, dort, wo das saftige Grün flach an den Fluss heranwuchs. Das Schilf rauschte im sanften Spätsommerwind, und Elise setzte sich auf die Decke und ordnete geschickt ihre vielen raschelnden Röcke. Zum Glück war die Schnürung ihres Korsetts heute nicht zu fest, Rosina hatte am Morgen bemerkt, dass Herr Jacobi sie schließlich auf eine Landpartie geladen habe und nicht in einen Konzertsaal, daher könnten sie ruhig etwas großzügiger beim Festzurren der Fischbeinstäbe sein. So atmete Elise relativ frei und genoss den schönen Blick auf die kleine Insel und das Schloss dahinter. Auf dem Eiland sah sie Fasane über die Wiese staksen und mit ihren gemusterten Flügeln im Unterholz schlagen, und sie hörte ihr charakteristisches Schreien. Hier am Ufer zirpten Grillen, brummten Bienen und quakten Frösche im Gras. Die Natur war nach einem guten Sommer noch immer so üppig, so voller Leben, dass es Elise naheging. Alle Kreaturen auf der Erde genossen die Sonne, das Licht, die Wärme und das Leben. Alles drängte in dieser Jahreszeit nach draußen, versuchte, noch den letzten Sonnenstrahl einzufangen und zu bewahren, ehe der Herbst kam und mit ihm Kälte, Dunkelheit und Kargheit. Und doch wartete am Ende der kalten Tage wieder der Frühling, der Neuanfang, der allem Leben innewohnte. Elise spürte, wie sehr sie Teil dieses Kreislaufs war, und sie fragte sich, was der Winter und das nächste Jahr für sie bereithalten mochten? Beglückende Musik? Vielleicht ein eigenes Konzert? Dann jedoch fiel ihr wieder ein, was sie ganz sicher erwartete. Sie würde verheiratet sein und mit einem Mann das Bett teilen – aller Wahrscheinlichkeit nach würde sie im kommenden Jahr schwanger werden, ein Kind gebären. Die Vorstellung war schön und bedrohlich zugleich. War dies nicht ihre Bestimmung? Waren Kinder nicht die Erfüllung einer jeden Frau? Warum also machte es ihr trotzdem solches Kopfzerbrechen?

Adam Jacobi hatte inzwischen einen Korb aus der Kutsche gehoben, der vorn auf dem Bock gestanden hatte. Er trug ihn zu ihr herüber und stellte ihn ab. Dann ließ er sich mit den gleichen geschmeidigen Bewegungen, die ihr schon mehrfach an ihm aufgefallen waren, auf dem Boden neben ihr nieder – in gebührendem Abstand. Er zog das weiße Leinentuch vom Korb und holte eine Flasche Holunderwein hervor, zwei Becher und einen kleinen Laib Brot. Ein letztes Mal griff er hinein, und zum Vorschein kamen reife Trauben, die er neben die anderen Dinge auf die Decke legte.

«Wir müssen uns heute selbst bedienen», sagte er. «Ich wollte keinen Diener mitnehmen. Denn so, nur mit Ihnen, ist es mir am liebsten.»

Elise griff nach dem Brot und brach ein Stück ab, während Adam Wein eingoss und ihr einen Becher reichte. Sie aßen und tranken schweigend, ließen die Blicke durch die schöne Landschaft streifen.

Irgendwann räusperte sich Adam Jacobi.

«Ihre Familie unternimmt, wie ich von Ihrer Mutter hörte, eine Reise?», fragte er.

«Ja», sagte Elise und schob sich eine Traube in den Mund. «Es geht nach Weißenfels. Vater hat dort Verwandte.»

«Gewiss», sagte er, «ich erinnere mich gut an die Weißenfelser Spielmanns. Wir haben Tante Eusebia so manchen Streich gespielt, als wir jung waren.»

«Sie und mein Vater kennen sich schon von Kindheit an, oder?»

«Wir sind zusammen zur Schule gegangen», sagte er und trank von seinem Wein. «Georg war immer der Mutigere von uns.»

«Er hält sehr viel von Ihnen», sagte Elise. «Ich hatte immer den Eindruck, dass er zu Ihnen aufsieht.» Erschrocken sah sie Adam Jacobi an. War das zu persönlich gewesen? Doch er lächelte.

«Heute, ja, da mag das stimmen», sagte er. «Aber damals, als Knaben, war er mir weit überlegen. Das Blatt wendete sich erst im Krieg, wissen Sie?»

«Im Krieg?»

«Wir dienten beide im Freikorps von Lützow.» Adam Jacobi wirkte auf einmal stolz. «Aber es war ein blutiger Krieg, und ich will nicht vor einer Dame wie Ihnen darüber sprechen. Doch es stellte sich heraus, dass Ihr Vater – nun, dass er aus einem anderen Holz geschnitzt war als ich. Mir machte es nichts aus, mit der Waffe in der Hand zu kämpfen. Er dagegen ... ist am Ende eher eine musische Seele, wissen Sie? Und er stellte fest, dass der Krieg nichts für ihn ist.»

Irrte sich Elise, oder hatte sich ein verächtlicher Ton in seine Stimme geschlichen? Ihr wurde bewusst, dass sie schon öfter das Gefühl gehabt hatte, dass Adam Jacobi auf ihren Vater herabsah. Lag es an ihren gemeinsamen Erlebnissen im Krieg? Hielt er Georg Spielmann für einen Feigling? Doch sie wagte es nicht, ihn zu fragen.

«Und Sie?», fragte er und biss herzhaft in ein Stück Brot. «Werden Sie ebenfalls mit nach Weißenfels reisen?»

«Natürlich», sagte sie schnell. Zu schnell, denn sie hörte selbst den hastigen Nachklang ihrer Stimme. «Warum fragen Sie?» Ungeschickt verschüttete sie einige Tropfen Wein aus ihrem Becher, sodass sich ein roter Fleck auf dem hellen Gewebe der Decke ausbreitete. Sie hätte sich ohrfeigen mögen! Wenn Adam Jacobi bisher keinen Verdacht geschöpft hatte – nun musste er sich wundern, weshalb sie so nervös war.

«Ach», sagte er gedehnt und beobachtete sie aus schmalen Augen, «ich könnte mir vorstellen, dass es für eine junge Frau erquicklichere Vergnügungen gibt, als auf diesen schrecklichen Holperwegen zu alten Verwandten in die Provinz zu reisen. Man kommt ganz staubig an, und dann erwarten einen nur wenig erbauliche Geschichten und trockener Kuchen.» Er lachte leise, und doch hatte sie das Gefühl, dass etwas an seinen Worten lauernd klang. So, als suchte er nach einem Fehler bei ihr. Sie nahm sich fest vor, ihm keine Angriffsfläche mehr zu bieten.

«Ich mag meine Tante sehr gern», sagte sie und hoffte, dass ihr die Lüge glatt genug von den Lippen ging. Denn eigentlich war Tante Eusebia eine furchtbar gestrenge Person, und ihre Gesellschaften langweilten alle Spielmann-Kinder zu Tode. Doch ihr Vater war ein loyaler Bruder, der an der jährlichen

Fahrt nach Weißenfels festhielt, auch wenn er stets aufatmete, wenn sie vorüber war.

«Sie sind wirklich sehr artig», sagte Adam Jacobi und goss ihr und sich selbst Wein nach. «Nun, dann muss ich mir also keine Sorgen machen, dass Sie allein in der Stadt zurückbleiben, sondern weiß Sie wohlbehalten in der Obhut Ihrer Familie.»

Es war beängstigend, dachte Elise, wie gut sein Gespür dafür war, wann sie log. Tatsächlich hatte sie ja nicht vor, nach Weißenfels zu fahren, sondern sich genau dieser Obhut, von der er sprach, zu entziehen.

Ihr Herz klopfte schneller, sie spürte, wie nervös sie schon wieder wurde, und fast verschüttete sie erneut ihren Wein. Noch immer ruhte sein Blick auf ihr, weshalb sie nicht wagte, den Kopf zu heben. Wenn sie ihm jetzt in die Augen sehen müsste, würde sie sich endgültig verraten. So schaute sie betont interessiert zum Schloss hinüber und lauschte den Schreien der Fasane, die zu ihnen herüberdrangen. Gerade legte eine rote Gondel mit goldener Bemalung drüben am Schloss ab und fuhr gemächlich über den schimmernden Fluss in Richtung Dresden.

Schließlich beruhigte sich Elises Puls. Adam Jacobi konnte nichts von ihren Plänen wissen, sagte sie sich, und endlich sah sie ihm doch ruhig ins Gesicht. Es war beherrscht, nur um seine Mundwinkel schien ihr eine leise Anspannung zu liegen, die er jedoch versuchte, mit einem leisen Lächeln zu übertünchen.

«Ihr Herr Vater ist, wie man hört, heute sehr erfolgreich in der Königlichen Kapelle», sagte er. «Ist er zufrieden mit der neuen Stelle?»

Erleichtert von dem Themenwechsel nickte Elise. «Oh ja», sagte sie, «und er ist Ihnen so dankbar für Ihre Hilfe, das weiß ich. Ich glaube, er war niemals glücklicher als jetzt. Sein Lebenstraum hat sich erfüllt.»

«Das freut mich», sagte Adam Jacobi. Nun ließ auch er den

Blick schweifen, hielt sein Gesicht in die wärmende Mittagssonne und schloss blinzelnd die Lider. «Dann hoffen wir, dass dies so bleibt. Nichts ist für die Ewigkeit, das wissen Sie ja, nicht wahr, Fräulein Elise?»

«Wie meinen Sie das?», fragte sie verwirrt.

«Nichts weiter, als dass wir uns nie sicher sein können, was das Schicksal für uns bereithält», sagte er, immer noch mit dieser seltsamen, betonten Leichtigkeit in der Stimme, unter der Elise einen beunruhigenden Ton zu hören meinte. «Es wäre zu schade, wenn Ihr lieber Vater seine Stelle am Theater wieder räumen müsste, denken Sie nicht? Beten wir, dass dies nicht geschieht.»

«Warum sollte es?», fragte sie und war verärgert, weil sie erneut versuchte, ihr aufgeregt pochendes Herz zu beruhigen.

Sei endlich still, beschwor sie es stumm, sonst geht hier noch alles den Bach herunter.

«Ja», sagte er und öffnete endlich wieder die Augen, «warum sollte es?»

Sie wusste keine Antwort. Den Rest des Picknicks verbrachten sie schweigend.

Irgendwann erhob sich Adam Jacobi. Mit vollendeter Ehrerbietung sah er auf Elise herunter, reichte ihr die Hand und half ihr auf. Während er sie zum Wagen führte, verstaute der Kutscher den Korb und die Decke. Adam Jacobi ließ die Kutsche wenden, und sie fuhren unter Hufgeklapper und Wagenradknirschen durch die verschwenderische Landschaft zurück flussabwärts. Die Farben ringsum leuchteten nun noch stärker, als seien sie vom Tageslicht aufgeheizt. Sie schienen noch einmal alle Pracht aufwenden zu wollen, um Elise und ihrem Begleiter eine herrliche Rückfahrt bieten zu können.

Doch die ganze Zeit starrte Elise durchs Kutschenfenster, ohne wirklich etwas zu sehen. Die Drohung, die Adam Jacobi wortlos ausgesprochen hatte, schwang zwischen ihnen. Und anders als auf der Hinfahrt ließ er es nicht zu, dass sie ihm ihre Hand entzog, sondern umklammerte eine Stunde lang mit festem Griff ihre Finger, bis sie nach Dresden zurückkamen.

30.

Dresden, Freitag, 24. September 1841

Die Dämmerung hatte sich über Dresdens Dächer gebreitet. Sie umschmeichelte die Kirchtürme, strich wie eine Katze um die Ecken der Gassen und legte sich sanft auf den Fluss, dessen helles Silber zu geschmolzenem Erz wurde. Schließlich drängte sie die Sonne, die weit hinten über den Wipfeln der Weinberge zu einem sanften rötlichen Schein verblasst war, ganz hinter den Horizont.

Elise stand am Fenster in der Großen Frauengasse und lehnte die Stirn ans hölzerne Fensterkreuz. Ihr ganzer Körper kribbelte vor Anspannung. Nebenan hörte sie Fräulein Drosselmeir in der Kammer herumgehen, die diese für die Abwesenheit der Spielmanns bezogen hatte, um auf die älteste Tochter achtzugeben. Denn Elise war am Vorabend der Abreise von einer seltsamen Krankheit befallen worden, sodass sie nicht mit nach Weißenfels hatte fahren können.

Leises Summen und das unablässige Auf- und Zuklappen der Truhe zeigten Elise an, dass die Gouvernante etwas im Schilde führte, und sie hoffte inständig, dass sich das Fräulein zum Ausgehen bereit machte.

Zunächst hatte die Mutter mit ihr in Dresden zurückbleiben wollen, doch der Vater hatte es nicht erlaubt. Nachdem Elise erfolgreich verhindert hatte, dass ein Arzt gerufen wurde – sie schob ihr Unwohlsein auf ein Frauenleiden, über das Georg nicht gern sprach –, hatte Amalie Friederike schließlich eingewilligt, die Tochter allein mit der Gouvernante zurückzulassen. Fräulein Drosselmeir war begeistert gewesen, bedeutete das doch Zusatzlohn für drei Tage. Entgegen Elises Hoffnung hatte sie die Wohnung am ersten Abend indes nicht verlassen. Vielleicht hatte Elise sich die Sache mit dem Techtelmechtel nur eingebildet? Die ganze Nacht hatte sie wach gelegen und überlegt, ob Christian wohl in den Brühlschen Garten gekommen war und dort vergeblich auf sie gewartet hatte. Und sie bangte, ob er nun am zweiten Abend kommen würde. Schließlich nahm sie sogar Zuflucht zu einem Gebet, was ihr sonst schwerfiel, nun aber ganz selbstverständlich schien. Inständig bat sie Gott, dass die Gouvernante an diesem Abend ausgehen würde – wohl wissend, dass sie den Weltenschöpfer vor allem darum bat, den rechten Pfad der Tugend verlassen zu können. Doch sie musste hoffen, dass er über derartige Kleinigkeiten hinwegsah.

Ihr Herz machte einen Satz, als sie hörte, wie die Tür der Kammer leise zugezogen wurde. Oder irrte sie sich? Nein, das waren ganz eindeutig schleichende Schritte auf dem Korridor, dann wurde die Wohnungstür ins Schloss gedrückt. Eine Minute lang wagte Elise kaum zu atmen, sie lauschte in die stille Wohnung hinein. Aber es gab keinen Zweifel – die Gouvernante war fort.

Die Köchin hatte heute, da die Herrschaft nicht da war, einen freien Tag, den sie nutzte, um ihre Schwester in Pirna zu besuchen. Und Rosina war mit der Familie nach Weißenfels gereist. Deshalb fühlte sich Elise einigermaßen sicher, als sie, einen Korb am Arm und die Haube tief ins Gesicht gezogen, ebenfalls ihre Schlafkammer verließ. Vorsichtshalber ging sie jedoch barfuß zur Tür, die Schuhe in der Hand, und schlüpfte erst mit den Füßen hinein, als sie unten im Hof stand. Hier lag der Eingang für die Dienstboten, aber Elise kannte den Weg durch die Höfe. Sie wollte erst an einer weiter entfernten Gasse herauskommen, sodass sie möglichst wenigen direkten Nachbarn begegnete. Doch um diese Zeit gingen ohnehin nicht mehr viele aus. Die Abende wurden inzwischen deutlich kühler, die Dunkelheit kam schneller, und die herbstlichen Nachtschwärmer saßen jetzt entweder im heimischen Salon oder in einer Schankstube und irrten nicht durch die dämmrigen Straßen der Stadt.

Trotzdem blieb Elise bei jedem Knirschen eines Steinchens unter ihren Sohlen, bei jedem Miauen einer Katze und jeder Fledermaus, die in der Dämmerung über ihren Kopf hinwegflog, beinahe das Herz stehen. Die Häuser standen zumeist dunkel da, und Elise war dankbar dafür, dass auf den Nebenwegen keine Laternen brannten wie am Neumarkt. Hastige Blicke über die Schulter werfend, gelangte sie endlich an die Gasse, die hinauf zum Garten an der Terrasse führte. Es wäre besser gewesen, sich mit Christian noch weiter weg von ihrem Elternhaus zu verabreden. Doch das hätte auch einen weiteren Weg bedeutet. Dann lieber nur ein paar Gassen zu Fuß gehen, um sich im Schutz der Dunkelheit verbergen zu können. Im Brühlschen Garten am Fluss hingegen kämen um diese Zeit sicher nur wenige Spaziergänger vorbei.

«Nu, junge Dame», sagte eine knarrende Stimme, und Elise blieb wie vom Donner gerührt stehen. Vor ihr stand ein Nachtwächter in schwarzem Mantel, den traditionellen Spieß in der Hand. «So spät noch allein unterwegs?»

«Meister», sagte sie schnell und blinzelte vorsichtig aus ihrer Haube zu ihm auf, «Sie haben mich erschreckt.»

«Wer nichts zu verbergen hat, muss auch nicht erschrecken», sagte er in breitem Sächsisch und hob mahnend den Zeigefinger.

«Ich ... besuche eine kranke Tante», sagte sie und deutete geistesgegenwärtig auf ihren Korb. Dieser war zwar leer, doch das Tuch, das sie darübergebreitet hatte, verbarg diesen Umstand. «Sie braucht etwas zu essen, ich sehe täglich nach ihr. Es sind vielleicht die Pocken ...», sagte sie mit unheilvoller Stimme.

Die Worte zeigten Wirkung, der Nachtwächter wich sofort einen Schritt von ihr zurück.

«Gott sei mit Ihnen», sagte er und wandte sich ab.

Elise hörte noch seine schlurfenden Schritte, dann verschluckte ihn das Zwielicht. Erleichtert atmete sie auf und ging weiter. Sie überquerte den stillen Hof des Zeughauses und erreichte schließlich die Gartenanlage, wo die beschnittenen Zierhecken sie umfingen wie ein Schutzschild. Elise musste sich beherrschen, um nicht zu rennen. Suchend ging sie über den schmalen Weg bis hinauf zur Terrasse, die über der Elbe lag. Die Bäume rauschten leise im Wind, es duftete nach Erde und Kräutern.

Und dort oben, an der Brüstung, stand Christian.

Sie erkannte seine Silhouette sofort, obwohl er mit dem Rücken zu ihr stand und auf das mittlerweile schwarze Wasser hinuntersah. Mit wenigen Schritten war sie bei ihm und stellte den Korb auf die Erde. Er hatte das Knirschen ihrer Sohlen gehört und sich zu ihr umgedreht. Und obwohl Elise es nicht vorgehabt hatte, flog sie ihm ohne Zögern um den Hals. Er umfing sie mit seinen Armen und hielt sie fest. Er war von viel kleinerer Statur als der hochgewachsene Adam Jacobi, doch sie spürte seine Kraft, sog den Duft seiner warmen Haut ein und fühlte sich geborgen.

Endlich ließen sie einander los und sahen sich an. «Da bist du ja», sagte Christian etwas atemlos.

Sie nickte. Nur der Mond, der inzwischen aufgegangen war und über dem Wasser stand, beschien ihre Gesichter. Drüben, am anderen Ufer der Elbe, glitzerten kleine Lichter durch den späten Abend, dort lag die Neustadt, deren Bewohner die Talglichter und Petroleumlampen in ihren Wohnungen entzündet hatten. Und auch am diesseitigen Ufer schimmerten die Laternen, die neuerdings auf dem Theaterplatz standen, bis zur Brühlschen Terrasse herüber.

«Hast du gestern auf mich gewartet?», fragte Elise. «Es tut mir leid, ich konnte nicht …»

Christian legte eine Hand an ihre Wange. «Natürlich», sagte er und zuckte mit den Schultern, «aber ich dachte mir schon, dass es wohl nicht geklappt hatte.» Er zögerte. «Da hab ich heute eben ein wenig nachgeholfen.»

Sie starrte ihn an. «Wie denn?»

«Eure Gouvernante ist doch ausgegangen, oder?»

«Ja, zu ihrem Schatz ... aber was weißt du darüber?»

«*Ich* bin der Schatz», sagte er, und sie sah sein verschmitztes Lächeln im Mondschein. «Ich habe ihr ein kleines Briefchen geschickt. Schicken lassen, um genau zu sein, damit sie es nicht zu mir zurückverfolgen kann. Ein Freund war mir einen Gefallen schuldig.»

«Du bist unmöglich», sagte Elise halb lachend, halb empört. «Aber was, wenn sie dann gleich wieder zurückkommt?»

«Ich habe sie ans andere Ende der Stadt gelockt», sagte Christian und blickte nun eine Spur schuldbewusst drein. «Wir dürften mindestens noch eine Stunde haben.» Als er Elises Blick sah, hob er entschuldigend die Hände. «Ich wusste doch nicht, ob sie sonst überhaupt ausgehen würde. Und die Vorstellung, hier noch einen zweiten Abend allein am Elbufer zu stehen und mir die Augen nach dir auszuweinen, konnte ich nun einmal nicht ertragen.»

Er griff nach ihrer Hand, und Elise genoss die Berührung. Ihre Gefühle waren das Gegenteil von dem Unbehagen, das sie vor ein paar Tagen empfunden hatte, als ihr Verlobter sie angefasst hatte. Christians Finger waren trocken und warm, sein Griff fühlte sich vertraut an, und sie zog ihn näher zu sich.

«Du hast dir also die Augen ausgeweint?», fragte sie neckend. «Ist das wahr?»

Christian löste geschickt die Schleife ihrer Haube und streifte sie ihr vom Kopf. Sorgsam legte er sie auf die Mauer, eher er Elise wieder in die Arme nahm. «Ich war jedenfalls nah dran», murmelte er mit dem Mund dicht an ihrem Haar. «Stell dir vor, beinahe hätte ich mich deinetwegen in die Elbe gestürzt.» Das Lachen in seiner Stimme widerlegte seine Worte.

Seine Finger spielten mit ihren Locken. Elise war schwindlig, sie fühlte sich wie betrunken. Die kühle, feuchte Luft, die vom Fluss aufstieg, Christians Duft, seine Berührungen – all das verzauberte sie und machte sie zu einer anderen, neuen Elise. Und doch hatte sie niemals zuvor so sehr das Gefühl gehabt, sie selbst zu sein, sich selbst zu spüren. Eine ähnliche Lebendigkeit kannte sie nur von den Momenten, in denen sie auf ihrer Violine spielte. Aber auch dieses Gefühl kam nicht an jenes heran, das sie in Christians Gegenwart empfand. Am liebsten hätte sie für immer so dagestanden, ihn angesehen, mit nichts als der Gewissheit seiner Nähe. Es hätte gereicht. Doch sie wusste, dass die Zeit drängte. Sie mussten darüber sprechen, wie es weiterginge, auch wenn es den Zauber des Augenblicks störte.

«Was sollen wir jetzt tun?», fragte sie.

Er war kaum größer als sie, sie standen Auge in Auge. Es gefiel ihr, wie ebenbürtig es sie beide machte.

Ernst sah er sie an, seine Nasenspitze berührte ihre.

«Wenn ich das nur wüsste», sagte er. «Heute sehen wir uns erst zum dritten Mal. Gleichwohl habe ich das Gefühl, dass wir uns schon das ganze Leben kennen.»

«Ja», sagte sie. «So geht es mir auch. Und das muss doch etwas bedeuten, oder?»

Sein Blick flackerte. «Am liebsten würde ich dich einfach entführen», flüsterte er. «Mit dir durchbrennen, nach Leipzig vielleicht, und dort den erstbesten Pfarrer bitten, dass er uns traut.»

«Heiraten?», fragte sie verblüfft. «Das ist unmöglich. Wir haben nicht einmal dieselbe Konfession.»

«Das wäre unser geringstes Problem.» Christian seufzte. «Dein Vater würde mich wahrscheinlich umbringen.» Er sah sie aufmerksam an. «Oder dieser Mann, der dich vor der Kirche immer mit seinen Blicken verfolgt. Wer ist das, Elise?»

Plötzlich spürte sie einen Druck auf der Brust. Am liebsten hätte sie nicht geantwortet, doch sie schuldete ihm die Wahrheit. «Das ist der Hofkompositeur Jacobi», flüsterte sie. «Wir sind verlobt.»

Christian sah aus, als hätte sie ihm kaltes Wasser über den Kopf gegossen. Er ließ sie los und trat einen Schritt zurück. Sie suchte seinen Blick, doch er wich ihr aus.

«Das dachte ich mir», sagte er schließlich, «und trotzdem ist es bitter, es zu hören. Bis jetzt konnte ich wenigstens noch ein wenig träumen.»

«Wovon träumst du?», fragte sie und trat wieder einen Schritt auf ihn zu. «Sag es mir, lass mich mitträumen. Nur heute Abend!»

«Elise», sagte er vorsichtig und wich erneut ein Stück zurück, «das ist töricht. Wir dürfen nicht weitersprechen, hörst du? Jetzt weiß ich, dass du wirklich einem anderen versprochen bist. Das hatte ich befürchtet, aber nun bestätigt es sich. Ich würde dir sehr schaden, wenn ich mich dazwischendrängte.»

«Und was ist mit dir?», fragte sie besorgt. «Du hast selbst gesagt, dass du in Gefahr wärst, wenn mein Vater von uns wüsste.»

«Um mich habe ich keine Angst», sagte er achselzuckend. «Ich weiß, wie es sich anfühlt, nichts zu besitzen, sich ganz allein durchzuschlagen. Du aber hast alles zu verlieren, verstehst du das nicht?»

«Ja», sagte sie traurig. «Vor allem dich.»

Er lächelte, sie sah es undeutlich im schwachen Mondschein. Ein leichter Wind erhob sich und ließ die dunklen Baumwipfel über ihnen rauschen. Die weiche Luft liebkoste Elises glühende Wangen und brachte die Bänder ihrer Haube auf der Brüstung zum Flattern.

«Du bist verrückt, Elise», sagte Christian heiser. «Wir spielen mit dem Feuer. Das Beste wäre, du würdest mich schnell vergessen.»

Doch sein Blick sagte etwas anderes. Elise wusste, dass es

nicht das war, was er wollte. Übermut ergriff sie, ein Leichtsinn, den sie nicht an sich kannte, der aber verlockend war.

«Was, wenn ich dich nicht aufgeben will?», sagte sie trotzig. «Was, wenn du und ich ...?» Sie sprach nicht weiter, weil sie nicht wusste, wie der Satz weitergehen sollte.

«Du kennst mich kaum.»

Sie schnaubte. «Das Gleiche könnte ich von dir sagen. Aber eben noch hast du von Entführung und heimlicher Trauung gesprochen.»

Christian drehte sich zur Seite. Er ballte die Fäuste und hieb auf die steinerne Brüstung. «Es ist ungerecht», sagte er. «Ich weiß, dass wir glücklich sein könnten, du und ich. Aber wir haben keine Macht über unsere Leben.» Halb wandte er sich wieder zu ihr um, doch er suchte nicht ihre Nähe. Es schien, als hielte er sich mit aller Kraft an den Steinen fest, um nicht den Halt zu verlieren.

Elise wusste, dass er recht hatte. Indes, es war schwer, vernünftig zu sein. Und während sie ihn so ansah, war ihr auf einmal, als hörte sie die Melodie jenes rätselhaften Stückes wieder, das sie so gern spielte und das sie doch nicht mehr hatte spielen können in den vergangenen Wochen. Aber nun war es wieder da, jede Note, die ganze herzzerreißende Melodie. Die Musik schwang in ihren Adern, sie rauschte in ihrem Kopf, trieb sie an. Ohne nachzudenken, trat sie zu Christian, griff nach seinen Händen und zog ihn dicht an sich heran, so dicht diesmal, dass sie Brust an Brust standen. Sie schlang ihre Arme um seinen Hals, und obwohl er eben noch beteuert hatte, sie müssten einander vergessen, griff er nun ebenfalls nach ihr, legte eine Hand an ihre erhitzte Wange und küsste sie. Es war kein hastiger Kuss wie bei ihrem Abschied im Frühsommer, keiner der kurzen, schüchternen Küsse, die sie sich seither in ihren Briefen geschickt hatten, sondern ein Ineinanderversinken, aus dem es kein Auftauchen gab. Elise ließ ihre Finger in seine

Haare gleiten, ließ sich küssen und küsste zurück. Sie staunte über sich selbst. Der Gedanke, einen Mann so zu berühren, war ihr bis vor Kurzem befremdlich erschienen. All die Lieder, die Geschichten, die Bilder von Liebenden, die seufzten und weinten, sich aneinanderklammerten und sich im Schmerz der Liebe wanden, waren ihr immer ein wenig merkwürdig vorgekommen. Dass einmal ihr eigenes körperliches Sehnen so stark werden könnte, so ungestüm, das merkte sie erst jetzt, in Christians Armen. Und was das Seltsamste war – es fühlte sich vollkommen natürlich an. So, als seien sie nicht länger zwei Körper, sondern zwei Teile ein und desselben Leibs, die zueinanderwollten.

Christian schien ähnlich zu empfinden, jedenfalls seufzte er leise und hielt sie noch fester, als habe er Angst, sie könne sich sonst in Luft auflösen. Er streichelte sie und vergrub seine Nase in ihrem Haar im Nacken. Und wieder versanken beide in der Gegenwart des anderen, und die Welt ringsum verblasste.

Erst, als sie ein paar Zweige knacken hörten, fuhren sie auseinander. Erschrocken sahen sie sich an, und Christian legte langsam einen Finger auf die Lippen, um Elise zu bedeuten, dass sie keinen Mucks machen dürfe. Elise begann zu zittern, als ihr aufging, was ihnen blühen würde, wenn man sie hier so fand – die Kleider in Unordnung, mit wild klopfendem Herzen und zerzausten Haaren. Eben noch hatte Christian es selbst gesagt – sie würde alles verlieren. Ihre Ehre, ihre Zukunftsaussichten, ja sogar ihre Musik. Das Angebot, das Adam Jacobi ihr gemacht und neulich in der Kutsche bekräftigt hatte, fiel ihr ein, und sie musste zugeben, dass es kaum etwas von seinem Sog eingebüßt hatte. Zwar schien ihr die Ehe mit ihm wenig verlockend, doch die Möglichkeiten, die er ihr bot, waren es umso mehr. Und dann dachte sie an seine letzten, drohenden Worte, bevor sie sich auf den Rückweg gemacht hatten. Sie würde nicht nur selbst in den Abgrund fallen, sondern womöglich auch noch ihre Familie mit sich reißen. Konnte sie das vor sich verantworten?

Christian und Elise standen wie angewurzelt da und lauschten in die Dunkelheit. Die Schritte gingen vorüber, ein Hund kläffte in der Nähe, doch niemand kam zu ihnen, niemand entdeckte sie. Diesmal war es gut gegangen, aber ein zweites Mal, das ahnte Elise, hatten sie vielleicht weniger Glück.

Die Zeit drängte, und sie spürte förmlich, dass die Minuten verrannen, in denen sie noch ungesehen ins Elternhaus zurückkommen konnte. Bald würde Fräulein Drosselmeir zurückkehren, erbost von ihrem vergeblichen Gang durch die Stadt, und wenn sie Elise dann nicht in ihrem Bett fand, würde sie Alarm schlagen, der den ganzen Neumarkt aufweckte.

«Du musst fort», flüsterte Christian, als die fremden Schritte endgültig auf der Brühlschen Terrasse verhallt waren. Auch er spürte wohl die Dringlichkeit, ihr Treffen zu beenden. Und trotzdem tat es Elise weh, dass er sie fortschickte, selbst wenn sie wusste, dass es nur zu ihrem Besten war.

«Ich muss dich wiedersehen», sagte sie. «Ich bin noch nicht bereit, etwas zu entscheiden.»

Christian presste die Lippen aufeinander, es schien, als wollte er ihr widersprechen. Doch seine Augen ließen sie nicht los, und sie sah darin die gleiche Sehnsucht, die sie selbst spürte, das gleiche Ringen.

«Es ist Wahnsinn», sagte er heiser. «Wie du es in deinem Brief geschrieben hast. Aber ich muss dich auch wiedersehen, Elise.»

«Wir finden einen Weg», flüsterte sie. «Ich weiß nur noch nicht, welchen.»

Ein letztes Mal klammerten sie sich aneinander, küssten sich, flüsterten sich ein Versprechen ins Ohr. Dann riss sich Elise beinahe mit Gewalt los. Sie wollte nach ihrer Haube greifen, stieß in ihrer Hast jedoch dagegen und sah nur noch die fliegenden Bänder, als die Haube über die Brüstung segelte und hinunter in die Elbe fiel. Christian und sie lehnten sich über die Mauer und sahen hinunter. Dann blickten sie sich hilflos an.

«Mit offenen Haaren bist du ohnehin noch viel schöner», sagte er in dem Versuch, sie aufzuheitern, und streichelte ein letztes Mal ihr Gesicht. «Und nun geh! Geh, Elise, ehe es zu spät ist!»

Instinktiv griff sie nach ihrem Korb und rannte los, lief über den dunklen Weg zwischen den Büschen hindurch bis hinunter zum Zeughaus, wo die Stadt begann. Einmal drehte sie sich noch nach ihm um, beinahe erwartete sie, er könne noch immer an der Brüstung lehnen, ein schwarzer Scherenschnitt vor dem silbrigen Wasser. Doch Christian war fort, als sei er niemals da gewesen. Nur der Mond stand schweigend über dem Fluss und wachte über die Stadt.

31.

Dresden, Montag, 18. Oktober 1841

«Was für eine Taille!», schwärmte Schneider Behnke und zwirbelte zufrieden sein Bärtchen mit den lang herabhängenden Spitzen. «Welche Grazie, Mademoiselle Spielmann!» Er wandte sich an seinen Lehrling, einen jungen Lümmel mit abstehenden Ohren und roten Haaren, der aus dem Fenster sah, anstatt Elises gepriesene Figur in dem neuen Stoff zu bewundern. «Nicht wahr, Junge?»

Als der Lehrling noch immer nicht hörte, gab Behnke ihm einen Stoß in die Rippen, sodass er stolperte und beim Abstützen fast ins Nadelkissen auf dem Zuschneidetisch gegriffen hätte.

«Aber ja doch, Meister», stammelte der arme Junge jetzt, und Elise musste sich ein Lachen verbeißen. «Sehr fein!»

Er betrachtete sie und bemühte sich, ein beeindrucktes Gesicht zu machen. Aber Elise konnte ihm ansehen, dass das Ankleiden von Damen der besseren Dresdner Gesellschaft nicht gerade seiner Leidenschaft entsprang. Und doch konnte er froh sein, die Stelle bei dem gefragten Schneider zu haben und ein Handwerk lernen zu dürfen. Es gab genug junge Leute in Dresden und den anderen sächsischen und preußischen Städten, die wegen der Wirtschaftskrise keine Zukunftsaussichten hatten – und nach denen die Armut, die überall im Land grassierte wie eine Seuche, mit langen, dürren Fingern griff.

«Das kannst du laut sagen», antwortete Behnke zufrieden und beugte sich zu Elise, um eine weitere Stecknadel in dem hellrosa Taftstoff zu versenken.

Unwillkürlich wich sie zurück, denn Herr Behnke umwehte eine starke Fahne, er roch nach Weinbrand und kaltem Tabak.

Neben ihrem Ekel fürchtete sie, dass er sie aus Versehen mit der Nadel in die Seite stechen würde.

«Geh und besorg unserer Kundin etwas zum Naschen», befahl Behnke dem Rothaarigen. «Die junge Dame ist so zart. Nicht, dass sie uns hier noch aus den Pantinen kippt.» Er lachte meckernd.

Die Miene des Jungen hellte sich auf, sofort machte er, dass er aus dem Schneideratelier wegkam. Beschwingt verschwand er durch die Vordertür und über die verregnete Schlossgasse. Feuchte Luft schwappte herein, und Elise vermutete, dass er sich Zeit lassen würde, wieder in die Höhle des Löwen zurückzukehren. Dann dachte sie über die Worte des Schneiders hinsichtlich ihres Aussehens nach. Es stimmte, sie war in den vergangenen Wochen schmaler geworden, weil ihr das Essen vor lauter Nervosität und ständiger Anspannung einfach nicht schmecken wollte. Ständig dachte sie an Christian und war in einem fiebrigen, flattrigen Zustand, der es ihr oft genug unmöglich machte, mehr als ein paar Bissen von Albertas Gerichten hinunterzuwürgen.

«Bitte, heben Sie einmal die Arme», sagte der Schneider und führte Elise an den Fingerspitzen im Kreis herum, ließ sie sich um die eigene Achse drehen und schnalzte zufrieden. «Das wird ein Meisterstück! Bitte still halten, während ich noch einmal abstecke.»

Er fummelte an Elise herum, und sie bemühte sich, still zu stehen und nicht zu tief zu atmen. Um sich abzulenken, sah sie nach draußen in den Herbsttag. Düstere Wolken hatten sich heute über den Himmel Dresdens gezogen, es regnete in langen, tristen Schnüren, und das Licht, das durchs Fenster ins Atelier fiel, war fahl und grau.

Elise fröstelte in dem Taftstoff, denn die Luft im Schneideratelier war trotz des prasselnden Kanonenofens in der Ecke recht kühl. Das Feuer vermochte nichts gegen die Kälte auszurichten, schutzlos stand sie mit bloßen Armen da. Immerhin passte das Wetter zu ihrer trüben Stimmung. Missmutig betrachtete sie sich im hohen Wandspiegel. Das honigblonde Haar fiel in langen Locken auf ihre Schultern, und die zarte Farbe des neuen Stoffs, aus dem ihr Hochzeitskleid geschneidert werden sollte, schimmerte auf ihrer Haut und sah ohne Zweifel hübsch aus, das Rosa zauberte ihr einen frischen Teint.

Und doch konnte sie sich nicht daran freuen. Das Jahr neigte sich langsam dem Ende zu. Seit vielen Monaten hatte sie das Gefühl, es sei das letzte Jahr in Freiheit. Und wie hatte sie es verbracht? Mit falschen, verbotenen Gefühlen für einen anderen Mann als den, den sie heiraten würde. Mit Lügen, Ausflüchten, hastig geschriebenen Briefen und wenigen, allzu flüchtigen Minuten des Glücks. Ein Jahr voller Herzklopfen und Hast war es gewesen, voller Angst und fiebriger Sehnsucht. Nun ging es vorüber, und am Ende stand sie mit leeren Händen da.

Die Stimme der Vernunft, die Clementine Fuchs ihr aus den Karten herausgelesen hatte, war seit ihrer Verlobung im August immer lauter geworden, immer drängender. Erst recht seit dem letzten Treffen mit Christian vor wenigen Wochen – trotz ihrer herzzerreißenden Küsse. Ständig schwankte Elise zwischen ihrer Sehnsucht nach ihm und dem Wunsch, endlich der Gefahr zu entrinnen, die er für sie darstellte. Und sie für ihn.

Elise wusste, dass das Band, das zwischen den Spielmanns und den Jacobis geknüpft worden war, nicht mehr aufgelöst werden konnte. Es würde sonst nicht nur ihren eigenen Ruin bedeuten – vom endgültigen Ende ihrer Musik ganz zu schweigen –, sondern auch ihren Vater und die gesamte Familie mit in die Schande hinabziehen. Am Tisch zu Hause wurde immer häufiger auch von der Zukunft für ihre Geschwister gesprochen, die Mutter schmiedete bereits neue Pläne. Sie musste doch auch an Eduards Ruf denken, an den der Zwillinge, die hier in der Stadt, in der sich alle kannten, ebenfalls gut verheiratet werden sollten.

Dazu kamen die glühenden Berichte des Vaters von den Proben im Königlichen Theater, von seinem wachsenden Ansehen unter den Musikern und dem denkwürdigen Abend, als er für den erkrankten Herrn Morgenroth, den Konzertmeister, hatte einspringen dürfen. Die gesamte Opernaufführung war unter seiner Leitung zu einem guten Ende gekommen, und Generaldirektor Lüttichau hatte ihm anschließend persönlich zu seinem Erfolg gratuliert. Nein – egal, wie sehr Elise es sich anders wünschte, sie konnte doch nicht nur in ihrem eigenen Sinne handeln.

Gleichzeitig war der Wunsch, Christian wiederzusehen, immer weiter gewachsen, er ließ sich von Elises Sorgen und ihren scheinbar kühlen Überlegungen nicht ersticken. Doch mehr als ein paar wenige Briefe hatten sie seit dem Treffen auf der Brühlschen Terrasse nicht austauschen können, und die Ausweglosigkeit lastete schwer auf Elises Gemüt. Der Tag, an dem sie gezwungen war, ihm zu sagen, dass ihre kostbare Verbindung ein Ende finden musste, rückte unaufhaltsam näher. Aber noch scheute sie davor zurück, noch bewahrte sie einen letzten Rest Hoffnung in sich. Und während sie grübelte, wie und wann sie diese Verbindung beenden könnte, sprangen ihre Gedanken schon wieder wie ungezogene Pferde in eine ganz andere Richtung, und sie dachte über die Möglichkeiten nach, Christian erneut heimlich zu treffen, erneut in seine Arme zu sinken und die Welt rund um sich zu vergessen.

Offenbar hatte sie zu laut aufgeseufzt, denn Schneider Behnke ließ von ihr ab und sah sie erschrocken an.

«Bitte um Verzeihung, Mademoiselle», brummte er, «ich hoffe, ich habe Sie nicht gestochen? Es sind meine Augen, wissen Sie, das Alter ...» Tatsächlich zitterten seine Hände, und Elise dachte wieder, dass das Problem woanders lag und nichts mit schwindender Sehkraft zu tun hatte.

«Nicht doch, mein Herr», sagte sie begütigend, denn er tat ihr trotzdem leid. «Mir ist nur etwas kalt, das ist alles.»

«Ich bin schon fertig», beeilte er sich zu sagen. «Bitte, kleiden Sie sich doch wieder an. Meine Tochter wird Ihnen helfen.» Er kratzte sich am Kopf. «Wo nur der Bengel bleibt?», murmelte er. «Ich wollte Ihnen doch etwas anbieten.»

Elise wehrte ab. «Ich bin gar nicht hungrig», sagte sie, «und ich muss bald nach Hause, meine Violine wartet auf mich.»

«Eine Musikerin wie der werte Herr Vater.» Der Schneider betrachtete sie aus seinen kleinen Augen. «Aber wie ungewöhnlich, dass Sie, eine Frau, ebenfalls die Geige spielen. Nun, die Spielmanns waren eben schon immer etwas Besonderes.» Es klang nicht nur anerkennend, fand Elise, doch sie nickte huldvoll, als habe sie die Schärfe in seinem Ton nicht gehört.

Der Schneider stieß einen Pfiff aus, woraufhin seine Tochter aus dem Hinterzimmer kam.

«Martha», sagte er, «Fräulein Spielmann benötigt Hilfe. Hol sie aus dem Stoff heraus und hilf ihr beim Ankleiden. Aber dass ja nichts reißt, hörst du?»

«Ja, Vater», sagte die Frau. Sie war um die vierzig und hatte ein schmales, etwas reizloses Gesicht und eng stehende Augen wie ihr Vater. «Folgen Sie mir, bitte», sagte sie gewohnt freundlich zu Elise und führte sie hinter den Wandschirm, hinter dem Elises Kleid und Mantel hingen.

Mit kundigen Fingern begann sie, den rosa Taftstoff von Elises Körper zu schälen, ohne dass die Nadeln herausfielen. Anschließend hängte sie den fallenden Stoff geschickt auf und nahm dann Elises Kleid zur Hand. Es war das alte braune aus Wollstoff, das sie alltags trug. Die Keulenärmel bauschten sich, und Martha Behnke verzog die Lippen.

«Nicht mehr das neueste, hab ich recht?», fragte sie. «Nun, ihr zukünftiger Ehemann hat, wie man hört, die Mittel, Sie bald ganz neu einzukleiden. Leider wohl nicht hier bei uns, sondern dann in der Neustadt, richtig?»

Elise biss sich auf die Lippen. Alle schienen Bescheid über

ihr Leben zu wissen, alle kannten Herrn Jacobi, seine Artikel über Konzerte und Aufführungen, die in den großen Zeitungen erschienen. Sogar, wo sie in Zukunft leben würde, wusste diese Frau, die Elise bei ihren früheren Besuchen im Schneideratelier kaum wahrgenommen hatte.

«Es stimmt», antwortete sie und schob die helfenden Hände von Martha Behnke von sich, um selbst ihr leinenes Unterkleid zuzuknöpfen. Dann stieg sie in die Stiefel, schnürte sie fest und legte sich die Korsage um. «Ich werde in der Tat nicht länger hier südlich der Elbe leben. Aber meine Schwestern kommen natürlich weiterhin zu Ihnen und Ihrem Vater», fügte sie mit dem Gefühl hinzu, die Behnkes trösten zu müssen. «Meine Mutter schwört auf Ihr Geschäft, Fräulein.»

«Das hört man gern», sagte Martha Behnke und zog die Schnüre des Korsetts fest, ehe Elise sie daran hindern konnte.

Elise blieb die Luft weg, denn die Frau hatte Kraft. Mit einigen zurrenden Bewegungen legte sich das Korsett eng um ihre Taille. Sodann ließ sie sich das wollene Kleid überstreifen, schloss den Gürtel und schlüpfte in den Umhang. Als Letztes stieg sie in die Galoschen und streckte sie der knienden Frau hin, damit diese sie festschnürte.

«Beeil dich, Martha», hörte sie Schneider Behnkes Stimme aus dem Atelier. «Du hast noch viel zu tun. Die Kleider säumen sich nicht von allein, du Trödelliese.»

Elise vermied es, der Frau ins Gesicht zu sehen, sie spürte deren Demütigung auch so.

Endlich saßen die Galoschen. Hastig richtete sich Martha Behnke auf, murmelte einen Gruß und verschwand. Elise merkte, wie Wut auf den Schneider in ihr aufstieg. Vermutlich erledigte seine Tochter mit ihren geschickten Händen inzwischen den Großteil der Arbeit hier im Atelier, während er die Lorbeeren einheimste. Martha war unverheiratet geblieben, hatte ihre besten Jahre dem alten Vater und seinem Geschäft geschenkt. Unwillkürlich wanderten Elises Gedanken zu ihrem eigenen Vater und zu den vielen Momenten, in denen er ihr, obwohl sie eine Frau war, gezeigt hatte, dass er stolz auf sie war, dass er sie schätzte. In denen er mit ihr sprach, als sei sie ihm ebenbürtig, und ihr zeigte, wie man den Geigenbogen hielt. Dass er ihr überdies Violinstunden ermöglicht hatte ... Nein, sie konnte sich nicht beklagen. Georg Spielmann war kein Despot, er unterdrückte weder seine Frau noch seine Töchter, sondern behandelte sie gut. Und doch war da ein kleines Stimmchen, das Elise fortwährend zuflüsterte, er habe sie verkauft – für seine Karriere als Geiger am Hoftheater. Oder vielleicht auch wegen einer alten Schuld aus Kriegstagen, die ihn an Adam Jacobi band, wie dieser bei ihrer Fahrt nach Pillnitz angedeutet hatte?

Was auch immer es war, so ging es eben in der Welt. Die Väter bestimmten die Geschicke der Töchter, und in ihrem Fall hatte Georg ihr immerhin einen respektablen Ehemann ausgesucht. Von der Verbindung mit den Jacobis konnte sich nicht nur der Vater ein Fortkommen in der Musikwelt versprechen, sondern mit etwas Glück auch sie selbst. Wenn Adam Jacobi nur sein Wort hielte, sie zu fördern!, dachte Elise nervös. Denn unzweifelhaft konnte sich der Wind drehen, sobald sein Ring an ihrem Finger steckte.

«Mademoiselle?» Es war die Stimme des Schneiders, und Elise schrak auf. Immer noch stand sie, vollkommen ausgehfertig gekleidet, hinter dem Wandschirm wie festgefroren. Rasch kam sie dahinter hervor.

Behnke wartete bereits an der Tür und hielt sie ihr auf.

«Beehren Sie uns bald wieder», sagte er und dienerte mehrfach, doch Elise konnte ihm ansehen, dass er erleichtert war, sie loszuwerden. Vermutlich würde er es sich nun mit einem Glas Wein im Ohrensessel am Feuer gemütlich machen, während sich seine Tochter hinten weiter die Finger wund nähte.

Elise verabschiedete sich und trat auf die Straße. Bleigraue Pfützen bedeckten die Gasse, der Turm der Hofkirche schnitt dunkel in den verhangenen Himmel. Sie setzte sich die Kapuze auf. Zum Glück war es nur ein kurzer Weg bis nach Hause. Es dämmerte bereits, und ein nasskalter Wind zerrte an ihrem Umhang. Da kam ihr eine dunkle Gestalt entgegen und wollte sich auf dem Straßenpflaster an ihr vorbeidrängen. Es war Schneider Behnkes Lehrling, in der Hand ein Päckchen, das wahrscheinlich Küchlein aus einer nahe gelegenen Backstube enthielt.

«Oh», rief er erschrocken, «Sie sind schon wieder unterwegs, Fräulein Spielmann? Der Meister wird böse sein, weil ich jetzt erst komme.» Er blickte sich um und senkte die Stimme. «Ich habe zu lange getrödelt. Manchmal bin ich einfach froh, für ein paar Augenblicke meine Ruhe vor ihm zu haben.»

Elise unterdrückte ein Lächeln. «Ich werde niemandem verraten, dass Sie das gesagt haben», erklärte sie. «Und wer könnte es Ihnen verdenken? Ich sicher nicht.»

Der Lehrling wirkte erleichtert und hielt ihr das zerdrückte Paket entgegen.

«Mögen Sie? Wenn ich dem Meister sage, dass ich es Ihnen noch gegeben habe, wird er vielleicht nicht zu wütend.»

Elise betrachtete zweifelnd das aufgeweichte Bündel. Doch nach einem Blick in seine flehende Miene griff sie danach und schnupperte. «Das duftet köstlich. Sind das etwa Quarkkeulchen?»

Er nickte. In seinen Mundwinkeln klebten ein paar Zuckerreste, und Elise ahnte, dass nicht mehr die volle Anzahl der Gebäckstücke in dem Bündel waren, doch sie gönnte ihm den heimlichen Schmaus. Kurzerhand wickelte sie das Papier ab und hielt ihm noch einen der kleinen Schmalzkuchen hin, die mit Zucker bestreut waren.

«Mögen Sie?»

Er griff eine Spur zu gierig danach. Der Meister hielt ihn

wahrscheinlich kurz mit Essen, dachte Elise. Und der Junge war lang und dünn, mitten im Wachstum, er brauchte sicher mehr, als er bekam. Mit schlechtem Gewissen dachte sie an Eduard, der auch essen konnte wie kein Zweiter, und er musste nicht hungern. Alberta hatte in der Küche immer etwas für ihn, den Spielmanns ging es gut, die Vorratskammer war reichlich gefüllt. Doch wie vielen Menschen in der Stadt ging es anders?

«Sie sind zu gütig», sagte der Lehrling und verspeiste das Quarkkeulchen. «Da kann sich ihr zukünftiger Gatte glücklich schätzen. Das neue Kleid ist doch für die Hochzeit?»

«Ja», sagte sie verlegen.

«Mit Herrn Jacobi.» Plötzlich trat etwas Hartes in seine Miene.

«Sie kennen ihn?», fragte Elise überrascht. Der Schneiderlehrling las sicher keine Konzertkritiken, aber vielleicht hatte er den Namen in der Stadt aufgeschnappt?

Er nickte. Seine Brauen und Wimpern waren vom gleichen Feuerrot wie seine Haare. Unbehaglich trat er von einem Fuß auf den anderen.

«Woher kennen Sie ihn?» Elise hatte plötzlich ein merkwürdiges Gefühl. Wollte dieser Junge ihr womöglich etwas sagen? Aber was?

«Ich habe eine Schwester», stieß er schließlich hervor. «Sie ist krank. Also, krank im Kopf.» Er tippte sich mit einem Finger an die Stirn. «Wir haben sie auf Burg Sonnenstein untergebracht.»

«In der Nervenanstalt?», fragte Elise. Sie hatte von diesem Ort gehört, laut dem Hausarzt der Spielmanns besaß die Anstalt einen guten Ruf. Und dennoch wusste jedes Kind, dass es arme Seelen waren, die dort versuchten, Heilung zu erlangen.

Der Junge nickte erneut. «Es tut mir leid, dass ich Ihnen das erzähle», sagte er, «aber Sie sind freundlich. Sie sind ein guter Mensch, Fräulein.» Er druckste herum. «Sie sollten wissen, was Sie sich da einhandeln.»

«Ich verstehe nicht», sagte Elise und spürte, wie sich ihr Puls beschleunigte. Wovon sprach dieser fremde Kerl da nur?

«Herr Jacobi …», begann er. «Nun, Sie müssen wissen – Sie sind nicht seine erste Frau. Er war schon einmal verheiratet. Und vor Gott …» Er deutete vage in den grauen Himmel hinauf. «… ist er es wohl noch. Jedenfalls sagt das meine Mutter. Sie stammt aus Weißenfels, wie der Herr Hofkompositeur, sie kennt ihn noch von früher.»

«Sie müssen sich irren», sagte Elise schnell. Ihre Gedanken rasten. Was für ein Unsinn war das!

Doch der Lehrling sah sie treuherzig an.

«Es ist die Wahrheit», sagte er. «Ich habe Herrn Jacobi selbst gesehen, bei einem Besuch dort oben in der Anstalt. Er war bei seiner Frau. Sie sieht schrecklich aus, sie muss schon sehr lang an diesem Ort sein.» Dann biss er sich auf die Lippen, bevor er fortfuhr: «Gertrude, meine Schwester, wird wahrscheinlich wieder gesund. Sie kommt bald ins Genesungshaus unten in Pirna, das sagt jedenfalls der Doktor. Aber Frau Jacobi …» Er brach ab und schüttelte den Kopf. «Nichts zu machen, sagt meine Mutter.» Mit diesen Worten hob er die Hände – und ließ sie hilflos wieder fallen. Ängstlich sah er Elise an. «Sind Sie mir böse, Fräulein?»

Elise taumelte. Plötzlich erinnerte sie sich an eine geflüsterte Unterhaltung ihrer Eltern, die sie einmal belauscht hatte. Damals hatte sie die Worte und deren Sinn nicht verstanden, doch auf einmal fügte sich etwas in ihrer Erinnerung zusammen. *Hat er es endlich getan*?, hatte ihre Mutter gefragt. *Oder ist dieser Schandfleck weiter in der Welt*? Und dann die Antwort des Vaters: *Er hat es mir versichert, Teuerste, er hat sich von ihr losgesagt.*

Sie spürte, wie ihre Knie zitterten. Ungläubig starrte sie in die dreckige Pfütze zu ihren Füßen. Ihr zukünftiger Ehemann war also bereits verheiratet gewesen? Und die Eltern hatten ihr nichts davon gesagt, obwohl sie es wussten? Niemand setzte sie in Kenntnis darüber, dass sie nur die zweite Braut war? Konnte man überhaupt ein zweites Mal heiraten? Hatte Adam Jacobi die Verbindung mit seiner früheren Frau – seiner kranken Frau – wohl gelöst? Die Fragen taumelten durch ihren Kopf.

Elise horchte in sich hinein, während der rothaarige Lehrling noch immer angstvoll auf ihre Reaktion wartete. Was verspürte sie? Eifersucht? Nein, keineswegs – sie liebte Adam Jacobi nicht. Es war ihr eigentlich gleichgültig, ob es vor ihr eine andere Frau Jacobi gegeben hatte. Wut, weil er sie belogen hatte? Doch das hatte er streng genommen ja gar nicht, er hatte nur geschwiegen. Sie waren sich nicht nahe genug gekommen, als dass dieses Schweigen sie gekränkt hätte. Sorge? Ja, da war durchaus eine berechtigte Sorge, dass sie zum Gespött werden könnte, wenn es herauskäme. Doch offenbar wusste kaum jemand von dieser ersten Ehe, und wenn das so bliebe, würde vermutlich nichts weiter geschehen.

Was war das also nur für ein Gefühl? Sie kam einfach nicht darauf.

«Ich muss fort», sagte der Lehrling jetzt. «Der Meister verprügelt mich, wenn ich noch länger ausbleibe.»

«Nehmen Sie mich als Ausrede», murmelte Elise, die noch immer halb ihren eigenen Gedanken nachhing. «Sagen Sie, ich hätte Sie aufgehalten.»

«Danke», sagte der Junge, «und – nichts für ungut, Fräulein.» Dann hastete er davon.

Gedankenverloren setzte Elise ihren Weg fort. Sie spürte kaum die Regentropfen, die nun vom Himmel fielen und auf ihre Kapuze und ihre Schultern klatschten, und dass ihre Stiefel in den tiefen Pfützen versanken. Doch es war ihr gleichgültig. Wie im Traum ging sie die Straße entlang, in Richtung des Neumarkts. Immer noch war da dieses seltsame Gefühl, das ihr den Rücken hinaufkroch und sich in ihrer Brust festsetzte. Erst, als sie die schlanke Gestalt der Frauenkirche vor sich im Regen auftauchen sah, begriff sie, was es war – Triumph. Sie wusste etwas über Adam Jacobi, das dieser partout verbergen wollte. Ein düsteres Geheimnis, etwas, das ihm nicht zum Ruhm gereichte. Sie schauderte, doch es lag nichts Ängstliches in dieser Regung, sondern vielmehr eine Genugtuung.

Vielleicht, dachte sie, während sie in die vertraute Gasse ihrer Kindheit einbog und sich im Hauseingang die Tropfen von der Kapuze und den Galoschen schüttelte, konnte ihr dieses Wissen bald sehr nützlich sein.

32.

Dresden, Dienstag, 2. November 1841

Die letzten Takte des Finales verklangen, und Georg hielt den Geigenbogen in der Schwebe und wartete, bis Kapellmeister Carl Gottlieb Reißiger das Zeichen gab, dass die Probe beendet war. Endlich klopfte der Mann mit dem Stab gegen das Dirigentenpult, und alle ließen ihre Instrumente sinken. Georg wischte sich mit seinem zerknitterten Hemdsärmel über die Stirn. Die Probe war anstrengend gewesen, zum ersten Mal überhaupt hatten sie den kompletten Durchlauf abgehalten, ohne dass Reißiger das Orchester unterbrechen musste. Es wurde auch Zeit, denn die Premiere des Balletts *Giselle*, das den ganzen Dezember über bis Weihnachten gespielt werden sollte, stand bald bevor.

Die Musiker erhoben sich, einige applaudierten anerkennend in Richtung Bühne, wo die Darstellerin der Giselle heftig atmend in ihrem gelben Spitzenkleid stand, an der Hand ihren Tanzpartner, der den adligen Albert verkörperte. Sie hatte ihm soeben vor den dämonischen Naturgeistern das Leben gerettet. Und der Tänzer hatte sich um ein Haar beide Fußknöchel beim *Grand Pas de deux* gebrochen, bei dem der männlichen Rolle alles abverlangt wurde. Bis zu dreißig Sprünge mit in der Luft gekreuzten Füßen – ein Ding der Unmöglichkeit selbst für die erfahrensten Balletttänzer.

Soweit Georg es in seiner Konzentration auf die wimmelnden Noten vor ihm hatte sehen können, hatte sich der junge Mann in den engen Strumpfhosen tapfer geschlagen. Doch die meiste Zeit hatte er selbst alle Hände voll zu tun gehabt, um dem Dirigenten durch die wild wogende Musik des Balletts zu folgen. Der französische Komponist Adolphe Adam hatte sie geschaffen und wurde dafür in Paris beinahe bis zum Wahnsinn gefeiert. Was vielleicht nicht nur an ihm lag, sondern an seiner Hauptdarstellerin, der Pariser Ballerina Carlotta Grisi, der die französischen Zuschauer huldigten wie einer Göttin – jedenfalls, wenn Georg den Zeitungen Glauben schenken konnte.

Doch auch die Ballerina hier in Dresden konnte sich sehen lassen, dachte Georg und betrachtete kurz die wohlgeformten Beine der Darstellerin, ehe sie auf der Hinterbühne verschwand und sich seinen Blicken entzog. Sie war noch neu, gehörte erst seit diesem Sommer zum Ensemble, ein Ersatz für die in Ungnade gefallene Magdalene Koch. Georg hatte so einiges über dieses Fräulein gehört und mehrfach Gott dafür gedankt, dass er selbst so brave, tugendhafte Töchter hatte, die ihm eine solche Tragödie ersparten. Insbesondere seitdem Elise verlobt war und Adam Jacobi diese alte, unselige Geschichte mit Johanne nach eigenem Bekunden endgültig aus der Welt geräumt hatte. Seitdem war ihm leichter ums Herz. Nun würde alles seinen ehrenhaften Gang gehen.

Er ließ den Blick durch den Saal schweifen, über die samtroten Sitzreihen, die reich verzierten Logen, die sich über vier Etagen hinaufschraubten, und die golden bemalte Decke. Immer noch, nach Monaten, konnte er sein Glück nicht fassen, ein fester Teil der Königlichen Kapelle in diesem wundervollen Haus zu sein.

«Ihr Fräulein Tochter steht draußen», sagte Theaterdiener Wagner, der von hinten an ihn herangetreten war.

Georg drehte sich um. Richtig! Jetzt erinnerte er sich erfreut, er hatte Elise wieder einmal gebeten, ihn im Theater abzuholen. Wie sehr es ihm schmeichelte, wenn sie ihn hier sah. Gleichzeitig schmerzte ihn die Aussicht, sie nicht mehr so oft um sich zu haben – nun, da sie verlobt war und bald aus dem Haus gehen würde. Aber so war es eben mit Töchtern, man gab sie in andere Hände, man ließ sie los.

Georg zweifelte nicht daran, dass dies der richtige Weg war. Aber Elise war seine Erstgeborene, ihr hatte er, mehr als seinem Sohn, seine musischen Gaben vererbt. Zwischen ihnen würde immer ein besonderes Band bestehen, so war es seit dem Augenblick, in dem er ihr am Tag ihrer Geburt die kindische Papierlaterne mit den Opernfiguren gekauft hatte.

«Danke Ihnen, alter Freund», sagte er zu Wagner, der sich schon abgewandt hatte. Vorsichtig legte Georg seine Violine in den Kasten, die er auf dem Boden vor der Bühne abgestellt hatte, und verschloss ihn. Dann warf er sich den samtenen Mantel über und machte sich, den Geigenkasten in der Hand, auf den Weg Richtung Ausgang.

Hie und da nickte ihm einer der Musiker zu, und Georg grüßte still zurück. Er war noch nicht lange genug am Theater, um schon Vertrautheiten entwickelt zu haben, doch er hatte sich bereits einige Achtung durch sein Spiel erworben, insbesondere seit der jüngsten Vertretung, als er die Rolle des Konzertmeisters mit Bravour gemeistert hatte. Die Orchestermusiker hatten ihn danach in der Garderobe mit Applaus empfangen, und selbst Lüttichau hatte ihm die Hand geschüttelt und gesagt, er sei sehr zufrieden mit *seinem Spielmann*.

Erfüllt ging Georg durch den Flur des Theaters, in dem bloß ein paar wenige Lampen brannten, denn heute war nur Probe und keine Vorstellung. Durch die Ritzen der Türen im Foyer zog eisiger Wind, der Winter stand vor der Tür. Georg fröstelte, denn beim Aufbruch hatte er vergessen, seinen Mantel zu schließen. Da erblickte er Elise. Sie wartete vor dem Kabuff des Theaterdieners, die Hände in einem Muff vergraben, und sah ebenfalls verfroren aus.

«Grüß dich, meine liebe Tochter», sagte er und ging zu ihr. «So ganz allein hier draußen? Warum kommst du nicht herein, hast du etwa Angst vor dem Theatervolk?» Er lächelte. «Hier beißt doch keiner.»

Elises Wangen färbten sich rot, das konnte Georg sogar im dämmrigen Licht der wenigen Gaslampen sehen, die nur schwach glommen, und er wunderte sich darüber. Fürchtete sie sich am Ende wirklich vor etwas hier im Theater?

«Ich wollte Sie nicht stören, Vater.»

Es klang ausweichend. Doch weshalb wich sie ihm aus?, fragte er sich.

«Beim nächsten Mal musst du hereinkommen», sagte er und bot ihr den freien Arm an. «Ich würde dich gern einigen Kollegen vorstellen, und auch Seiner Exzellenz, dem Theaterdirektor Lüttichau. Es ist doch die größte Freude eines Vaters, seine wohlgeratene Tochter stolz herumzuzeigen.»

Nun lächelte Elise, und das Ausweichende, das er zuvor an ihr wahrgenommen hatte, verschwand. «Das ist freundlich von Ihnen», sagte sie. «Beim nächsten Mal, ich verspreche es.»

Sie war sonst gar nicht schüchtern, dachte er und betrachtete sie verstohlen von der Seite, während er ihr die Tür zum Theaterplatz aufhielt. Im Gegenteil, sie genoss es, im Mittelpunkt zu stehen und Konversation zu machen. Eine gefeierte Geigerin hatte sie werden wollen! Und nun war sie zu zaghaft, das Opernhaus zu betreten?

Er musste schmunzeln – was für ein hochtrabender Traum für ein junges Mädchen, Musikerin zu werden. Doch erst kürzlich hatte Adam ihm gesagt, dass er sie als seine Ehefrau in die Konzertsalons bringen wollte, dass er für ihre musikalische Entwicklung Verantwortung übernehmen würde. Es hatte Georg überrascht, indes, es freute ihn. Obgleich er keine Zukunft für eine Frau in dieser harten, ehrgeizigen Welt sah. Wenn nun aber ihr eigener Ehemann sie fördern wollte – warum nicht? In jedem Fall wäre Elise versorgt, worüber er als ihr Vater mehr als glücklich war.

Dessen ungeachtet verspürte Georg einen schalen Geschmack im Mund, wie so oft, wenn er sich die Umstände des Arrangements in Erinnerung rief. Wann würde er endlich selbst daran glauben können, dass er nur Elises Bestes im Sinn gehabt hatte, als er diese Ehe gestiftet hatte? Nun, wenn er sie erst inmitten einer Kinderschar sehen würde, in ihrem neuen, bequemen Zuhause, und womöglich sogar einmal auf einer Bühne, wo sie mit ihrem Talent glänzen konnte, dann wäre es vielleicht so weit. Dann würde er schließlich Gewissheit haben, welcher Segen nicht nur für die Familie Spielmann, sondern auch für Elise selbst es gewesen war, dass Adam Jacobi um ihre Hand angehalten hatte.

Sie gingen über den langsam dunkler werdenden Theaterplatz, unter ihren Stiefelsohlen spritzte das Wasser der Pfützen. Der Fluss lag im Herbstnebel, und ein Elbdampfer zog vorüber, dessen Horn klagend über das Wasser tönte. Der Wind hatte sich jetzt, am späten Nachmittag, verstärkt und fuhr durch die raschelnden, tropfenden Blätter der Eichen und Kastanien, die ringsum standen, zauste sie mit stürmisch-rauer Zärtlichkeit.

«Wie war die Probe, Vater?», fragte Elise. Sie war hochgewachsen, und zum ersten Mal fiel Georg auf, wie groß sie war. Sonst gingen sie nicht oft so zu zweit nebeneinander. Als Vater verbrachte er selten Zeit mit einem seiner vier Kinder allein, schon gar nicht mit den Töchtern. Mit Eduard, gewiss, der hatte ihn schon oft zum Gericht begleitet und ein paarmal auch in den Herrensalon, in dem Georg verkehrte. Mit einem Sohn war das alles natürlich. Doch mit Elise? Er genoss es, sie einen Augenblick für sich zu haben, aber es machte ihn auch befangen. Ihre und seine Schulter waren beinahe gleichauf. Wegen des Regens trug sie keine Haube, sondern hatte sich nur die Kapuze ihres Umhangs über den Kopf gelegt. Ihr Rocksaum schleifte über die nass glänzenden Steine. Sie schritt weit aus, fast wie ein Mann, dachte er und wunderte sich über diesen Gedanken. Unwillkürlich verlangsamte er seinen eigenen Schritt etwas, und sie passte sich ihm an und lief nun auch weniger schnell, graziöser, was ihm besser gefiel.

«Die Probe war zufriedenstellend», sagte er. «Eine herrliche Musik.»

«*Giselle?*», fragte Elise, und als er nickte, fügte sie hinzu: «Ich habe das Stück noch nie gesehen.»

«Es ist auch erst vor Kurzem nach Dresden gekommen», antwortete er. «In Paris gilt es als eine wahre Sensation, und nun beginnen auch die deutschsprachigen Opernhäuser, es wertzuschätzen.»

«Gibt es denn in unseren Landen keine Komponisten, die Ballettmusik schreiben?»

«Leider nur wenige. Die meisten Bühnenstoffe kommen aus Frankreich zu uns, was ich manchmal schade finde.» Georg zuckte mit den Achseln. «Vermutlich ist der Tanz nichts, was dem deutschen Wesen entspringt. Dafür haben wir die Nase vorn, was die Kirchenmusik angeht. Und natürlich haben wir Beethoven! Er war neben Bach der Komponist, der am ehesten wahrhaft deutsche Musik schrieb. Der unsere Seele am besten kannte.»

Elise sah ihn an. «Ich weiß gar nicht, was das sein soll – eine deutsche Seele. Sind wir nicht Sachsen?»

Erschrocken blickte Georg sich um und schluckte schwer, er befürchtete plötzlich, dass sie jemand belauschen könnte. Der Turm der Hofkirche stand schwarz und bedrohlich über ihnen. Doch der Platz lag still und leer im Regen, nur weiter vorn an der Augustusbrücke eilten ein paar Gestalten in dunklen Umhängen vorüber auf ihrem Weg ins Warme und Trockene.

«Das sind Gespräche, die ein Mann nicht mit seiner Tochter führt, Elise», sagte er unbehaglich. «Und niemand sollte uns dabei hören – die Stadt hat ihre Ohren überall. Du weißt, dass die

Fürsten einer deutschen Nation nicht zustimmen wollten und dass dieser Traum nicht wahr werden kann.»

«Aber Vater – ich bin erwachsen», sagte sie und blieb stehen.

Er tat es ihr gleich, obwohl es weiter nieselte und er sich nach der Wohnstube in der Großen Frauengasse sehnte. Aufmerksam betrachtete er sie. Ein paar Regentropfen rannen ihr von der Kapuze ins Gesicht, liefen über ihre Wangen, doch es schien sie nicht zu stören.

«Ich bin kein Kind mehr, ich sehe doch, wie die Dinge im Land stehen. Bitte, Vater, sagen Sie mir, was Sie darüber denken.»

Georg blickte sich erneut um. Dann sah er sie fest an und erklärte leise: «Viele verlangen noch immer danach, dass die einzelnen deutschen Lande zusammenstehen sollten. Als eine einzige, deutsche Nation.» Er hob die Schultern. «Auch wir träumten davon, damals als junge Männer, als wir die Franzosen vertrieben hatten.» An dieser Stelle strauchelte er kurz, doch schnell sprach er weiter, ehe sie etwas von seinem Unbehagen merken konnte. «Sogar von einer liberalen Verfassung ging die Rede. Aber nichts davon hat sich zugetragen, oder jedenfalls fast nichts.» Er überlegte. «Wir Bürger», fuhr er dann fort, «haben praktisch nichts in den Händen, beim Souverän von Gottes Gnaden liegt weiterhin alle Macht. Daran ändern auch die Stadtversammlungen wenig, die in den letzten Jahren entstanden sind.» Er wandte sich halb nach der Oper um, die schwach erleuchtet im Regen hinter ihnen lag. «Und doch gibt es etwas, das wir Bürger den Fürsten voraushaben.»

«Und was?», fragte Elise.

«Unsere Kultur», sagte er nicht ohne Stolz, «unsere Musik, unsere Architektur – sie ist unser Trumpf. An der Semper'schen Oper ist doch auch der König nur ein Gast unter vielen. Dort schwingen andere das Zepter, dort wird die Musik der Bürger – unsere Musik! – gespielt. Es ist ein Palast für die Musik, für das Volk! Und wer weiß, eines Tages ...» Er unterbrach sich und wischte sich ein paar Regentropfen aus dem Gesicht. Das Gespräch belebte und erschöpfte ihn gleichzeitig. Schon als junger Mann hatte er von einem neuen Sachsen geträumt, ja, von der Vereinigung aller deutschen Städte und Länder. Nicht länger dieser Flickenteppich aus unbedeutenden Herzogtümern und kleinen Königreichen. Und auch nicht ein solch zahnloser Tiger wie der Deutsche Bund, der 1815 als fauler Kompromiss gegründet worden war. Nein, eine große, starke Nation, das war es, was er sich wünschte. Doch seine Jugendzeit und seine politischen Träume lagen lange zurück.

«Eines Tages wird sich alles ändern», beendete Elise seinen Satz.

«Ja, vielleicht», sagte er. «Doch es ist so viel Zeit vergangen. Und ich weiß nicht mehr, ob ich mir eine derartige Wandlung überhaupt noch wünschen soll. Wir haben uns doch recht gut eingelebt in dieser Ordnung nach 1815. Wir haben die Oper, die herrliche Landschaft, den Spielmanns geht es inzwischen gut hier in Dresden.» Er sah sie fest an. «Und auch den Jacobis geht es sehr gut», fügte er hinzu. «Deinen Kindern wird es an nichts mangeln, dafür habe ich gesorgt, als ich die Verlobung mit Adam einfädelte.»

Ein kühler Wind peitschte den Regen nun schräg über den Platz, und Georg griff nach Elises Arm.

«Komm, Tochter», sagte er. «Es ist kein Wetter zum Philosophieren unter freiem Himmel.» Es wunderte ihn, wie frei er heute zu Elise sprach, wie ebenbürtig sie dort neben ihm ging und ihn ansah, als seien sie nicht Vater und Tochter, sondern Freunde. Sie war ein kluges Mädchen, seine älteste Tochter, ein außergewöhnlicher Charakter. Und erneut stieg Bedauern in ihm auf, weil die Jahre, in denen sie solche Gespräche hätten führen können, einfach und von ihm unbemerkt vorübergegangen waren. Er würde Elise verlieren, hatte sie selbst fortgegeben, wissentlich in ein neues Leben getrieben – ohne ihn. Dabei war es ja ganz natürlich so. Doch wie er da so neben Elise durch den Regen lief und ihr feines, leicht eckiges Profil betrachtete, tat es ihm auf einmal leid. Er hätte sie viel besser fördern können, hätte noch mehr dafür tun können, dass ihre Talente zum Strahlen kamen. Gleichwohl wusste er, dass er sich nichts vorzuwerfen hatte. Nicht viele Väter sorgten so umfassend für ihre Töchter, erzogen sie so frei und ermöglichten ihnen eine so gute musikalische Ausbildung, wie er es bei Elise getan hatte. Es musste jetzt genug sein!

Soeben bogen sie aus einer düsteren Gasse auf den sanft erleuchteten Neumarkt mit seinen Laternen ein, und wie immer belebte Georg der Anblick der Frauenkirche, die er so liebte. Seit der Einweihung 1734 vor über hundert Jahren gab es Gerede um den schludrig ausgeführten Bau der protestantischen Schönheit. Immer wieder drang Wasser durch das Gemäuer ins Innere des Kirchenraums, immer wieder mussten die Fugen der Sandsteinplatten abgedichtet werden, um das Schlimmste zu verhindern. Doch Georg schien es, dass die Frauenkirche durch all diese Mängel nur noch erhabener wurde – so, als verwandelten sie der Makel und das erduldete Leid in eine schöne und starke Märtyrerin.

In einem Moment von Bewegtheit drückte er den Arm seiner Tochter. «Ich hoffe, du wirst glücklich in deiner Verbindung mit Jacobi sein», sagte er leise.

«Ja, Vater», sagte Elise. «Die Verlobung mit Adam Jacobi war ein geschickter Schachzug von Ihnen. Und ich bin sicher, dass ich viel von ihm lernen kann.»

Etwas an der Art, wie sie es sagte, ließ Georg stutzen, und ihm war, als presste sie die Lippen jetzt im Licht der Laterne ein wenig zu fest aufeinander. Aber sie hatte ganz recht, Adam Jacobi war ein meinungsstarker Mann, der zu allem etwas zu sagen hatte. Das war es ja, was Georg manchmal in den Wahnsinn getrieben und bei ihm das Gefühl von Neid und Unterlegenheit gefördert hatte. Und nun verdankte er diesem Mann, der einst sein Freund gewesen war, bis sich ihre Wege im Krieg trennten, auch noch seinen beruflichen Wandel. Das ging ihm gegen den Strich. Aber was sollte man tun? Man musste die Segel in den Wind stellen, um vorwärtszukommen. Und der Wind, der Georg vorantrieb, war nun einmal Adam Jacobis Einfluss in den Logen und Musikzirkeln der Stadt. Egal, was geschah – er musste dafür sorgen, dass dieser Wind nicht aufhörte zu wehen.

Als könnte sie seine Gedanken lesen, sagte Elise jetzt: «Ich bin sehr froh, dass Sie in Ihrer Position im Orchester so glücklich sind.» Der Ausdruck in ihren Augen war weich. «Wie ich mich darauf freue, Sie dort spielen zu hören.»

Stolz nickte Georg. «Ich war niemals so erfüllt von meinem Leben und dem, was ich tue, wie heute», sagte er. «Es ist eine große Ehre, in der Oper die Violine zu spielen. Und eine große Verpflichtung.»

Elise runzelte leicht die Stirn, sie war wieder stehen geblieben. Der Regen hatte aufgehört, die Luft war feucht, und ihre Wangen glänzten vor Nässe. «Sie sind ein pflichtbewusster Mann, Vater», sagte sie. «Sie werden dem Theater stets alle Ehre machen, das weiß ich.»

Georg war merkwürdig gerührt von den Worten seiner Tochter, der Spaziergang mit ihr und das ernste Gespräch machten Eindruck auf ihn.

«Und du, Elise, wirst dem Hause Spielmann Ehre machen», sagte er.

Immer noch blieb ihr Gesicht ernst, nun hatte sich auch eine leichte Falte über der Nasenwurzel gebildet.

«Ich hoffe es», sagte sie, und ihre Stimme hörte sich seltsam heiser an. Es war wirklich nicht klug, so lange hier draußen in der kalten Luft herumzustehen. «Nein», fügte sie noch hinzu, «es ist mehr als Hoffnung – ich gebe Ihnen mein Versprechen, dass ich alles tun werde, damit es mir gelingt.»

So förmlich klang sie, so angestrengt, dass Georg erneut aufhorchte. «Was sollte denn da nicht gelingen?», fragte er schnell und spürte, wie er plötzlich aufgebracht war. Allein, dass sie die Möglichkeit andeutete, der Familie Spielmann keine Ehre erbringen zu können, schien ihm unheilvoll, ja, unverschämt.

Lange blieb sie ihm eine Antwort schuldig, starrte nur über das nass glänzende Pflaster hinweg zur Kirche und schwieg. Sie schien nach Worten zu ringen, und die Unruhe, die Georg verspürte, wurde stärker. Erneut griff er nach Elises Arm, unsanft diesmal, und zwang sie, ihn anzusehen.

«Du weißt, was deine Pflicht ist, Tochter», sagte er und hörte selbst, wie streng er plötzlich klang. Die Richtung, die ihr Gespräch genommen hatte, überraschte ihn. Eben noch war ihm Elise erwachsen und reif vorgekommen, eine gute, kluge Zuhörerin, eine Ebenbürtige fast. Jetzt aber packte ihn die Furcht.

«Ja, Vater», sagte sie, und erneut klang es reservierter als zuvor, als wäre eine Tür zwischen ihnen zugeschlagen. Eine Kühle machte sich breit. «Glauben Sie mir, niemand weiß mehr über Pflicht und Ehre als ich», fügte sie hinzu. «Sie sollten niemals etwas anderes annehmen, sonst wäre der Preis, den ich zahle, umsonst.»

«Der Preis?», fragte er und drückte unwillentlich ihren Arm so fest, dass sie zusammenzuckte. Hastig lockerte er den Griff. «Was redest du da? Welchen Preis solltest du wohl zahlen, wenn du in einen reichen Haushalt wie den der Jacobis einheiratest?»

«Alles hat seinen Preis.» Elise sah ihm fest in die Augen. «Vor allem das Glück. *Ihr* Glück, Vater – das der Männer, meine ich. Für uns ist keines vorgesehen, wie Sie sehr wohl wissen.»

Georg stand sprachlos da. Was war nur in sie gefahren? Aber Elise machte sich los und marschierte voran, wieder mit diesen langen Schritten, in Richtung Große Frauengasse. So war er gezwungen, hinter seiner Tochter herzulaufen wie ein Hund,

und es war ihm unangenehm. Ihm fiel das Gespräch mit Amalie Friederike ein, das sie nach dem Maikonzert über Elise geführt hatten, und er erinnerte die Angst seiner Frau, Elise könnte mit ihrer Sturheit Unheil über die Familie Spielmann bringen.

Sorgenvoll eilte er ihrer dunklen Silhouette nach. Hatte er sich bis heute in Sicherheit gewiegt, so beschlich ihn plötzlich das Gefühl, dass in Elise sehr wohl eine unheilvolle Glut glomm, von der er nicht wusste, ob sie schon bald auflodern und die Späne ringsum in Brand setzen würde.

33.

Dresden, Donnerstag, 4. November 1841

Es war schon später Nachmittag, als Elise in der Wilsdruffer Vorstadt ankam. Sie hatte den ersten Teil des Tages mit ihren Schwestern beim Musizieren verbracht und danach ihrer Mutter dabei geholfen, die Wintergarderobe in Ordnung zu bringen. Gemeinsam hatten sie Listen angefertigt von Dingen, die benötigt wurden, um für die kalte Jahreszeit gewappnet zu sein – neue Gamaschen für Dorothea und Barbara, dichter Lodenstoff für Eduards Winterumhang, der aus seinem bisherigen längst herausgewachsen war, und warme Handschuhe aus Ziegenleder für Amalie, die stets über zu kalte Finger klagte und deren altes Paar ungefüttert war.

Jetzt, da sich der Vater in neuer, fester Anstellung befand und er am Theater etwas mehr verdiente als in seiner früheren Beamtenposition, konnte er großzügiger mit dem Geld sein und musste nicht immer auf Amalie Friederikes Erbschaft zurückgreifen, wenn es größere Ausgaben zu tätigen gab. Elise hatte den Stolz in der Miene ihres Vaters gesehen, als er der Mutter die Extrataler für diesen kleinen Luxus ausgehändigt hatte. In dem Moment war ihr wieder durch den Kopf gegangen, wie sehr sich seine Aussichten verbessert hatten, wie glücklich ihn die Tätigkeit als Vizekonzertmeister in der Semper'schen Oper machte. Und wie wenig es ihr, Elise, zustand, ihm auch nur den geringsten Grund zur Sorge zu geben, nun, da sich alles so gut gefügt hatte.

Ihre Stiefel klapperten hohl auf dem Pflaster der düsteren Gasse, die zu dieser späten Nachmittagsstunde nur schwach von einigen Laternen beschienen wurde. Doch die kalte Luft war Elise eine willkommene Abwechslung, und sie sog sie tief in ihre Lunge. Es war ihr in der stickigen Stube auf einmal zu eng um die Brust geworden, weshalb sie darum gebeten hatte, die neuen Borten für ihren Winterhut, die sie dringend brauchte, gleich heute besorgen zu dürfen. Ihre Schwestern hatten eine Handarbeitsstunde bei Fräulein Drosselmeir, und Rosina steckte bis über beide Arme in der Mangelwäsche. Darum hatte ihre Mutter schließlich erlaubt, dass Elise allein in die Wilsdruffer Vorstadt ging. Es waren nur zwanzig Gehminuten, und bei der Hutmacherin in der dortigen Annengasse kosteten Borten und Bänder weniger als in den Läden direkt am Altmarkt. Denn trotz allem sollten die Spielmanns nicht verschwenderisch sein, hatte Amalie Friederike mahnend hinzugefügt.

Die Annenkirche tauchte jetzt vor ihr auf, deren Zwiebelturm in den nebligen, fast schon dunklen Herbsthimmel stach. Elise lief weiter und stand schließlich vor dem Geschäft. Im Schaufenster waren diverse Hutmodelle ausgestellt, und durch die verglaste Ladentür sah sie die Hutmacherin in heller Schürze und eine Kundin, die Elise den Rücken zugedreht hatte.

Sie stieß die Tür auf und trat in die Wärme des kleinen Verkaufsraums.

Beim Geräusch des Glöckchens drehten sich beide Frauen um. «Guten Abend, Fräulein», sagte die Ladenbesitzerin, und auch die Kundin nickte Elise kurz zu. Sie war eine große Person in schwarzer Kleidung, was ihr rotblondes Haar noch mehr zum Leuchten brachte. Etwas in ihrem Gesicht erinnerte Elise an jemanden, doch sie kam nicht gleich darauf. In den Händen hielt die Frau einen Karton, aus dem unzählige rote Seidenbänder quollen. Sie drehte sich wieder zur Hutmacherin.

«Das wäre alles, Frau Köhler», sagte sie und lachte leise. «Aber wahrscheinlich stehe ich schon morgen wieder hier, wenn Bertha Heise entscheidet, dass die Tänzerinnen doch lieber alle blaue Bänder tragen sollen statt rote.»

«Stets zu Diensten!» Die Frau in der Schürze lächelte verschmitzt. «Mein Geschäft öffnet auch morgen wieder, Fräulein Hildebrand.»

Elise erstarrte. Sie konnte den Blick nicht vom Profil der Kundin abwenden. Ja, die Ähnlichkeit war unverkennbar, und nun, da sie ihren Namen gehört hatte, wusste sie, dass es sich um Christians Schwester handeln musste. Er hatte sie einmal erwähnt. Und offenbar arbeitete sie ebenfalls am Opernhaus, jedenfalls besorgte sie hier gerade Requisiten oder Teile für die Kostüme.

Elises Herz pochte schmerzhaft unter ihrem Umhang, und sie zwang sich, das Zittern ihrer Hände zu unterdrücken, als sie den Kragen enger zusammenzog, um sich Halt zu geben.

Die Rothaarige verabschiedete sich und ging freundlich nickend an ihr vorbei zur Tür. Wieder drang das Bimmeln des Glöckchens an Elises Ohr. Dann fiel die Tür mit klirrenden Scheiben hinter ihr zu.

«Sie wünschen?», fragte die Hutmacherin, während sie die Münzen zusammenraffte, die Fräulein Hildebrand auf den Verkaufstisch gelegt hatte.

Elise starrte die vielen Borten an, die hinter dem Tresen auf Spulen an der Wand hingen. Die Farben tanzten vor ihren Augen, und es gelang ihr nicht, sich auf ihre Auswahl zu konzentrieren. Ja, sie erinnerte sich nicht einmal mehr an die Farbe ihres Hutes. War er dunkelgrau oder doch eher dunkelblau?

«Verzeihung», stammelte sie, «ich habe etwas vergessen.» Und ohne ein weiteres Wort stürzte sie aus dem kleinen Laden hinaus in die Kälte des herandämmernden Abends.

Mit weichen Knien stand sie auf der Straße. Von der Annenkirche klang die Glocke herüber. Mechanisch zählte Elise bis fünf, während sie die Gasse hinauf- und hinunterspähte, doch von Christians Schwester war nichts zu sehen. Elise war erleichtert und enttäuscht zugleich. Es war albern, dachte sie. Was hätte sie denn auch zu der Fremden sagen sollen, wenn sie sie noch angetroffen hätte? Was wusste dieses Fräulein Hildebrand von der Verbindung ihres Bruders zu einer Bürgerlichen? Hoffentlich ebenso wenig wie ihre eigene Familie.

Kopfschüttelnd ging sie langsam die Straße hinunter zur Kirche. Gerade kamen ein paar abgerissen aussehende Gestalten aus dem kleinen Gemeindehaus daneben, sie trugen Almosen in den Händen, die sie wohl soeben erhalten hatten. Die Kirchen sorgten, da der Staat es nicht vermochte, mehr schlecht als recht für die Bedürftigen Dresdens und verteilten Kleiderspenden und Brot, soweit es möglich war.

Als eine der Frauen, die wahrscheinlich einen Laib Brot unter dem Mantel verbarg, dicht an Elise vorbeihuschte, stutzte diese.

«Aurora?», fragte sie.

Die Frau blieb stocksteif stehen, und als Elise ihr Gesicht erkannte, das halb unter einer Kapuze verborgen lag, wusste sie, dass sie sich nicht geirrt hatte. Es war Aurora Bornstedt, ihre Freundin aus Kindertagen. Doch was tat sie hier in der Abenddämmerung, allein und mit Almosen im Arm? Sie und ihr Mann, General Bornstedt, lebten doch auf der anderen Seite der Elbe in einem prächtigen Stadtpalais? Nun erst fiel ihr auf, dass die Familie Bornstedt an den vergangenen Sonntagen ohne Aurora ins Hochamt gekommen war.

«Elise ...», flüsterte Aurora.

Im nächsten Augenblick stürzte sie sich in ihre Arme. Elise spürte, dass Aurora schluchzte, und sie hielt sie ganz fest und strich ihr bestürzt über den Rücken. Die frühere Freundin schien dünner geworden zu sein, seitdem sie sich das letzte Mal gesehen hatten. Elises Gedanken überschlugen sich.

«Was ist denn geschehen?», fragte sie.

Aurora löste das tränennasse Gesicht von Elises Schulter, hielt sie aber weiter mit einer Hand am Ärmel gepackt. Hastig sah sie sich um.

«Nicht hier», sagte sie. «Komm.»

Sie zog Elise durch die Annengasse und blieb schließlich vor einer Tür stehen, die sie sogleich aufstieß. Zögernd folgte Elise der Schulkameradin von damals in einen dunklen Hausflur. Eine steile Stiege führte empor, und es roch nach Kohl. Vorsichtig erklommen sie eine Stufe nach der anderen. Oben angekommen, steckte Aurora einen eisernen Schlüssel ins Schloss einer Holztür und öffnete diese knarrend.

Sie trat ein und entzündete eine blakende Lampe, deren Schein die Trostlosigkeit dieses Ortes endgültig enthüllte. Elise fand sich in einer winzigen Wohnung wieder, die nur aus einem einzigen Raum bestand, der an eine Klosterzelle erinnerte. Sie sah abgetretene Holzdielen, auf denen kein Teppich lag, vergilbte Vorhänge vor einer halb klaffenden Luke, ein schmales Bett und ein billiges Waschgeschirr mit abgeplatzten Rändern. Das war alles.

Fassungslos starrte Elise auf das spärliche Mobiliar, die Spinnweben in den Zimmerecken. Da lachte Aurora bitter auf.

«Ich weiß, was du denkst», sagte sie und sank auf das karge Lager. «Ich sehe den Ekel in deinen Augen.»

«Aber Aurora ...» Elise setzte sich schnell neben sie aufs Bett. «Was hat das zu bedeuten? Lebst du jetzt etwa hier?»

Aurora begann wieder zu weinen. «Ja», flüsterte sie. «Und ich kann noch von Glück sagen, dass ich ein Dach über dem Kopf habe. Wenn es nach meinem Mann und meinen Eltern gegangen wäre, würde ich irgendwo am Rand einer Landstraße erfrieren.» Sie hustete keuchend. Dabei fiel der Laib Brot, der noch immer unter ihrem Umhang gesteckt hatte, polternd zu Boden, doch Aurora machte sich nicht die Mühe, ihn aufzuheben.

«Sie haben dich rausgeworfen?», fragte Elise. «Aber warum denn nur?» Sie bückte sich nach dem Brot und hielt es Aurora hin, doch die schien es kaum zu bemerken.

«Ich habe mich ... unehrenhaft verhalten.» Sie hob die schmalen Schultern. «Meine Familie hat mich verstoßen. Und der Mann, den ich liebte, und von dem auch ich dachte, dass er mich liebt, ist mit seinem Regiment über alle Berge.»

«Du hattest ein Verhältnis?», fragte Elise ungläubig. Vorsichtig legte sie das Brot in Auroras Schoß.

«Bestimmt verurteilst du mich jetzt, genau wie alle anderen», sagte Aurora leise. «Ich schäme mich ja selbst. Wie konnte ich nur eine solche Torheit begehen? Aber weißt du ...» Sie zögerte. «Ich war so schrecklich allein. Mein Gemahl sprach kaum mit mir, er nahm mich gar nicht richtig wahr. Den Kindern durfte ich mich nur nähern, wenn meine Schwiegermutter es erlaubte. Ich habe mich so nach einer verwandten Seele gesehnt. Und für einen kurzen Moment dachte ich, dass ich sie gefunden hätte.» Sie lachte höhnisch auf. «Da habe ich mich aber gründlich geirrt! Mein Geliebter hat am Ende meinem Mann sogar all unsere Briefe ausgehändigt – und mich damit ans Messer geliefert. Er selbst zeigte sich reuig und behauptete, ich hätte ihn verführt, sonst hätte ihn mein Gatte wahrscheinlich noch zu einem Duell gefordert.» Fassungslos schüttelte Aurora den Kopf. «Ich *ihn* verführt? Als ob ich überhaupt gewusst hätte, wie man das anfängt. Er hat mir nachgestellt, mir weisgemacht, dass er mich bis zur Raserei liebt und mich retten wird. Und dann hat er mich fallengelassen.»

«Was ist mit deinen Kindern?», fragte Elise und griff nach Auroras Händen. Sie waren eiskalt. Die Kammer konnte nicht beheizt werden, durch die Luke zog es feucht herein, und unwillkürlich dachte Elise an das prasselnde Kaminfeuer im Hause ihrer Eltern, wo es immer warm und behaglich war. Auf einmal wollte sie am liebsten so schnell wie möglich fort. Doch das Mitleid mit der Kindheitsfreundin hielt sie an diesem schrecklichen, abweisenden Ort fest.

Aurora zog ihre Hände fort und vergrub ihr Gesicht in den gespreizten Fingern.

«Man lässt mich nicht zu ihnen», sagte sie mit erstickter Stimme. «Meinem Großen, Johann Augustin, haben sie erzählt, ich wolle nicht länger seine Mutter sein.» Ein trockener Schluchzer schüttelte sie. «Und meine Kleine wird sich bald nicht einmal mehr an ihre Mutter erinnern, sie ist ja noch ein Baby.»

«Das ist grausam», sagte Elise erschüttert. «Aurora, du musst dich dagegen wehren.»

«Aber das kann ich nicht.» Aurora nahm die Hände vom Gesicht und sah Elise mit einem Ausdruck an, der diese erschaudern ließ. Ihre Augen wirkten wie tot. «Ich habe keinerlei Rechte, ich werde schuldig geschieden – und das war's. Mein Mann wird sich nach einer neuen Frau umsehen und wieder heiraten, damit unsere Kinder eine Mutter haben, und ich werde vergessen sein. Als wäre ich nie da gewesen.» Sie schluckte. «Und alles nur wegen einer kleinen Unachtsamkeit, einer kurzen Schwäche», fügte sie flüsternd hinzu. «Ein winziger Schritt ab vom Wege. Doch er hat mich geradewegs in den Abgrund geführt.»

Sie stand auf, hielt das Brot dabei fest an ihre Brust gedrückt, ihre Bewegungen waren eckig wie die eines Automaten, der kaum mehr aufgezogen werden konnte. Dann stand sie einfach nur da, steif und mit hängendem Kopf.

Durch die Luke klang das Sechsuhrläuten, und Elise schrak zusammen.

«Du solltest gehen», sagte Aurora, die ihr Zucken bemerkt hatte. «Ich darf dich nicht hier festhalten, auf deinen Namen darf kein Schatten fallen. Für mich ist es zu spät, aber du, du wirst ein schönes Leben führen, Elise.»

«Es tut mir so leid», sagte Elise hilflos. Sie erhob sich ebenfalls und versuchte, Aurora erneut in den Arm zu nehmen, doch diese wich zurück.

«Leb wohl», sagte sie und wandte das Gesicht ab.

Elise wartete noch einen Moment, dann floh sie aus der unwirtlichen Wohnung, stolperte die dunkle Stiege hinunter und jagte mit klopfendem Herzen durch die Annengasse in Richtung Altstadt. Ihre Gedanken rasten. Sie dachte an Fräulein Hildebrand, die mit ihren roten Samtbändern sicher längst wieder im Theater war. An Christians Stimme, wie er sagte: *Es ist Wahnsinn!* An die Freude im Gesicht ihres Vaters, als sie ihn von der Probe abholte, und an den Ausdruck von Sorge bei ihren aufmüpfigen Worten auf der Straße. Dann sah sie den kleinen Johann Augustin in der Kirchenbank vor sich, das pausbäckige Gesicht seiner neugeborenen Schwester, und ihr wurde klar, dass diese beiden Kinder ihre Mutter niemals wiedersehen würden. Sie würden im Glauben heranwachsen, die Frau, die sie geboren hatte, habe sie verlassen – dabei lebte Aurora nur ein paar Minuten entfernt in der angrenzenden Vorstadt. Arm, verlassen, gezeichnet wie eine Aussätzige. Sie würde von Glück sagen können, wenn sie eine Anstellung in einer Fabrik oder als Hauslehrerin fand, um nicht zu verhungern. Und das alles nur für ein paar Augenblicke Seligkeit? War es das wert gewesen?

Elise kannte die Antwort. Sie schluckte den Schmerz in ihrer Kehle herunter und rannte mit fliegenden Röcken am dunkel daliegenden Zwinger vorbei, tauchte in die Innenstadt ein, stolperte über das Kopfsteinpflaster und beruhigte sich erst, als sie endlich die hell erleuchteten Fenster in der Großen Frauengasse durchs Dunkel schimmern sah. Dort oben wartete ihre Familie auf sie.

Als sie die Wohnung betrat, hatte Elise eine Entscheidung getroffen – auch wenn es sie noch immer in der Kehle würgte bei der Aussicht, was ihr jetzt bevorstand.

34.

Dresden, Freitag, 5. November 1841

Das Feuer war längst heruntergebrannt, nur noch ein sanftes Glimmen verbreitete ein wenig Restwärme. Christian lief im Malersaal auf und ab. Er fröstelte, schlang die Arme um sich und versuchte, sich warm zu halten, während er sein Werk im schwachen Licht der Petroleumleuchte betrachtete. Er wusste, dass er längst in seine Schlafkammer gehörte, doch nichts zog ihn in die Einsamkeit seines Bettes, wo er sich seit Wochen Nacht für Nacht auf dem Strohsack hin und her wälzte und keinen Schlaf fand. Wenn er dann doch endlich einnickte, träumte er wildes Zeug, wurde von seltsamen Kreaturen verfolgt, lief durch baumlose, fremde Landschaften und war immer auf der Suche nach jemandem. Er wusste, dass es Elise war, die er suchte. Manchmal hatte er im Traum ihren Duft in der Nase, hörte ihre Stimme oder sah ihr goldbraunes Haar vor sich. Aber niemals gelang es ihm, sie zu erreichen. Und wenn er dann mit klopfendem Herzen aufwachte, starrte er in die Dunkelheit und verfluchte den Tag, an dem er sie zum ersten Mal gesehen hatte. Und wie viel Ärger wäre ihm erspart geblieben, wenn er damals, als sie in der Semper'schen Oper den *Freischütz* spielten, nicht zu ihr hinausgegangen wäre! Von den späteren Treffen ganz zu schweigen. Jedes einzelne der wenigen Wiedersehen hatte ihn tiefer in die Verstrickung mit ihr gezogen, hatte ihn enger an Elise gekettet, obwohl er ja genau wusste, dass diese Fesseln nur seiner Phantasie entsprangen. Im wirklichen Leben gab es nichts, was sie verband, sie standen auf zwei verschiedenen Seiten einer Schlucht und würden niemals zueinanderfinden.

Das sagte ihm sein Verstand. Doch jede Nacht aufs Neue

gaukelte ihm sein schlafendes Hirn eine andere Wahrheit vor, und er quälte sich durch die dunklen Stunden bis zum Morgengrauen. Ein-, zweimal hatte er den besorgten Blick seiner Schwester Ernestine bemerkt, die ihm wohl ansah, wie schlecht er schlief und wie wenig er aß. Dafür ging er umso öfter mit Carl ins Wirtshaus und flüsterte dort mit ihm über verwegene Taten in der Zukunft. Gleichwohl interessierte ihn dieser Umsturz, von dem immer öfter die Rede war, gar nicht allzu sehr. Doch diese aufregenden, gewisperten Gespräche waren eine willkommene Ablenkung von seinem Kummer wegen Elise. Die Gefahr, die diesen konspirativen Treffen innewohnte, erregte ihn auf eine schwer erklärliche, aber ähnlich erfüllende Weise wie der Gedanke an Elise und sorgte dafür, dass das Feuer, das in ihm brannte, auf etwas anderes gerichtet wurde als auf die Frau, die er liebte. Es fiel ihm leicht, sich mit Carl zu echauffieren, das ein oder andere Bier zu viel zu trinken und wenigstens für ein paar Augenblicke Elise vergessen zu können.

Nein, dachte er und stampfte mit dem Fuß auf, nie gelang es ihm ganz, sie zu vergessen. Was er auch tat, sie war in seinen Gedanken. Doch er musste ja weiterleben. Gerade jetzt, da er dem Elend entronnen war und es zu etwas gebracht hatte in der Welt. Nun sollte die Sehnsucht nach einer Frau, die er niemals haben konnte, alles zunichtemachen und ihn so sehr martern, dass er körperliche Schmerzen empfand? Das war einfach nicht gerecht.

Wut stieg in Christian hoch, und erneut stampfte er auf. Dabei traf er einen herumstehenden Farbeimer, der kippte um, woraufhin sich der Rest Farbe darin über den Fußboden ergoss. Christian fluchte, fiel auf die Knie und stellte den Eimer wieder aufrecht hin, doch er war nicht schnell genug gewesen. Ein tiefes Rot verteilte sich dickflüssig auf den Dielen, es sah aus wie Blut, als wenn ein Tier geschlachtet worden wäre. Hastig griff er nach seinem Malerkittel und wischte die Farbe damit auf. Nun glich der Kittel einer Schlachterschürze, er würde ihn waschen müssen.

Ächzend stand er auf, den tropfenden Stoff in der Hand. Der abendliche Malersaal lag dämmrig da, ein seltsames Zwielicht, in dem die herumstehenden Leinwände, Holzbretter und der aufgehängte Vorhang düster und monströs wirkten. Als ein letzter Zweig im Kamin knackte und in die Asche fiel, zuckte Christian zusammen. Es war schon spät, und je länger er hier allein ausharrte, desto mehr gerieten seine Gedanken in Aufruhr. Sie gingen auf Wanderung, und er wusste, was ihr Ziel war. Doch er konnte diesen Weg nicht gehen, er musste jeden Impuls verhindern. Es war Zeit, wieder ins *Goldene Fass* zu traben und zu sehen, ob er dort Zerstreuung fand.

Wieder knackte etwas, diesmal kam es allerdings nicht vom glimmenden Holz. Christian horchte ins Halbdunkel. Nein, es war kein Knacken, eher ein Pochen. Kleine Steinchen flogen von außen gegen das verschlossene Fenster des Saals.

Christian ließ den besudelten Kittel achtlos zu Boden fallen. Rasch ging er durch den schummrigen Raum, drehte am Knauf und stieß den Fensterflügel auf. Er sah hinaus. Der Theaterplatz lag im Dunkeln, weit hinten floss still und schwarz die Elbe wie flüssiger Teer. Die Luft schmeckte bereits nach Winter, nach Schnee, obwohl sich noch keine Flocken hatten blicken lassen.

Unten stand eine Frau. Sie trug einen dunklen Umhang, unter der Kapuze ringelten sich helle Locken hervor. Elise! Sie hatte die Hand erhoben, als habe sie gerade noch einen Kiesel werfen wollen, doch als sie ihn nun sah, ließ sie den Arm langsam sinken.

Christian zitterte im schneidenden Wind. Auch Elise musste frieren, sie trug keinen Pelz und hatte nur dünne Schuhe an, als sei sie überstürzt aus dem Haus gegangen.

«Warte», zischte er in ihre Richtung und drückte das Fenster wieder zu. Fieberhaft überlegte er – es war viel zu kalt, um so spät am Abend hinunter zum Fluss zu gehen, wo sie niemand sehen würde. So blieb nur eine Möglichkeit.

Christian griff nach einem Talglicht und hastete auf leisen Sohlen die Treppe hinunter. Hier gab es eine Hintertür. Ehregott Wagner pflegte sie bei seinem letzten Rundgang an spielfreien Abenden von innen zu verriegeln, doch die Riegel ließen sich mühelos zurückschieben.

Hastig öffnete Christian die Tür und lief hinaus. Er sah Elise ein paar Meter weiter warten, sie hatte sich dicht an das Gemäuer gestellt, um dem Wind und neugierigen Blicken zu entgehen. Mit ein paar Schritten war Christian bei ihr.

«Komm», flüsterte er und zog sie am Ärmel mit sich.

Sie folgte ihm widerstandslos durch die Hintertür ins Innere des Theaters und streifte die Kapuze ab, sodass ihr weiches Haar ihr Gesicht umschmeichelte.

Gegen den zerrenden Wind schloss Christian die Tür und schob die Riegel vor. Dann leuchtete er mit dem Licht in ihre Richtung. Elises Wangen glühten, sie wirkte erhitzt, als sei sie gerannt, gleichzeitig sah ihre Nasenspitze rot und verfroren aus.

«Was machst du hier?», fragte er entgeistert. «Wie bist du bloß zu Hause fortgekommen?»

«Meine Eltern sind ausgegangen», sagte sie atemlos, «ein Salonabend bei Justizrat Bleich.»

«Und niemand sonst hat etwas bemerkt?» Seine Stimme klang zweifelnd, er hörte es selbst.

Elise presste die Lippen aufeinander und schüttelte den Kopf. Sie sah trotzig aus, denn sie wusste so gut wie er, welch Leichtsinn es war, hergekommen zu sein.

In Christian tobten widerstreitende Gefühle. Er wollte sie sofort an sich ziehen, wollte sie in seinen Armen halten und nicht daran denken, was geschehen könnte, wenn ihre Abwesenheit zu Hause auffiel. Doch etwas an der Art, wie sie einfach hier auftauchte – zerzaust, zu leicht bekleidet, außer Atem –, beunruhigte ihn. Nie zuvor war sie ein solches Risiko eingegangen, um ihn zu sehen. Wenn sie es heute getan hatte, bedeutete das vielleicht, dass etwas geschehen war?

«Komm mit», flüsterte er und zog sie mit sich, tiefer hinein ins dunkle Theater.

Sie schlichen eine Treppe hinauf, durch einen Nebenkorridor, dann öffnete Christian eine Tür, die in der Tapete verborgen war – und sie standen in einer der Logen im ersten Rang. Der große Kronleuchter an der hohen Decke brannte nicht, es war stockdunkel im Saal. Nur das kleine Laternenlicht in Christians Hand flackerte und ließ einige der goldenen Ornamente an den Wänden aufschimmern. Gleich darauf versanken sie wieder im Schatten, als er in die Knie ging und das Licht auf dem Boden der Loge abstellte.

«Setz dich hierher», murmelte er und deutete auf den Platz neben ihm.

Im Schutz der samtbespannten Stühle kauerten sie sich auf dem Fußboden zusammen, und endlich griffen ihre Hände nach ihm. Er hielt sie fest, umfasste sie und zog ihren Kopf an seine Schulter. So saßen sie im Schein der flackernden Funzel, schweigend, nur die Gegenwart des anderen auskostend. Christian sog den Duft ein, der von Elises Haar ausging, sie roch wie immer, so vertraut und gleichzeitig aufregend, dass ihm schwindlig wurde. Ihre Finger streichelten seine Hände, dann hob sie das Gesicht und küsste ihn.

Er schmeckte Salz in ihrem Kuss und spürte, dass ihr Gesicht nass war.

«Warum weinst du denn?», fragte er. Seine Stimme klang heiser, als er ihr über die Wangen strich, über die immer mehr Tränen flossen. Die Furcht, die ihn schon bei ihrem Anblick überkommen hatte, verstärkte sich. Etwas war – oder würde – geschehen. Aber was?

«Elise», sagte er und rückte ein Stück von ihr ab. «Sieh mich an. Was ist passiert? Warum bist du hier? Du weißt doch, wie gefährlich das ist.»

Sie nickte, wischte sich energisch mit dem Ärmel ihres Umhangs über die Augen und zog die Nase hoch. «Diese dummen Tränen», sagte sie beinahe trotzig. «Sie kommen einfach immer, wenn man sie nicht gebrauchen kann.» Auf ihrem Gesicht tanzten die Schatten. «Ich habe so viel geweint in den letzten Tagen, dass ich dachte, jetzt wäre es genug. Aber kaum sehe ich dich, geht es wieder los.»

«Warum bist du so traurig?»

Sie sah ihn lange und ernst an. «Oh, Christian», sagte sie schließlich und schüttelte kaum merklich den Kopf. Und allein an der Art, wie sie seinen Namen sagte, erkannte er, was es war, was sie ihm heute sagen würde.

Sein Herz klopfte so schmerzhaft gegen die Rippen, dass er nach Luft rang – aus der leisen Furcht wurde heiße, furchtbare Angst. Einen Moment schloss er die Augen und ballte in der Dunkelheit die Fäuste. Dann hatte er sich wieder in der Gewalt.

«Das ist also das Ende?», fragte er tonlos.

Sie nickte erneut. «Es tut mir so leid», sagte sie mit erstickter Stimme. «Den ganzen Sommer, ja noch den Herbst über habe ich versucht, die Wahrheit nicht zu sehen. Ich konnte nicht einmal daran denken, mit dir darüber zu sprechen. Oh Gott, ich kann es noch immer nicht.» Sie holte Luft, und erneut kullerten Tränen aus ihren Augen.

«Aber es muss sein», sagte Christian. Er wunderte sich, dass er nicht einmal versuchte, sie anzuflehen, damit sie es sich anders überlegte. Dass er nicht verzweifelt darüber nachsann, wie er sie dazu bewegen könnte, das schöne, aber trügerische Spiel noch weiterzuspielen. Im Grunde seines Herzens aber hatte er immer gewusst, dass dieser Moment des Abschieds kommen würde. Gemeinsam hatten sie geträumt, ihren Traum gehegt und gepflegt und sich in einer Phantasiewelt verloren. Nun waren sie aufgewacht. Und er durfte es ihr nicht schwer machen, durfte nicht ihr Leben zerstören. Obwohl es wehtat, zwang er sich, alle Gefühle zu begraben, zwang sich zum kalten Nachdenken. Er dachte an Ernestines Worte auf dem Friedhof, als sie gesagt hatte, dass Leute wie sie sich keine Träumereien erlauben durften, dass heimliche, unerfüllbare Wünsche für sie gefährlich waren. Er hatte ein wenig vom Glück kosten dürfen, doch nun war es vorbei.

«Nach Neujahr werde ich heiraten», sagte Elise, und er hörte, wie ihre Stimme zitterte. «Ich muss es tun – der Mann, den ich ehelichen werde, hat die Geschicke meiner Familie in der Hand. Selbst, wenn ich nicht an mich denken würde, so darf ich doch nicht meinen Vater, meine Schwestern, alle, die ich liebe, in den Abgrund stürzen. Die Ehe mit ihm ist meine Pflicht.»

«Ich weiß», sagte Christian gefasst. «Und ich hoffe, dass du glücklich wirst, Elise.»

Da schnaubte sie, und er meinte, zum ersten Mal die Trauer in ihrer Miene einem wütenden Ausdruck weichen zu sehen. «Wie könnte ich? Niemals. Mit niemandem werde ich so glücklich sein wie mit dir.»

Christian biss sich auf die Lippen. «Dann eben zufrieden», sagte er. «Vielleicht reicht das für ein gutes Leben? Du wirst in Sicherheit sein, Elise, in Anstand und Ehre leben.» Die Worte klangen so hohl in seinen Ohren, dass er sich beinahe schämte, und er sah, dass es ihr ähnlich ging. Hilflos hob er die Schultern.

Elise lachte spöttisch auf, der Laut hallte gespenstisch durch den leeren, dunklen Saal. «Ich sollte dir dankbar sein», sagte sie, «dass du nicht tobst und mich aufhältst, sondern wie ein Ehrenmann sprichst. Ganz selbstlos, könnte man meinen.»

«Aber?»

«*Aber?*», echote sie höhnisch. «Es macht mich furchtbar wütend, Christian! Ist das alles, was du zu sagen hast? Weißt du nicht, was das bedeutet? Wir werden uns nie wieder sehen, du und ich. Das hier ist das letzte Mal. Ich –» Ihre Stimme brach.

Ohne nachzudenken, zog Christian sie erneut eng an sich, bedeckte ihr Gesicht mit Küssen. Er spürte ihren schmalen Körper unter dem Umhang, der sich an ihn schmiegte, fühlte ihre Lippen, ihre tastenden, ungeduldigen Hände. Auch Elises Küsse wurden ungestümer – und plötzlich verlor Christian den Kopf. Mit zitternden Fingern schnürte er ihr den Umhang auf, streifte ihn ab, strich mit den Händen über ihr Kleid. Während sie die Schnur an seinem Hemdkragen löste, ihm mit den Händen, die nun gar nicht mehr kalt waren, unter den Stoff fuhr. Christian seufzte – oder war sie es? Es schien ihm, als hätte er ewig Durst gehabt, und nun durfte er endlich, endlich trinken, so viel er wollte. Das Verlangen nach ihr überspülte ihn, wie er es nie zuvor erlebt hatte.

«Das hier ist das letzte Mal», hörte er ihre Stimme in seinem Ohr, und er dachte, dass es dann wenigstens ein letztes Mal sein sollte, dass sie beide niemals vergessen würden.

Sie waren zu Boden gesunken. Das weiche Dämmerlicht der Talgleuchte flackerte nur noch ganz schwach. Der Stoff von Elises aufgeknöpftem Kleid fiel auseinander und gab den Blick auf die Schnürung ihres Korsetts frei, ihre Brust war halb entblößt. Christian sah ihr ins Gesicht. Sie hatte die Augen geschlossen, und ihre Miene war entrückt und so voller Genuss, voller Glück, dass es ihm die Kehle zuschnürte.

Mit einem Mal bekam er einen furchtbaren Schreck, als ihm mit einiger Verspätung bewusst wurde, was sie hier taten – oder im Begriff waren, zu tun. Er dachte an die Ballerina, die kürzlich in Schimpf und Schande aus dem Theater fortgejagt worden war. Auch sie hatte eine, vielleicht nur eine einzige glückliche Nacht mit einem Mann erlebt, wie man hörte, und was war ihr Preis gewesen? Was würde Elises Preis sein, was sein eigener?

«Nein», stieß er hervor und schob sie unter Aufbringung aller Selbstbeherrschung von sich.

Elise öffnete die Augen, und ihr Ausdruck wandelte sich von glückselig zu bestürzt.

«Wir dürfen das nicht», brachte er hervor, richtete sich auf und verfluchte sich gleichzeitig selbst, weil er das Schönste, das er je erlebt hatte, unterbrach. Wie ein begossener Pudel saß er da.

Auch Elise setzte sich auf und fuhr sich benommen durchs Haar. Sie begann, ihr Kleid zuzuknöpfen, doch es gelang ihr nicht, weil ihre Finger so zitterten.

Als Christian ihr helfen wollte, stieß sie seine Hände fort.

«Lass mich», fauchte sie. Schon war sie auf den Füßen, griff nach dem Umhang und stülpte ihn über. Sie sah auf ihn herunter. «Leb wohl», flüsterte sie. Dann schluchzte sie erstickt auf, presste eine Hand auf den Mund und lief durch die Tapetentür aus der Loge hinaus.

«Elise», rief er ihr halblaut hinterher, «warte doch!»

Er rappelte sich auf, band mit fliegenden Fingern sein Hemd zu und wollte ihr folgen. Aber er hörte nur noch ihre Schritte, die den Korridor entlanghasteten, die Treppen hinunterrannten und außer Hörweite verschwanden.

«Verdammt!», fluchte er. Seine Stimme hallte gespenstisch durch den dunklen Saal. Und zum dritten Mal an diesem Abend stampfte er wütend auf. Diesmal traf er das Talglicht. Die Flamme verlöschte, eine kleine, beißende Rauchsäule erhob sich, und der Theatersaal versank in vollkommener Dunkelheit.

35.

Dem Allmächtigen hat es gefallen,
gestern in den frühen Morgenstunden gegen 3 Uhr
die junge Dresdnerin

Magdalene Auguste Koch

in ihrem 26. Jahr, in der Blüte ihres Lebens,
zu sich zu nehmen.
Sie hinterließ ein Töchterchen
von zehn Wochen, das auf
den Namen Annette getauft ward.
Zuletzt diente Demoiselle Koch als Hofballerina
am Königlichen Theater zu Dresden.

Möge Gott sich ihrer armen, verzweifelten Seele erbarmen.

Dresden, den 14. November 1841

36.

Dresden, Sonntag, 5. Dezember 1841, 2. Advent

Mit beiden Händen umklammerte Elise die marmorne Brüstung der Loge und beugte sich so weit hinüber, dass Adam, der neben ihr saß, sie sanft am Ellenbogen zurückzog.

Beinahe unwillig schüttelte sie ihn ab. Sie wollte nicht eine Note verpassen, die unten im Orchestergraben gespielt wurde, wo sie ihren Vater am ersten Pult neben dem Konzertmeister sah. Nicht ein Tanzschritt sollte ihr entgehen.

Ihre Wangen waren erhitzt, und sie erinnerte sich an ihren ersten Besuch hier in der Königlichen Oper und an diese seltsame, heiße Ergriffenheit, die sie damals überfallen hatte. Damals hatte diese eigentümliche Angst sie hinausgetrieben auf den Korridor, direkt in Christians Arme. Elise schloss die Augen und kämpfte gegen die Gefühle an, die in ihr aufstiegen. Doch heute wollte sie ihnen keine Macht über sich geben, langsam atmete sie aus und wieder ein, konzentrierte sich auf ihre Atmung, bis sich ihr Puls etwas beruhigte.

Die Anspannung ließ jedoch nur kurz nach, denn als sie die Augen wieder öffnete, sah sie die samtbespannten roten Sessel – und ihr kam die letzte Begegnung mit Christian in den Sinn. Es war nicht die gleiche Loge, doch alle waren ähnlich geschnitten, und wenn Elise auch nur einen Moment nicht achtgab, meinte sie, wieder in seinen Armen zu liegen und seinen Herzschlag zu spüren. Dann zerriss das Bild, und als Nächstes sah sie sich davonlaufen, hörte noch seine Stimme, die sie zurückhalten wollte, doch sie blieb nicht stehen.

Ihre plötzliche Flucht war das unrühmliche Ende ihrer kurzen Verbindung gewesen, aber die Scham und die Angst waren unvermittelt so übermächtig geworden, dass sie es nicht länger hatte ertragen können. Auch wenn ihr der Ausdruck in seiner Stimme wehgetan hatte. Aber wenn allein Christians Gegenwart sie dazu brachte, derart den Kopf zu verlieren, wäre jede weitere Sekunde viel zu gefährlich gewesen. Sie hatte sich doch entschieden! War mit dem Vorsatz zu ihm gekommen, endlich diesen notwendigen, scheußlichen Schnitt vorzunehmen. Was half es da noch, zu reden? Geschweige denn, sich zu küssen und das körperliche Band noch enger zu flechten, auf dass es sie beide noch mehr quälte?

Nein, sie hatte fliehen müssen, das sagte sie sich zum wiederholten Male und krallte die Finger in die Brüstung. Doch es tat weh, ihn jetzt so nah zu wissen. Der Malersaal lag kurz hinter der Bühne, wenige Luftmeter entfernt. Ob Christian an diesem Abend noch arbeitete? Oder war er gar hier im Saal? Verfolgte wie so oft nach Dienstende das Schauspiel aus einer der Logen – nicht ahnend, dass Elise ebenfalls anwesend war?

Dann wäre es umso wichtiger, dass sie ihre Haltung wiederfand, dachte sie erschrocken. Nichts wollte sie weniger, als dass er ihr ansah, wie sie an ihn dachte.

Schnell rieb sie sich die Stirn und vertrieb das Spukbild, zwang sich, in den Saal zu blicken. Der Kronleuchter warf ein glitzerndes Schimmern durch seine Aberhundert Kristalltropfen, und ringsum leuchteten die Gaslampen an der Galerie. In der Stadt freilich war es jetzt, wenige Wochen vor Weihnachten, bereits am Nachmittag stockdunkel. Doch hier drinnen saßen sie wie auf einer Insel aus Licht, und nichts ließ erkennen, dass Elise Spielmann, die in wenigen Wochen einen neuen Namen tragen würde, jemals hier gewesen war, als die Lampen bereits erloschen waren.

Verstohlen ließ sie den Blick über die Zuschauer gleiten und schielte auch hinauf in die anderen Ränge. Sie erkannte die Bornstedts, aber Aurora saß nicht bei ihnen in der Loge. Elise fröstelte und ließ die Augen weiterwandern. Doch nirgendwo entdeckte sie Christian, dafür viele fremde Gesichter. Die Zuschauer lärmten wie gewohnt, aßen und tranken, rauchten Pfeife und kommentierten die Tanzfiguren unten auf der Bühne aufs Geratewohl.

Acht Ballerinen in weit schwingenden, hauchdünnen Röcken und ebenso viele Tänzer mit Wams und Filzhüten trippelten am Rand der Bühne herum, während die ersten Takte des *Pas de deux* der Bauern erklangen. Giselle und ihr heimlicher Geliebter, Albert, traten in die Mitte und umkreisten einander. Und die eben noch beschwingte, marschähnliche Musik wechselte plötzlich zu einer sanfteren Melodie. Elise sah, wie ihr Vater im Orchestergraben zusammen mit den anderen Streichern voller Inbrunst den Bogen über die Saiten gleiten ließ. Unwillkürlich entfuhr ihr ein Seufzer. Sie hatte ihrem Vater in den vergangenen Wochen so oft beim Üben zugehört, dass sie jede Note auswendig kannte und am liebsten selbst dort unten gesessen und gespielt hätte.

Seit ihrem Spaziergang durch den Regen, bei dem Elise am Ende kein Blatt vor den Mund genommen hatte, war die Stimmung zwischen ihnen getrübt. Sie wechselten nur wenige, höfliche Worte, und Elise wusste, dass ihr Vater nur noch darauf hinfieberte, sie endlich verheiratet zu wissen, damit er sich keine Sorgen mehr um ihre Moral zu machen brauchte.

Und nun wohnte Elise dem Spiel ihres Vaters ausgerechnet bei diesem Ballettstück bei. Denn *Giselle* war die Geschichte einer verbotenen Liebe und damit ein heikles Sujet. Beide, die bürgerliche Giselle und der adlige Albert, waren anderen versprochen, ihre Liebe zueinander durfte daher nicht sein. Tatsächlich führt sie auch zum Verderben, zum Tod, denn Giselle stirbt am Ende an ihrem gebrochenen Herzen. Albert wiederum entgeht nur knapp dem Tode und heiratet schließlich doch die ihm versprochene Bathildis.

Elise erinnerte sich an ein Gespräch im Hause Spielmann über das Stück vor wenigen Abenden. Es war seltsam gewesen, als der Vater die Geschichte der *Giselle* vortrug – zahlreiche verstohlene Blicke der Eltern untereinander und ein dumpfes Gefühl in der Magengrube bei Elise, die immer wieder auch an Aurora in der eiskalten Dachkammer denken musste. Während des Essens hatte der Vater schließlich die Gabel zur Seite gelegt und sich umständlich den Mund abgeputzt. Mit einem letzten langen Blick über den Tisch zu seiner ältesten Tochter erhob er sich. Dann aber, zu Elises Erstaunen und wohl auch zu dem ihrer Geschwister, wandte er sich statt ihrer dem Bruder zu.

«Mein Sohn», sagte er streng, «nimm bitte zur Kenntnis, dass unsere Pferdemagd nicht länger bei uns arbeitet.»

Eduard sprang auf, rot im Gesicht. «Wo ist Friedel?», rief er. «Was habt ihr mit ihr gemacht?»

«Sie ist dort, wo du sie nicht erreichen kannst», sagte der Vater, «und mehr musst du nicht wissen.» Er blickte in die Runde und richtete sich schließlich an seine drei Töchter. «Lasst es euch allen eine Warnung sein, im Hause Spielmann werden keine Fisimatenten geduldet.»

Während Dorothea aus blanken unschuldigen Augen dreinblickte, biss sich Barbara auf die Lippen und senkte den Kopf. Auch die Schwester, dachte Elise bestürzt, schien etwas zu verbergen. Doch sie war viel zu abgelenkt von ihren eigenen Gewissensbissen, um weiter darüber nachzudenken, und bemühte sich mit größter Kraft, sich nichts anmerken zu lassen, was in irgendeiner Form mit ihrem Verhältnis zu dem jungen Malergesellen Christian Hildebrand zu tun hatte.

Eduard hatte seine Serviette auf den Tisch geworfen und war wütend aus dem Esszimmer gelaufen. Der Vater hatte sich ebenfalls, allerdings gemessener, zum Gehen gewandt, sodass die vier Frauen allein am Tisch zurückblieben – im Essen stochernd und nur einsilbig das Gespräch fortführend, bis jede von ihnen eine Ausrede gefunden hatte, ebenfalls aufzustehen und mit ihren Gedanken allein zu sein.

Über Friedel und diesen denkwürdigen Abend war in der Großen Frauengasse seitdem nicht mehr gesprochen worden.

Unten auf der Bühne nahm das Schicksal nun seinen Lauf, genau, wie der Vater es beim Essen referiert hatte. Albert und Giselle tanzten miteinander, verliebten sich, waren für wenige Stunden glücklich. Bis der eifersüchtige Förster Hilarion Alberts wahre Identität aufdeckte und Giselle in herzzerreißenden, halb wahnsinnigen Ballettsprüngen auf den Bühnenbrettern daran zugrunde ging und zu einer gefährlichen *Wila*, einem Naturgeist, wurde.

Der Applaus, der jetzt aufbrandete, riss Elise aus ihrem Bann. Der erste Akt war zu Ende, der Vorhang fiel herab, und Adam neben ihr räusperte sich. Auch er klatschte, jedoch nur verhalten.

«Nun», fragte er und zog die Brauen hoch, «wie gefällt es Ihnen, Elise?» Er war wieder zu der vertraulichen Anrede übergegangen, aber duzen würden sie sich erst nach ihrer Heirat.

Elise nahm einen Fächer aus ihrem Samtbeutel und begann, sich mit langsamen Bewegungen Luft zuzufächeln. Überall auf den Rängen und im Parkett flammten die Gespräche nun wieder auf, es summte in der stickigen Luft wie in einem Bienenstock. Sie beobachtete, wie ihr Vater im Orchestergraben den Bogen entspannte und aufs Notenpult legte, dann die Geige auf seinen Stuhl platzierte und fortging. In den Szenenpausen trafen sich die Musiker hinter der Bühne, und Elise vermutete, dass das Bier dort schon jetzt in Strömen floss, um die durstigen Künstlerkehlen zu benetzen, damit sie auch noch den zweiten Akt der Ballettvorführung durchhielten. Plötzlich wäre sie lieber dort unten gewesen, bei den Bühnenarbeitern und Maschinenmeistern, den Dienern und Garderobieren. Selbst beim Ballettmeister, der sicher, wie der Vater oft berichtete, den Tänzerinnen und Tänzern sofort die Leviten las und jeden einzelnen Patzer monierte, ehe er sie unter Verwünschungen wieder hinausschickte. All das hätte Elise zu gern miterlebt, hätte den Dunst aus Hopfen, Kolophoniumstaub und Notenblättern hinter der Bühne eingesogen und sich daran erfreut, für einen Moment Teil des Musikerkosmos zu sein. Doch dann fiel ihr wieder ein, dass sie dort nur zu leicht Christian über den Weg laufen könnte – und dabei sicher die Contenance verlieren würde.

«Elise?», fragte Adam, und sie schrak zusammen und sah ihn überrascht an.

«Verzeihen Sie», sagte sie, «ich war noch ganz erfüllt von der Musik. Es gefällt mir hervorragend, und es war sehr freundlich von Ihnen, mich anlässlich meines Geburtstages hierher einzuladen.» Sie lächelte liebenswürdig. «Und sind Sie ebenfalls angetan?»

«Ach, wissen Sie», sagte Adam und verzog ein wenig die Lippen, «es ist wohl eher ein Stück, dem die Frauenherzen zufliegen. All die Dramatik und dieser Tod aus Liebe ... Ich halte mich lieber an den *Freischütz*.»

«Aber da geht es doch auch um eine unglückliche Liebe?»

«Ja», gab er zu, «aber wenigstens gibt es dazwischen Wald- und Jagdszenen, das ist mehr nach meinem Geschmack als dieses ewige Liebesgeflüster.»

«Also wollen Sie gar nichts von der Liebe wissen?», fragte Elise und wurde im selben Moment gewahr, wie ungewöhnlich es war, so zu ihrem zukünftigen Ehemann zu sprechen. Die Begegnung mit dem Schneidergesellen kam ihr in den Sinn und das, was er über Adam Jacobis Vergangenheit erzählt hatte. Ihre Nerven flatterten ein wenig, doch sie ließ sich nicht beirren und fügte hinzu: «Und ich dachte, Sie wüssten sogar eine ganze Menge davon.»

Adam starrte sie an. Um sie herum redeten und lachten die Besucher, eine Frau in der Loge neben ihnen kicherte schrill.

Elises Fächer ging auf und nieder, auf und nieder, und die feinen, flachen Stäbe aus dunklem Schildpatt klapperten sacht gegeneinander.

«Sie sprechen in Rätseln, wertes Fräulein», sagte Adam schließlich stirnrunzelnd. «Kommen Sie, wir wollen sehen, ob wir ein wenig Gewürzwein als Stärkung für Sie finden.»

Elise dachte, dass wohl vor allem Adam gern etwas Stärkendes getrunken hätte. Doch sie verspürte keine Lust, sich durch die Menschenmengen zu schieben, außerdem wollte sie zu Ende bringen, was sie angefangen hatte. Seit sie von Adams früherer Ehe erfahren hatte, war es ihr im Kopf herumgegangen, was dieses Wissen für ein Schatz sein konnte. Wenn sie schon die Liebe zu Christian aufgab, ihre Sehnsucht, ihre Träume, dann wollte sie wenigstens nicht mit leeren Händen in diese Ehe gehen. Sie wollte ein Pfund haben, mit dem sie wuchern konnte – wenn sie schon ihre Seele verkaufte. Denn noch immer hatte Adam nichts getan oder gesagt, was darauf schließen ließ, dass er sein Wort halten würde. Dass er sie fördern und sich um ihr musikalisches Talent kümmern würde. Wer wusste schon, wie er zu seinem Versprechen stand, wenn er erst einmal bekommen hatte, was er wollte?

«Mir ist nicht nach Wein», sagte sie daher nur und fächelte sich weiter Luft zu. «Aber ich möchte Sie gern etwas fragen, Herr Jacobi.»

«Ja?»

Sie sah den Zweifel in seiner Miene. «Kennen Sie die Burg Sonnenstein?», fragte sie.

Spätestens jetzt konnte Adam nicht länger verbergen, dass er ahnte, worauf das Gespräch hinauslief. Sein beherrschtes Gesicht war weiß geworden, und die Lippen hatte er zu einem schmalen Streifen zusammengezogen, während er sich unwillkürlich mit einer Hand an den blanken Ringfinger fasste, als suchte er etwas.

«Die alte Festung?», fragte er bemüht leichtfertig. «Jeder in Sachsen kennt doch dieses schöne Fleckchen.»

«Ich hörte, Sie seien dort oft zu Gast», sagte Elise. Der Fächer ging noch immer auf und ab, sie saß kerzengerade da. «Aber nun wohl nicht mehr so oft, habe ich recht?»

Adam schwieg.

«Wie schade», sagte sie lächelnd. «Nicht viele wissen, wie sehr es Sie früher immer dorthin gezogen hat. Nur ein paar alte Vertraute kennen Ihre Vergangenheit. Aber das sind alte Geschichten, die niemand mehr erzählen muss, denken Sie nicht?»

In Adams Gesicht stritten die Gefühle miteinander. Sie konnte ihm ansehen, dass er sie gern gefragt hätte, woher sie ihr Wissen hatte. Andererseits schien er zu hoffen, dass sich das Gespräch weiterhin so vage gestaltete, wie sie es ihm anbot. In der Tat war Elise keineswegs an einer Aussprache über seine frühere Ehefrau gelegen. Sie wollte nur ihr Wissen für sich nutzen, ohne ihn zu sehr zu verärgern.

«Ich für meinen Teil», sagte sie, «neige dazu, dem Heute mehr Gewicht beizumessen, den neuen Geschichten. Das scheint mir gesünder, als zu sehr im Gestern verhaftet zu sein.»

Adam nickte, er schien erleichtert. Nun griff er sogar nach ihrer Hand und wollte sie an seine Lippen heben, doch Elise entzog sie ihm schnell und verbarg sie in den Falten ihres Rocks.

«Es gibt da zum Beispiel eine brandneue Geschichte», sagte sie betont leichthin und wunderte sich selbst, woher auf einmal all die Worte kamen, die ihr einfach so von der Zunge rutschten, als hätten sie dort nur auf diese Gelegenheit gewartet. «Die Geschichte von Elise Jacobi, einer jungen Braut, die sich danach sehnt, endlich auf einer Bühne zu spielen. Was halten Sie von dieser Sache?»

«Ich sagte Ihnen bereits, dass ich Ihr Talent bewundere», erwiderte Adam steif. «Aber ob die Zeit für Sie reif ist, bereits an große Bühnen zu denken, wage ich zu bezweifeln. Wenn wir heiraten, werden zunächst andere ... Pflichten und ...» Er verhaspelte sich. «Und Freuden auf Sie warten. Denken Sie nicht?»

«Pflichten ...», wiederholte Elise langsam. «Ja, da erwähnen Sie das Richtige, Herr Jacobi. Sie sind ein pflichtbewusster Mann, oder? Aufrichtig in allem, was Sie tun und sagen?»

«Jetzt ist es genug», sagte Adam heiser, doch Elise hob die Hand und unterbrach ihn.

«Nur eines noch, mein Herr. Ich will Sie keineswegs brüskieren, und ich versichere Ihnen, dass ich Sie stets achten und ehren werde, so, wie ich es bereits bei unserer Verlobung versprach. Aber vielleicht erinnern Sie sich an unser Gespräch in der Kutsche im Herbst? Sie sagten, Sie hätten mich einem Bekannten empfohlen, der mich spielen hören will. Ich gedenke nicht, damit noch Jahre zu warten, wie Sie damals so freundlich vorschlugen.» Sie sah ihm fest in die Augen. «Nein, ich brenne vielmehr darauf, jetzt zu spielen, am liebsten schon morgen oder doch so bald wie möglich. Und ich denke, in einer Ehe geht es darum, dass beide Parteien zu ihrem Recht kommen. Sie, Herr Jacobi, zu Ehre und Diskretion, und ich zu meiner Leidenschaft, der Musik. Verstehen Sie mich?»

Adam sah aus, als habe sie ihm kaltes Wasser über den Kopf geschüttet. Doch er nickte langsam. Etwas in seiner Miene ließ sie frösteln, er schien erst jetzt verstanden zu haben, was für eine Frau er im Begriff war zu ehelichen.

Nun kam es darauf an, dachte Elise, ihn nicht noch weiter zu reizen, sondern ihm schnell zu beweisen, was er an ihr haben konnte, wenn er ihrem Arrangement zustimmte. Also ließ sie den Fächer mit einem Klatschen zuschlagen, legte ihn beiseite und reichte ihm ihre Hand. Verwirrt griff er danach und zog sie nun wirklich an die Lippen. Elise lächelte so herzlich, wie es ihr möglich war, und versuchte, das Trugbild von Christians Gesicht, das sich vor das ihres Verlobten drängte, von sich zu schieben. Gleichwohl, es war Verrat. Nicht nur an Christian.

Nein, sie war im Begriff, hier, in dieser vornehmen Loge, einen so kühlen Pakt mit einem Mann einzugehen, den sie nicht liebte, während sie doch am liebsten aufgesprungen und Christians Namen rufend durchs Theater geeilt wäre. Einen Moment schwankte sie, ob es das alles wert wäre, ob es nicht doch einen anderen Weg gäbe ... Da fiel ihr Blick auf den Orchestergraben.

Dort stand ihr Vater mit seiner Geige in der Hand und schaute zu ihnen hinauf. Ohne, dass sie es bemerkt hatte, war die Pause zu Ende gegangen, und die Musiker versammelten sich bereits wieder unterhalb der Bühne. Die ersten Stimmtöne drangen durch den Saal. Elise sah zu ihrem Vater, sah sein Lächeln, das ihr, seiner ältesten Tochter, galt. Er hob sein Instrument, so, als wollte er ihr versichern, welch Glück es war, hier unten spielen zu dürfen.

Elises Finger waren eiskalt, als sie langsam zurückwinkte. Auch Adam bemerkte den Vater nun und lehnte sich über die Brüstung. Er nickte dem alten Freund zu, noch immer ernst nach dem unerwarteten Gespräch mit Elise, jedoch nicht unhöflich. Dann hob er die Hand, in der er noch immer Elises hielt, über die Brüstung, wie um ihre Verbindung dem ganzen Theatersaal zu demonstrieren, und Georg unten strahlte und deutete eine kleine Verbeugung an.

Nein, dachte Elise und fröstelte trotz der Hitze im Saal, es war besiegelt. Kein Weg führte zurück ins Land ihrer Träume. Es war Zeit aufzuwachen.

Die Musik setzte ein, der Vorhang hob sich, und die Ballerinen, die die *Wilen* verkörperten, diese unholden Wesen, deren Tanz die Männer in den Wahnsinn trieb, wirbelten über die Bühne – unter ihnen auch die im ersten Akt gestorbene Giselle. Erst jetzt sah Elise, wie exquisit ihre Tanzschritte waren, wie grazil sie sprang und sich drehte, wie sie über die Bretter dahinzufliegen schien und sich in der Taille bog, als sei sie aus Wachs. Sie gehörte noch nicht lange zum Ensemble, hatte der Vater gesagt, war als Ersatz für eine andere Primaballerina des Königlichen Theaters gekommen, die im Sommer kurzfristig ausgefallen war. Doch sie sei schon jetzt eine sehr vielversprechende Tänzerin, die alle anderen Damen in den Schatten stellte. Elise sah, was ihr Vater gemeint hatte, die junge Frau in dem spitzenbesetzten, luftigen Kleid in zartem Rosa wirkte beinahe überirdisch schön. Verzückt lauschte Elise, ihre Hand noch immer in der von Adam, der Musik. Ihr Herzschlag hatte sich beruhigt, sie wusste selbst kaum, was in sie gefahren war, so mit Adam zu sprechen, doch sie spürte, dass diese Unterredung zu ihrem Vorteil ausgegangen war. Sie hatte ihm die Stirn geboten, und er würde, um einen Skandal oder auch nur üble Nachrede zu verhindern, sein Versprechen einhalten. Zwar war es nicht verboten, eine neue Ehe einzugehen, wenn ein Mann seine erste aus guten Gründen aufgelöst hatte, doch es passte nicht zu Adams Anspruch an sich selbst, als Geschiedener zu gelten. Er wollte untadelig sein, das hatte sie verstanden, und er würde ihr, um seinen Makel zu verbergen, entgegenkommen. Ob sie eine gute Ehe führen würden, wusste Elise nicht, doch zumindest gab es die Möglichkeit, dass es keine schlechte werden würde. Wenn sie nur ihren kühlen Kopf behielt – nun, da sie ihn wiedergefunden hatte – und endlich den Gedanken an all das, was sie verloren hatte, aufgeben könnte.

Doch sie wusste, dass sie davon weit entfernt war.

Unten auf der Bühne weinte und klagte der verlassene Albert um seine tote Liebe und flehte die *Wilen* an, ihm seine Geliebte zurückzubringen. Die wahre Liebe ist nur ein Traum, schienen die Instrumente der Königlichen Kapelle zu singen, und das Leid ist des Menschen Schicksal.

Verstohlen wischte Elise sich eine Träne aus dem Augenwinkel und hoffte, dass Adam annehmen würde, sie leide nur mit den Figuren des Balletts mit. Mit großer Beherrschung verfolgte sie die Hochzeit von Albert mit seiner eigentlichen Verlobten Bathildis und dachte verächtlich, dass die Tugendwächter, die sich dieses hölzerne Ende eines so herrlichen Ballettstücks erdacht hatten, nur die Moral der jungen Leute im Publikum im Sinn gehabt haben konnten. Denn wo, wenn nicht in der Oper, könnte man sich für die Leidenschaft entscheiden? Für einen Moment sah sie sich selbst dort unten tanzen, in Bathildis' schneeweißem Brautkleid, das Reinheit und Unschuld verkörperte, und sie fragte sich, ob auch für ihre Liebe wirklich nur dieses steife, unmenschliche Ende infrage kam, das sie selbst gewählt hatte?

37.

Dresden, Mittwoch, 8. Dezember 1841

Los, esst schneller», rief Schwester Eusebia mit ihrer schrillen Stimme und trieb die Kinder an, die links und rechts an den langen Holztischen hockten und ihr Frühstück schlürften. Es gab Milchsuppe mit etwas Kraut, wie beinahe jeden Morgen. Doch bei einigen schien es dennoch nicht zu rutschen. Die Bälger trödelten, kleckerten und schmatzten, ihre blechernen Löffel schlugen gegen die Schalen, und Fanny Regensberg, die gerade auf einer Liste alle Namen abhakte, spürte, wie die Ungeduld von ihr Besitz ergriff.

Widerwillig hob sie den Blick, sah durch ihren Zwicker in den Speisesaal und fragte sich, weshalb Kinder nur mit allem stets so furchtbar langsam waren. Seit sieben Jahren stand sie dem Waisenhausstift in der Äußeren Neustadt nun vor. Sie hatte die Schriften der großen Pädagogen studiert, sich eingehend mit Aufzucht und Pflege befasst, hatte dafür gesorgt, dass diese Einrichtung auch an ihrem neuen Standort über alles verfügte, was es brauchte – neben den eigenen Schulräumen sogar über einen Saal für Gymnastik! Körperliche Ertüchtigung für die Waisen war eine Forderung von Pestalozzi und anderen Gelehrten und eindeutig das beste Mittel gegen Trübsal, Verschlagenheit und Rachitis. Fanny wusste das, sie konnte auf einen großen Erfahrungsschatz zurückgreifen. Und doch kam sie nicht dahinter, weshalb alles, was mit Kindern zu tun hatte, so schrecklich mühsam war.

Aber natürlich waren das hier auch keine gewöhnlichen Kinder, dachte sie dann und senkte wieder den Blick auf ihre Liste, während sie hörte, wie Schwester Eusebias Stock auf die Finger zweier besonders hartnäckiger Kleckerliesen herabsauste. Die Mädchen wimmerten unterdrückt, doch besser, sie würden jetzt mit etwas Mühe gefügig werden, als später im Leben wegen Aufsässigkeit und Gottlosigkeit im Zuchthaus enden. Die Kinder, die bei ihnen landeten, waren vernachlässigte, teilweise verkommene kleine Menschlein, die durch zu viel Verzärtelung ihrer Eltern zu Taugenichtsen erzogen worden waren, bis sie durch deren Tod zu Waisen wurden. Andere hatten jahrelang bettelnd auf den Straßen gelebt, ehe sie von der Fürsorge eingefangen wurden wie kleine Tiere, die um sich bissen und nicht zu bändigen waren, ehe sie angesichts des Stocks und der Aussicht auf regelmäßiges Essen Vernunft annahmen. Verwildert waren sie an Körper und Seele. Nun musste sich die Stadt Dresden, deren größtes ungelöstes Problem die vielen Bettelkinder waren, mit ihnen herumschlagen. Doch Fanny glaubte trotz aller Widrigkeiten fest an den Sinn ihrer Stiftung. Es war ihr ein inneres Bedürfnis, den armen Waisen zu helfen und ihnen den Weg zurück in ein gottgefälliges Leben zu ebnen. Dafür hatte sie ihr eigenes Leben als unverheiratete Frau hingegeben, hatte sich ganz dem Dienst an den Armen, den Findlingen verschrieben. Sie leitete das Institut mit Kraft und Zuversicht. Nur an manchen Tagen schlich sich ganz kurz, wie ein ungebetener Gast, der Gedanke ein, ob sie am Ende wirklich genug bewirkten? Oder ob doch die Pädagogen der Aufklärung, die sich vor einigen Jahrzehnten als Experten für das Waisenhauswesen aufgeschwungen hatten, richtig damit lagen, dass eine Unterbringung von Waisen in Pflegefamilien menschenfreundlicher wäre? Andererseits hatte Fanny in ihrem Leben genug von solchen Unterkünften gesehen, um zu wissen, dass dort auch nicht alles Gold war, was glänzte. Bei Fremden waren die Kinder meistens nur billige Arbeitskräfte, die nicht bezahlt, nur erbarmungswürdig gekleidet und miserabel genährt wurden. Hier, im Waisenhausstift dagegen, bekamen sie immerhin eine kleine Schulbildung, und, was Fanny noch wichtiger erschien, eine moralische und religiöse Erziehung.

Schwester Eusebia klatschte jetzt laut in die Hände. «Auf mit euch», rief sie, «das Frühstück ist beendet. Herr Maximilian in der Manufaktur wartet auf euch, und wir wollen ihn nicht warten lassen, nicht wahr, Kinder?»

Niemand antwortete, womit sie auch nicht gerechnet hatte, doch alle sprangen auf und schoben ihre Schemel unter den Tisch. Dann sammelten die Kinder sich in einer langen Reihe an der Tür, um gemeinsam, von zwei anderen Pflegerinnen geführt, in die Wollspinnerei von Gottfried Johann Maximilian zu laufen, einem Dresdner Fabrikanten, der das Waisenhaus zu großen Teilen unterhielt. Nachmittags, wenn sie von der Arbeit heimkehrten, kamen zwei Lehrer und unterrichteten die Jungen und Mädchen – nach Geschlecht getrennt – bis zum Abendessen, lehrten sie lesen, schreiben und einfache Rechenaufgaben lösen. Beide beklagten sich zwar immer wieder, dass die Kinder, ermüdet von der Fabrikarbeit, im Unterricht nicht immer die vollste Aufmerksamkeit zeigten, doch solange sie nicht auf den Pulten einschliefen – was auch oft genug geschah –, ließen sie es zähneknirschend durchgehen. Fanny dachte manchmal, dass sich die beiden Herren auch deshalb nicht allzu laut beschwerten, weil beide wussten, dass sie aus guten Gründen nur Lehrer in einem Waisenhaus geworden waren. Für eine Anstellung am herausragenden St.-Benno-Gymnasium oder an der Kreuzschule reichte eben nicht jedes Talent.

Fanny setzte den letzten Haken hinter *Elisabetta Zengens*, ein taubstummes Kind, das fahrende Leute auf den Elbwiesen zurückgelassen hatten. Die Kleine saß etwas abseits, am Ende des Tisches, und kratzte emsig den Rest Milchsuppe aus ihrer Schale, denn sie hatte Schwester Eusebias Worte nicht hören können. Fanny nickte der Pflegerin zu, die daraufhin zu Elisabetta trat und ihr eine Kopfnuss gab. Sofort sprang das Mädchen erschrocken auf, weinte jedoch nicht. Überhaupt wurde eher selten im Waisenhaus geweint, nur die Neuen erlaubten sich diese Schwäche, bis man sie ihnen durch Belehrung austrieb. Nichts konnte Fanny weniger leiden als Undankbarkeit, schließlich hatten diese Kinder hier ein neues Leben vom Herrgott geschenkt bekommen. Wer würde da weinen?

Sie betrachtete die lange Reihe der Zöglinge, die an ihr vorbeischlurften, zupfte hier an einem unordentlichen Zopf, schloss da noch einen Knopf am Kittel und schickte einen Jungen zurück, damit er sich noch einmal am Waschgeschirr die Hände säuberte. Die Maximilian'sche Wolle durfte nicht von schwarz geränderten Kinderhänden besudelt werden, und es war Fannys Aufgabe, dafür zu sorgen, dass ihre Schutzbefohlenen sich reinlich hielten. In einem sauberen, gesunden Körper steckte ein gesunder Geist, davon war sie überzeugt.

Hastig strich sie sich über den Rosenkranz, der um ihren Hals baumelte. Zwar war sie keine Ordensschwester wie die Pflegerinnen, doch sie passte sich als Verwalterin der Kleiderordnung an. Leider hatten sie nicht die Mittel, auch für ihre Zöglinge eine einheitliche Uniform schneidern zu lassen, sie mussten sich mit Spenden behelfen, sodass die Kinderschar ein zusammengewürfelter Haufen blieb. Wie gern hätte Fanny sie alle in grauem Tuch gesehen, mit gewichsten Schuhen und hellen Hauben. Doch das blieb ein Wunschtraum, sie war froh, wenn sie einmal die Woche für alle Kinder etwas Käse kaufen konnte, um den Knochenwuchs zu fördern.

«Frau Regensberg?», fragte eine Stimme hinter ihr, und sie drehte sich um. Dort stand Schwester Beate und atmete schwer – sie war wohl zu schnell über die Treppen geeilt, trotz ihrer Leibesfülle.

Fanny hielt nicht viel von Schwester Beate. Nicht nur zeigte sie kein Maß beim Essen, was in Fannys Augen ein Zeichen mangelnder Gottesfurcht darstellte, sondern sie war außerdem viel zu milde im Umgang mit den Zöglingen. Immer wieder ertappte Fanny die Schwester dabei, wie sie Kinder tröstend in den Arm nahm, ja sogar vor ihnen auf die Knie ging, um ihnen beim Sprechen in die Augen zu sehen. Dabei wusste doch jeder, dass Worte, die von weiter oben kamen, eher in die kleinen Köpfe drangen!

«Ja?», fragte sie und rollte ihre Liste zusammen.

«Da ist jemand, der Sie sprechen möchte.» Noch immer japste Schwester Beate nach Luft. «Ein Herr!»

«Und wie heißt dieser Herr?», fragte Fanny ungeduldig.

«Eigentlich ist er gar kein richtiger Herr», sagte Schwester Beate, «und seinen Namen hat er auch nicht genannt.»

«Schon gut.» Fanny, die ihre Zeit nicht vertrödeln wollte, winkte ab. «Und wo ist dieser namenlose Mensch?»

«In Ihrem Amtszimmer.»

Fanny holte scharf Luft. Hatte die Schwester wirklich einen Wildfremden dorthin geschickt und allein gelassen?

Schwester Beate schien ihren Unmut zu spüren. «Er hatte ein Kind dabei», sagte sie, nun wieder zu Atem gekommen, obwohl ihre kleinen runden Wangen, eingerahmt von der Haube, noch immer gerötet waren. «Einen Säugling, Frau Regensberg. Und das Kindlein schlief, da dachte ich ... damit es nicht aufwacht ...»

«Jaja», sagte Fanny und schnitt der Schwester mit einer Handbewegung das Wort ab. «Ich kümmere mich darum.»

Sie ließ die Frau stehen und ging aus dem Speisesaal in den Korridor, der mit dunkelbraunem Holz getäfelt und stets etwas düster war. Eine Treppe führte ins obere Stockwerk, wo sich neben den Schlafsälen auch ihre Dienststube befand.

Die Eichentür war nur angelehnt, und als Fanny sie langsam öffnete, sah sie sofort, weshalb Schwester Beate die Rede von einem *Herrn* nicht hatte aufrechterhalten können. Im besten Fall war dieser vierschrötige Kerl mit dem struppigen Bart, der am Fenster stand und sich nun zu ihr umdrehte, ein einfacher

Bauer. Seine Schuhe waren zerlumpt, und Fanny stieg sofort ein Geruch nach Ziegenstall in die Nase, der von seinen Kleidern ausging. Er war ihr, auch wenn sie das niemals vor anderen zugegeben hätte, vertraut. Nach dem Tod ihres Vaters hatten sie zusammen mit ihrer Mutter und den Geschwistern ein Jahr lang in einem Ziegenstall gelebt, bis die Mutter sich erneut verheiraten konnte. Mit einem Goldschmied, dessen Geschäfte gut genug gingen, um eine ganze Familie mitzuversorgen und aus dem zerdrückten Stroh zu holen, das ihr Zuhause gewesen war. Leider erwies er sich als gottloser, versoffener Mann, der die Kinder und die Mutter regelmäßig verprügelte, sodass Fanny sich bereits als kleines Mädchen zwei Dinge geschworen hatte: später selbst Kindern in Not zu helfen, die es besser haben sollten als sie – und niemals zu heiraten.

«Was hat es mit diesem Kind auf sich?» Beherzt ging sie einen Schritt auf den Besucher zu, doch er wich zurück und legte einen Finger auf die Lippen unter seinem wilden Bartgestrüpp. Mit der anderen Hand hielt er das Bündel umklammert, aus dem ein dunkler, lockiger Haarschopf lugte. Ein winziges Fäustchen umklammerte einen Finger des Mannes, als sei dieser schmutzige Kerl die einzige Sicherheit, die das Kind auf der Welt hatte.

«Wir haben sie geschenkt bekommen», erklärte er und schaute Fanny unter buschigen Augen betrübt an. «Aber nu will meine Frau sie nicht mehr.»

«Geschenkt bekommen?», fragte Fanny stirnrunzelnd. «Das ist ein Kind und kein Zicklein.»

«Ich weiß», stammelte er, «aber wir brauchten Nachwuchs, für den Hof. Wir haben keine eigenen Bälger, wissen Sie? Und als da diese Frau kam und fragte, ob wir einen zusätzlichen Esser nehmen würden, sagten wir Ja. Was kann so ein Wurm schon essen, oder? Ziegenmilch haben wir genug, und mehr wollte es nicht. Hab ihm eine kleine Weste gemacht. Da!» Er deutete mit dem Kinn auf das Bündel.

Tatsächlich sah Fanny nun das winzige Kleidungsstück aus Ziegenfell, das um den kleinen Leib geschnürt war. Ihr Blick wanderte zum Fenster, an dem der Dezemberwind zerrte und ein paar Regentropfen dagegenpeitschte. Vielleicht hatte es das Kind gar nicht so schlecht getroffen auf dem Hof dieser Leute, wo es Felle und Milch zur Genüge gab? Dort lebte offenbar ein Mann, der zwar verwahrlost wirkte, aber doch ein größeres Herz hatte, als man ihm auf den ersten Blick zutraute.

Doch dann fiel ihr ein, was ihr Besucher noch gesagt hatte.

«Ihre Frau», wiederholte sie, «will das Kind nun aber nicht behalten? Warum das?»

Der Mann schüttelte den Kopf, es wirkte beinahe verzweifelt. «Wenn ich sie doch nur umstimmen könnte», sagte er gedämpft. «Ich hab mich schon so an den Wurm gewöhnt. Aber Agnes will nicht.» Er senkte die Stimme. «Es ist verflucht, hat sie gesagt.»

«Verflucht? Was meinen Sie damit?»

Er sah sie aus tief liegenden Augen an. «Haben Sie von der Frau gehört, die in die Elbe gegangen ist?», fragte er. «Is gute drei Wochen her. Es stand in der Zeitung.» Er zuckte verlegen mit den Schultern. «Ich kann nich lesen, aber der Postmeister hat es erzählt, als er letzte Woche zu uns kam. Und leider hat es auch Agnes gehört. Sie ist sehr gläubig, wissen Sie? Und das, was diese Frau da gemacht hat, ist eine Sünde. Eine Todsünde! Verstehen Sie?»

Fanny kramte in ihrem Gedächtnis. Richtig, vor ein paar Wochen hatte man im Morgengrauen eine tote Frau aus dem Fluss gezogen, der Pfarrer hatte davon gesprochen, aber Fanny hatte sich nichts dabei gedacht. Es gab viel Not und Elend in der Stadt, viele verwirrte Seelen und Menschen, die sich selbst und anderen ein Leid antaten. Fanny konnte sich nicht um sie alle kümmern. Nur den paar armen Kindern, die man ihr brachte, konnte sie wenigstens ein Dach über dem Kopf geben, auf

Erwachsene erstreckte sich ihr Bedürfnis zur Mildtätigkeit nicht.

«Und dieses Kind …?», fragte sie dann und zeigte auf das schlafende Bündel.

«Na, es is die Tochter von dieser armen Sünderin», sagte der Mann, als sei das völlig klar gewesen. «Diese Ballerina vom Königlichen Theater … Künstlervolk, sagt Agnes, das sind die Schlimmsten. Gottlos und sündhaft bis in die Knochen. Wir hätten das Kind von so einer nie nehmen dürfen, meint sie.»

«Und Sie?», fragte Fanny. «Was denken Sie?»

Beklommen hob er die Schultern und ließ sie wieder sinken. Sein Gesicht war müde und alt – zu alt vielleicht, um einen Säugling zu versorgen, überlegte Fanny. Ohne seine Frau würde er es nicht schaffen.

«Ich war ja noch nie im Theater», sagte er. «Meine Agnes weiß es besser», fügte er mit hohler Stimme hinzu. «Wenn sie das Kind nich will, können wir es nich behalten, das verstehen Sie, ja?»

«Und darum bringen Sie es zu mir», sagte Fanny.

Er nickte. «Sie nehmen es doch, oder?», fragte er ängstlich. Als Fanny bejahte, trat eine Spur Erleichterung in seine Miene. Aber nicht nur – sein Lächeln schien ihr schmerzlich.

«Wie heißt das Kind?», fragte sie und trat an den Sekretär. Sie nahm ein Stück Papier vor, tauchte den Federkiel ins Tintenfass und sah den Mann erwartungsvoll an.

Als er näher trat, wurde der Ziegengeruch so stark, dass er ihr den Atem nahm, und sie wünschte auf einmal, der Mann würde so schnell wie möglich aus ihrer Stube verschwinden und die Erinnerungen an ihre unselige Kindheit mitnehmen.

«Annette», sagte er und sah auf das Kind hinunter. «Getauft am 13. September.»

«Und der Name der Mutter?»

«Magdalene Koch», sagte er. «Der Vater is unbekannt.»

Fanny seufzte lautlos und schrieb. Noch so ein Kind, das aus Unzucht entstanden war und einer nichtehelichen Vereinigung entstammte. Als gäbe es davon nicht schon genug in der Stadt! Nach ihrer Erfahrung färbte eine solche Herkunft leider fast immer auf den Charakter der Sprösslinge ab, so, als sei die Erde, in der ihr Samen aufgegangen war, minderwertig. Nachdem sie alles notiert hatte, legte sie die Feder zur Seite und verschraubte das Tintenfass, dann streckte sie die Arme nach dem Kind aus.

«Geben Sie her», sagte sie.

Der Mann zögerte. Er machte eine ungelenke Handbewegung über dem Kopf des schlafenden Mädchens, als versuchte er, es zu segnen. Anschließend reichte er es widerstrebend Fanny herüber, die nach dem Bündel griff und es in ihre Arme zog. Doch die kleine Faust des Kindes umklammerte den Finger des Mannes nur noch fester, und Fanny musste sie schließlich mit hartem Griff lösen. Unwillig schlug das kleine Mädchen die Augen auf – auch sie waren tintenschwarz wie das Haar, das sich aus dem schmuddeligen Tuch, mit dem das Köpfchen umwunden war, ringelte. Fanny schrak ein wenig zusammen bei dem starken Blick, der sie aus diesen Säuglingsaugen traf. Das Kind sei verflucht, hatte die Ziegenbäuerin behauptet, doch Fanny glaubte nicht an so etwas. Sie ließ sich nicht von den Gruselgeschichten ihrer Heimat schrecken, von Nachtmähren und Elfen aus den Sumpfwäldern, vom Goldenen Reiter, der nachts zum Leben erwachte, weil ein Fluch auf ihm lastete, oder von toten Königinnen, die die Lebenden heimsuchten. Fanny hielt sich lieber an das Wort Gottes, das klar und aufrecht war.

Aber etwas in diesem winzigen, bemerkenswert feingezeichneten Gesicht des Kindes, das sie in den Armen hielt, erinnerte fürwahr an einen kleinen Kobold. Auf diese Brut würde sie achtgeben müssen.

«Sie können gehen», sagte sie zu dem Mann, der nach wie vor mit hängenden Armen vor ihr stand und das Bündel anstarrte.

Seine Hand, die eben noch die kleine Säuglingsfaust gehalten hatte, hing verloren in der Luft, als habe er vergessen, was er nun damit anfangen solle. Endlich berappelte er sich, fuhr sich durch das struppige Haar und nickte.

«Vergelt's Gott, Schwester», brummte er dumpf und wandte sich zum Gehen. In der Tür drehte er sich dann aber noch einmal um. «Wir haben sie Netty genannt», sagte er leise, «vielleicht wollen Sie die Kleine ja auch so rufen? Damit sie sich heimatlich fühlt, verstehen Sie?»

Ehe Fanny antworten konnte, war er verschwunden.

Netty aber in ihren Armen gluckste und machte mit ihrem kleinen Mund lustige Blubberblasen, als habe sie jedes Wort verstanden. Sie hatte dichte dunkle Wimpern, und im bleichen Winterlicht, das durchs Fenster fiel, meinte Fanny, sie seien mit einem Hauch Goldstaub überzogen. Ungläubig strich sie mit den Fingerspitzen darüber, doch der Schimmer ging nicht ab.

Kopfschüttelnd trat sie mit ihrer leichten Last aus dem Zimmer, um Schwester Beate zu suchen. Sie sollte das Mädchen aus dem stinkenden Ziegenfell befreien, ihm das Haar waschen, es windeln und ordentlich einschnüren. Vielleicht würde dann unter der strengen Obhut der Waisenhausstiftung doch noch etwas aus dem kleinen Wechselbalg werden.

38.

Dresdner Journal, 7. Januar 1842

Formidables Schubert-Konzert in Leipzig

Das gestern im Gewandhaus zu Leipzig aufgeführte Konzert der jungen Violonistin Elise Spielmann, Tochter des königlichen Hofviolinisten Georg Spielmann und Verlobte des Geheimen Rats Adam Jacobi, Hofmusikus, hat unerwartet lebhaften, ja stellenweise begeisterten Beifall erregt. In der Tat waren auch alle Komponenten erfüllt, um mit einer glänzenden Kunstleistung aufzuwarten. Mademoiselle Spielmann hat mit bewunderungswürdiger Leichtigkeit und makelloser Intonation ihre Stücke vorgetragen, dabei wurde sie am Flügel vortrefflich begleitet von ihrem zukünftigen Ehemann Jacobi, dessen Spiel wir im sächsischen Land bereits oft genießen durften. Mit atemlosem Interesse lauschte das Auditorium, wie die noch junge und bisher nicht weithin bekannte Künstlerin die schnellen Läufe auf der E-Saite ohne Anstrengung, hingegen mit Eleganz und Präzision nahm. Wie denn überhaupt Tonfülle und Virtuosentum sich in allen Teilen des Vortrags gleichermaßen geltend machten.
Ihr vielversprechendes Debütkonzert fand allgemeine Bewunderung, sicher nicht ungeachtet ihrer liebreizenden Erscheinung, die sie in ihrem dunkelroten Abendkleid und mit den herrlichen Locken bot. Dazu spielte sie auf einem klangvollen, facettenreichen Instrument, dessen exquisiter Ton dem Publikum noch lange und wohltuend im Ohr blieb.
Als Zugabe präsentierte die junge Künstlerin das Adagio eines bislang unbekannten italienischen Compositeurs namens Tomaso Giovanni Albinoni, solo und mit äußerster Hingabe, sodass der

ganze Saal in Bann geschlagen war von den tiefen, melancholischen, ganz und gar ernsthaften Klängen dieses überraschenden Schmuckstücks.

Der Verfasser dieser Zeilen hatte das Glück, von Mademoiselle Spielmann nach der Vorstellung diesbezüglich Erkundigungen einholen zu dürfen. Noch ganz erfüllt und erhitzt von ihrer Darbietung und dem minutenlangen Applaus ließ sie verlautbaren, es sei ihr Herzensstück und entspreche der Sehnsucht ihrer Seele. Ja, leidenschaftlich ist diese Geigerin, die sich da gestern zum ersten Mal öffentlich – und dann gleich so! – hervorgetan hat. Ihr Spiel war voller Feuer und Hingabe für die Musik, sodass zu hoffen steht, das Konzert im Gewandhaus möge nur einen ersten von vielen herrlichen Musikabenden darstellen, die uns die Künstlerin schenken mag – deren Name in wenigen Tagen Elise Jacobi lauten wird.

Sicher wird sie bald auch hier bei uns in Dresden, ihrer Heimatstadt, spielen. Dabei ist es wohl nicht vermessen zu behaupten, ein neuer Stern sei aufgegangen am hiesigen Musikhimmel, der ja ohnehin schon im Licht so vieler Glanzpunkte erstrahlt. Doch einer leuchtete gestern Abend ganz besonders hell – den Namen Elise Jacobi wird man sich noch merken müssen.

39.

Dresden, Samstag, 15. Januar 1842

Die kalte Luft schnitt Christian ins Gesicht, als er Arm in Arm mit Carl und leicht schwankend durch die finstere Gasse trottete. Unter ihren Stiefeln knirschte der Neuschnee, der im Mondlicht schimmerte. Wer wen hielt und stützte, war schwer zu sagen. Christians Beine fühlten sich an wie aus Blei, doch sein Kopf war leicht, so leicht, als sei er hohl. Mit einer Hand griff er sich an den Schädel, um sich zu vergewissern, dass dieser noch auf seinen Schultern saß. Doch, ja, da war er, mit verfilztem Haar und der Mütze darauf – doch halt, er kannte diesen Wollfetzen nicht. Verwirrt fingerte er daran herum. Da hatte er wohl beim hastigen Verlassen der Spelunke nach der Kopfbedeckung eines Fremden gegriffen. Fluchtartig war ihr Aufbruch gewesen, weil sich ein Streit zusammengebraut hatte und sich abzeichnete, dass es günstiger wäre zu verschwinden, ehe der Wirt oder einer der Männer, die sich drohend vor ihnen aufgebaut hatten, ihnen einen Denkzettel verpassten. Doch worum, um Himmels willen, war es eigentlich bei dem Streit gegangen? Christian überlegte fieberhaft. Aber alles schien wie im Nebel.

«Los, gib mir die Flasche», sagte er lallend zu Carl.

Sein Kompagnon knallte ihm die bauchige Korbflasche im Gehen so schwungvoll vor die Brust, dass der Branntwein herausschwappte. Christian griff nach dem Gefäß, setzte es an und trank. Die Flüssigkeit brannte wie Feuer, rann ihm Kehle und Hals hinunter und wärmte ihm den Bauch. Sogleich nahm er einen weiteren Schluck, ehe er die Flasche zurückreichte, und auch Carl genehmigte sich Nachschub.

Währenddessen sah Christian in den nachtschwarzen Himmel, der von Sternen übersät war. Sie glitzerten und funkelten auf ihn hernieder und leuchteten ihnen zusammen mit dem Mond den Weg durch die schlafende Stadt. Mühsam erklommen sie die verschneiten Treppen zum Brühlschen Garten, torkelten, immer noch ineinander verschränkt, zwischen den Hecken hindurch, bis die Elbe, einem dunklen Samtband gleich, vor ihnen auftauchte. Um diese Nachtzeit waren keine Schiffe unterwegs, sie hätten sich nur schwer auf dem Wasser orientieren können. Niemand schien auf den Beinen zu sein in diesen eisigen Stunden vor Sonnenaufgang außer ihnen, zwei Burschen, durch deren Adern Branntwein statt Blut floss und die beide das Vergessen suchten. Was Carl vergessen wollte, wusste Christian nicht. Doch seine eigene Seelenpein war ihm trotz des Nebels in seinem Kopf gegenwärtig. Betäubt zwar durch das scharfe Getränk, jedoch nicht ausgelöscht – Tag und Nacht schmerzte der Gedanke an Elise, an ihre letzte Begegnung, an den fehlenden Abschied und die Ausweglosigkeit im Wissen, dass er sie nicht haben konnte. Er hatte sie verloren, für immer verloren. Was war er nur für ein armer Tropf! Er tat sich schon wieder selbst schrecklich leid. Da half nur eins.

«Die Flasche», brummte er.

Carl blieb stehen und reichte sie ihm erneut. Nur noch wenig Flüssigkeit schwappte am Grund, und Christian nahm einen letzten tiefen Schluck. Als er seinem Freund den Rest reichen wollte, wehrte dieser ab.

«Trink», sagte Carl, «du brauchst es heute dringender als ich.»

«Woher willst du das wissen?», murmelte Christian, leerte die Flasche jedoch gehorsam bis zum letzten Tropfen. Dann fiel sie zu Boden und kollerte über den Weg.

Christian trat an die Brüstung der Terrasse und sah hinunter in die Tiefe. Ein Sprung nur über die Mauer, ein kurzer Fall – und das wäre das Ende seiner Leiden. Endlich würden die Gedanken, die sich in seinem Kopf unermüdlich drehten und ihn marterten, verstummen. Er spürte, wie Carl dichter hinter ihn trat.

«Mach keine Dummheit, hörst du», sagte er heiser. «Das Wasser ist eiskalt.»

Christian schauderte und trat erschrocken von der Brüstung weg.

Der Freund grinste ihn an. «Mensch, Chrischan», sagte er, «dich hat's wohl wirklich erwischt. Ich dachte erst, du hättest gar kein Herz, aber jetzt hast du es dir gleich brechen lassen? Bist eben noch grün hinter den Ohren.»

«Lass mich», sagte Christian unwillig. Mit niemandem, schon gar nicht mit Carl und den anderen Kumpanen aus der Schankstube, wollte er über sein Herz sprechen. Seine Zunge war schwer. «Pass lieber auf, dass *dir* niemand was bricht. Dieser Kerl vorhin wäre dir ja beinahe an die Gurgel gegangen.»

«Pah! Das bürgerliche Knäblein hätte es wagen sollen!» Carl spuckte aus. «Ein Speichellecker, der es drei Meilen gegen den Wind wittert, wenn einer wagt, ein Wort gegen seinen geliebten Fürsten zu sagen. Unser Friedrich August ist kein Heiliger! Nichts anderes habe ich behauptet.»

«Hattest Glück, dass keiner von der Zensurbehörde da war», sagte Christian kopfschüttelnd. «Wenn du solche Reden schwingst, stößt du viele vor den Kopf.» Er atmete tief die kalte Luft ein und spürte, wie sein Kopf etwas klarer wurde. «Außerdem ist der König kein so ungerechter Fürst, wie du behauptest. Hat er nicht den Frondienst der sächsischen Bauern verboten?»

«Mag sein», knurrte Carl, «aber das reicht noch lange nicht. Chrischan, willst du nicht auch, dass wir, das sächsische Volk, in der Politik mitreden können? Der König soll endlich einen Landtag einberufen, mit Ministern. Von uns gewählt, hörst du?» Er reckte eine Faust in die Luft, als wollte er unterstreichen, welche Mittel ihm recht wären, um ein solches Begehren durchzusetzen.

«Wahlen ...», murmelte Christian und rieb sich die Stirn. «Ja, das wäre was! Aber wie wollt ihr das denn erreichen?»

«Mit einer Revolution natürlich!», rief Carl und legte wieder den Arm um Christian. Er lallte noch immer ein wenig, doch sein Gesicht wirkte im Mondschein hellwach. «Wie vor ein paar Jahren in Paris! Die Franzosen haben den König schon 1830 abgesetzt, endgültig. Und zwar nicht die reichen Pinkel, die Politiker oder der Adel, nein! Die Arbeiter sind es gewesen, die auf die Straßen gegangen sind. Handwerker wie wir! Sie haben Karl X. verjagt, ihn eigenhändig vom Thron vertrieben. Überall in den Straßen der Stadt haben sie Barrikaden aufgestellt und gegen die Garnisonen gekämpft. Und sie haben gesiegt!»

«Gegen das Heer?», fragte Christian ungläubig, der nicht viel von jenem Frankreich wusste, von dem Carl erzählte. Paris – das war für ihn seine gemalte Kulisse für *Les Huguenots* in der Semper'schen Oper, keine wirkliche Stadt, in der sich Arbeiter und Handwerker mit den Soldaten eines Königs schlugen. «Wie haben sie das nur geschafft?»

Sein Kopf kam nur langsam in Gang, doch wie immer, wenn von Politik die Rede war, spürte er, dass diese Sache mit der Revolution etwas war, das ihn faszinierte. Der Gedanke an eine Schlacht auf den Straßen war aufregend, berauschend, und die Vorstellung von so viel Mut und Glorie der einfachen Leute erregte ihn. Außerdem lenkte ihn das Thema ab von seinen trüben Erinnerungen an Elise und entfachte etwas in ihm, das ebenfalls hell leuchtete, das ihn antrieb und ihm den Willen gab, in die Zukunft zu sehen. Auch wenn sie gerade düster anmutete.

Carl hieb ihm auf die Schulter. «Mit Manneskraft!», rief er. «Und mit dem Mut der Revolutionäre.» Seine Stimme hallte gespenstisch von den dunkel daliegenden Gebäuden jenseits der Brühlschen Terrassen wider. «Denk doch nur, was kurz darauf auch hier in Dresden geschehen ist, und vorher schon in Leipzig. Die Proteste im September 1830 waren zwar keine richtige Revolution, aber immerhin haben die Aufständischen Minister Einsiedel zum Rücktritt gezwungen. Ist das etwa nichts?»

Christian nickte stumm. Sie waren damals Halbwüchsige gewesen, doch auch er erinnerte sich an die aufgebrachte Menge aus Handwerksburschen und Studenten, nur wenig älter als er, die sich bewaffnet vor dem Altstädter Rathaus versammelt hatten und die Stadtverwaltung schließlich zwangen, Reformen einzuleiten. Aber selbst die erste sächsische Verfassung, die daraus gefolgt war, hatte nicht genug Kraft bewiesen.

War nun also die Zeit für eine wirkliche Revolution gekommen? So eine wie die der Franzosen, die ihren deutschen Nachbarn im Sinne eines Nationalstolzes deutlich voraus waren?

Carl zog Christian weiter, und der ließ es gern geschehen, damit sie hier oben nicht länger dem eisigen Wind ausgesetzt wären. Zum Glück trug er eine warme Jacke aus Schaffell, die Ernestine Gott weiß wo aufgetrieben hatte, die Kälte drang nicht durch.

Vor ihnen tauchte der schwarze Turm der Hofkirche neben dem Schloss auf, ein Stück weiter lag stumm und dunkel die Oper. Morgen, am Sonntag, musste Christian nicht zur Arbeit, niemanden kümmerte es, wenn er die ganze Nacht mit Carl hier entlangstrolchte. Doch sie brauchten mehr stärkenden Branntwein!

«Da seid ihr zwei ja.» Fritz stand plötzlich vor ihnen. «Ich hab euch nach dem kleinen Zusammenstoß im *Goldenen Fass* gesucht. Aber es war keine Kunst, euch zu finden – ihr brüllt ja hier zum Gotterbarmen herum», raunte er und sah sich dann verschwörerisch um. «Zum Glück ist der alte Nachtwächter, um den ich gerade einen Bogen schlagen musste, in die Salzgasse verschwunden und hat euch nicht gehört.»

Er zog eine Flasche unter seinem Umhang hervor, und Christian und Carl juchzten begeistert.

«Komm in unsere Mitte!» Carl breitete die Arme aus.

Nun schwankten sie zu dritt über den verschneiten Theaterplatz, ließen die Flasche kreisen und lachten über alles, was ihnen einfiel. Als Carl ein Lied anstimmte, fielen die beiden anderen ein. *Winter ade*, sangen sie, *scheiden tut weh*. Carl hatte ihnen einmal erzählt, dass das Lied, das ein Dichter namens Fallersleben geschrieben hatte, noch eine andere Bedeutung besaß, als den Winter zu vertreiben. Es pries die Widerborstigkeit der Bürger, ihre Unbesiegbarkeit, weil sie nach dem Winter wieder aufstehen und für ihre Sache kämpfen würden. *Gehst du nicht bald nach Haus, lacht dich der Kuckuck aus*, grölten sie und dachten dabei an den König, der endlich Leine ziehen sollte.

Das gemeinsame Schmettern des Liedes mit seinen Freunden wärmte Christian, doch er spürte, wie langsam eine große Müdigkeit von ihm Besitz ergriff.

«Ich muss mich mal setzen», sagte er, als sie sich um die Mauern der Hofkirche herumgeschleppt hatten, wo sie dem schneidenden Wind etwas entgehen konnten. Plötzlich fühlte er sich zu Tode erschöpft. In seinen Ohren rauschte es.

Carl und Fritz lachten. «Hier? Komm, wir bringen dich nach Hause.»

Christian wehrte ab. «In meiner Verfassung schmeißt mich der Herbergsvater raus, wenn er mich so sieht», raunte er. «Besser, ich ruhe hier kurz aus.» Er deutete auf eine Nische hinter einem Mauervorsprung an der Rückseite der Kirche und torkelte darauf zu. Nur einen Moment die Augen schließen, dachte er, nur ein paar Minuten schlafen ...

«In der Jacke wird er schon nicht erfrieren», hörte er Fritz zu Carl sagen. «Komm, wir gucken, ob die *Rote Laterne* noch offen hat. Da ist immer was los, egal, wie spät es ist, ich kenne den Wirt.»

Ihre Stimmen entfernten sich.

Christian rutschte an dem Mäuerchen hinunter und kauerte sich in die Ecke, zog sich die Jacke bis zum Kinn und die Mütze bis über die Nase. Alle Kraft verließ ihn, und die bleierne Müdigkeit kroch tiefer in seine Glieder. Er schloss die Augen und überließ sich dem Schlaf. «*Scheiden tut weh*», murmelte er noch, während sein Kinn auf die Brust sank, dann umfing ihn Schwärze.

Er erwachte mit einem Ruck, weil er spürte, dass etwas seinen Fuß berührte. Voller Panik, es könnte eine Ratte sein, trat er nach dem Störenfried und riss sich die Mütze von den Augen. Es war heller Tag. Ein Hündchen mit seidigem Fell und großen, braunen Augen sah ihn vorwurfsvoll an, entfernte sich dann aber rasch.

«Verdammte Kälte», brummte Christian und streckte vorsichtig die schmerzenden Glieder. Er fror und ärgerte sich über seine Freunde, die ihn mitten im Winter die halbe Nacht hier hatten liegen lassen. Doch wahrscheinlich waren sie selbst irgendwo gestrandet und eingeschlafen, sie alle hatten viel zu viel getrunken.

Christian hörte Stimmen, aber als er sich erheben wollte, schoss ihm ein dumpfer Schmerz in den Kopf. Er legte die Hände an die Stirn und stöhnte unterdrückt. Auf seiner Zunge lag ein pelziger, bitterer Geschmack. Irgendwie musste er es schaffen, sich in sein Herbergszimmer zu schleichen, ohne gesehen zu werden, und sich dort auszuschlafen.

«Sieh doch, Mutter, wie schön die Braut ist», hörte er eine Kinderstimme rufen.

Vorsichtig rappelte er sich auf, lugte über den Mauervorsprung und fuhr sofort zurück. Etliche Kirchgänger strömten aus dem Gotteshaus auf den verschneiten Platz, der im kalten Sonnenlicht dalag. Richtig!, es war Sonntagmorgen. Das fehlte noch, dass er in die katholische Gesellschaft der Hofkirchenbesucher geriet, die einem Hochamt beigewohnt hatten und nun plaudernd, in Pelze, Muffs und warme Hauben gehüllt, vor dem Kirchenportal herumstanden.

Oh Himmel, dachte er plötzlich, was, wenn auch Elise und ihre Familie unter den Kirchgängern waren? Schließlich besuchten die Spielmanns den Gottesdienst in der Hofkirche, und er und Elise waren sich genau hier zum ersten Mal über den Weg gelaufen. Bei der Erinnerung an ihre Begegnung im letzten Frühling, die er provoziert hatte, damit sie Notiz von ihm nahm, stahl sich ein bitteres Lächeln auf seine Lippen. Das alles war nicht einmal ein Jahr her, und doch war ihm diese knappe Zeit wie ein ganzes Leben erschienen. Jetzt erst wusste er, wie es sich anfühlte, wenn es einen anderen Menschen auf der Welt gab, der zu einem gehörte, der einen vollkommen machte. Doch das war ein Trugschluss gewesen – sie gehörte eben nicht zu ihm, sondern zu einem fremden, viel älteren Mann. Und um sie zu schützen, musste er zurückstehen.

Die Braut, dachte er dann, als ihm die Kinderstimme wieder einfiel. Eine durchdringende Kälte befiel sein Herz, wie eine Krankheit, die sich angeschlichen hatte und ihn jetzt lähmte – seine Gedanken, seinen ganzen Körper.

Unendlich langsam kam er zur Besinnung, lugte ein zweites Mal über den Vorsprung, hinter dem er sich noch immer unschlüssig verborgen hielt. Und dann sah er sie.

Elise stand inmitten der Kirchbesucher auf dem Platz. Sie trug ein glänzendes Kleid aus rosafarbenem Taftstoff, das in einem gewaltigen Reifrock auslief. Darüber hatte sie gegen die Kälte ein flauschiges, tiefschwarzes Pelzjäckchen gestreift, das in reizendem Kontrast zu ihren honigblonden Haaren stand. Auf ihrem Scheitel, in die Locken gedrückt, trug sie ein Myrtenkränzchen. Und sie lachte über das ganze Gesicht, als der Mann an ihrer Seite – lang, dünn, in taubenblauen Zwirn gekleidet – ihr seinen Arm reichte und die Menge um sie herum applaudierte. Kinder in warmen Wintermänteln liefen um sie herum und warfen getrocknete Blütenblätter in die Luft, die sich mit den wenigen sanft fallenden Schneeflocken mischten.

Ein zweites Mal fuhr Christian zurück und lehnte sich rücklings an die kalte Steinmauer. Er schloss die Augen, sein Herz raste, und die Knie waren ihm weich. Ausgerechnet heute musste sie diesen schrecklichen alten Kerl heiraten, ausgerechnet vor seiner Nase, während er sich so schwach fühlte wie noch nie! Ohnehin war ihr Anblick schwer zu ertragen. Doch in seinem jetzigen Zustand schien ihm die Vorstellung, ihr unter die Augen zu kommen, unerträglicher als je zuvor. Was würde sie denken, wenn sie ihn so sah? Abgerissen, übernächtigt, nach Schnaps stinkend? Er war eine Witzfigur, und sie hatte recht daran getan, sich nicht mit ihm einzulassen, sondern den geraden Weg zu wählen. Dieser Mann in Taubenblau konnte ihr alles bieten, was er selbst nie kennengelernt hatte und niemals erreichen würde – Wohlstand, Ansehen, ein warmes, elegantes Zuhause.

Es war alles richtig so, betete Christian sich immer wieder vor, während er die Kirche Stück für Stück in die andere Richtung umrundete, dicht an der schützenden Mauer entlang, die ihn vor den Blicken der Hochzeitsgesellschaft verbarg. Endlich kam er auf der anderen Seite an, stieß sich mit den Händen von der Hofkirche ab und taumelte ein paar Schritte weiter. Er brachte etwas Abstand zwischen sich und das Geschnatter und Lachen auf dem Platz – sicher würden Elise und ihr neuer Gemahl gleich in eine wartende Kutsche steigen und in ihr neues Heim fahren, wo die Vermählung gefeiert würde. Es gäbe Musik, Wein, edle Speisen und feierliche Worte, und nichts würde ihr fehlen. Schon auf dem Kirchplatz war sie der Mittelpunkt gewesen, sie sah heute so schön aus wie nie zuvor. Ihr Lachen hallte in seinen Ohren nach, so glücklich, so erfüllt. Fehlte er ihr denn gar nicht? War es ihr so leicht gewesen, ihn aufzugeben? Nun, dann wäre es auch besser, sie sich endgültig aus dem Kopf zu schlagen. Er würde sich nicht zum Narren machen und einer verheirateten Frau nachweinen, die nichts mehr von ihm wissen wollte.

Kurz peinigte ihn die Vorstellung, wie sie heute Nacht zu ihrem Angetrauten ins Bett steigen würde, wie er sie berühren würde ...

Mit aller Kraft, die er noch aufbringen konnte, schob Christian dieses Bild von sich. Es war zu quälend. Die Nähe, die Elise und er geteilt hatten, war unverwechselbar gewesen, auch für sie, dessen war er sich sicher. Und er würde nicht den Fehler machen, die wenigen schönen Erinnerungen an sie mit Eifersucht zu vergiften. Das Schicksal hatte sie zusammengeführt – und wieder getrennt.

Doch der Schmerz in seiner Herzgegend wollte nicht weichen. Wie ein Kranker stand er schwankend neben der Hofkirche, während der Schnee weiter fiel und das Flockentreiben dichter wurde – schwebende zarte Kristalle, die durch die Luft tanzten wie kleine Ballerinen. Wie zu Ehren Elises an ihrem großen Tag. Sie hatte es verdient, dachte er unter Aufbietung höchster Selbstbeherrschung, sie hatte alles Glück verdient, das sie bekommen konnte.

Er machte ein paar zaghafte Schritte fort, in Richtung der nächstgelegenen Gasse. Dann gab er sich der Versuchung hin, doch noch einmal zurückzublicken. Langsam wandte er das Gesicht. Da stand sie, noch immer, am Arm ihres Mannes, umringt von Familie und Bekannten. Nun aber lachte sie nicht mehr. Ihr Gemahl sprach laut in die Menge, gestikulierte mit der freien Hand, es war wohl eine Art Ansprache. Elises Miene war ernst, seltsam entrückt. Sie schien nicht zuzuhören, ließ den Blick umherwandern. Und Christians Atem stockte, als sie sich in seine Richtung drehte und ihn sofort erkannte. Keine zwanzig

Schritt trennten sie, zwischen ihnen tanzte der Schnee sanft durch die Luft. Elise öffnete den Mund, als wollte sie etwas sagen, doch sie hätte laut rufen müssen, damit er sie verstand. So schloss sie die Lippen wieder, ihre Augen allerdings ließen seine nicht los. Beide standen sie wie erstarrt da, die Gesichter einander zugewandt, alles andere verblasste hinter ihrem Blick – die bunten, kostbaren Kleider der Damen, die tönenden Glocken der Kirche, ja selbst das Strahlen der Sonne. Nur Elise und Christian schienen auf der Welt zu sein, sie waren füreinander die Welt.

Christian musste seinen ganzen Willen zusammennehmen, um nicht zu ihr hinüberzurennen, sie in seine Arme zu reißen und mit ihr fortzulaufen. Gleichwohl gab es für sie beide nun einmal keinen Ort, an den sie hätten gehen können, und dieses Wissen hielt ihn an seinem Platz fest, als seien ihm die Sohlen auf den Pflastersteinen festgefroren.

Dann brach der Bann. Elises Bräutigam beendete seine Rede und wandte sich ihr zu. Er küsste sie, und Elise senkte die Lider, drehte Christian ihren pelzbesetzten Rücken zu und durchtrennte das unsichtbare Band, das zwischen ihnen quer über den Platz gespannt war. Er wusste, dass sie sich nicht erneut ihm zuwenden würde. Doch ihr Blick hatte ihm alles gesagt. Nein, sie war nicht glücklich. Sie hatte ihn nicht vergessen, lag im Gegenteil sicher genau wie er nachts wach und dachte an ihn. Und etwas an diesem Gedanken, so traurig er war, tröstete ihn. Er war nicht allein, ein Stück von ihr würde ihm trotz allem gehören. Und wer wusste schon – vielleicht würden andere Zeiten kommen. Hatte Carl nicht davon gesprochen, gestern? Dass die Zeit der unteren Stände anbrach, dass sie sich nehmen würden, was ihnen zustand? Dass sie nicht für immer der Abschaum bleiben mussten, als den man sie ansah, dass sie Gewicht bekommen würden und eine Stimme? Vielleicht würde bald alles anders, vielleicht würde der Stillstand, der in diesem Land herrschte, mit einem lauten Gong beendet, und alles würde ganz neu anfangen? Und vielleicht war das dann auch die Zeit, in der ein Mann und eine Frau, die sich liebten, zusammen sein konnten – ungeachtet dessen, was die Welt davon hielt?

Christian wusste selbst, wie wirr seine Überlegungen waren, dennoch gaben sie ihm Hoffnung und das letzte Quäntchen Kraft, das er brauchte, um sich wieder in Bewegung zu setzen. Ohne einen weiteren Blick lief er fort, ließ Elise und ihre Hochzeitsfeier hinter sich, tauchte in das Gässchen ein, das zu seiner Herberge führte, und nahm sich vor, sein Bett nicht mehr zu verlassen, bis der Abend kam und diesen schlimmsten Tag unter den vielen schlimmen in seinem Leben endlich mit sich nahm.

Epilog

Dresden, Neustadt, Juli 1844

Und was wurde aus der Mutter?», fragte Adam Jacobi. Vorsichtig schlürfte er aus der randvollen Tasse den heißen Kaffee. Der Zichorienduft stieg ihm in die Nase. Klirrend setzte er die Tasse wieder ab und sah durch die geöffneten Fensterflügel seines Stadtpalais auf den Fluss hinaus, wo die Sonne gleißende Kreise auf die sanften Wellen malte. Drüben, auf der Südseite der Elbe, lag dicht neben der Hofkirche das Königliche Theater, sein Dach glänzte im Sommerlicht wie Gold. Wie er den Blick von den Fenstern seines neu bezogenen Hauses im Nordteil der Stadt liebte!

Dann betrachtete er sein Gegenüber, den Theaterdiener Ehregott Wagner. Der Mann im schwarzen Gehrock mit dem steifen, hohen Kragen saß mit einer Ungeniertheit an der Kaffeetafel, als sei dies sein angestammter Platz, und mümmelte eifrig Gebäck. Jetzt runzelte er die weißen Brauen im faltigen Gesicht.

«Sie ist nicht mehr», sagte er leise und bohrte seine feinzinkige Gabel in ein Stück Eierschecke.

Der zierliche runde Tisch im Salon bog sich unter der Last der Süßspeisen. Die neue Köchin im Hause Jacobi war ein wahrer Schatz, sie buk feinstes Buttergebäck und Stollen wie die besten Konditeure der Stadt. Auch der berühmte Kuchen aus Eiercreme und Hefeteig gelang ihr immer. Elise war begeistert und Adam ebenfalls, wie stets, wenn er seine junge Frau zufriedenstellen konnte.

«Wie ist sie gestorben?», fragte Adam. Er witterte Unheil, ehe er Wagners Antwort hörte.

«Ertrunken», knurrte der Theatermann. «Anno 1841 – weiß der Himmel, was sie im Herbst in der Elbe zu suchen hatte, mitten in der Nacht ... Jedenfalls weigerte sich der Pfarrer damals zunächst, sie auf dem Friedhof beizusetzen. Doch Seine Exzellenz von Lüttichau hat schließlich erwirkt, dass sie an der Nordmauer zur Ruhe kommen durfte, neben den ungetauften Kindlein.» Er räusperte sich. «Eine schlimme Geschichte, nu!»

«Und Sie sagten, Lüttichau kenne auch den Vater?», fragte Adam und zündete sich seine Pfeife an. Das Kind einer Selbstmörderin, dachte er und unterdrückte ein Schaudern. War das wirklich eine gute Idee? Er lehnte sich in seiner seidenbespannten Bergere zurück, die leise knarrte.

«Ein braver Mann», sagte Wagner und leckte sich die Lippen. «Aus naheliegenden Gründen will er nicht, dass man Ihnen seinen Namen verrät. Er ist keine große Leuchte, arbeitet seit vielen Jahren in derselben Position am Theater. Aber ein anständiger Mensch. Und dieser eine Fehltritt tut ihm schon lange leid – er wünscht sich, dass die Verhältnisse der Beteiligten zufriedenstellend geregelt werden, ebenso wie Seine Exzellenz, unser Direktor.»

«Wir sind alle nur Menschen», sagte Adam, «es gibt wohl keinen Mann unter der Sonne, der ganz und gar gefeit wäre vor den Versuchungen einer schönen Frau.»

Wagner wirkte für einen Moment säuerlich, doch dann schob er sich eine weitere Gabel voll Kuchen in den Mund, und seine Züge entspannten sich wieder. «Da Lüttichau von Ihrer Situation weiß ...» Er warf Adam einen schnellen Blick aus seinen lebhaften Augen zu, und dieser nickte kurz. «Und da auch Seiner Exzellenz Ihr Familienglück am Herzen liegt, dachte ich, hier könnte die Lösung liegen.» Er legte eine Hand auf seine schmale Brust, über der sich ein gestärktes Hemd bauschte, dessen Baumwollstoff mit den Jahren mürbe geworden war. «Uns dauert das Schicksal des Kindes.»

«Ja, gewiss.» Adam sog an seiner Pfeife. «Ein Mädchen, sagten Sie?»

«Ein entzückendes kleines Geschöpf von nun fast drei Jahren», sagte Wagner und ließ die Gabel sinken. «Gesund und munter. Nu, leider ist die Unterbringung alles andere als zufriedenstellend. Zwar befindet sich die Kleine noch im Alter der Natur, wie Rousseau so treffend schrieb, und kann sich die Welt noch nicht mit Vernunft erfahrbar machen, benötigt also auch keine Förderung. Doch die hygienischen Zustände in der Waiseneinrichtung von Frau Regensberg hier in der Neustadt sind alles andere als ausreichend, wie ich mich leider selbst überzeugen konnte.» Betrübt wiegte er das Haupt, die Falten auf seiner Stirn vertieften sich wie bei einem Dackel. «Noch hat die unwissende Seele wohl keinen Schaden nehmen können. Indes, es wäre ein Jammer, ein so hübsches Wesen sich selbst zu überlassen.»

«Sie ist also hübsch?»

«Sie machen sich ja keine Vorstellung», sagte Wagner und schüttelte staunend den Kopf. «Ich kannte ihre Mutter, bevor diese so verkam, und das Mädchen ist das vollkommene Ebenbild. Herrliche schwarze Locken und samtbraune Augen, dazu ein graziles Persönchen. Es würde mich nicht wundern, wenn ihr das Tanzen im Blut läge.»

«Ich erinnere mich jetzt», sagte Adam. «Die Ballerina, die man aus dem Theater entfernen musste, nachdem sie ...»

«Ganz recht», unterbrach ihn Wagner, «eben diese. Eine Frau mit Temperament, das muss man sagen. Zu bedauerlich, dass sie es für die falschen Ziele eingesetzt hat. Und dann dieses schmähliche Ende ...» Er verstummte und sah hinaus auf den Fluss. Ein Elbdampfer fuhr langsam vorüber, und zwei Kinder, die an Deck standen, winkten mit weißen Taschentüchern zu ihnen.

Adam beugte sich aus dem offenen Fenster, hob kurz die

Hand und grüßte zurück. Dann wandte er sich wieder an sein Gegenüber am Kaffeetisch.

«Sie wollten sagen ..?»

«Jegliches Bemühen um die kleine Kreatur ist natürlich nicht zwingend, weil Seine Exzellenz ganz und gar im Recht handelte», sagte Wagner halbherzig. «Doch manchmal beschleicht Lüttichau wohl ein Bedauern, dass wir der armen verirrten Seele nicht besser halfen. Aber wenigstens um das Kindlein könnte man sich nun kümmern. Zumal Sie beide ..., ich meine, Madame Jacobi, offenbar ...»

«... in dieser Hinsicht beeinträchtigt ist», beendete Adam den Satz. Es hatte leichthin klingen sollen, doch er konnte nicht verhindern, dass sich Bitterkeit in seine Stimme schlich. Verdrossen stieß er Rauchkringel aus und stierte blicklos durchs Fenster. Einige herrschaftliche Häuser waren hier an der Bürgerwiese entstanden, die zum nördlichen Elbufer abfiel. Gelegen in einer der schönsten Parkanlagen des Landes, die wie ein Paradiesgarten anmutete. Nur die oberste Schicht der Gesellschaft konnte sich hier ein Bauvorhaben leisten, und er, Adam Jacobi, gehörte dazu. Ein paar Grundstücke weiter lebten die Erben des königlichen Leibarztes Kreysig, daneben der ehrwürdige Professor de Villers. Und nun eben auch die Jacobis. Das Anwesen mit den prächtigen Säulen und den vielen Zimmern sollte eine Keimzelle werden für ihre wachsende Familie, eine Dynastie von Musikern und Schriftstellern, von Komponisten und Sängern hatte Adam erschaffen wollen. Und doch schien es, als bliebe gerade dieser Wunsch unerfüllt. Seit drei Jahren warteten sie, aber nichts tat sich. Und Adam spürte allmählich, wie ihm die Zeit davonlief. Elise war jung, er hingegen hatte seine besten Jahre hinter sich und fürchtete zu vertrocknen, ehe ihm Gott einen Stammhalter schenkte.

Daher war ihm auch diese Idee gekommen – eine Waise an Kindes statt anzunehmen. Doch obwohl er sich nach einem

Sohn sehnte, so widerstrebte es ihm, einen fremden Jungen zu wählen. Den Sohn eines anderen Mannes unter seinem Dach zu nähren, das schien ihm unnatürlich, falsch, ja gefährlich. Ein Mädchen dagegen war harmlos, ähnlich wie ein Schoßhündchen – und es wäre ein Anfang. Etwas zum Liebhaben für Elise, denn die Frauenzimmer waren ja immer ganz gefangen in ihren Gefühlen. Nichts sonst zählte für sie, und seine junge Gemahlin brauchte einen Fixpunkt für ihre Liebe. Er selbst taugte zu derartigen Empfindungen, wie er inzwischen sehr wohl wusste, nicht ausreichend. Ungeachtet dessen schien Elise sich auch nicht nach ihm zu verzehren. Eine Zeit lang hatte er gehofft, ihr Herz gewinnen zu können, doch etwas stand zwischen ihnen. So sehr er sich bemühte – alles war hölzern, und die Natürlichkeit, die Eheleute im Umgang miteinander erlernten, hatte sich bei ihnen beiden auch mit der Zeit nicht eingestellt. So sehr es ihn schmerzte, so sehr wusste er, dass er es akzeptieren musste. Immerhin verband sie beide die Liebe zur Musik, das ja! Und die Musik belebte Elise sehr, aber die Leere in einem Hausstand ohne Kinder konnten selbst ihre Violine und seine Kompositionen nicht füllen.

«Lüttichau lässt ausrichten, er habe Ihre verehrte Gemahlin kürzlich spielen hören, wieder einmal im Leipziger Gewandhaussaal», sagte Wagner, als habe er Adams Gedanken erraten. «Beachtlich für eine Frau, regelrecht virtuos, war sein Diktum. Sie sind gewiss sehr stolz auf sie?»

«Selbstverständlich», versicherte Adam rasch, «ich fördere sie, wo ich nur kann.»

«Sehr löblich. Nicht jeder Ehemann wäre so großzügig, wenn sich seine Frau öffentlich als Geigenvirtuosin hervortut», sagte Wagner. «Vor allem da sich das eheliche Interesse am Anfang einer Verbindung doch gewöhnlich auf das Heim, die Familie konzentriert.» Er lachte meckernd.

«Elises Talent darf nicht verkommen», sagte Adam entschieden und überlegte, wie er das Gespräch beenden könnte. «Natürlich wird sich zeigen, wie es damit weitergeht, wenn erst Kinderstimmen in unseren Räumen erklingen», fuhr er fort und deutete in den Salon. Der Raum war nach neuestem Geschmack eingerichtet, und das war allein Elises Verdienst. Seine Schwester lebte zwar auch hier bei ihnen in einem Flügel des Hauses, doch Theresia hatte nichts mehr zu tun gehabt mit der Neugestaltung nach dem Einzug. Alles im Salon zeigte Elises geschmackvolle Hand, von den leichten, schlichten Vorhängen und Teppichen über die bequemen Polstermöbel bis hin zu den Stichen an den Wänden – helle, warme Farben, zarte Landschaften, musizierende und lesende Frauen. Nur, dass die alte Papierlaterne, ein Erinnerungsstück ihrer Kindheit, einen Ehrenplatz über dem Sekretär erhalten hatte, gefiel ihm nicht. Das Ding störte Adams ästhetisches Empfinden täglich, denn die Bögen waren ausgefranst, die darauf geklebten Figuren ungelenk gefertigt und längst verblasst. Zudem erlaubte Elise nicht, dass man eine Kerze im Inneren entzündete, wodurch das Stück seine einzige Funktion eingebüßt hatte. Aber wenn die Laterne in Flammen aufginge, so hatte sie beteuert, würde sie das nicht verschmerzen.

Adam konnte sich wirklich nicht erklären, was für einen Narren Elise an solch altem Plunder gefressen hatte. Doch wie immer, wenn er versuchte, gegen eine Entscheidung von ihr aufzubegehren, strafte sie ihn mit diesem Blick, den sie sich kurz vor der Hochzeit angewöhnt hatte. *Fordere mich nicht heraus*, verkündete dieser Ausdruck. *Sonst wird es dich teuer zu stehen kommen.* Und Adam hatte längst entschieden, dass es besser wäre, Elise ihren Willen zu lassen, denn nichts wollte er weniger, als dass sie diese unselige alte Geschichte ans Licht zerrte und ihn vor der Welt als treulosen Halunken präsentierte. Je älter er wurde, desto mehr sehnte er sich nach Frieden in seinem Haus.

Vieles an Elise war so voller Leidenschaft, die er nicht verstand, dachte Adam mit einer Mischung aus Bewunderung und Befremden. Aber sie erfüllte ihre Pflichten als Ehefrau, war ein guter, nein, bisweilen sogar brillanter Gesprächspartner und erfreute ihn mit ihrem musikalischen Talent. Nach wie vor hielt er seine Entscheidung, sie zu heiraten, für richtig. Nach wie vor faszinierte sie ihn – auch wenn da diese dumme Sache war, die zwischen ihnen stand. Doch alles würde sich fügen, endlich ganz und gar zusammenfügen, wenn sie ein Kind hätten, für das sie gemeinsam Sorge tragen würden.

«Wann könnte das Mädchen zu uns kommen?», fragte er den Theaterdiener, der sich nun das zweite Stück Eierschecke auf das weiß-blaue Meissener Zwiebelmuster legte, als sei er hier zu Hause.

«Nu, sofort», war die prompte Antwort. «Die Papiere sind vorbereitet, und niemandem sonst liegt etwas an dem Kind.» Wagner schluckte. «Und Ihre Gattin ist auch ganz sicher einverstanden?»

«Gewiss», sagte Adam. «Elise freut sich auf den neuen Lebensinhalt, der durch ein Kind entsteht.»

«Sie führen eine tadellose Ehe, um die Sie sicher viele beneiden», sagte Wagner.

«Nun, niemand ist vollkommen.» Adam war ein wenig unbehaglich zumute in dem Versuch, bescheiden zu wirken und gleichzeitig seine Zweifel an dieser Aussage zu verbergen.

Wagners runde Augen wurden schmal, und Adam spürte, wie der Blick des alten Dieners prüfend auf ihm ruhte.

«Tatsächlich gab es da ja einmal vor Jahren so eine Sache», sagte der Theaterdiener langsam, als müsse er die Erinnerung mühsam an die Oberfläche holen. Doch Adam hätte schwören können, dass er plötzlich einen lauernden Zug in dem faltigen Gesicht sah. «Das Antlitz ihrer lieben Frau, damals noch Fräulein Spielmann, fand sich auf den Kulissen einer Oper bei uns im Hause. Zur Premiere der *Hugenotten*, wenn ich mich nicht irre. Sie wissen, wovon ich spreche?»

«Leider nicht, guter Mann», erwiderte Adam, ehrlich verwirrt. Er wusste nicht, weshalb, doch sein Puls hatte sich bei Wagners Worten beschleunigt.

«Nun, jemand hatte das Konterfei Ihrer werten Gemahlin auf einer Opernkulisse verewigt. Vermutlich einer der Hofmaler im Theater, sicher ein Zeichen ehrenwerter Bewunderung, denken Sie nicht? Sie wird es Ihnen erzählt haben.» Wagner aß scheinbar ungerührt seinen Kuchen auf, seine Kiefer mahlten wie die eines in die Jahre gekommenen Hasen. Dann tupfte er sich den Mund ab und erhob sich.

Adams Gedanken überschlugen sich. Nichts hatte Elise ihm erzählt, gar nichts. Und das war auch nicht weiter erstaunlich, denn wenn die Geschichte stimmte, wäre es ein ausgewachsener Skandal gewesen – und dann hätte man ihm die Angelegenheit auch von anderer Seite zugetragen.

Hatte Wagner sich das ausgedacht, um ihn zu prüfen? Doch nein, er hatte keinen Grund dazu, sagte auch nichts weiter, sondern erhob sich nur und versicherte, dass er niemals bessere Eierschecke gegessen habe. Und dass er im Namen von Direktor Lüttichau alles in die Wege leiten werde, damit die Jacobis noch diesen Sommer das Kind in ihrem Hause aufnehmen konnten.

Adam begleitete ihn zur Tür. Der Theaterdiener öffnete selbst und empfahl sich. «Die besten Grüße an Ihre liebreizende und begabte Gemahlin von meinem Herrn», sagte er noch. «Seine Exzellenz würde sich freuen, wenn sie wieder einmal auch ihr *lebendiges* Gesicht in seinen Hallen zeigte.»

«Ich werde es ihr ausrichten», presste Adam heraus und schloss eilig die Tür hinter dem Besucher.

Es stimmte, dachte er, aus irgendeinem Grund vermied Elise es nach Möglichkeit, in die Oper mitzukommen. Lieber besuchte sie die vielen anderen musikalischen Säle der Stadt. Er floh zurück in den Salon. Dort stand die Likörflasche, nach der ihm verlangte, und er goss sich einen Doppelten ein und kippte ihn hinunter. Welcher Tunichtgut hatte sich mit seiner Frau eine solche Schelmerei erlaubt? Dann wurde ihm bewusst, dass es nicht unbedingt ein Unfug gewesen sein musste, sondern vielleicht steckte eine ernste Sache dahinter. Womöglich kannte dieser Maler seine Frau? Wieso nur hatte er nichts davon erfahren? Es musste um die Zeit ihrer Verlobung geschehen sein. Allein, Adam fehlte die Phantasie, was genau damals geschehen war.

Wieder stellte er sich ans geöffnete Fenster und sah hinaus in die sommerliche Pracht, die sich vor ihm ergoss. Er starrte über den Fluss zum goldschimmernden Theater, über das sich der Himmel tiefblau spannte. So musste schon der berühmte Maler, Bernardo Bellotto, auf die Stadt geblickt haben, als er seine unsterblichen Bilder schuf, auf die Dresdens Bürger so stolz waren. Doch die herrlichen Farben, das Blau, das Gelb, das zart schmelzende Violett der Berghänge weiter hinten, drangen kaum zu Adam durch.

Wahrscheinlich ein Hofmaler, hatte Wagner gesagt. Adam hatte ihm die diebische Freude angemerkt, die er bei seinen bohrenden Fragen empfunden haben musste. Nun, viele Maler gab es am Königlichen Theater nicht, Adam kannte eigentlich nur Arrigoni. Doch welche Verbindung sollte dieser alte Österreicher zu Elise haben? Es schien Adam wenig wahrscheinlich, dass der Mann etwas mit dieser Narretei zu tun haben sollte. Aber natürlich wirkten dort auch andere Künstler, ausländische Gäste, angehende Maler, junge Gehilfen und Arbeiter in den Kulissen. Er kniff die Augen zusammen und spähte weiter gegen das Licht hinaus. Misstrauen keimte in ihm auf, wie ein böses Samenkorn, das Wagner mit wenigen Worten in seinem Kopf eingepflanzt hatte. Und das ihn nicht mehr loslassen würde.

Wenige Tage später brachte man das Kind. Das Mädchen war in einem unwürdigen Zustand, auch wenn man ihm, wie Adam bemerkte, Händchen und Gesicht geschrubbt und das wilde schwarze Haar gebürstet hatte, um es für die neuen Eltern etwas ansehnlicher zu machen. Die mageren Glieder indes steckten in alten, vielfach geflickten Kleidern, und das Kind sprach kaum ein Wort. Doch als Adam sah, wie das Gesicht seiner jungen Frau beim Anblick der Kleinen aufleuchtete, spürte er Erleichterung. Elise ging vor dem Mädchen in die Knie, legte ihm beide Hände auf die Schultern und sah ihm lange ins Gesicht, als suchte sie etwas. Wider Erwarten blickte das Kind sie unverwandt an, dann griff es mit seinen kleinen Fingern nach einer honigblonden Locke, die sich aus Elises Frisur gelöst hatte, und umfasste sie fest.

Adam, der abseits stand, schien es, als gingen die beiden einen stummen Pakt ein. Schon diese erste Begegnung schloss ihn, den Vater, aus. Nun, das war ein Preis, den er gern zahlte, wenn nur Elise zufrieden wäre. Alles Weitere, so sagte er sich, während er zurück in sein Studierzimmer ging, würde sich finden.

Doch immer, wenn sein Blick von nun an durchs Fenster fiel und er über die Elbe hinweg die Oper daliegen sah, spürte er wieder diese Unruhe, die ihn seit Wagners Besuch nicht mehr verlassen wollte. Er dachte an das Kulissenbild von Elise, das er nie gesehen hatte, und schloss diesen Gedanken in sich ein wie eine geheime Waffe, von der er noch nicht wusste, wann er sie benutzen musste.

Nachwort

Die Geschichte der Stadt Dresden kann nicht erzählt werden, ohne ihre enge Verquickung mit der Geschichte der Musik mitzuerzählen. Die Musikkultur war hier über Jahrhunderte hinweg prägend – mit der Sächsischen Staatskapelle, die bereits 1548 (noch unter anderem Namen) gegründet wurde und seitdem stets eines der führenden Orchester Europas geblieben ist. Mit den beiden Knabenchören – dem Kreuzchor und den Kapellknaben –, mit der Dresdner Philharmonie und, ganz besonders, der weltberühmten Semperoper. All diese Institutionen stehen für die unzähligen Menschen, die mit ihrem musikalischen Talent, ihrer Hingabe und Begeisterung für die Musik in Dresden unsterbliche Werke geschaffen, aufgeführt und in die Welt gebracht haben – und dies bis heute tun. Und nicht nur die großen Häuser prägen die Musiklandschaft in Dresden, sondern auch eine freie Musikszene mit kleineren Spielstätten, unabhängigen Ensembles und kreativen musikalischen Initiativen.

Die Oper in Dresden hatte in der Geschichte der Stadt mehrere Spielstätten. 1667 wurde das Opernhaus am Taschenberg erbaut, 1719 das Opernhaus am Zwinger, und ab 1763 spielte man im Morettischen Opernhaus, das auf dem Gelände des *Italienischen Dörfchens* direkt an der Elbe errichtet worden war. Keine dieser Spielstätten genügte jedoch auf Dauer den Ansprüchen an einen Ort, an dem solch großartige Musik wie die von Mozart, Beethoven und Weber aufgeführt wurde. Die Musiker beklagten sich über die schlechte Akustik der Säle und die verrohten Sitten des Publikums, das der Kunst selbst oft kaum die nötige Aufmerksamkeit schenkten. So entschied man Ende der 1830er-Jahre, dass die Zeit für einen repräsentativen Neubau reif wäre, um der Qualität der Ensembles, die an der Oper wirkten, gerecht zu werden – die Königliche Kapelle und das Hoftheater mit namhaften Kapellmeistern, Instrumentalisten, Tänzer:innen und Schauspieler:innen.

Das Aufbruchsgefühl in eine neue musikalische Ära war zudem durch den Amtsantritt von Carl Maria von Weber als Direktor für deutsche Opernstoffe im Jahr 1817 befeuert worden. Diese setzte sich unter ihm zunehmend neben der vorherrschenden italienischen Oper durch – sicher bestärkt durch die zwar in Restaurationszeiten unterdrückte, doch weiterhin wirkmächtige Sehnsucht nach einem deutschen Nationalcharakter und einer Selbstbehauptung regionaler Kunst und Kultur.

Der Architekt der neuen Oper an der Elbe, Gottfried Semper, war nicht nur ein Baumeister, sondern auch ein visionärer Revolutionär. Dies führte dazu, dass er nur acht Jahre, nachdem er 1841 den ersten Bau des neuen Opernhauses fertiggestellt hatte, zusammen mit seinem ebenfalls für die Revolution kämpfenden Freund Richard Wagner aus der Stadt fliehen musste. Der blutig niedergeschlagene Maiaufstand 1849 hatte erneut nicht das Ergebnis gebracht, das sich die Bürger Dresdens erhofft hatten – eine liberale Verfassung.

Doch zunächst war unter Sempers Leitung von 1838 bis 1841 der prächtige Bau auf dem Theaterplatz, dicht neben Schloss und Hofkirche, entstanden. Die neue Oper wurde im Frühling 1841 feierlich eröffnet und galt fortan als ein Meisterwerk der Theaterarchitektur. Der Rundbau im Stil der italienischen Frührenaissance wurde wegen seiner schönen Form und guten Akustik gerühmt. So schrieb Ida von Lüttichau, die Ehefrau des Generaldirektors, nach der Einweihung in einem Brief über die Oper: *«Das Theater ist gar nicht mehr schön zu nennen, sondern vollendet: Es ist nicht allein Pracht, Geschmack, Anmuth, sondern ein Total=Eindruck von etwas künstlerisch Großartigem, Vollkommenem, Erhabenem: So ist jedes Detail zum Ganzen gehörig, solche Harmonie in allen Theilen, solche völlige Durchdringung von Malerei, Architektur, Ausschmückung jeder Art, daß man gar nichts einzeln hervorheben kann.»*

Diese Ansicht teilten viele ihrer Zeitgenoss:innen, und die Semperoper war von da an ein Magnet für bedeutende Künstler:innen aus ganz Europa.

Im September 1869 wurden an der Oper Reparaturarbeiten durchgeführt, wobei durch Unvorsichtigkeit ein Feuer entstand. Der gesamte herrliche Bau von Gottfried Semper verbrannte, alles wurde bis auf wenige Reste zerstört. Die *Dresdner Nachrichten* schrieben: *«Die Gewalt des Feuers war trotz des geringen Windes so groß, dass glühende Kohlen und glimmendes Notenpapier bis auf den Pirnaischen Platz flogen und dort, von den Füßen der Passanten zertreten, die Trottoirs schwarz färbten.»*

Nach dieser Katastrophe spielte man dennoch weiter – innerhalb kurzer Zeit wurde ein Interimsbau, die sogenannte *Bretterbude*, errichtet. Die liebevoll-spöttische Bezeichnung des Volksmunds war treffend, denn das gesamte (und nicht gerade kleine!) Opernhaus, dessen Bau nur sechs Wochen gedauert hatte, bestand einzig und allein aus Holzlatten. Schon wenige Wochen nach dem Brand konnten dort wieder Aufführungen stattfinden, und 1870 spielte man bereits die gefeierten Opern Wagners wie *Lohengrin* und *Die Meistersinger*.

Ab 1871 wurde mit den Bauarbeiten für einen zweiten Opernbau begonnen. Da Gottfried Semper weiterhin im Ausland lebte und wegen seiner Beteiligung an den Maiaufständen vor über zwanzig Jahren noch immer keinen sächsischen Boden betreten durfte, legte er zwar wieder den Entwurf vor, die Bauleitung in Dresden musste jedoch sein Sohn Manfred Semper übernehmen. 1878 konnte dieser Zweitbau eröffnet werden, wobei die Innengestaltung erneut äußerst prächtig ausfiel und die Malereien an den Decken und die Friesgestaltung wieder nach Entwürfen Sempers ausgeführt wurden. Der Neubau stand also ganz klar in der Tradition der ersten Semperoper und konnte an diese mühelos anknüpfen, auch, was die musikalischen Erfolge anging.

Doch auch dieser Opernbau wurde zerstört. Bereits 1944 hatten die Nazis den Spielbetrieb wegen des von ihnen propagierten *Totalen Krieges* eingestellt. Bei dem verheerenden Luftangriff auf Dresden in der Nacht des 13. Februar 1945 trafen alliierte Bomben die Oper, fast der gesamte Bau brannte aus. Die äußere Hülle blieb zu Teilen stehen und wurde in den folgenden Monaten notdürftig gesichert, das Innere der Oper war jedoch völlig verbrannt, die Bühne und Zuschauerränge eingestürzt. Die Reste standen nun in einer Trümmerwüste, denn nicht nur die Oper, sondern weite Teile der Dresdner Altstadt waren innerhalb einer Nacht dem Erdboden gleichgemacht worden.

Während der folgenden Jahrzehnte dämmerte die halb zerstörte Semperoper vor sich hin, ohne dass das DDR-Regime eine Entscheidung traf, was mit den Resten der noch recht gut erhaltenen Fassade passieren sollte. Erst schien es, als würde sie – ähnlich wie beispielsweise die Leipziger Universitätskirche – durch Sprengung der sozialistischen Stadtplanung zum Opfer fallen, doch 1976 gab die SED überraschend eine Direktive zum Neubau aus. Dem vorausgegangen war vor allem ein großes bürgerliches Engagement der Dresdner:innen, die sich ihre Oper zurückwünschten. Da die Originalpläne von Semper verschollen blieben, musste man sich bei der Rekonstruktion an alten Fotos, Zeichnungen und Rechnungen orientieren, um alles so originalgetreu wie möglich wiederherzustellen. Im Februar 1985 wurde die Semperoper mit einer Aufführung von Webers *Freischütz* als Symbol des Friedens wiedereröffnet, dazu läuteten nachts alle Glocken der Stadt Dresden.

Auch während der friedlichen Revolution 1989 bewies die Oper erneut ihre politische Kraft, als draußen auf dem Theaterplatz Zehntausende Dresdner:innen für die Freiheit des Volkes demonstrierten, während drinnen eine *Fidelio*-Inszenierung von Christine Mielitz gezeigt wurde – mit einem Schrei nach Befreiung hinter Stacheldraht auf der Bühne.

Seit der Wiedervereinigung können heute Besucher:innen aus aller Welt in die Semperoper kommen, um dort wie seit Jahrhunderten wunderbare Musik zu erleben.

Die Geschichte der Semperoper ist eine Geschichte voller Brüche, voller Katastrophen und Schmerz, eine Geschichte von Kampf, Krieg und Scheitern. Aber es ist auch eine Geschichte des Aufstehens, des Weitermachens und des Mutes. Und immer sind es am Ende die Menschen, die ihre Geschichte prägten, die ihre eigene Biografie und die ihrer Stadt in die Hand nahmen und etwas schafften, was über den Einzelnen hinausging und letztlich über die Willkür staatlicher Macht triumphierte: Gemeinschaft, Solidarität – und unsterbliche Musik.

Anne Stern, im Frühjahr 2023

Dank

Ich danke von ganzem Herzen allen Menschen, die mir bei der Entstehung dieses Romans zur Seite gestanden haben.

Dies ist zunächst mein Mann Inbar, der meinen Blick nach Dresden gelenkt und mit mir zusammen die erste Idee für diesen Roman entwickelt hat.

Von Herzen danke ich außerdem meiner wundervollen Agentin Julia Eichhorn für unsere vielen inspirierenden Gespräche über meine Geschichte und ihre unverzichtbare Unterstützung zu jeder Zeit.

Auch herzlich danken möchte ich der Programmleitung von Rowohlt Polaris, Katharina Dornhöfer, für ihr Vertrauen in mich als Autorin und in dieses neue Buch und meiner Lektorin Ditta Friedrich dafür, dass sie sich erneut mit Begeisterung auf ein historisches (und diesmal auch noch musikalisches) Abenteuer mit mir eingelassen hat.

Außerdem danke ich sehr herzlich Janine Schütz, der Leiterin des Historischen Archivs der Sächsischen Staatstheater in Dresden, die mir großzügig die Quellen ihres Archivs zur Verfügung gestellt und mir dort eine wahre Fundgrube eröffnet hat. Ihre persönliche Führung durch die dunkel daliegende Semperoper im Januar 2022, als das kulturelle Leben wegen der Corona-Pandemie erneut eingefroren war, werde ich nie vergessen, und ich habe beim Schreiben sehr von den neuerlichen Eindrücken gezehrt, die ich im einsamen, winterlich stillen Dresden gewonnen habe.

Schließlich möchte ich mich bei meinen Eltern dafür bedanken, dass sie meinen Schwestern und mir ein Zuhause voller Musik gegeben haben, mit uns schon als Kinder in Konzerte und in die Oper gegangen sind und es uns ermöglicht haben, Instrumente spielen zu lernen.

Bis heute begleitet mich die Liebe zur Musik durchs Leben – sie spricht, wenn alles andere schweigt. *Denn die Musik ist*, wie Schopenhauer treffend schrieb und wie ich auch als Schriftstellerin gern zugebe, *viel mächtiger als das Wort*.

FRÄULEIN GOLD

Die Hebamme von Berlin

Eine historische Romanreihe voller Spannung und Atmosphäre im Berlin der 1920er-Jahre: farbenprächtig, packend und bewegend.
Die Berliner Hebamme Hulda Gold ist beliebt, klug und unerschrocken. Und sie neigt dazu, sich selbst in Schwierigkeiten zu bringen. Denn bei ihrer Arbeit begegnet sie nicht nur dem neuen Leben, sondern sie spürt auch düsteren Geheimnissen hinterher. Hulda Gold ist eine Figur, die niemand so schnell vergisst. Man feiert mit ihr, leidet und liebt mit ihr. Immer nah am Abgrund. In einer Metropole, in der Schatten und Licht dicht beieinanderliegen.

«Tolle Frau plus Krimi plus Zeitgeist der Zwanziger – das ergibt einen spannenden Mix.» *Freundin*

Jeder Band ein *Spiegel*-Bestseller: «Schatten und Licht», «Scheunenkinder», «Der Himmel über der Stadt», «Die Stunde der Frauen» und «Die Rote Insel». Weitere sind in Planung.

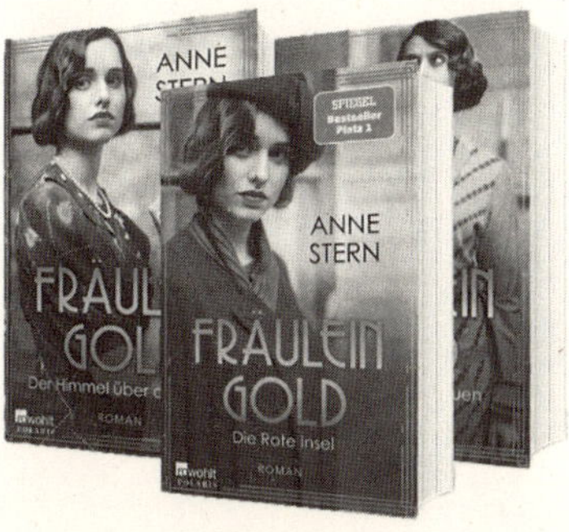

Weitere Titel von Anne Stern:

Meine Freundin Lotte

Die Hebamme von Berlin
Fräulein Gold: Schatten und Licht
Fräulein Gold: Scheunenkinder
Fräulein Gold: Der Himmel über der Stadt
Fräulein Gold: Die Stunde der Frauen
Fräulein Gold: Die Rote Insel

Die Lichterfelde-Reihe
Die Frauen vom Karlsplatz: Auguste
Die Frauen vom Karlsplatz: Henny
Die Frauen vom Karlsplatz: Vera
Die Frauen vom Karlsplatz: Maria